THE HORUS HERESY

异端之首

THE FIRST HERETIC

［英］艾伦·邓布斯基-鲍登 著　赵笛 译

浙江科学技术出版社

English version first published in Great Britain in 2016 by Black Library.

Games Workshop Ltd., Willow Road, Nottingham, NG7 2WS, UK.

This edition published in China by Zhejiang Science and Technology Publishing House in 2024.

Copyright © Games Workshop Limited 2017.

This translation copyright © Games Workshop Limited 2018.

Translated and used under licence by Zhejiang Science and Technology Publishing House. All rights reserved.

The First Heretic © Copyright Games Workshop Limited 2015. The First Heretic, GW, Games Workshop, Black Library, The Horus Heresy, The Horus Heresy Eye logo, Space Marine, 40K, Warhammer, Warhammer 40,000, the 'Aquila' Double-headed Eagle logo, and all associated logos, illustrations, images, names, creatures, races, vehicles, locations, weapons, characters, and the distinctive likenesses thereof, are either ® or TM, and/or © GamesWorkshop Limited, variably registered around the world. All Rights Reserved.

No part of this publication may be reproduced, stored in a retrieval system, or transmitted in any form or by any means, electronic, mechanical, photocopying, recording or otherwise, without the prior permission of the publishers.

This is a work of fiction. All the characters and events portrayed in this book are fictional, and any resemblance to real people or incidents is purely coincidental.

本书英文版由 Black Library 于 2016 年出版

Games Workshop Limited，地址：Willow Road, Nottingham, NG7 2WS, UK.

本书中文版由浙江科学技术出版社于 2024 年出版

Copyright © Games Workshop Limited 2017.

This translation copyright © Games Workshop Limited 2018.

浙江科学技术出版社可在授权下翻译与使用。

The First Heretic © Copyright Games Workshop Limited 2015. 异端之首、GW、Games Workshop、Black Library、荷鲁斯之乱、荷鲁斯之眼标识、星际战士、40K、战锤、战锤 40000、"天鹰"双头鹰标识，以及所有相关标识、插图、图像、名称、生物、种族、载具、地点、武器、角色及其中的特色同类物，所有带有 ®、TM，以及 © Games Workshop Limited 的标识均为在全世界注册的商标或为 Games Workshop Limited 版权所有。

未经许可，不得将本书任何部分以任何形式复制、存储在某个检索系统中，也不得以任何形式或手段，包括电子、机械、影印、记录或其他方式，传播本书的任何部分。

本书为虚构作品。书中人物、事件均为虚构，如有雷同，纯属巧合。

故事简介

荷鲁斯之乱——
这是一段传奇岁月。

众多伟岸英雄为了统御银河之权奋力拼搏。

地球帝皇的亿万大军纵横星海,以一场伟大远征将银河纳入囊中——在这些精兵强将面前,无以计数的异形种族难当锋锐,就此从历史长卷上被抹消了踪迹。

人类种族威震寰宇的璀璨年代拉开了序幕。

黄金白玉堆砌而成的闪耀堡垒颂扬着帝皇的诸多凯旋。一百万个世界上林立着纪念碑,翔实描述那些悍勇战将的传奇功绩。

首先便是基因原体,这些英武绝伦的人物率领帝皇麾下的星际战士大军斩获了无数胜果。他们势不可当,高贵超凡,乃是帝皇基因实验的巅峰成就。星际战士则是银河之中前所未有的强悍士兵,每个人皆有以一敌百之力。

数以万计的星际战士组成庞大军团,追随各自原体踏入星海,以帝皇之名征服银河。

诸位基因原体之首名为荷鲁斯,亦唤荣耀者、光明星辰、帝皇宠儿、如父爱子。他受封战帅,是帝皇麾下各路大军的总指挥官,是万千世界与整个银河的征服者。他是无出其右的战士,也是手腕卓绝的外交家。

熊熊战火席卷帝国,人类种族的英勇将士都将面临终极考验。

出场人物

基因原体

洛加 ·· 奥瑞利安，怀言者基因原体

罗保特·基里曼 ···················· 奥特拉玛之主，极限战士基因原体

赤红的马格努斯 ···················· 猩红君王，千子基因原体

科瓦斯·科拉克斯 ···················· 解放者，暗鸦守卫基因原体

费鲁斯·曼努斯 ···················· 戈尔贡，钢铁之手基因原体

佩特拉波 ···························· 钢铁之主，钢铁战士基因原体

第十七军团"怀言者"军团

科尔·法伦 ·································· 第一连连长

艾瑞巴斯 ···································· 首席牧师

迪乌莫斯 ································ 锯齿烈阳战团领袖

阿格尔·塔 ······························ 连长，第七突击连

萨芬 ·································· 牧师，第七突击连

托尔高 ·· 军士

马尔诺 ·· 军士

达格塔 ···································· 先驱斥候军士

猩红主宰 ································ 受祝之子指挥官

第八军团"暗夜领主"军团

赛瓦塔 ·· 第一连连长

禁军

阿奎隆 ·· 帝皇之眼
文达萨
卡尔辛
涅拉卢斯
塞斯兰

智控军团

赛–努73 ···················· 第九班组技师,迦太基战斗群
绯红 ·················· 征服者主机,第九班组,迦太基战斗群

帝国人员

巴洛克·托弗斯 ···················· 1301号远征队领袖
阿瑞克·杰斯梅汀 ···················· 少校,第54尤卡步兵团
希琳妮·瓦兰提恩 ···························· 圣言告解者
伊沙克·卡狄恩 ···························· 官方记述者,摄影师
阿布索罗姆·卡提克 ···················· 帝皇之眼的专用星语者

非帝国人员

因格赛尔 ···························· 原初真理的使者

目录

1	序　曲　灰甲战士

第一部　灰　色

5	第一章　完美之城　虚假的天使　审判之日
14	第二章　锯齿烈阳　满目疮痍　奥瑞利安
25	第三章　血债血偿　掌印者　人类之主
34	第四章　军团屈膝　倘若奥特拉玛焚灭　灰色
44	第五章　旧道　灵魂的燃料　新视野
55	第六章　机仆凯尔　心不在焉　战斗牧师
65	第七章　归顺　红铁利剑　迦太基
82	第八章　犹如家乡　金色，不是灰色　覆灭城市的心脏
94	第九章　猩红君王　灰色花朵之城　受祝女士
107	第十章　统领军团的权利　天界　苦难
118	第十一章　为神明效劳　告解　朝圣之旅

第二部　朝圣之旅

134	第十二章　死亡　欧菲奥的挽歌号的最后一程　双魂
146	第十三章　绯红　迷失于风暴　虚空之声
161	第十四章　紫色眼眸　两个声音　答案
175	第十五章　献祭　鲜血洗礼　卑贱的真相
187	第十六章　欧菲奥的挽歌号　玻璃彼端的风暴　混沌

目录

第十七章　灭亡帝国　惊天真相　创生 ………… 199
第十八章　千百种真相　重生　回归 ………… 214
第十九章　告解　恢复　受祝之子 ………… 228

第三部　猩　红

第二十章　三大天赋　崭新征程　猩红主宰 ………… 244
第二十一章　阴谋诡计　奇特的欺骗　纵容 ………… 254
第二十二章　一个点子　兄弟　命定时刻 ………… 264
第二十三章　叛徒　附体　抉择 ………… 276
第二十四章　伊斯特凡V　叛徒　衣甲如夜 ………… 285
第二十五章　第二拨攻势　转变　背叛 ………… 299
第二十六章　登陆场大屠杀　舰身破损
　　　　　　在宏伟双翼的阴影下 ………… 306
第二十七章　成名之作　牺牲　真相的重担 ………… 319
第二十八章　余波　鲜血即生命　不寻常的欢迎 ………… 329
第二十九章　希琳妮　从来不是人类　完满履行的誓言 ………… 340
尾　声　猩红主宰 ………… 353

序　曲

灰甲战士

当军团登门造访的时候，他的姐姐们都哭了。当时他还不明白为什么。获选加入军团是至高无上的荣誉，她们的悲伤实在莫名其妙。

那位灰甲战士的话语声从一张死亡面具背后传来，像机械轰鸣般深沉的嗓音里夹杂着静电杂音。战士想要知道这男孩的名字。

他的母亲在作答之前首先提出了自己的问题。她就是这样理直气壮，意志坚强，面对任何事物都不屈不挠。这份坚毅品性被她儿子所继承，在未来，种种剧变也不曾将其从他的血脉中抹消。

她微笑着提出了自己的问题："我会把他的名字告诉你，战士。但首先，你叫什么名字？"

那位灰甲战士俯视着全家上下，在夺走这对父母的骨肉之前唯一一次直面他们的目光。

"艾瑞巴斯。"他说道，"我的名字是艾瑞巴斯。"

"谢谢你，艾瑞巴斯大人。这是我的儿子，"她指了指男孩，"阿格尔·塔。"

I

虚假的天使

我记得审判之日。

你能想象仰望天空看到群星陨落吗？你能想象苍穹降下火雨焚灭大地吗？

你说你能想象到那种情景。我不信。我所说的不是战争。我所说的不是钜素燃烧的刺鼻油烟，不是弹头爆炸的化学气味。忘掉战场上的粗鄙痛楚和轨道轰炸的感官冲击吧。我所说的不是寻常世俗的暴行——不是人类相互施加的焚身剧痛。

我所说的是审判，神圣的审判。

一位神祇查看一个世界的劳作成果，然而目中所见的万事万物都让他心生厌憎，满怀震怒。厌憎让他派遣成群结队的天使前来降下灾厄。震怒让他在天空中散播烈焰，向六十亿名恭迎圣言的信徒泼洒毁灭。

再说说看。再说说看你能否想象万千星辰破空陨落。再说说看你能否想象苍穹朝大地泣下火泪，整座城市迸发出极强的明亮光焰，足以灼瞎一双目睹家园焚灭的眼睛。

审判之日夺走了我的视线，但我依然可以启明你。那一切我都记得，又怎么会忘记呢？那是我亲眼看到的最后景象。

他们乘着喷薄白焰的蓝钢秃鹫从天而降。

他们自称第十三军团，奥特拉玛的善战君王。

我们并不采用这种称呼。他们驱赶我们离开家园，冷酷地屠戮所有胆敢反抗之人，将神圣的湮灭倾洒在我们的成果头上……

我们称他们为虚假的天使。

你想知道我的信仰是如何能够熬过审判之日的。我会告诉你一个秘密：当星辰陨落，海水沸腾，大地燃烧的时候，我的信仰并未消亡。我的信仰恰恰是在那时诞生的。

神祇真实存在，而他憎恨我们。

——摘自《朝圣之旅》，作者希琳妮·瓦兰提恩

第一部

灰 色

伊斯特凡 V 事件的四十三年前

"那就杀了我吧,'帝皇'。我宁愿死在自由的暮色里,也不想活在暴政的黎明下。请诸神满足我的最后一个愿望:让我的阴魂萦绕在此不得安息,待来日笑看你这空虚的国度分崩离析。"

——戴瓦尔·沙恩,泰拉分裂主义军阀,临刑遗言

"倘若某人掌控万千星辰……倘若某人让自身血脉在数十万颗星球上开枝散叶,并将监管银河之权赐予无数儿女……倘若某人心念稍动便可指引上百万艘飞船跨越茫茫星海……那么我请求你告诉我,盼你能够解释清楚,此人怎会不是一位神祇。"

——洛加·奥瑞利安,怀言者基因原体

"宗教仪典遭到蔑视正是国家衰亡最为显著的征兆。"

——尼科洛·马基雅维利,古代欧亚大陆哲学家

第一章

完美之城
虚假的天使
审判之日

第一颗陨落星辰坠向了完美之城的核心。

广场上的午夜集市一如既往地摩肩接踵，人声鼎沸，然而当天空涂抹出一道道烈焰泪痕，繁星迈着庄严脚步飘向大地的时候，沉默便笼罩了一切。

人群分散开来，围观那庞大的天庭访客。当它落在近前的时候，人们才看清楚其真实面目。那根本不是星辰。那并非一团烈焰——它只是用呼啸引擎喷出了烈焰。

那艘完成着陆的飞船扬起冲天尘云，其中夹杂着烧焦油料和未知化学成分的气味。那飞船的轮廓恍若一只凶恶巨鸟，猛禽般的身躯被涂成了钴蓝和暗金两色。它的底部略显橙红，是轨道空降所造成的高温让金属外壳散发出细微嘶鸣与明亮光辉。

希琳妮·瓦兰提恩是围观人群中的一员，她还有三个星期就满十八岁了。她身边低语四起——低语变成吟诵，吟诵变成祷告。

断断续续的震耳雷霆在附近的街道和广场里回荡，那是强悍引擎的低吼与推进器的咆哮。还有更多并非星辰的星辰洒落九天。不计其数的引擎让空气都颤抖起来。一呼一吸之中充满了刺鼻废气。

这从天而降的金属使者背负着神圣鹰徽，穿越大气层的旅途让它的装甲被烧成了焦黑。现实和虚幻在希琳妮的视野里交错浮现，她将此刻目睹的景象与儿时见过的图画进行对比。她并非虔诚信众的一员，然而还是认得这艘飞船，因为无数张卷轴上的笔墨早已将它描绘得栩栩如生。这样的形象在各部经典里随处可见。

她明白人群中的老者为何一边哭泣一边祷告。他们也认得这艘飞船，但并不仅仅是参照神圣经典来加以辨别的。数十年前，他们目睹过同样的飞船从天而降。

希琳妮看着周围的人们屈膝跪倒，将双手举向繁星点点的夜空，热泪纵横地诵读祷言。

"他们回来了。"一个老妇人咕哝道，匍匐在地的她将脑袋抬起片刻，伸手抓向希琳妮身上那件飘逸的舒尔红袍，"跪下，你这无知的妓女。"

如今，整个人群已经开始集体吟诵了。当老妇人再次伸手抓来的时候，希琳妮使劲晃晃腿，摆脱了那根皱缩的鸡爪。

"请别碰我。"希琳妮说。按照传统，在获得本人许可之前，坚决不能如此肆无忌惮地触碰一位身穿舒尔红袍的女子。那老妇人一时狂热，竟然忽视了这古老的规矩。她的尖锐指甲透过轻薄丝绸划过少女的皮肤。

"跪下。他们回来了！"

希琳妮伸手探向那柄贴身绑在大腿上的钩形匕首。纤细而华美的精钢短刃倒映出飞船的引擎火舌，闪动着琥珀色的光辉。

"别……碰……我……"

老妇人嘶声咒骂了一句便重新埋头祈祷。

希琳妮深吸一口气，试图放慢自己的狂乱心跳。空气炙烤着她的喉咙，推进器所喷发的黑烟把一股焦炭般的浓烈味道涂抹在她的舌头上。帝皇的天使回到了完美之城。

她丝毫没有体会到冲昏头脑的崇敬。她也没有跪伏在地感谢帝皇派遣天使再度造访。希琳妮·瓦兰提恩盯着那形如秃鹫的钢铁战机，脑海里的一个迫切疑问令她心急如焚。

"他们回来了，"老妇人又咕哝道，"他们回到了我们身边。"

"对，"希琳妮说，"但为什么？"

那艘飞船里毫无预警地出现了动静。伴随液压装置的尖锐嘶鸣，厚重舱门轰然开启，一块跳板颤抖着放了下来。在惊惶呼喊与紧张哭泣之间，虔诚的吟唱变得愈发响亮。人们诵读着圣言祷文，最后几名尚未跪倒的人也逐一屈膝俯首。希琳妮是唯一一个挺立身躯的人了。

第一位天使从渐渐飘散的烟尘中迈步浮现。希琳妮盯着那个身影，不由得眯起双眼，这个神圣庄严的时刻并未打消她的疑虑。一股寒意悄悄渗入了她的热血。

她轻轻吐出两个字，就好像一个妙龄少女能够用细不可闻的柔声抗议来扭转乾坤。

"等等。"

这天使的厚重盔甲与经典里的图画形象截然不同。它身上并没有那些用龙飞凤舞的优美笔墨来彰显其本质的神圣篇章，也不像帝皇的正牌天使那样披挂着冬日天空般的灰色甲胄。来者的盔甲与它从中现身的飞船一样有着浓重而美丽的钴蓝色，打磨锃亮的青铜镶边闪动着近乎金色的光辉。冷酷面甲上的红色缝隙就是它的一双斜眼。

"等等，"希琳妮抬高嗓门再次说道，"这些不是怀言者。"

她的公然亵渎让那老妇人嘶声咒骂，又朝她的光脚啐了一口。希琳妮不予理会。她的视线从未离开那个穿着钴蓝盔甲的身影，眼前景象与她从小被迫学习的经典之间有着微妙而又明确的分别。

那位天使的同僚们从登陆船的幽暗机舱里现身，走下跳板站在广场上。他们全都披挂了同样的蓝色战甲，全都握着让凡人难以独力搬运的庞大武器。

"他们不是怀言者。"她的声音盖过了周围的吟诵。跪伏在旁边的几个人用严苛低语和恶毒咒骂加以回应。正当希琳妮深吸一口气，准备再次重复自己的谴责时，众多天使突然用非人的整齐步调一同抬起武器，指着密密麻麻的虔诚信徒。这景象让她瞠目结舌。

第一位天使开口了，那低沉粗重的嗓音透过隐藏在面甲里的扩音器传了出来。

"47-10星球首府蒙纳齐亚的居民，聆听此言。我们第十三军团战士已经庄严立誓，必将践行职责。我们奉命造访由人类伟大远征第47号远征队纳入归顺的第十个世界，来此传达帝皇的旨意。"

与此同时，十余名天使一直用武器指着沉默跪伏的大群平民。希琳妮注意到那些惯于发射巨型子弹的枪口早已烧焦，与形如秃鹫的战机外壳一样乌黑。

"你们归顺人类帝国已有六十一年。人类帝皇怀着无比沉重的遗憾心情要求蒙纳齐亚的所有生灵立刻弃城离开。你们的星球领袖刚刚收到了同样的警告。这座城市要在六天之内彻底清空。在最后一天，你们的星球领袖将获准发送一个紧急求救信号。"

人群保持沉默，但他们直勾勾的目光里如今充满了困惑不解，而非崇敬热爱。那位天使仿佛察觉到了人群的注意力涣散，突然抬起武器向天空发了一枪。枪声在寂静环境里分外响亮，恰似在山谷中隆隆回荡的震耳雷鸣。

"在第七天的黎明，任何人都不可滞留于蒙纳齐亚。立刻返回家中。收拾自身财物。尽快撤离城市。抗拒必将引发伤亡。"

"我们能去哪里？"一个女性嗓音从目瞪口呆的人群中传来，"这是我们的家！"

第一位天使转过枪口，不偏不倚地指向希琳妮。她愣了几秒钟才意识到开口质问的正是她自己。周围的人立刻仓皇退避，她陡然被抛在了一块愈发宽广的空旷地带里。

天使重复了自己的话语，那毫无情感的语调与方才无异。"在第七天的黎明，任何人都不可滞留于蒙纳齐亚。立刻返回家中。收拾自身财物。尽快撤离城市。抗拒必将引发伤亡。"

希琳妮咽了下口水，不再出声。人群里响起了呼喊和嘲讽。一个瓶子砸在某位天使的头盔上，粉碎成雨点般的玻璃碴儿，另外几人高声质问这究竟是怎么回事，而希琳妮则转过身去开始奔逃。那些仍旧站在原地，仍旧不知所措的人都被她挤到一旁。

天使手中武器的粗重咆哮在几秒之后响起，帝皇的信使向发起暴乱的人群开火了。

三天后，希琳妮还留在城里。

就像很多将蒙纳齐亚称作家园的人一样，希琳妮的深色皮肤源自曾经生活在赤道沙漠地区的先祖，她那双俏丽的浅棕眼眸略带一抹红褐色。被阳光点亮的栗色秀发如波浪般从她肩头倾泻下来。

至少，那些被爱意冲昏头脑的追求者是这样描述她的。

这也是她在脑海里为自己绘制的形象，然而她在镜子中已经看不到这番容颜了。接连两个不眠之夜让她眼圈发黑，脱水的嘴巴里散发着酸楚味道。

事情究竟如何走到了这步田地，那始终是一个谜。在全城各处，针对入侵者发动的猛烈抵抗仅仅持续了大约一个小时。抗议变成暴乱，暴乱变成巷战，托菲特大门目睹了最为惨烈的一场屠杀。躲在邻近教堂里寻求庇护的希琳妮凝望着那里，即便已经没有什么可看的了。大批平民被枪炮无情剿灭，而他们的罪过无非是胆敢捍卫自己的家园。

一辆钴蓝与青铜两色的作战坦克朝托菲特大门开火了，那场屠杀固然是重大悲剧，而此等行为则是纯粹的亵渎。坦克肆无忌惮地碾过亡者的遗体，向那宏伟建筑发动轰击。炮口的闪光在希琳妮的视野里留下了一块刺痛双眼的残影，但她无论如何都不能转移视线。

托菲特大门轰然倾覆，它的大理石身躯摔落在广场上碎裂开来。那座由白石与金叶搭建而成的艺术瑰宝是献给帝皇座下真正天使的纪念碑，如今却被自称忠于帝国的入侵者悍然化作瓦砾。

希琳妮能辨认出那些从坍塌大门上滚落在地的损毁雕像，仿佛是一具具再无动静的尸首。她常常造访托菲特广场午夜集市，对各尊石雕非常熟悉。每一次，那些大理石天使都矗立在大门表面的各自位置上默默审视她。冰冷无神的眼眸一眨不眨地俯视众生。并无翅膀的全副盔甲借助精巧工艺从光滑石料中生动浮现。这绝非泰拉古老神话里那些生有羽翼的虚假天使，而是遵照帝皇的可畏面相塑造而成的神圣本质——死亡天使。这是他的影子，这是他的子嗣，这是怀言者。

透过尘云，若干异端剪影缓缓向坦克靠近。"奥特拉玛的善战君王，"希琳妮此时嘀咕道，"第十三军团。"

全都是渎神恶徒。他们与怀言者拥有相似的外表，然而这仅仅凸显了他们灵魂的不洁。

星球本地的通信已经瘫痪。她从一个街头商贩那里听说，入侵者在冲破云层之前就早早击毁了库尔的所有人造卫星。无论这是真是假，与其他城市的联络——甚至是蒙纳齐亚城区内部的联络——都已经局限在了口口相传。

"他们在夸米区起义了，"商贩坚称，"不只在托菲特，还有古西亚。死了几百人，或许是几千人。"他耸耸肩，仿佛这只是无足轻重的坊间趣事，"我今晚就动身。与魔鬼对抗是没有好结果的，舒尔阿莎。"

对方颇具绅士风度地采用了希琳妮所属职业的古老称呼，她没有作答，只是微微一笑。毕竟又有什么话可说呢？入侵者已经封锁了整座城市。反抗的种子是永远无法在如此贫瘠的土地里生根发芽的。

一个城区接着一个城区，人们在目睹了最初的几场血腥清洗之后开始大举逃离蒙纳齐亚。等到城门开启，涌向城外的茫茫人流便不曾断绝。

临近夜幕之际，大规模撤离已经全面展开。那些家境殷实的蒙纳齐亚居民们——其中大多是商人，以及担任圣言布道者的高阶教士都安排了私人座驾，匆匆赶往位于其他城镇的备用宅邸。全速起飞的穿梭机充斥了蒙纳齐亚的晨间天空，搭载着那些财大气粗、位高权重、关乎经济命脉或开悟上乘真理的人冲向各自的避难所。

希琳妮还没有离开。事实上，她不确定自己究竟要不要离开。她站在位于建筑二层的居住舱阳台上——这个介乎于住所和牢房之间的卑微小窝坐落在伊罗公寓区，那是城中房价最为低廉的地段之一。

近旁的几座广播塔一遍又一遍地放送着刺耳的信息："带上撤离班机的随身行李要严格遵守重量限制。伊纳加区的所有居民要立刻前往叶尔沙空港或第十二号商贸大门报到。带上撤离班机的随身行李要严格遵守重量限制……"

希琳妮对那些警告置若罔闻，她看着下方街道里摩肩接踵的人群用缓缓挪动的长长队列彻底阻塞了交通。在街道末端，一位第十三军团成员负责指挥人群，恰似在驱赶牲畜。那个虚假的天使手中握着与其他兄弟相同的武器——一把能够投射凶残弹药的巨型枪械。

希琳妮倚着阳台护栏，亲眼见证这个永恒舞台上的压迫者与被压迫者、征服者与被征服者。她所处的街区按照计划要在明天早上之前完成撤离。整个过程生硬冷酷，虚假的天使默默承受着不计其数的咒骂与哀号。

"带上撤离班机的随身行李要严格遵守重量限制。"广播再次隆隆吼道。那些通信高塔本是用于开展城中每天三次的祷言宣读，为蒙受都城庇护的所有人民讲解宽容美德与启蒙真理。如今它们的神圣职能遭到了卑劣的扭曲，沦为入侵者的喉舌。

她的行踪暴露了，希琳妮猝不及防。

引擎的热流让周围空气变得浓厚而燥热，一架小型飞行器在与她阳台齐平的高度掠过街道。那台准乘两人的载具披着由斜面装甲组成的蓝色皮肤，借助厉声尖啸的涡轮引擎在空中穿梭。坐在驾驶舱里的虚假天使扫视着沿途经过的二层窗户。

希琳妮的微微颤抖逐渐要转变成剧烈战栗，但她并没有埋头逃窜。

那架飞行器悬浮在近前，反重力引擎的涡轮扇叶喷涌出一股股热浪。坐在炮手位置里的虚假天使俯下身躯，触动自己颈甲上的某个隐蔽按钮。

"市民，"那位战士的话语经过扩音盖过了引擎轰鸣，仿佛是一阵粗重的吠叫，"这片区域正在展开撤离。立刻前往路面。"

希琳妮深吸一口气，拒不动身。

那位战士看了看驾驶座上的同僚，又将视线转回到默然抗命的希琳妮身上。

"市民，这片区域正在展开撤——"

"我听到了。"希琳妮放开嗓门，勉强压过那架飞行器的炼狱轰鸣。

"立刻前往路面。"战士说。

"你们为什么这样做？"她仍旧抬高嗓门问道。

炮手摇了摇头，攥着面前那台大口径武器的基座握柄，径直瞄准希琳妮。少女咽了下口水——那炮管和她的脑袋一样宽。她的全身筋骨都惊慌失措地抽搐了一下，央求她立刻逃跑。

"你们为什么要这样做？"她继续质问，用愤怒淹没了恐惧，"我们全体沾染了什么样的罪孽，以至要抛弃家园？我们忠于帝国！我们忠于帝皇！"

那虚假的天使纹丝不动地沉默了几秒。希琳妮闭上眼睛，等待着宣告毁灭的剧烈冲击。在这生死关头，她的嘴角却浮现出一抹微笑的骚动。这真是个疯狂的死法，想必会尸骨无存。

"市民。"

她睁开眼。那位战士已经将炮口低垂下去。"众所爱戴的帝皇命令第十三军团前来此处，委任我们展开行动。看看我们。看看我们身上的盔甲，还有我们手中的武器。我们是他的战士，我们服从他的意志。前往路面，撤离这片城区。"

"是帝皇要求我们抛弃家园的？"

战士发出一声咆哮。那震耳吼声如机械轰鸣般生硬，唯独浓烈怒意令其具备了人性。这是希琳妮头一次在入侵者身上捕捉到情感。

"前往路面。"那战士再次抬起炮口，说道，"立刻。你若是再用愚昧粗鄙的言语冒犯众所爱戴的帝皇，我必定把你当即处决。"

希琳妮朝阳台外面啐了一口。"我会走的，但这仅仅是因为我寻求启明。我誓要发掘出这一切背后的真相，我期盼来日的清算。"

"真相必将揭示，"那个战士说道，飞行器准备动身离开了，"在第七天的破晓，转过头来回望你的城市。届时你就能目睹自己渴求的启明了。"

第七天破晓了。

在愈发明亮的天空下，希琳妮·瓦兰提恩置身于加拉赫山麓的一座土丘顶端，用一件紧紧套在传统丝裙外面的长款夹克抵挡着寒意渐浓的秋风。她的纷飞长发恍若一袭狮鬃，她举目眺望东边那座彻底沉默、彻底静止的城市。在此前的几个小时里，一个个喷薄火光的朦胧身影从城中飞离：全都是隶属第十三军团的登陆船，搭载着完成任务回归天外的战士。

太阳迈着不可阻挡的迟缓脚步爬上天际。淡金色的光辉——柔和、明亮却又冷冽——泼洒在蒙纳齐亚的尖塔和圆顶上。在那座华美绝伦的城市里，成千上万支枪尖般的塔楼被黎明染成了金色。

"圣血啊。"少女轻声说道，她哽咽难言，两行热泪在脸颊上缓缓滚落，人类竟能缔造出这等辉煌伟业，"帝皇的圣血啊。"

天空变得更加明亮——天亮也太快了。此刻刚刚破晓，却已经如正午般明媚。

希琳妮抬起头，泪眼蒙眬地看着天边朝霞被第二场日出所点亮。

她看到烈火从天而降，一支支匪夷所思的灿烂光矛穿透云层径直刺入完美之城。但她并没有看太久。不消片刻，那些烈阳长矛就用极端的夺目辉耀摧毁了她的视力，让她陷入彻头彻尾的黑暗，只能聆听整座城市的覆灭。希琳妮脚下的世界剧烈颤抖，她立足不稳跌倒在地。而最糟糕的是，她那双刺痒失明的眼睛得以目睹的最后景象便是蒙纳齐亚化作废墟，万千高塔毁于火海。

被双眼和命运所背叛的希琳妮·瓦兰提恩仰天呼号，祈求暴行得到清算，与此同时，她的家园被焚灭殆尽。

II

最后的祷言

"怀言者，聆听我们的祈祷。

虚假的天使已经降临于此，他们披着与你们相同的外表，却丝毫没有与你们相同的慈悲。他们自称第十三军团，奥特拉玛的善战君王。他们在一周之前遮天蔽日地突然出现，自此以来便动辄施加残暴威胁，满口言语皆脱不开杀戮和苦难。那些战士在蒙纳齐亚的街巷中横行无阻，逼迫广大人民弃城而去。一切反抗者都惨遭屠戮。愿命运垂怜，让他们作为烈士广受后人铭记。

蒙纳齐亚并非特例。整颗星球上的十六座城市已经空无一人，全然死寂。

多日以来，我们被迫陷入沉默，无法向你们发出呼唤。在这最后一天的黎明之前，第十三军团才允许我们开口片刻。他们宣称将在明天破晓之际用一场烈焰风暴终结完美之城。快回来，求求你们。快回来，让他们为这不义之举付出代价。为英勇牺牲的人们报仇雪恨，让黎明时分就要覆灭的这一切重现辉煌。

怀言者，聆听我们的祈祷。

快回来，福泽无尽之帝皇的了嗣。快回来——"

——由库尔星球首府蒙纳齐亚发出的第一个也是唯一一个紧急求救信号

第二章

锯齿烈阳
满目疮痍
奥瑞利安

希琳妮所祈求的清算花费了两个月的时间才终于降临。近九周以来，他们在虚妄界域的动荡潮水中劈波斩浪，拼尽全力穿越虚空直扑目标，罔顾自身安危也丝毫不加节制。他们遗失了舰船。他们折损了人员。但他们抓住了每一分每一秒。他们的迅猛势头让现实都为之颤抖。

饱受磨难的引擎推动着第一艘战舰撕开帷幕返回了现实。它冲破那道时空创口，开始加速前进，恍若一柄从亚空间投掷出来的灰色标枪，身后拖曳的朦胧云雾有着疯狂的色泽。它的引擎粗哑呼吼，向静默太空喷吐着滚滚热浪。

由大理石和黄金垒成的华美雕像矗立在它的起伏脊梁上，凝望着无垠太空里的璀璨星光。披覆装甲的宗教建筑比比皆是，恍若战舰钢铁皮肤上的无数肿块。诸多壮丽教堂的围墙顶端搭建了牢固城垛，那些规模较小的圣殿也用一列列防御炮台装点着各自最为高大的塔楼。这艘气势汹汹的庞然巨兽与其说是太空战舰，倒更像是一座奉献给祈祷和征战的星海城塞。

它的鲁莽速度让钢筋铁骨颤抖不已，但它并没有放缓脚步。蓝白色的引擎尾气在它背后描绘出一条迅速消散的烟雾轨迹，那些巨型推进器的建造时间足有数十年之久，耗费了成千上万名劳工几百万小时的心血。船首是一对硕大无朋的撞角——那雄鹰造型由致密金属铸就，被打磨得银光锃亮。鹰爪里握着一本钢铁打造的摊开书本。那猛禽大张尖喙，时时刻刻发出无声的嘶鸣。它的冰冷双眸映着星辰光辉。

其余战舰随后抵达，那些体形较小的灰色虚影纷纷撕裂现实冲出亚空间——仿佛是一片遮盖了闪亮繁星的密集箭雨。起初是几艘，之后是十几艘，很快就形成了一支舰队，最终组成了一支所向披靡的无敌舰队……一百一十六艘战舰，这在人类种族古往今来所组建过的任何浩荡大军之中都名列前茅。

更多星船还在不断抵达，它们大肆踩躏界域之间的那道帷幕，从虚空闯入现实，埋头追赶那艘气势恢宏的旗舰。

这支灰色舰队组成了松散阵形，较为迟缓的成员渐渐落在后面，百余艘战舰向着一个蓝绿色的世界逼近。

那是一个早已被另一支舰队包围的世界。

这支舰队的一名成员——它本身颇为强大，然而在一马当先的旗舰面前相形见绌——是战斗母舰深远号。在低哥特语里，它的名字被粗糙直白地翻译成"来自深远之处"。而在家园世界寇其斯的方言里，它则要根据古哥特语词根翻译成"来自绝望深渊"。

在战舰骨架里奔窜的剧烈颤抖如同临终抽搐般逐渐平息，实体空间重新掌管这艘星船，常规引擎接替了过热的亚空间推进器。深远号的舰长从华丽的指挥宝座上站起身来，他的战舰终于彻底甩掉了天界的残存枷锁。这个位于高台中央的宝座由黑钢铸就，搭配象牙雕饰，表面覆满了祷言卷轴。另外三人伫立在通往宝座的阶梯上，全都披挂着花岗岩般的灰色战甲，目不转睛地盯着那块彻底占据了前方墙壁的巨型屏幕。

一幅无可比拟的混乱场景正在屏幕中上演。在尚未接触到敌人的时候，舰队的作战纪律就已经开始涣散，仿佛每一位舰长心中的怒火都毫无顾忌地渗入了各自星船的航行中，在理应保持专注的关键时刻频频滋生冲动行为。

战团长的盔甲脉动着能量，一条条缆线引向身后的动力背包。这套特制铠甲远比其他阿斯塔特的装备更为华丽，明目张胆且毫无愧意地展示着战团长迪乌莫斯的个人成就。两侧肩甲上精心铭刻着寇其斯的楔形文字，用极具诗意的描述方式记录了他的诸多胜利与杀敌之数。一个青铜雕饰镶嵌在左侧肩甲上，覆盖住了符文诗句，那是一本摊开的书籍，页面燃着烈火。每条火舌都用红铁手工刻制，并独具匠心地焊接于书籍上。在恰当的光线环境里，那金属页面仿佛会闪动赤红火光。

最后，在那顶咆哮猛兽造型的头盔上，一侧护目镜周围镶嵌着用黄铜打造的尖刺星标徽记。同样的图案也出现在深远号的外部装甲和脊背建筑表面，标志着这艘战斗母舰隶属锯齿烈阳战团。舰队中的所有星船都负有各自的独特徽记——白骨王座、辉煌新月、盘卷长鞭……不计其数的标志，层层叠叠的含义。此时此刻，它们仿佛是印着象形文字的占卜符石，被一位萨满抛在了幽深太空里。

每一名战士、军官、侍从和奴仆的目光都聚焦在库尔星球，以及那座曾经显而易见的首府城市。也可以说它仍旧显而易见：整整四分之一块大陆都被那片焦黑灰烬玷污。

迪乌莫斯的容貌简直像是从喜马拉雅山脉中采得的一块岩石劈凿而成的，那古老峰峦距离他两百年前诞生的位置倒是并不远。有些人脸上常带笑容，迪乌莫斯并非如此。他的性情更加苍凉黯然。

他麾下的第七连连长曾经说过，他这张覆盖伤疤的面孔就是一部无人愿意亲历其中的战争编年史。想到这里，迪乌莫斯露出了微笑。他喜欢阿格尔·塔的俏皮话。

一时失神的迪乌莫斯走出回忆，再次审视屏幕，他仍旧不确定自己正在目睹的究竟是什么。舰队其余成员分散开来，组成了攻击阵形，其中很多星船还在继续加速。那些先驱斥候则已经显著放慢脚步，逐渐熄灭了引擎的怒火，让行进势头趋于平缓。

"情况如何？"迪乌莫斯问道，头盔扩音器将这几个字化作刺耳咆哮，"探测站，汇报。"

"正在接收初步探测报告。"环绕在三棱柱形探测台周围的军官们都是凡人，穿着与战团长盔甲颜色相仿的深灰制服，探测主管的脸已经变得煞白，"我……我……"

战团长将凌厉目光扫了过去。"讲，有话快说。"他命令道。

"蒙纳齐亚上空同步轨道里的敌方舰队确实是帝国单位，长官。"

"如此说来是真的，"迪乌莫斯说，他盯着探测主管，那位平日里嗓音粗重、性情沉稳的年迈军官此刻盯着面前一块三米见方的显示屏，正在癫狂地调整操作旋钮，"讲。"

"它们是帝国单位，已经确认。它们不是敌人。传感器已经接收到了数量极大的应答密令，都是主动广播的。它们正在向我方舰队全体成员表明身份。"

迪乌莫斯的紧张感并没有消退。相反，它在脑海里越钻越深，将一份令人心急如焚的记忆扯了出来。"快回来，"那段求救信息如是说，"他们自称第十三军团。快回来，求求你们。"

迪乌莫斯将这扰乱心神的念头沉入思维深处。他需要集中精力。

他在屏幕上看着一艘艘灰色战舰放缓速度，那些强悍引擎的宽阔巨口喷吐着愈发暗淡的火光。几艘星船从舰队主体偏离出去，打乱了攻击阵形的优雅结构，这想必是疑虑在作祟。没有任何一位舰长知道该如何应对。

如此多的战舰放慢脚步或是脱离阵形，让这场协调完美、结构工整、来势汹汹的突击行动土崩瓦解，再也没有重整旗鼓的余地。即将发动全面攻势的雄伟舰队化作一盘散沙，纷纷关闭了武器系统。在这场上演于浩瀚星海的芭蕾表演中，舞者们明显心有不甘地戛然谢幕。诸位舰长的情绪似乎再一次感染了各自的星船。

星球本身已经很近了，足以让敌方舰队在视野里浮现。目前它们还只是一些细小黑点，在厚重云层的衬托下悬浮于低层轨道。迪乌莫斯转过身看着诸位兄弟兼下属，他们伫立在通往高台的阶梯上。

"现在我们要查清真相了。"

"今天必定以黑暗收尾。"第七连连长开口说，他的左眼护目镜周围也嵌着锯齿烈阳，"我们知晓真相，知道我们的兄弟军团干了什么。任何借口都不能化解原体的悲伤。任何理由都无法平息他的怒火。你我对此很清楚，长官。"

迪乌莫斯点点头。他在片刻间对信仰之律号迅猛不减的速度感到忧虑，他担心旗舰会像一把灰色尖刀般捅进对方舰队的心脏，让喷薄火光的炮口肆意唱出它们的夺命歌声。兄弟相残，阿斯塔特对阵阿斯塔特。

在过去，这种无比荒谬的念头会以那诱人的禁忌意味勾起他的一抹微笑。但今天不一样。

"我们收到了呼叫。"一位通信军官在工作台前喊道。

终于，这份覆盖整支舰队的信息来自那唯一一个足具分量的嗓音。在舰桥里公开播放的信息饱受通信扰动的影响，但依旧清晰可辨。

"吾儿。"无论多么严重的干扰都难以抹消这话语里的伤痛和慈爱，"吾儿，我们已经抵达库尔．蒙纳齐亚的最后祷告现在必须得到回应。今天，我们要亲眼见证完美之城如何毁于兄弟手中。"

站在指挥宝座周围的四名阿斯塔特面面相觑，但他们的表情被第三型战甲的头盔遮盖住了。他们都能听出父亲嗓音中的颤抖。

"吾儿，"信息继续播放，"血债必须血偿。今日之事不会轻易了结，我们定要找到此行所求的答案。我发誓——"

信息并没有结束，而是被切断了。一个具备更高权威的信号占据了通信网络，足以遮蔽军团原体的讲话。

那个嗓音更为低沉冷漠，但同样诚恳。

"怀言者战士们，我是第十三军团的基里曼，马库拉格之主。你们要立刻奉命前往星球地表，在昔日蒙纳齐亚的废墟中央集结。坐标正在发送。这份训令不可违抗。你们的整支军团都必须奉命集结。完毕。"

那个声音就此停止，沉默随之降临。

深远号的舰桥里有近百个灵魂——凡人、机仆和阿斯塔特。在约有一分钟的时间里，没有任何人开口。

第七连连长旁若无人地转过身去，迈步走向舰桥出口，他的装甲战靴伴着隆隆声响踏在塑钢甲板上。

"阿格尔·塔？"迪乌莫斯向头盔内置通信器说。他的护目镜屏幕追踪着下属连长，一列列白色的生理节律数据滚动显示。他朝视野边缘的一枚符文眨眨眼，关闭了自动生成的战术信息。

第七连连长转过身行了个神圣的鹰徽礼，他的两只手掌在锃亮胸甲前方组成那代表帝皇的标志。

"我去让第七连准备登陆？"他说道，"我们寻求的答案在库尔地表，在完美之城的废墟里。我要得到那些答案，迪乌莫斯。"

烟雾与尘埃让污浊的空气显得十分厚重。他们脚下是一片黑沙荒漠，其中点缀着熔融固结的玻璃和大理石，但这些映射阳光的平滑斑点很快就被战靴纷纷碾碎。

阿格尔·塔深吸一口气，嗅到了在盔甲内部经过多次循环的体味——汗臭，以及经过基因强化的浓烈鲜血的腥味——但他不忍将盔甲彻底密封起来。周围这片满目疮痍的大地散发着硫黄与焦土的刺鼻气息，让一呼一吸都掺杂着悔过的意味。

一切都被夷平了。上百万座大理石建筑被炸成瓦砾，随风飘扬的粉末逐渐附着在伫立于蒙纳齐亚中心的怀言者战士盔甲表面。不断积聚的尘埃将阿斯塔特战甲上的誓言纸张与祷言卷轴变成了灰白色。阿格尔·塔看着自己的战士置身于这片毁灭景象里——有些人漫无目的地挖掘废墟，也有些人僵立在原地——他搜肠刮肚地为这一刻寻找恰当的话语。

无论恰当的话语是什么，他的脑海都一片空白。

通信频道嘶鸣着激活了，萨芬的识别符文浮现在阿格尔·塔的红色视网膜显示屏里。

"六十年前，我们就站在这里。"萨芬走到了连长身旁，他那套稀有的金边盔甲被缓缓飘落的尘埃染灰了，第七连的牧师终于和各位兄弟外形相仿，踏足蒙纳齐亚骸骨的战士们已经难辨彼此，"如今这座城市被尘云淹没，但我们曾经站在同一个位置上。你记得吗？"

阿格尔·塔凝视着彻底湮灭的地貌，往日的幽魂在烟雾中朦胧浮现——不复存在的尖塔与拱顶。

"我记得，"他回答，"这里是伊纳加区的公共广场。"他指向南边，即便任何方向都是同样的凄凉焦土，"托菲特大门在那边，是传道士和商人聚集的地方。"

萨芬点点头。他头盔的左眼位置有着与阿格尔·塔相仿的印记：锯齿烈阳，代表着两人同属一个兄弟会。借助磁力固定在他背后的那柄武器——奥秘牧杖，怀言者牧师的战锤——也以同样的造型铸就。锤头是一颗覆满尖刺的黑钢圆球，其中嵌着银丝脉络。

零零星星的交谈逐渐归于沉寂，直到那局促不安的静默被另一支连队展开登陆的轰鸣所打破。厉声呼啸的推进器托着众多炮艇完成了旅途的最后阶段，将带有利爪的起落架扣进饱受摧残的地面。那烟火缭绕的引擎废气通常都极度刺激感官。然而今日，它在当地的灾难场景里已不值一提。

舱门和跳板轰然开启。披着第十七军团铭文盔甲的百余名战士向这座覆灭都城迈出了第一步。勉强维持的阵形几乎瞬间瓦解，阿斯塔特各自分散开来，难以接受眼前的现实。阿格尔·塔眨眨眼，激活了头盔屏幕里的一枚通信符文，重新切换至公共频道。这些新近抵达的战士身披第十五连的标志，他们纷纷表达着哽咽难言的惊愕与徒劳无用的怒火。他们的胸甲上覆有白骨王座战团的堆叠骷髅徽记。

阿格尔·塔默默向对方致意。离他最近的一位战士立刻回礼，对他的军阶表示尊敬，即便双方效忠于不同的战团。他们的身躯和血脉都属于怀言者。

这高于一切。

更多雷鹰炮艇从头顶掠过，它们正在努力寻找适合降落的空旷位置。已经抵达地表的战士和尚且停留在原地的炮艇占据了很大空间，让军团的后续部署变得愈发困难。从东到西，由北至南，剧烈颤抖的炮艇往复穿梭，让雷鹰炮艇保持悬浮的引擎喷吐出大团热霾，将天空涂抹得一塌糊涂。

每过几分钟，天空就会突然陷入昏暗，昭示着一架风暴鸟的降临。这些庞大的登陆船足以承载整支连队，它们的脚步震耳欲聋，身影遮天蔽日。

阿格尔·塔漫无目的地缓步前行，将零乱碎石碾在脚下。他已经厌倦于品尝蒙纳齐亚坟冢的硫黄恶臭，把盔甲的循环系统彻底封闭了。熔融岩石与烧焦大地的气息向来刺鼻，这片废墟中极为浓烈的味道让经过基因强化的嗅觉系统也难以忍受。他呼吸着盔甲内部的循环空气，继续前进。

地面崎岖不平，极限战士的轨道轰炸留下了满地的焦黑弹坑。阿格尔·塔能感觉到盔甲的稳定器活塞与重力陀螺仪不断针对外部环境做出补偿。面对一块块崭新的艰险地形，护膝和腿甲的内部机制伴随短暂的充能嗡鸣迅速加以适应。

他不需要查看视网膜显示屏里的测距读数也知道萨芬跟在自己身后。牧师不出所料地再次开口。

"我感觉我们仿佛一枪未发就已经输掉了战争。"牧师说道，"不过仰望天空吧，兄弟。我们的父亲来了。"

天空再次陷入昏暗，阿格尔·塔仰起脑袋看着最后一架风暴鸟从头顶掠过。映着正午骄阳的金色机身洒下一片灿烂眩光。连长的护目镜自动加深颜色以适应光线。

他看清了上空的景象，也看清了其中的羞辱。众多体形较小的蓝色雷鹰炮艇组成一个紧密阵形，将那金色的风暴鸟团团包围起来。一支护送编队，它用于看守，而非仪仗。极限战士押送着怀言者原体前往地表，仿佛后者是一个即将在众目睽睽之下屈辱受刑的囚徒。

阿格尔·塔眯起眼睛，头盔随之将图像放大。护目镜迅速重新聚焦，视野仅模糊片刻就恢复了清晰。

所有极限战士炮艇的枪口都直指那艘金色的怀言者风暴鸟。

"你看到了吗？"他向萨芬问道。

"如此直白的冒犯实在难以忽略，"牧师回答，"若非亲眼所见我绝不会相信。"

阿格尔·塔看着登陆船的飞行弧度指向城区更深处，每一位怀言者战士立刻毫不迟疑地转过身去，追随那艘巨型炮艇的前进方向。

"这是历史正在铸就的气息，"萨芬咕哝道，"坚定意志，兄弟。注意你的情绪。"

连长从未在萨芬的嗓音里听到过这层惶恐不安的意味。他自己的镇定状态也因此变得更加脆弱。

"答案。"阿格尔·塔回应道，他在视网膜显示屏里调出了爆矢枪弹药存量和盔甲能量背包温度数据，"答案，萨芬。我别无所求。"

阿格尔·塔与萨芬率领第七连踏入城市中心，走向整支军团的集结地点。

十万名战士静静伫立在夕阳下。

十万名战士组成完美无缺的齐整队列，用灰色铁拳紧握爆矢枪，骄傲地高高抬起戴着头盔的脑袋。十万双红色护目镜直视前方。每支小队由军士率领。每支连队由连长率领。每支战团由战团长率领。

旗手们站在每一支连队前方，高举着被尘埃蒙蔽了图案细节的旗帜。锯齿烈阳战团的标志在马尔诺军士手中与三支下属连队的旌旗共同耸立，但无论在尺寸还是意义上皆远远胜出。旗面上的标志与每个战士头盔左眼位置用铿亮青铜打造而成的徽记如出一辙，那尖刺圆环周围装饰着六十八枚挂在黑铁锁链上的漂白颅骨。其中有人类也有异形，都是值得铭记的敌军勇士。同样的锯齿烈阳徽记环绕在一枚枚颅骨的左侧眼眶周围，以阿斯塔特鲜血绘制，由连队牧师庄严赐福。

全员集结的军团将众多类似标志高举在头顶。它们随风晃动，奏响了一曲阴沉的旋律，旁边的连队旌旗猎猎飘扬。

阿格尔·塔和锯齿烈阳的其余军官迈步上前，让麾下战士继续列队待命。虽然这支战团远不是最受原体垂青的——此等荣誉要属于那些由二十多支连队组成的显赫战团——但他们的军衔仍旧对应着最前列的位置。

阿格尔·塔穿行于一排排如雕像般纹丝不动的怀言者战士之间，将通信器切换到了在展开空降之前分配给第七连的专属频段。

"站直了，兄弟们。我们很快就会得到启迪。"

接连传来的十声嘀嗒轻响表明他麾下的每一位小队士官都接到了信息。

诸位连长集合列队，其中几人轻声相互致意，他们的头盔和肩甲都彰显着各自效忠的战团标志。

在他们面前，那艘金色风暴鸟停泊在六架极限战士雷鹰炮艇中间。穿越大气层的炽热旅途已经将它们陶钢外壳棱角处的涂装烤焦了几处。

一位连长迈步出列。他只前进了一步，但阿格尔·塔仍旧能察觉到地面的微微颤抖。

身披终结者雄伟盔甲的第一连连长科尔·法伦地位显赫，独步群雄。这套代表着军团精锐的银色战甲是在火星铸造厂新近出炉的，那至精至诚的工艺雕琢出了足以匹敌主战坦克装甲的层叠陶钢，让他在下级军官之间鹤立鸡群。他仅有的武器就是盔甲的内置装备：两只格外庞大的手甲，其十指末端分别探出一根利爪，那些修长弯曲的锋刃恰似偏远帝国世界居民所用的割麦镰刀。利刃内部埋设了精细电路，只需第一连连长心思稍动，这些供能脉络就能为铁爪赋予一层暴烈力场。

和其余连长不同，科尔·法伦并未佩戴头盔，公平地讲，若不运用突破性的艺术手法，任何诗人或画家都难为第一连连长描绘出英俊形象。阿格尔·塔看到科尔·法伦的指尖利爪上电流奔涌，流露出对方的焦躁情绪。那位战士的面孔凝固在一副仅仅品尝过苦涩与灰烬的鄙夷神色中，阿格尔·塔从未见过他展露任何与此不同的表情。即便披挂着气势逼人的威武盔甲，科尔·法伦的脸依旧干瘪紧绷、苍白如骨，在双方仅有的几次相遇中都是如此。

"我憎恨他，"萨芬在通信频道里轻声说，"他把那套盔甲当作盾牌，遮挡住自己的成百上千处弱点。我憎恨他，兄弟。"

阿格尔·塔站稳脚步，将爆矢枪端在胸前。同样的表态他已经从牧师口中听过很多次了，今日他也想不出什么话来平息朋友的肝火。

"我知道。"他简洁地回应道，盼望萨芬能安静下来。这实在不合时宜。

"他不属于我们。他是个虚假的阿斯塔特，"萨芬咬牙切齿地搬出了那套令人熟悉的责难论调，"他是不纯的。"

"今日不宜发泄宿怨。"

"正是这种懈怠态度让你永远拿不起奥秘牧杖。"牧师说道。

科尔·法伦凭借裙带关系而晋升为第一连连长，这是公开的秘密。在洛加远离帝国怀抱的少年时期，科尔·法伦扮演了他精神导师和养父的角色，替代原体的真正父亲对这位半神的成长历程加以塑造。两人并肩度过了一段充满牺牲与变革的岁月，共同投身于一场场险些让寇其斯分崩离析的圣战，最终让整个世界臣服于洛加的仁慈统治。

当帝皇在一个多世纪前抵达寇其斯，将第十七军团的指挥权交给洛加的时候，科尔·法伦已经太老，无法接受那些成为阿斯塔特所必需的内脏器官植入与青春期前基因改造了。然而由于原体对他的器重，科尔·法伦仍旧借助大量的回春手术、昂贵的机械义体和有限的基因编辑超脱于芸芸众生之上。

纵然抛下了凡人的身份，他毕竟没有升格为真正的阿斯塔特。阿格尔·塔凝视着那个基因改造折中手段的巅峰作品。即便称不上崇敬，他也足够尊重对方，不愿出言诋毁。

科尔·法伦朝崎岖地面啐了一口，那团强酸唾液腐蚀着废墟乱石。阿格尔·塔终于向萨芬的姓名符文眨眨眼，重新激活了兄弟间的通信频道。

"你怨恨的仅仅是第一连连长的不纯，抑或是他全然缺乏军团的素养和纪律，却斩获了让你我二人加起来都望尘莫及的赫赫功勋？"

萨芬低沉而阴暗地哼笑一声。他双手紧握牧师权杖，将锤头拄在地面上。

"每一场战役他都追随在原体左右。他麾下是第一连的军团精锐，他身上是终结者的至强装甲。在这种条件下还不能建功立业的恐怕只有白痴了。"

"我听过他讲道，兄弟。你也是。我不喜欢他，但我尊敬他。他对丁圣言有着与众不同的深刻理解，他的睿智见地往往让我热血沸腾。当年他身为区区凡人牧师，却能在全球规模的激烈内战中运筹帷幄，最终夺取胜利。现如今他更加不可小觑。"

萨芬的嗓音变得愈发严苛："身心不纯，罪无可赦。"

"他是原体的选择，"连长也用更加冷硬的语气回应，"这对你而言毫无意义吗？"

"我决不怀疑父亲的判断。"对方不情愿地答道。

就在阿格尔·塔感觉萨芬还有话要说的时候，牧师却缄口不言，或许是兄弟的责备让他察觉到了蕴藏其中的教训。

"做好准备。"科尔·法伦低吼道，他的深沉嗓音与枯槁面孔显得并不相称，

"原体来了。"

话音未落，那艘金色风暴鸟驾驶舱底部的跳板就顺滑地徐徐张开了。

阿格尔·塔轻呼一口气，绷紧了身躯，主心脏跳动得愈发迅猛。虽然并非置身于战场，他的副心脏还是逐渐开始缓慢搏动，像是一种回应。

那个身影独自迈下跳板，第七连连长目不转睛地凝视着残破地面，然而崇敬的热泪却还是渐渐开始浸润他的眼角。他已经有近三年时间未见到自己的原体了。即便他是以履行职责的神圣名义阔别原体的灿烂光辉，但对他而言，这段岁月依旧是在深幽乏味的阴影里困顿前行。

通信频道里顿时浮现出成千上万个嗫嚅嗓音，不计其数的怀言者战士轻若叹息地诵读着父亲的名号。他们有幸再次沐浴原体的光芒，很多人都为此感激命运垂怜。若有若无的虔敬吟唱飘入通信频道，细如耳语。阿格尔·塔是少数几个在最初保持沉默的人，他用无声的祷言来感激命运的恩赐。

三年，在黑暗中奋力拼杀的漫长三年，祈祷这一刻尽快到来的漫长三年。被极限战士召来此处所引发的一切顾虑、一切担忧、一切怀疑全都在刹那间烟消云散。

那个身影站定了。阿格尔·塔察觉到踏过焦土的脚步声已经停止。

待到此时他方才开口，单单一个名字——唯独体内流淌着洛加的血脉，手持奥秘牧杖与爆矢枪征服愚昧银河的勇武子嗣才会采用这一称呼。

"奥瑞利安。"连长的声音彻底淹没在无尽的低语中。

阿格尔·塔抬起头，看到这破败墓园中央伫立着一位现世神祇的光辉子嗣。

第三章

血债血偿
掌印者
人类之主

第十七原体在迅猛崛起的人类帝国中拥有很多名号。在他麾下军团所过之处的世界上，他被称为天选者，或是第十七子，抑或更为文雅的怀言者。

对于原体兄弟们而言，他仅仅是洛加，这是他在家园世界获得的名字，彼时帝皇尚未抵达那历经动乱岁月的寇其斯。

然而与很多原体一样，他也拥有一个非正式的名号——都是十八支军团惯于采用的尊称。第三军团的弗格瑞姆被崇敬地唤作紫凤，第十军团的费鲁斯·曼努斯人称戈尔贡，而第十七军团的主宰则是尤里曾——这个几乎埋没在久远岁月里的名号源自泰拉的古老传说。

然而此时此刻聚集在废墟里的十万名战士并没有采用那些称呼。全员集结的怀言者军团组成了完美的齐整阵势，彰显着难以置信的雄厚力量，置身其中的每一位原体子嗣都嘶声念诵着他的真正名号，仿佛那几个音节组成了一句祝福祷言。

"奥瑞利安。"他们齐声低语。洛加·奥瑞利安，金身洛加，这才是军团之父在子嗣们心目中的身份。

第十七原体将目光投向这些以服从他命令为天职的灰甲战士。面前的壮阔阵势仿佛让他在片刻间因震慑而静默。距离原体最近的战士在他眼中捕捉到了骤然点亮的心灵之火。

"吾儿，"他开口说，一道沾染悲伤的微笑为这几个字赋予了别样的色彩，"看到你们让我心神振奋。"

凝视一位帝皇子嗣就如同畅饮一杯用无瑕圣容酿造而成的浓烈美酒。人类思维难以恰当处置自己目中所见的情形，就算是阿斯塔特战士那经过了尖端技术强化的感知能力也不能免疫。阿格尔·塔第一次站在洛加面前的时候还只是个不足十一岁的孩子，那场经历让他在长达月余的时间里梦魇缠身，夜夜遭受困惑与痛苦的侵袭。

负责看护那些幼小新兵的军团药剂师们对此早有准备。在分配给军团候选成员的单人房间里，图瑞昂曾经向阿格尔·塔解释过这种现象，也正是那位药剂师监督了他早期成长阶段中的各项器官植入手术。

"梦魇是正常的，过段时间就会消退。你的思维必须逐渐接受自己看到的一切。"

"我说不好我究竟看到了什么。"男孩承认。

"你看到了一位神之子。这本不是凡人的思维和眼睛应当见证的。要花些时间才能适应。"

"我闭上眼就会疼。我回想起他就会疼。"

"不会永远都疼的。"

"我想为他效劳。"那个仍旧因昨夜梦魇而微微颤抖的十一岁男孩庄重承诺道，"我会为他效劳，我发誓。"

图瑞昂当时点了点头，继续为他讲解在真正成为阿斯塔特之前必须经历的一项项致命试炼。阿格尔·塔对此充耳不闻——至少，在那天早上他没有去听，在寇其斯的微弱晨光透过一扇窗户照亮这间斗室的时候他没有去听。

他有时依然会想起图瑞昂。那位药剂师早在四十年前就死去了，阿格尔·塔仍旧保留着昔日战斗的纪念品。时至今日，他只要捧起那柄具有弧度的异形断剑就总会想到它是如何切开了图瑞昂的喉咙。

事实上，这就是他将其保留多年的原因。追忆，这或许是个病态的习惯，牧师们常常对此做出批评。收集那些夺走兄弟性命的武器标志着一个并不健康的心灵。

阿格尔·塔抬起头。

"血债血偿。"洛加对这些聚集在蒙纳齐亚焦黑坟墓里的战士们说，"血债血偿。"

每当有幸面见父亲的时候，阿格尔·塔总是要谨慎控制自己的目光，将注意力集中在单独的几处细节上，避免直视基因原体的整体形象。

洛加那双如寇其斯飘雪冬日般的灰色眼眸周围涂抹了黑炭，在皮肤的衬托下显得更加明亮——原体的皮肤在肉眼看来似乎是金色的。

阿格尔·塔的头盔镜片将整个世界都过滤成了灰暗乏味的战术信息，但并未因此丢失任何图像细节。他能清晰分辨出原体苍白皮肤上的文身，那是数以千计用金色颜料书就的寇其斯符文。据说洛加全身上下都覆盖着楔形文字的经文刺青。可以确认的是，从光洁头颅到下颌轮廓，他的面孔上排列着一行行密集工整的文字，无不是表达崇敬的祝祷、对光明未来的预言、呼唤神力相助的祈愿。

这些文字也蔓延到了遮挡住洛加肌肤的金色装甲上，由强酸蚀刻在光滑锃亮的盔甲表面。虽然第十七原体拥有英武超凡的威严姿态，但他并没有借助华而不实的装备来凸显自己的宏伟。他的盔甲诚然金光耀眼，却并不比麾下连长们的第三型战甲更为华丽。钉在他胸甲和肩甲上的誓言纸张与经文卷轴没有宣扬原体的个人荣誉，而是记录着他对于父亲的忠诚宣誓，以及他对于帝国子民的热忱奉献。

"我们已经走到了这一步。"原体说道，他的声音始终像耳语般低沉，因为他丝毫不必抬高嗓门。这轻柔语音让近旁的子嗣能够清楚地听到，也透过通信器顺畅地传递给了远处的战士。

"我们已经走到了这一步，而他们还要让我们苦苦等待答案。"

人类的语言造诣不足以表述从洛加灵魂深处辐射出来的那股强烈自信。他的纤薄嘴唇微微扭曲，扬起一道属于激昂诗人的隐约浅笑，纵然踩在他脚下的正是自己终极成就的焦黑坟墓。那双仿佛不愿挥动武器的金色手甲里握着一柄与阿斯塔特战士身高等长的奥秘牧杖。

启明是原体对于营造雄壮表象的唯一一项妥协。这把武器的象牙色长柄在抓握位置包裹了黑钢进行加固。球形锤头由精金铸就，被独具匠心的锻造大师染成乌黑，并镶嵌了银色符文。等距排列的长钉从战锤外沿刺探出来，每一根都有凡人手臂之长，它们为这把武器赋予的凶蛮气势简直与那位手握兵器驰骋星海的求索哲人大相径庭。

倾注在洛加掌中奥秘牧杖里的工艺和心血固然无与伦比，却仍旧打造出了一柄全无丝毫美感的浮华武器。众多世界被它的主人付之一炬，怀言者军团的每个牧师都挥舞着它的仿效之器。

洛加的每一位子嗣，即便是与他阔别多年的那些战士，都注意到了父亲的焦躁不安。原体望向那几架落在地面的极限战士雷鹰炮艇，等待着任何人露面的迹象。那副诗人的笑容周围是隐约可见的黑色胡茬儿，阿格尔·塔以前从未在一丝不苟的原体身上看到过如此不修边幅的模样。

洛加转过身去，凝视着那些纹丝不动的炮艇。他的低语传到了怀言者军团全体战士耳中。

"基里曼，我的兄弟，你我或许称不上志趣相投，但终归血脉相通。来见我吧，为你的疯狂行径承担责任。"

话音未落，那些炮艇就近乎戏剧性地一齐打开了舱门。极限战士终于现身，整支军团都听到了父亲的最后一句耳语。

"怀言者，"他的低声警示就像蛇皮滑过丝绸般轻柔，"做好准备，警惕任何背叛迹象。"

区区一百名战士与十万人分庭抗礼。一支极限战士连队陪同原体来到地表，伫立在这片由灰色铠甲组成的海洋面前。此刻局势剑拔弩张，但阿格尔·塔还是说不清对方的这番举动究竟该让自己感到迷惑还是愤怒。最终他认定二者皆有，心中不禁愈发焦躁恼火。

"第十九连。"萨芬在通信频道里说，他看着极限战士的旗帜在微风中缓缓飘动，旗面上绘制了一匹生有烈火鬃毛的昂扬白马，图案下方还有一串编号，"有意思。"

阿格尔·塔望着那匹白马随风腾跃，试图解读第十九连的存在代表什么意义。那骏马形象栩栩如生，它的火焰马鬃仿佛真的在熊熊燃烧。埃松麾下的极限战士第十九连就算在基里曼的军团之外也是声名远播。埃松本人执掌了一整支帝国远征舰队，独立于原体自行运作，据说他是一位态度强硬的使节与手段老辣的外交家。无论事实如何，托付给这位连长的沉重责任和自主特权毕竟是绝大多数阿斯塔特永远无法企及的。

"他们的名称，"萨芬说，"来源于马库拉格古老神话里的喷火骏马。埃松是负责拉动太阳神战车穿越天空的骏马之一。"

阿格尔·塔忍耐住摇头的冲动。"完全无意冒犯，兄弟，但我根本不关心。"

"知识就是力量。"牧师回答。

"集中精神，"连长厉声说，"你们都听到原体的话了。"

萨芬在通信频道里做出回应表示遵命——单单一声电流嗡鸣。

最后一艘雷鹰炮艇用蒸汽四散的活塞缓缓降下了跳板。阿格尔·塔绷紧全身肌肉，纹丝不动地看着第十三原体在荣誉卫队的簇拥下迈出机舱，紧随其后的是……

"不。"他在震惊中屏住了呼吸。

"帝皇之血在上。"萨芬低语道。

站在队伍前方的洛加带着一副蝰蛇般的阴狠微笑冷眼旁观。"掌印者马卡多。"

在那位披挂着珠白与蔚蓝两色铠甲的原体背后，是一个衣着朴素且其貌不扬的瘦削身影。泰拉第一领主的凡俗躯体在基里曼的宏伟阴影里倍显羸弱，握在他掌中的黑钢手杖挂着几条铿锵作响的锁链，顶端被塑造成了双头鹰的形象。

高大雄壮的基里曼与瘦骨嶙峋的掌印者截然不同。他那套战甲的碧蓝色泽如同早已蒸干的泰拉海洋，是往昔传奇年代的当今缩影，黄金与珠白镶边在初升的月光下熠熠闪亮。

"这是什么疯狂事态？"科尔·法伦嘶吼道，他的嗓音里灌注了难以抑制的浓烈厌憎。

"静下心来，我的朋友。"洛加低声叮嘱，他的视线从未离开对面的一排排战士，"我们很快就会得到来此寻求的答案了。诸位连长，迈上前来。"

一百名连长奉命出列，将爆矢枪与刀剑轻松地握在灰色手甲里。随后是一百名牧师，那标志性的金边盔甲与奥秘牧杖让他们的身份格外醒目。在这些战斗牧师背后，十万名怀言者立正待命，在崎岖不平的残破地面上仍旧维持着整齐队列。

阿格尔·塔将目光从基里曼身上移开，马库拉格之主的高贵容貌与怀言者之父的圣洁面孔同样令人难以直视。那双眼睛是最为夺人心魄的。没有怀疑，没有猜测，没有好奇——那双眼窝深陷的眸子没有暴露出任何属于凡人的情感。那张脸仿佛是用饱受阳光炙烤的石块雕琢而成的，简直就是"尊严"的化身。

第七连连长忍住一阵颤抖，将注意力转向掌印者。凡俗羸弱的身躯不足为惧，但位高权重的身份不可轻视。他是帝皇的股肱之臣与首席幕僚。

他就站在这里。

他就站在这里，而且显然全力支持极限战士对完美之城的焚灭。阿格尔·塔握紧了爆矢枪。

"兄弟。"洛加开口道，表面上的平和语调几乎彻底遮掩住了他嗓音里的颤抖，但他的子嗣都明白，父亲心中奔涌着无尽的悲伤，"马卡多，欢迎来到蒙纳齐亚。"说到这里，他抬手示意周围的凄凉焦土，那张英俊面孔被满怀憎恨的冷笑所扭曲。

"洛加。"基里曼的声音仿佛是从远方传来的隆隆雷霆，除了兄弟的名字之外他没有再多说一个字。

那绝对中立的语气不含丝毫情感。阿格尔·塔眯起双眼。与极限战士基因原体相比，智控军团的机械都要更具人性。

"原体洛加，"马卡多回应道，他躬身以示礼节，"在这种情况下相见让我们都很难过。"

拥有金色皮肤的战士迈上一步，他的奥秘牧杖扛在肩头。"是吗？都很难过？你看起来不太伤心啊，我的兄弟。"

基里曼一言不发。过了许久，洛加才移开目光，转而审视马卡多。

"答案，马卡多。"他又逼近一步，站在了麾下军团与那一百名极限战士中间，"我想要答案。这里是怎么回事？何等疯狂行径在此肆意胡为？"

掌印者掀开兜帽，展露出一张近乎病态泛灰的苍白面孔。"你猜不到吗，洛加？"那老人摇摇头说，仿佛心生哀伤，"这当真让你出乎意料吗？"

"回答我！"原体怒吼道。

那些极限战士猝不及防地浑身一震，其中几人用愕然颤抖的双手抬起了武器。

洛加平伸臂膀，再次示意周围的毁灭景象，飞沫四溅地张口咆哮："我要求你们解释清楚你们的所作所为！"

"我们怎么办？"萨芬问道，"这是……这是什么情况？"

阿格尔·塔没有作答。他手中的爆矢枪和长剑突然愈加沉重，他盯着那些难以掩饰震慑的极限战士。即便阵线不曾散乱，他们显然十分忧虑，也理应如此。

"你们对我的城市干了什么？"洛加的嘶声低语从他脸上的做作笑容背后传来。

"它并非归顺，"马卡多充满耐心地放慢语调，"这个文明，这个世界，并非归——"

"说谎！亵渎！它是归顺的典范！"

几名极限战士退却了一步，阿格尔·塔注意到他们惊疑地面面相觑。纷乱细微的话语声在频道里若隐若现，怀言者的通信网络捕捉到了极限战士的不安交谈。唯独基里曼不为所动。就连马卡多都不禁失色，他瞪圆眼睛，攥紧手杖，直面一位原体的怒火。

"洛加……"

"他们在大街小巷里吟诵我父亲的名号！"

"洛加，他们——"

"他们在每天黎明时分都向他致以崇敬！"洛加步步逼近，他的狂乱目光像一对准星般聚焦在父亲的幕僚身上，"回答我，凡人。帝皇的雕像矗立在各个角落，你们凭什么这样做？"

"他们崇拜他。"马卡多抬起头说道，因为他的身高仅仅是原体的一半，"他们敬仰他。"他看着洛加，在这位巨人的金色面孔上寻找任何顿悟的迹象，最终一无所获的他轻声叹息，抬起手抹掉原体溅在他脸上的一点飞沫，"他们将他当作神祇来崇拜。"

"你在为我辩护？"洛加垂下奥秘牧杖，让武器伴着一声闷响落在破碎的土地上，他低头看着双手，十指弯曲如钩，仿佛要挖出自己的眼睛，"你……你站在完美之城的废墟里，却亲口说这座城市被白白毁灭？难道你跨越银河来到这里，就是为了向我展示你那脆弱的凡人心灵终于崩溃了吗？"

"洛加——"掌印者再次开口，但他的话语戛然而止。马卡多无声地扑倒在地，被洛加反手一掌拍飞了出去。附近的每个战士都能听到那骨断筋折的脆响，马卡多摔落在二十米开外的崎岖地面上，翻滚着停歇在尘埃之间。

洛加与兄弟面面相对，龇牙咧嘴地瞪着基里曼的漠然面孔。

"你们……为什么……要……这样……干……"

"我奉命行事。"

"你奉行这个懦夫的命令？"洛加指着瘫倒在地的马卡多放声笑道，"这只蛆虫。"怀言者原体摇摇头，转身走向自己的战士们。

"我要带领我的军团前去泰拉，亲自向我们的父亲通报这……这疯狂事件。"

"他知道。"

那是马卡多的声音。他颤颤巍巍地站起身来，透过染血的嘴唇费力地吐出几个字。基里曼轻轻颔首，用勉强能够察觉的细微动作指派麾下的两名战士去搀扶帝皇的幕僚。仍旧因痛苦而佝偻着身躯的马卡多摆摆手，命令快步赶来的极限战士退下。他平伸臂膀，让掉落在地的手杖从十余米之外干净利落地跃入掌中。

"什么？"洛加说，他不确定自己是否听错了，"你说什么？"

负伤的泰拉首席领主紧闭双眼，倚靠着代表他职权的那柄手杖。

"我说，他知道。你的父亲知道。"

"你说谎。"洛加再次咬紧牙关，他的喘息变得急促而轻浅，"你说谎，我没有为这亵渎行径要了你的命，算你走运。"

马卡多并未争辩。他闭着眼睛，昂首向天，悄无声息地说出一句话。每个怀言者、每个极限战士、方圆十公里之内的每个生命都听到了此人的灵能声音在自己脑海里回荡，这便是掌印者的强大力量。

+ 他不愿听，我主。他不愿听我的。+

洛加僵立不动，他的双手与落在地上的奥秘牧杖之间只有丝毫距离。自从抵达这里以来，基里曼最明显的动作就是从金色皮肤的兄弟面前扭过身去，但他脸上并没有阿格尔·塔起初推测的厌恶之情，而是没有任何表情。他只是要遮住自己的眼睛。

马卡多始终紧闭双眼，面向天空，面向星球轨道上的那艘飞船。

洛加倒退一步，无声地动着嘴唇。"不，不，不……"仿佛只要默念这个字就能扭转命运。

光芒在他们周围迸发。

空气易位引发了一声近似于音爆的震耳轰鸣，但阿格尔·塔并不是因此踉跄退却的。他当然目睹过传送技术的应用——他亲身经历过这种不寻常的交通方式——那噪声经过头盔感应系统的过滤已经达到了可以容忍的水平。

逼迫他转过脑袋遮住眼睛的也并不是传送的眩光。盔甲的内置传感器同样做出了应对，立刻降低护目镜的透光度。

但他还是陷入了目盲。在铁水般炽热的金色光芒面前陷入了目盲。

有着同样遭遇的万千兄弟用呼喊声填满了通信频道，但诸位同僚的嗓音显得细微而沉闷，几乎被一股本不该存在的刺耳噪声所淹没。通信器并没有出现故障。那声音存在于他的脑海里，犹如惊涛拍岸的隆隆轰鸣足以让他失去平衡。

　　双目暂盲又近乎失聪的阿格尔·塔感觉到爆矢枪从自己掌中滑落。他拼尽全力才勉强站住了脚步。

　　洛加并没有经历这一切。

　　没有夺目的金色光芒。没有震耳的灵能咆哮。

　　他看到了六个并肩而立的身影，其中五个他并不认识，第六个则为他所熟知。在那六人身后，极限战士们——并不像他自己麾下的战士那样感官过载——已经整齐划一地跪地行礼。只有基里曼和掌印者还站着。

　　洛加的目光回到那六人身上。五个陌生身影簇拥着第六人，即便怀言者原体并不知道他们各自的姓名，也很清楚对方所属的派系。造型繁复、色泽浓重的黄金战甲，从肩头垂下的猩红披风，装有沉重银刃的修长战戟，紧握在永不颤抖的手中。

　　他们是禁军，帝皇的卫士。

　　洛加望向第六个身影，那只是个普普通通的人。纵然年富力强，那张既严苛又宽容的面孔却布满了岁月的痕迹。此人的具体形象完全取决于观察者将注意力集中在他的哪一面上。他是一个疲惫不堪、愈发衰弱的中年人，也是一尊将巅峰状态化作不朽形象的英雄雕塑。他是一名面露凶相、目光冷酷的年轻军阀，也是一位心智迷乱、行将悲泣的垂暮老者。

　　洛加凝视那双眼睛，看到了包裹在仁慈信赖中的温暖爱意。而当那人缓缓眨动双眼之后，目光里就只剩下了寒意逼人的失望与冰冷刺骨的厌恶。

　　"洛加。"那人开口说。他的声音轻柔而又刚强，落在憎恨与仁爱之间某个无法解读的位置上。

　　"父亲。"洛加对人类帝皇说道。

第四章

军团屈膝
倘若奥特拉玛焚灭
灰色

视觉恢复了,那种令人厌恶的无助感也随之消退。这种感受甚为可憎,像四处游走的千足怪虫般让阿格尔·塔的皮肤一阵刺痒。

他透过暗色护目镜勉强望向前方,看到一个高大身影笼罩在辉煌夺目的白色光晕里。伫立在那身影周围的几名战士披着猩红斗篷与黄金甲胄,以娴熟轻松的姿态握着造型独特的战戟。他们每一位都与阿斯塔特体型相仿,而任何阿斯塔特都绝不可能错认他们。

"禁军。"紧咬牙关忍耐那剧烈光明的他挤出两个字来。

"那是……"萨芬结结巴巴地说,"那是……"

"我知道那是谁。"阿格尔·塔咬牙切齿地嘶声说道。就在此时,那个声音像一道由无形力量组成的滔天巨浪般拍向了他,拍向了他们所有人。

+跪下。+那低沉的灵能耳语如同一柄迎头砸来的重锤,让人毫无抗拒的余地。肌肉立刻做出响应,即便很多人并非心甘情愿。阿格尔·塔就是其中之一。这不是效忠,不是崇拜,不是奉献。这是奴役,而他出于本能地想要反抗这种强加于人的崇敬,虽然他已不由自主地服从了。

十万名怀言者跪在完美之城的灰烬里,臣服于帝国敕令的威压。

一支军团屈膝俯首。

洛加转头望着那片跪倒在地的人海。当他重新凝视父亲的时候,眼睛里已经燃起两团闪烁火光。

"父亲——"洛加开口道,然而对方摇了摇头。

"跪下。"他说。那张超脱于时间之外的面孔环绕着一头黑发,与洛加的胡茬儿色泽相同。有其父必有其子。

"什么？"原体问道，他望向帝皇身后那挺直腰板气宇轩昂的基里曼，又将目光放回父亲身上，用柔软的指尖抹了抹眼角，仿佛想要消除某种萦绕不去的幻觉，"父亲？"

"跪下，洛加。"

阿格尔·塔咬牙切齿地看着洛加缓缓单膝跪倒。

他最初的本能反应已经开始消退，逐渐被理智所取代，被信仰所抚慰。跪拜帝皇本就是理所应当的。他说服自己放缓心跳，对神祇迫使他屈膝俯首这一强硬举动中的侮辱意味不再介怀。

然而片刻之后，那叛逆怒火就被一股猛然刺入心头的肾上腺素重新点燃，因为他看到极限战士在基里曼的指示下全体起立。他能察觉到对方的目光，他知道那一双双眼睛就像钻头般审视着获罪屈膝的十万个身影。一支军团经原体准许站立在帝皇身侧，另一支军团则跪在这座覆灭城市的焦黑骸骨间。

这一刻蕴含着格外深重而复杂的意义，因为怀言者在不同的异星天空下做出过同样的庄严举动。那些纪律欠佳或行事粗蛮的军团，也许会在归顺战役取得胜利之后敲打胸膛对月呼号以示庆祝，但是在洛加的子嗣们看来，胜利应该通过饱含敬意和尊严的方法加以珍视。大获全胜的战士们会跪在陷落城市中央，聆听牧师的至理真言。

这是记述仪式。他们借此追忆故去兄弟的牺牲奉献，并反思自己在圣言中扮演的角色。

阿格尔·塔感觉到汗珠在额头和面孔上涂抹出一条条冰冷的痕迹。不听使唤的叛逆肌肉绷紧锁死，引发一阵阵剧痛痉挛，几乎要让他全身陷入颤抖。无处宣泄的力量让盔甲关节发出低沉嗡鸣，他被迫忍受着对军团神圣仪式的悍然扭曲。

那声音再度传来。这一次，它给出了第十七军团苦苦寻求的答案。

帝皇开口了，洛加望着父亲那张无法解读的面孔。

"你是一位大军统帅，吾儿，不是一位高阶祭司。你为战争而生，为征伐而生，为高举真理盾牌再度庇佑人类种族而生。"

"我——"

"不。"帝皇闭上双眼，蒙纳齐亚昔日的光辉荣耀顿时填满了洛加的脑海，"这是崇拜。"帝皇说道，"这是对于真理的毒害。你称我为神，你向众多世界亲手灌输了那份曾经把人类种族一次次推到灭绝边缘的谎言。"

"人民都心怀欢喜——"

"人民都遭受了欺瞒。当虚假信仰被揭穿时，人民会心痛如焚。"

"我的世界是忠诚的。"洛加不再屈膝，他站起身来，抬高了声调说，"我的军团为你的帝国塑造了最为热忱忠诚的世界。"

+ 这不是我的帝国。+

那几个字像一串爆矢弹般敲进阿格尔·塔的心灵。在短暂而可憎的一瞬间里，他下意识地瞥向视网膜显示屏去检查自己的生命体征。他认定自己行将就木，他若不是已经跪倒的话，现在必然会瘫软在地。

+ 这是人类帝国。这个帝国属于被真理启蒙并救赎的人类种族。+

这一次他听到了洛加的回应。

"我并未说谎。您就是神。"

+ 洛加。+

"我不会仅仅因为您反感某个字的读音就保持沉默。成百上千个世界的运转尽在您的掌握，数以百万艘飞船的行驶仰仗您的意志。您不朽不灭，对世间的一切全视全知。父亲，您无非在名义上不是神祇罢了。事到如今，您只需要承认这一点。"

+ 洛加。+

如今灌注在这声音里的压迫力就像是一堵致密厚重又万分真切的铁壁。它扑面袭来，如同战舰引擎的滚热尾气般吞没了阿格尔·塔，让他的盔甲温度飙升，轻而易举地将他撂倒。他看到周围的很多兄弟都匍匐在地，摔落尘埃。

不愿低头的洛加伫立在这无形能量的狂怒旋风中，盔甲表面的经文卷轴四散飞扬，他抬起手，指着自己的父亲。

"您就是神。亲口承认，了结谎言吧。"

帝皇摇了摇头，他表露的并不是挫败感，而是镇定冷漠的回绝。

"你太盲目了，吾儿。你依附着陈旧的认知方式不愿松手，而这已经危及了我们所有人。结束吧，洛加。听从我的话语，让这结束吧。"

那灵能飓风伴随一声惊雷戛然而止。

洛加站在原地浑身颤抖，他的子嗣全都不明白其中缘由。鲜血从他的一只耳朵里涌了出来，沿着密布刺青的脸颊缓缓流淌。

"我洗耳恭听，父亲。"他说。

第七连连长奋力挺直身躯，他猛然摇晃了一阵，随后在盔甲内置稳定器的帮助下站定脚步。他是最先起身的怀言者之一。其他人还在挣扎，或是跪伏在地战栗不止，或是全身抽搐无法行动，他们的颤抖肢体搅起一团团尘埃。

阿格尔·塔伸手搀扶萨芬，对方低哼一声表示感谢。

+怀言者，认真听。在我麾下的诸多军团中，唯独你们犯下了失败的罪过。你们的兵力规模仅次于第十三军团，却空有这浩荡大军。你们的征伐步调最为迟缓，你们的胜利果实空洞苍白。+

那个迸发出白热辉耀的金色身影令人无法直视，他笼罩在一团灵能烈焰的闪烁光晕中，用雷霆般的话语当众宣称他们的整个生命都未有建树，仅仅是虚度光阴。

+你们取得最终胜利之后依然在归顺世界上踯躅多年，驱使当地民众盲从谬误信仰，诱使懵懂无知者与蒙受欺骗者组建异教邪派，竖立纪念碑用以支撑种种谎言。你们在伟大远征中的一切成果都是徒劳。其他军团屡建功绩为帝国带来繁荣，而唯独你们辜负了我的期望。+

洛加在那身影面前步步退却，直到此刻才抬起臂膀抵挡辉煌之光。

+顺应本性，投身战场。遵从天职，效忠帝国。牢记此时此地的教训。你们跪在一条谬误道路尽头的灾厄废墟里。要让你们的军团在此重获新生。+

原体嗫嚅地说出一声"父亲……"，但这只是自言自语罢了。又一阵空气易位的音爆轰鸣意味着帝皇已经返回星球轨道。

极限战士还留在原处，默默看着那些跪伏在地颤抖不已的怀言者。禁军站在基里曼旁，他们的领袖正在与那位原体认真交谈，前者头盔上的猩红马鬃与披风颜色一致。

阿格尔·塔看到科尔·法伦痛苦不堪地缓缓起身，即便他能够仰仗终结者盔甲致密关节中那些嘶吼运作的伺服装置。阿格尔·塔与萨芬都没有前去协助他，而是一同冲向了原体。

当怀言者们挣扎起身的时候，洛加终于轰然跪倒。

帝皇的金色子嗣凝视着周围的城市废墟，仿佛这景象完全陌生，仿佛他不知道自己如何置身于此。不知泪水为何物的冰冷双眼望着蒙受羞辱的军团，死气沉沉的目光望着那片向他们传达一个重大教训的残垣断壁。

阿格尔·塔率先来到原体身旁。某种直觉敦促他摘掉头盔，于是他解开了颈甲处的密封，用真正面目与原体相对。

"奥瑞利安。"他说。

阿格尔·塔头一次未经过滤地呼吸到蒙纳齐亚的焦臭空气。那浓重刺鼻的油烟味道仿佛来自积攒了千百年的工业污染。萨芬此前的那番评论有着令人无法释怀的准确性：这味道就像是他们输掉了一场战争。

他不敢擅自触碰洛加。他伸直手臂，与原体的肩膀近在咫尺，轻声呼唤父亲的名号。

洛加转过头来，眼神里满是茫然，完全没有认出他。

"奥瑞利安，"阿格尔·塔再次说道，他扫了一眼漠然旁观的基里曼和禁军，"我的原体，来吧，我们必须返回战舰去。"

他第一次将手掌放在了洛加披覆铠甲的肩头，这里曾经挂着一张经文卷轴。洛加对此置之不理，突然仰天咆哮。连长紧紧攥着原体的金色肩甲，拼尽全力稳住这个半神的身躯。

洛加向那冷漠无情的天空发出一声低沉悠长的呼号。这绵延不绝的吼声远非凡人能及。

当这心痛欲绝的哀叫最终停歇时，他将五指伸向了面前的残破大地。原体用一只颤抖不已的手掌将乌黑尘埃涂抹在自己脸上，让完美之城的粉碎枯骨玷污自己的容貌。

萨芬的声音低沉而急迫："极限战士目睹了这一切。我们必须带他回到安全区域。"

洛加的尘埃面具已经被泪水划出了一道道痕迹。两位战士加大力量，试图让这个金色巨人恢复站立。令人惊奇的是，洛加并没有四肢瘫软，而是朝地面啐了一口，在他们的帮助下缓缓起身。两人都能察觉到洛加的颤抖，但两人都没有多说什么。

"基里曼。"原体满怀怨毒地说出兄弟的名字。他耸耸肩推开了阿格尔·塔和萨芬，立刻将他们抛诸脑后。

浓烈的情感回到了洛加眼中。他紧盯着基里曼，对方的淡漠神色迎上了他的如火目光。

"你是否乐于见证我的耻辱？"怀言者之主冷笑道。

基里曼没有作答，洛加则咄咄逼人。

"你是否乐得如此？"他追问道，"你大受我们父亲的荣宠，看到我前功尽弃是否很享受？"

基里曼气息徐缓，泰然自若。他开口时语气平淡，仿佛没有听到方才的问题。

"我们的父亲托付我来向你通报最后一件事。"

"那就说完快滚吧。"洛加向躺在地上的奥秘牧杖伸出手去，将武器从灰烬间拎了起来。钉刺锤头洒下雨点般的尘埃。

"这五位禁军战士，"极限战士原体点头示意，"不只他们，还有另外十五位在我的旗舰上。我们的父亲命令他们与你同行，兄弟。"

这最后一份侮辱让阿格尔·塔紧闭双眼。先是跪在失败的灰烬里，之后被帝皇亲口告知他们的一切成就都毫无价值……现在又这样。

洛加饱含嘲弄地大笑一声，他脸上还挂着尘埃。

"我拒绝。我不需要他们。"

"我们的父亲另有看法，"基里曼说，"在你的军团重新加入伟大远征时，这些战士将要扮演帝皇的耳目。"

"我们的父亲也派遣了忠犬去管束你吗？他们也寄居在你奥特拉玛的宝贝国度里，暗中汇报你的一举一动吗？我能看到你嘴边的那一丝笑容。其他人不像我这样了解你，兄弟。你我的子嗣或许都看不到你眼睛里的笑意，但我能明察秋毫。"

"你一向具备丰富的想象力。今天就足以证明。"

"我的力量来自虔诚奉献。"洛加咬牙切齿地说，"你冰冷无情，也没有灵魂。"他低哼一声，厌憎扭曲了他的天使容貌，"但愿终有一天你也能体会到我的感受。倘若奥特拉玛的一个世界被焚灭，你是否还笑得出来？塔伦图斯？艾斯潘多？考斯？"

"你该返回舰队了,兄弟。"基里曼垂下双臂,展露出印在胸膛上的金色鹰徽,那展翅雄鹰在阳光下熠熠闪亮,"你还有很多事情要做。"

那一击凭空而来。金属碰撞的轰响随之回荡,如同大教堂的隆隆钟鸣。几乎堪称优美动听。

一位原体躺在尘埃间,周围簇拥着他的战士。在场众人谁都不曾目睹过这样的景象。阿格尔·塔抬起爆矢枪,瞄准那些同样端着武器的极限战士。一百支枪与十万支枪展开对峙。第七连连长尝试了三次才成功说出话来。

"不要开火,"他在通用频道里轻声说,"除非遭到攻击。"

洛加将那柄庞大的奥秘牧杖扛在金色肩甲上。他龇牙咧嘴地俯视着躺倒在地的马库拉格之主,灰色眼眸里闪动着难以辨别的情感。

"你休要再嘲弄我,兄弟。明白吗?"

基里曼缓缓起身,几乎略显迟疑。他胸甲上的金色鹰徽已经一分为二,被一条深深的裂口劈成两半。

"你太过分了。"一个轻柔的声音说道,泰拉首席领主马卡多依然紧紧握着手杖,只有如此他才能保持站立,"你太过分了。"

"闭嘴,你这蛆虫。你若是再消耗我的耐心,我就不是把你拍飞那么简单了。"

基里曼已经站稳了脚步。他面无表情地看着兄弟。

"你发完脾气了吗,洛加?我要继续开展远征了。"

"来吧,孩子。"科尔·法伦的僵硬冷笑朝基里曼投去,话语则是对自己的原体所说,"来吧。我们要好好谈谈。"

洛加长呼一口气,点了点头。愤怒逐渐消退,不再为他抵挡羞辱的侵袭。

"好。回舰队。"

"全体连队,"科尔·法伦厉声说道,"返回轨道。"

"是,第一连连长,"阿格尔·塔和其他人立刻响应,"如你所言。"

阿格尔·塔的雷鹰炮艇安卧在一堵破墙脚下的阴影里。侥幸逃过轰炸的这块残垣断壁,形单影只地站在一片由灰烬组成的荒漠之中,曾经的建筑已经彻底覆灭永不再起,只剩下它苟且于世。连长与萨芬同行,担任副官的马尔诺和托尔高军士跟在后面。所有小队都在逐步登上各自的炮艇,沮丧消沉的战士们默然无语。

"不会进行重新安置了，"托尔高说，"这座城市就是一片坟墓。没有重建的可能。"

"史书对此多有记载，"萨芬说道，"在帝国崛起之前的泰拉，就算是最为开明的原始文明也会在夷平一座城市之后向土地撒盐。让周围区域在几代人的岁月里寸草不生。落败城市的居民别无选择，只能背井离乡另寻生路，无法重建家园。"

"可真有趣。"马尔诺说。

"安静，"托尔高低哼一声，"请继续讲，牧师。"

"我相信大家都看得出来，古代历史是如何在这里重演的。我们自己发动过多少次轨道轰炸？我们自己在天降火雨后的城市里战斗过多少次？这远不是简简单单的毁灭。这是根除。极限战士履行了使命，将库尔文明的每一处重要痕迹都从星球地表彻底抹消。这是给我们的教训，也是给当地人民的教训。"

阿格尔·塔带领众人走进了雷鹰的机舱。他们的战靴伴着隆隆轰鸣踏过跳板。

"我当时用爆矢枪瞄准了第十三军团的一个，"他终于开口，"瞄着喉咙。"他敲了敲自己的颈甲，这块柔韧灵活的部分由材质较软的纤维束叠加而成，"如果我扣动了扳机，他必死无疑。"

"你没有扣动扳机。"托尔高说，"我们谁都没有。这是关键所在。"

阿格尔·塔朝一支从旁经过的第七连小队点头致意，随后猛敲密封按钮，激活了跳板的活塞。液压装置立刻收缩，缓缓拉起跳板，铮铮作响。

"我没有，"连长说，"但我想那样做。他们如此蹂躏我们的城市。他们目睹我们蒙冤下跪。我想要那样做，而且我险些就那样做了。我下令不要开火，但我暗自盼望能有人违抗命令。"

马尔诺僵在原地。萨芬一言不发。过了几秒，托尔高才迟疑地说："长官？"

阿格尔·塔凝视着跳板逐渐升起，那片光亮也随之不断缩减。他突然一言不发地用拳头敲打控制面板，让机舱中止闭合。连长迈向了颤抖着重新落下的跳板。

"长官？"托尔高又说。

"我看到了什么。远处，有动静，就在北部那些弹坑的边缘。"

他的护目镜放大图像，重新聚焦，扫视那起伏不平的天际线。什么都没有。空空如也。

"只是尘埃和石头，没有活物。"马尔诺说。

"我很快就会回来。"阿格尔·塔已经走下了跳板。他的手并没有伸向腰间的爆矢枪或背后的两把利剑。

"连长，"萨芬说，"我们奉命返回轨道。这有必要吗？"

"有必要。那边还有活人。"

陌生人趔趄穿过崎岖地面。她的脚绊在一块凸起岩石上，顿时无声无息地向前扑倒，重重摔落在地。她趴在尘埃间，不规律地喘着粗气，试图找到一股支撑自己站起来的力量。

根据她手掌和膝盖上那些血淋淋的伤痕来判断，同样的景象在很多天里重演过很多遍了。

她的猩红长袍已经脏污破烂，不过那缺乏保养又历经磨损的丝绸显然本就是廉价货色。阿格尔·塔远远观望那个踉跄前行的身影，看着她痛苦地穿过这片满目疮痍的大地。她似乎没有什么明确的方向，每每绊倒之后都要蹲在地上稍做喘息。

阿斯塔特走近了一些。那个陌生人立刻扬起脑袋。

"是谁？"她高声说。

阿格尔·塔的头盔将他的回应变成了一股显得凶恶刺耳的机械嘶吼："还能是谁？"

连长始终将披覆铠甲的双手举在明面上，按照库尔人的习俗掌心向外，表示自己毫无敌意。那个年轻女性望向这边，但并没有与他进行眼神接触。她约莫看着阿格尔·塔身边的位置。

"你是那种人。"对方仓皇退却，然而胡乱踩在崎岖地面上的双脚背叛了身躯，让她再度摔落尘埃。她比阿格尔·塔最初猜想的更年轻些，但这位战士毕竟不善于估算凡人的岁数。十八岁，或许还要小，肯定不会比这更老。

"我是阿格尔·塔连长，第七突击连，锯齿烈阳战团，阿斯塔特第十七军团。"

"第十七……你……你不是一个虚假天使？"

"我在六十年前造访过这个世界，"连长说，"我当时并非虚假，如今也不是。"

"你不是虚假天使。"那女孩重复道。她双腿颤抖，站了起来，依旧没有直视阿斯塔特，迟疑着。阿格尔·塔迈近一步，伸出手去。那年轻女性并没有握住。她对此视而不见。

阿格尔·塔并不需要检视的生命体征分析数据在战士的护目镜屏幕里闪过。突出的面部骨骼、遍布全身的点点瘀青，以及无关恐惧的肢体颤抖就足以说明这位女性的身体状况了。

"你处在营养不良的边缘，"连长说，"而且你手掌和腿部的伤口都已经严重感染。"

最后这句话实在是轻描淡写。根据膝盖以下皮肉的腐坏程度来判断，这个女孩仍旧能够行走已堪称奇迹。她很可能需要截肢。

"你的盔甲是什么颜色，天使？"她问道，"回答我这个问题，求求你。"

怀言者抽回了手。

"而且你失明了，"战士说，"我之前没有注意到，请见谅。"

"我亲眼看到城市毁灭，"她说，"我亲眼看到星辰投下烈焰将城市点燃。审判之日的天降火雨夺走了我的视觉。"

"这属于闪光致盲。过饱和的光照损伤了你的视网膜。日后视觉或许能够恢复。"

阿格尔·塔将手甲搭在对方骨瘦如柴的肩膀上，那年轻女性惊叫了一声。她匆忙退缩，但阿斯塔特扶住了她的身躯，防止她再次摔倒。

"求你别杀我。"

"我不会杀你。我要领你去安全地带。我们在六十年前拯救了这个世界，库尔人。我们从来都无意为你们招致此等灾祸。你叫什么名字？"

"希琳妮。但……你的盔甲是什么颜色，天使？你还没有回答我。"

阿格尔·塔俯视着那盲了的眼睛。

"求你告诉我。"她又说。

"灰色。"

那女孩顿时热泪盈眶，她任由自己被半搀半抱地引向了怀言者炮艇的庇护。

第五章

旧道
灵魂的燃料
新视野

唯独真正无知的心灵才能孕育出最为强烈的自负,而最终之战的称呼便是由此而来。

最终之战——了结一切战争的那场战争。

"我还记得。"科尔·法伦咕哝道,"我还记得我们共同奋战的日日夜夜,当时寇其斯被战火彻底笼罩。"

"六年。"洛加的笑容里饱含哀伤,他低垂目光盯着冥想室的大理石地板,"六年的漫长内战。以信仰的名义,整个世界被撕成了碎片。"

科尔·法伦舔了舔被磨尖的门牙。烛光是房间里仅有的照明,浓重的熏香气味扑鼻而来。

"但我们赢了。"他说。科尔·法伦坐在原体对面,身穿寇其斯统治阶级的牧师灰袍。脱去终结者盔甲之后,他便恢复了洛加心目中的形象:历经手术强化但仍旧垂垂老矣,身躯瘦骨嶙峋,目光晶亮逼人。

洛加身上只有一条粗布缠腰,裸露着那分外高大却又苗条中性的躯干。形如寇其斯符文的仪式性烙印在他后背上毫无顾忌地淌着鲜血,旧一些的灼烧伤口已经开始结痂愈合了。一道道崭新的鞭痕铺在他肩头——自我鞭笞留下了一片密如蛛网的交叠印记。

艾瑞巴斯陪同原体和指挥官一起坐在地板上,他穿着军团牧师的黑色长袍。洛加的鲜血腥气飘散在四周,如此浓烈厚重的气味几乎令人头晕目眩,难以喘息。原体在战场上往往毫发无损。他们受伤流血简直是对超凡基因的亵渎。

"是的,"洛加挠着下巴处的胡茬儿说道,"我们赢了。我们问鼎天下,将信仰传遍了家园世界。"他用苦涩的舌头舔了舔金色的嘴唇,继续说,"瞧瞧我们在那场胜利之后又走到了何等田地。过了一个世纪，我们已经变成毫无建树的领袖，一无所有的君王，麾下是唯一一支辜负了我父亲期望的军团。"

"你向来教导我们，阁下——"

"说吧，艾瑞巴斯。"

"你向来教导我们要明言真相，即便是用颤抖的声音。"

洛加抬起头迎向牧师的庄重目光，让一抹笑容翘起了干裂的嘴唇："我们做到了吗？"

对方毫无迟疑。"帝皇是神。"艾瑞巴斯说，"我们带着这份真相步入星海，将它播撒在帝国全境。我们不该为自己的作为感到羞愧。你不该为此感到羞愧，阁下。"

原体用手背擦了擦额头，抹去一道尘埃，露出下面的金色皮肤。自从不到一周之前离开库尔星球至今，洛加每天清晨都要将取自蒙纳齐亚地面的尘埃涂抹在自己脸上。极度疲乏和深重羞愧让他那双黑炭环绕下的眼睛显得愈发阴郁，而刚刚这个动作是两位战士第一次看到原体在帝皇面前屈膝受辱以来对自己的形象稍加清理。

"一切都始于寇其斯，"他说道，"我们自此误入歧途。我对于帝皇降临的愿景、最终之战的一场场对决、一切的根源在于我们笃信神性应当得到崇拜，单纯因为其神圣本质。"他苦笑一声，接着说，"时至今日，回想起那些我们为了维护自身信仰而悍然毁灭的其他信仰仍旧令我心痛。"

"阁下，"艾瑞巴斯俯身凑近，目不转睛地看着原体，"我们如今站在毁灭的悬崖边缘。军团……军团的信仰已经粉碎。诸位牧师依然坚忍不拔，但他们被满怀疑虑的战士团团包围。没有你的引领，没有指路明光，这些手持牧师权杖的同僚就无法为身披灰甲的兄弟答疑解惑。"

洛加眨眨眼，些许尘埃从他的睫毛上缓缓飘落到膝头。

"我无法为牧师们提供答案。"他说。

"即便如此，"艾瑞巴斯做出退让，"你还是太沉湎于悔恨了。'从过往中汲取灵感。运用它去塑造未来。切莫被耻辱所纠缠。'"

洛加低哼一声，其中并无恶意："你竟然向我引用我自己的言论，艾瑞巴斯？"

"这些话确有道理。"牧师回答。

"你的思绪踯躅在寇其斯上。"科尔·法伦的双眼映着闪烁烛光。依艾瑞巴斯所见,对方暴露出了某种微妙而隐秘的绝望感。一股不知满足也不可缓解的饥渴点亮了那位老者的眼睛,蚕食着他的内心,实在有失尊严。"如果你有什么话想说,孩子……"科尔·法伦说,他纤瘦的手掌搭在了洛加满布鞭痕的金色肩头,"那就说出来吧。"

原体望向这位资历最老的盟友,那张衰朽面孔上永远萦绕着一种如死尸般枯槁僵硬的神色。然而与旁人不同的是,洛加总能透过这副表象看到蕴藏其中的善意和关切。

那是对蒙冤子嗣展现的深沉父爱。

三天以来,洛加第一次露出了真挚温暖的微笑,他将覆满刺青的手掌盖在养父的凡人手掌上。

"你还记得帝皇的降临吗?你还记得真相大白时我们心中的狂喜吗?你能回想起六年义战之后我们是如何扬眉吐气的吗?"

老人点点头:"我记得。"

拥有金色皮肤的年轻人单膝跪地,那张完美无瑕的面孔上闪烁着一滴滴圣油般的银亮泪水。

"我早就知道你会来。"他喜极而泣,"我早就知道你会来。"

那位金甲神祇向屈膝致敬的年轻人伸出手。"我是帝皇。"他微笑着说,这个仁慈博爱的化身辐射出一种近乎触手可及的辉煌光环,让所有旁观者都难以直视。数千民众挤在街道两侧。几百名披着神盟教派鸽灰色长袍的牧师在洛加的带领下跪地迎接帝皇降临。

"我知道你是谁。"金色的原体透过满眶热泪说,"我多年来常常梦到你,我早已预见了这一刻。父亲,帝皇,吾主……我们是寇其斯的神盟教派,我们为了弘扬你的信仰和赞颂你的名号而征服了这个世界。"

洛加转过身直视科尔·法伦的眼睛。

"那天清晨。当我伴随家园世界虔诚阶级的圣洁吟诵跪在帝皇面前时……当瓦拉戴什的一座座红岩拱顶被黎明光辉点亮成琥珀色时。你我看到的情景是否相同?"

科尔·法伦别过头去："我的回答不会让你好受的，洛加。"

"近来没有什么事情让我好受，但无论如何我想知道。"他突然柔声一笑，"要明言真相，即便是用颤抖的声音。"

"我看到了一位身披金甲的神祇。"科尔·法伦说，"那副容貌与你何其相似，却又承载着超乎理解的古老岁月。在我眼中那从来都不是一个仁慈的形象。他的灵能存在足以刺痛我的眼睛，他身上散发出的气息是杀戮，是主宰，是他所过之处万千世界的焚灭。早在昔日，我就已经开始担忧我们的六年征战是否实为倒行逆施，我们是否妄自残杀了真理教条并以虚假信仰取而代之。在他的眼睛里——在那双与你如此相像的眼睛里——我看到了贪婪欲望的征兆。其他所有人都仅仅看到了希望，即便你也是……所以我心想，或许是我看错了。我信赖你的决断，而不是我自己的。"

洛加点点头，又移开了思虑重重的目光。艾瑞巴斯默然聆听，因为任何怀言者对于原体回归军团之前的早年生涯都知之甚少，今日良机实在是可遇不可求。

"在帝皇的诸位子嗣中，"科尔·法伦说，"与父亲的容貌、形体最为相近的就是你。但你永远无法面带微笑地施展残忍手段和毁灭暴行。其他人，你的兄弟们，全都办得到。他们继承了帝皇的这一方面，而你没有。"

洛加低垂目光。

"就算马格努斯也是吗？"他问道。

一位巨人站在帝皇身旁，他穿着异星海洋般蔚蓝色泽的长袍。一只独眼盯着那跪伏在地的身影；另一只眼睛已经不复存在，只剩下覆盖着伤疤的凹坑。

"幸会，洛加。"体形壮硕的巨人说道，他甚至比那金甲神祇更为高大，他的长发被拢成一袭猩红鬃毛，恍若驰骋草原的雄狮，"我是马格努斯，是你的兄弟。"

"就算马格努斯也是。"科尔·法伦似乎很不情愿地承认道，他的面目始终紧绷，"虽然我非常敬重他，但毕竟有一股源于急躁的残忍本性贯穿了他的内心。无论是在昔日，还是在之后的一次次会面里我都能看到。"

洛加低头盯着自己沾满灰烬的双手，每一块指甲底下都藏着月牙状的细微血迹。

"我们都是父亲的子嗣。"他说。

"你们彰显了帝皇的各个侧面。"科尔·法伦纠正道，"你们是脱胎于同一个基因体的不同面相。莱恩是你父亲的冷酷理性，是他的分析技巧，不受良知的拖累；马格努斯是他的灵能力量与求知欲望，不受耐心的节制；鲁斯是他的狂野天性，不受理智的约束。即便荷鲁斯……"

"继续说，"洛加抬起了头，"荷鲁斯是什么？"

"他是帝皇的野心，不受谦卑的左右。回想一下我们军团与影月苍狼联手征服的那些世界。你我都亲眼所见。荷鲁斯努力掩饰他的高傲，但无济于事——那是他表皮之下的一层肌理，是他灵魂周围的一块幕布。自负就像鲜血一样在他体内奔流。"

"基里曼呢？"洛加把双手搭在膝盖上。他嘴边隐隐泛起一抹笑容。

"基里曼。"科尔·法伦面露苦相地紧紧抿着纤薄嘴唇，与原体的浅笑迥然相异，"基里曼的内心和灵魂都是你父亲的倒影。倘若天崩地裂万事皆失，那么继承皇位执掌帝国的就会是他。荷鲁斯是最为夺目的明星，你拥有与父亲相同的面貌，而基里曼的内心和灵魂则是完全以帝皇为模板铸就的。"

洛加点点头，仍旧以微笑面对幕僚的苦涩。"我的马库拉格兄弟平白易懂，就像一本摊开的书籍。"他说，"那么我呢，科尔·法伦？想必我所具备的不仅仅是我父亲的面孔吧。我继承了帝国之化身的哪个面相？"

"阁下？"艾瑞巴斯插嘴道，"可否容我说说？"

洛加微微点头以示准许。向来处事老练应对自如的艾瑞巴斯并不需要花费时间来稳定情绪或组织语言。

"你体现了帝皇的希冀。你代表着他对于美好生活的信念，以及他推动人类实现其全部潜能的愿望。你将自己的整个身心奉献于此，永远无私，无比虔诚，为人类种族的福祉而奋斗。"

原体眼中闪烁着笑意——这双眼睛与帝皇如此相像。

"颇具诗意，但实属过誉，艾瑞巴斯。那么我的缺陷呢？既然我不像狼神荷鲁斯那般骄傲，也不像赤红的马格努斯那般急躁……历史又将如何评判洛加·奥瑞利安？"

艾瑞巴斯的庄重表象应声消失，转瞬即逝的迟疑从他脸上闪过，他不由得瞥了科尔·法伦一眼。这举动引得原体轻轻一笑。

"你们这两个暗中串谋的家伙,"他柔声笑道,"不必担忧我的怒火。我很享受这场游戏。这令人颇受启发。那么就再启发我一次吧。"

"阁下。"科尔·法伦开口道,但洛加打断对方,抬起手抚摸养父搭在自己肩头的手掌。

"不。你该知道的,科尔。我不是什么'阁下'。在你面前从来都不是。"

"历史会说,倘若第十七原体有一项弱点,那就是对旁人的深厚信念。他的无私奉献与不灭忠诚,为他带来了远非凡人心灵可以承受的伤痛。他的信任来得太轻松,也太深切了。"

洛加沉默许久,没有表示认同或反对。他的肩膀随着沉静喘息起起伏伏,那众多鞭痕红肿发烫,让他全身泛起一层细微的汗水。他背后的崭新烙印已经开始结痂了。

最终,他眯起双眼开口说道:"我父亲看错我了。我不是诸位兄弟那样的将领。我不会盲目踏上他们已经走过的道路。我永远不会像基里曼或莱恩那样轻而易举地掌握战术与后勤。我永远无法企及弗格瑞姆或可汗的绝妙剑术。我认清了我的缺憾,难道就是自轻自贱吗?我看不然。"

他再次凝视自己的双手,十指纤长平滑,几乎没有老茧,这是一双属于艺术家或诗人的手。他的战锤——那柄黑钢奥秘牧杖——既是征战兵器,也是身份象征。

"这难道是大错特错吗?"他向两位最亲信的幕僚问道,"我要踏上梦想者与追寻者的道路,不愿当一名简简单单的士兵,这难道是大错特错吗?我父亲究竟何以如此嗜血?为什么他提出的每一个问题都要用毁灭来书写答案?"

科尔·法伦紧紧攥住洛加的肩膀,说道:"因为他具有重大缺陷,吾儿。他是一个不完美的神祇。"

原体望向养父,用一道冰冷锐利的目光刺透了房间里的幽暗:"不要再说下去了。"

"洛加……"科尔·法伦仍不甘心,但原体的凝视让他沉默下来。为洛加的眼神赋予一种锐利气势的并非熊熊怒火,而是恳切央求。

"不要说了。"洛加低语道,"不要说我们多年以前让家园世界分崩离析的缘由竟是虚假信仰。这是我无法承受的。我们整支军团的成就遭到帝皇唾弃是一回事，但这就完全是另一回事了。难道你能唾弃神盟教派，唾弃我们在六年内战告终后将寇其斯建立成和平国度吗？难道你要说我的父亲是一个伪神吗？"

"要明言真相，"艾瑞巴斯插嘴道，"即便是用颤抖的声音。"

洛加将尘灰遍布的面孔埋进了脏污不堪的手掌里。在这一刻，艾瑞巴斯与科尔·法伦四目相对。后者向前者点点头，第一连连长随即再次开口。

"你知道这是真相，洛加。我永远不会对你说谎。这是我们都必须面对的现实。我们必须为此赎罪。"

"诸位牧师与你同在，阁下。"艾瑞巴斯为科尔·法伦帮腔，"军团之中每一个战斗牧师的心跳都与你有着相同的节拍。我们时刻奉你号令。"

洛加耸耸肩，甩掉了他们的陈词滥调，以及养父的宽慰手掌。他这个动作撕开了自己肩胛骨附近的愈合伤疤，让一股股暗红鲜血沿着他的金色脊背流淌下来。

"你们这是要把我的整个生命贬为谎言。"

"我只是说我们之前错了，孩子。仅此而已。"科尔·法伦将枯瘦干瘪的手掌探进洛加身旁的一碗灰烬里，蒙纳齐亚的尘埃从他指间洒落，散发着焦土与失败的浓重气味，"我们出于正确的原因向虚假的神祇致以祷告，而蒙纳齐亚就为我们的过错付出了代价。但赎罪永远不会太迟。我们将家园世界上的旧道信仰彻底剿灭，如今你也分享了我们的担忧：往昔旧道与古老传说让寇其斯蒸蒸日上，而我们却带着一份谎言让它满目疮痍。"

"这是异端言论。"洛加浑身颤抖，几乎难以抑制住情绪。

"这是赎罪，孩子。"科尔·法伦摇摇头，"我们已经错了太久。我们必须斩除种种错误的根源。一切都从寇其斯而起。"

"够了。"两行热泪冲开了洛加脸上的尘埃，"你们两个……都走吧。"

艾瑞巴斯起身从命，但科尔·法伦却再次把手搭在原体肩头，说道："我对你感到很失望，孩子。你如此骄矜自傲，已经不能直面失败并加以弥补了。"

洛加紧紧咬住完美无缺的牙齿，嘴唇上沾着闪亮的唾沫，说道："你想要返回寇其斯，返回我们军团的摇篮，然后为两百万人的死亡、长达六年的战争，以及全世界在近一个世纪里对于虚假神祇的皈依崇拜而道歉吗？"

"是的。"科尔·法伦回答，"因为正面应对自身错误恰恰是伟人的标志。"

我们要重铸寇其斯，也要重铸我们在离开家园世界投身伟大远征之后所征服的每一个星球。"

"我们未来占领的每个世界，"艾瑞巴斯说，"也都必须追随新的信仰，不再崇拜帝皇。"

"根本没有什么新的信仰！你们两个都在胡言乱语。你们觉得军团被迫跪在尘埃里会让我感到耻辱吗？与家园世界因为一个谎言而饱受摧残相比，蒙纳齐亚根本不值一提！"

"真理从不在乎我们的意愿，阁下。"艾瑞巴斯说，"真理就是真理。"

"你研习过旧道信仰。"科尔·法伦说道，"你年轻时曾在它的指导下追寻真理，直到你获得了帝皇降临的愿景。你知道如何才能区分虚假信仰和纯正真理。"

洛加从脸上抹掉了渐渐干涸的银色泪滴。"你想让我们跨越星海去追逐一个传说。"他的目光顿时变得明亮而清澈，在另外两人脸上往复跃动，"我们现在要把话说个清楚。你想让我们踏上一段愚不可及的艰险旅途，漫无目的地横穿银河，就为了寻找那些我们在数十年来坚决否认的神祇？"

洛加饱含厌恶地大笑一声："我说得没错，是不是？你想让我们展开朝圣。"

"失去信仰我们就一无所有，阁下。"艾瑞巴斯说。

"人类，"科尔·法伦说，像祈祷般双手合十，"必须怀有信仰。没有任何事物能够像宗教一样团结人心。没有任何冲突能够像信仰之战一样如火如荼。没有任何战士能够像教徒一样坚决果断。没有任何力量能够像信仰所铸就的羁绊与梦想一样催生出牢固纽带和远大抱负。宗教为人类带来了希望、统一、律法和意志力。这些正是文明的基石。信仰是一个智慧种族的栋梁，是帮助它超脱于野兽、机械和异形之上的关键支柱。"

艾瑞巴斯动作流畅地抽出短剑，扭转过来将剑柄递给洛加。

"阁下，倘若你真的抛弃了信仰，那就请你接过这把剑，即刻了结我的性命。倘若你认定旧道之中毫无真理可言，倘若你认定人类缺失信仰也能蓬勃兴旺，那就请你劈开我胸中的这两颗心脏。倘若我们军团所秉承的一切准则都被你踩碎在脚下，那么我无意苟活于世。"

洛加颤抖着接过那把剑。他将武器在手中转动，凝视着自己被烛光点亮的倒影——银钢剑身上的一张金色面孔。

"艾瑞巴斯，"他说道，"我最睿智、最高尚的子嗣，我的信仰饱受创伤，但我的信念不曾改变。平身吧，不必担忧。"

始终坚忍克己的牧师奉命起立，重新站在洛加面前。

"人类需要信仰，"原体说，"但那必须是真切的信仰，否则必将招致灾难——我们的第十三军团兄弟已经用狠毒手段证明了这一点。而且……而且我们早在帝皇抵达寇其斯之前就通过泯灭良心的六年战争学到了这一点。是时候让我们吸取教训了。是时候让我吸取教训了。"

"有一人你可以仰仗。"科尔·法伦说，他趁热打铁，尽量巩固原体的决心，"你曾与这位兄弟辩论过宇宙的本质。你常常提起那些夜晚——在帝皇宫殿里共同探讨哲学与信仰。你知道我说的是谁。"

艾瑞巴斯点点头认同第一连连长的说法。"他手里也许就握着通往证据的钥匙，阁下。倘若旧道信仰的核心深处确实埋藏着一份真理，那么他或许知道该从何处踏上旅途。"

"马格努斯。"洛加沉思着柔声说出那个名字。这确有道理。他的这位兄弟拥有无与伦比的灵能力量和卓越智慧。在冷殿里——那是遥远泰拉上一座冰冷华贵的宫室——他们常常深入交谈，带着真挚微笑与厚重书卷来争论宇宙的本质。

"就这么办。我要去见见马格努斯。"

科尔·法伦终于露出了笑容。艾瑞巴斯躬身行礼，洛加则继续开口。

"倘若我们的怀疑属实，那么朝圣之旅就势在必行。我们必须查明寇其斯先祖所创立的信仰是否蕴含真理。但我们也必须谨慎前行。帝皇的忠犬就徘徊在我们身边伺机而动，我的父亲纵然睿智超凡，但他已经暴露了对宇宙深层真理的盲目忽视。"

此时科尔·法伦也效仿艾瑞巴斯躬身行礼。"洛加，孩子。我们就要如此赎罪。我们可以运用这份真理来启迪人类，将往昔的污点洗刷干净。事实上……我早就担心会走到这一步了。"

洛加舔了舔干裂的嘴唇，满是灰烬的味道。"若是如此，你为什么要等到现在才说出自己的忧虑呢？后见之明往往是自证英明的有力手段，吾友，但谁都不曾料到这一切。你没有，我也没有。"

科尔·法伦的双眼简直精光绽放。那老者向前探着身子，仿佛鼻腔里充满了狩猎得手的胜利气息。

"有件事我必须坦白,大人。"他说道,"如今你必须了解实情了,因为时机已到。"

洛加饱含威胁意味地缓缓转过身来面对自己的养父。"我不喜欢你的语气。"他说。

"阁下,我的原体,我早就担心会走到这一步,绝非妄言。我已经采取了最微小、最谨慎的手段来预防这——"

他的话语戛然而止,剩下的字句被军团之主的手掌扼在了喉咙里。洛加攥住那老者的纤细脖颈,用微不足道的力量彻底阻断了言语和喘息。艾瑞巴斯绷紧身躯,他的目光在这两人身上跳跃。

洛加把科尔·法伦扯到自己面前,他的呼吸深沉绵长,仿佛在嘲弄那近乎窒息的老者。

"不要再揭示隐情了,科尔·法伦。我们今夜承认的罪过难道还不够多吗?"

他稍稍放松手掌,容许科尔·法伦沙哑地开口作答。

"梅尔克伊,十七年前,"老者低语道,"科罗萨,二十九年前。乌凡德尔,八年前……"

"都是归顺的世界。"洛加朝着养父的面孔嘶声说道,"这些都是你亲自驻守来引导当地人学习帝国真理的世界。"

"他们归顺于……帝国真理。但当地文明的……余烬……得以留存……不灭。"

"什么……余烬……"洛加低吼道。

"与家园世界的……旧道信仰……相契合的……宗教元素……我不能让……潜在的……真理……灭亡。"

"我难道连自己的战士都无法管辖吗?"洛加颤抖着深吸一口气,科尔·法伦的脖颈里发出某种微微的咔嗒声响,"我难道与我的兄弟科尔兹一样,无法掌控一支由骗子组成的军团吗?"

"大人……我……我……"科尔·法伦两眼翻白。他的舌头颜色发深,拍动着纤薄的嘴唇。

"阁下。"艾瑞巴斯开口道,"阁下,你这样会杀了他的。"

洛加凝视了艾瑞巴斯片刻,牧师不确定军团领袖究竟还能否认出自己。

"是的,"洛加最终说道,"是的。我会的。"他松开五指,让身披长袍的科尔·法伦摔落在地，瘫作一团，"但我没有这个打算。"

"大人……"老者透过泛蓝的嘴唇喘着粗气说，"那些文明……大有可学……它们都是人类信仰起源的缩影……我与你一样……绝不是屠夫……我唯愿挽救……人类种族的学识……"

"近些天我真是大开眼界。"原体叹了口气说，"我并非无法理解你的动机，科尔·法伦。只可惜我没能展现出与你一样的远见和慈悲。"

艾瑞巴斯开口回应："你自己也提出了同样的疑问，阁下。我们亲手摧毁的那些文明是否蕴含着真理？被科尔·法伦所挽救的屈指可数，被伟大远征所灭绝的则数以千计。我们是否一遍遍地重复着在寇其斯犯下的罪孽？"

"我也不禁要问，"科尔·法伦说，他摸着青紫的喉咙，挤出一丝笑容，"为什么很多文明都与我们的家园世界秉承相同的信仰？这想必意味着某种共通的真理……"

第十七原体点点头，他的动作缓慢而真挚。即便在最后这份隐情得以揭露之前，他的思维就已经投向了未来，着眼于无穷无尽的可能性。他的遗传天赋由此显现：他是一位思想者，是一位梦想家，而他的兄弟们则往往是战士与屠夫。

"我们在错误的祭坛面前跪拜了百年有余。"科尔·法伦说道，他的声音逐渐恢复了正常。

洛加将手掌探向那碗灰烬，又抓起一把抹在脸上。

"是的，"他说，他的嗓音里再次灌注了力量，"的确如此。艾瑞巴斯？"

"听凭吩咐，阁下。"

"代我向诸位牧师传话，将我隐居在此的这段时间里所发生的一切都告诉大家。他们理应知道自己原体的心中所想。待你明天回来与我继续探讨的时候，请给我带些纸笔。我有很多想法要写下来，这会花费几天时间，甚至是几周。但必须要写下来，我在完成之前不会走出这间屋子。你，你们两个，要帮我书就这份伟大作品。"

"什么作品，阁下？"

洛加露出微笑，他从未显得与父亲如此相似。

"新的圣言。"

第六章

机仆凯尔
心不在焉
战斗牧师

那女孩难以入睡,她分辨不出昼夜的交替。各种声音从不停歇。遥远引擎传来的震动让整个房间一直微微颤抖。在黑暗与声响的恒定陪伴下,她呆坐在床上消磨时光,无所事事,目不可见,除偶尔从门口经过的人声之外,对一切都充耳不闻。

失明为她带来了不计其数的困难,而其中最显著的就是无聊。希琳妮原本酷爱读书,她的工作也让她常常出行,看遍了城市里的各处景观。然而双目失明之后,这两条路都被彻底堵死了。

在心情最为黑暗的时候,她往往会仔细品味命运的残酷幽默感。被阿斯塔特选中,有幸生活在帝皇的天使之间……获准登上他们的钢铁战舰,漫步于其宏伟大厅,闻着汗水和机油的气息……却什么都看不见。

哦,是啊,这真是好笑极了。

她刚刚登船的那几个小时过得最为艰难,但至少内容丰富。她在一个寒意逼人的房间接受了身体检查,双腿和臂膀的萎缩肌肉里扎着一支支针头,希琳妮聆听某位天使向她解释强光如何漂白了视网膜色素,以及营养不良如何影响了内脏与肌肉。她尽量将注意力集中在那个天使的话语上,然而她的思绪时常游移开来,带着她消化此前的经历,并探寻未来的定位。

在星球地表度过的两个月时光并没有善待于她。游荡于城市外围丘陵地带的那些匪徒毫不在乎舒尔长袍的神圣意义,也绝没有遵循传统对她展现出应有的敬重。

"我们的世界已经完蛋了,"其中一人笑道,"旧道已经一文不值。"

希琳妮未曾目睹对方的相貌,然而每当她入睡时,她的思维就会替匪徒塑造出一张张可能的面孔,一张张带着讥笑的残忍面孔。

在医学检查过程中，她一直全身颤抖，无论她如何绷紧肌肉想止住它。天使的逐日巨舰里冰冷刺骨，她只要开口说话就会牙关打战，她猜想自己的喘息在吐出双唇后就立刻化作一团白雾。

"你明白吗？"天使问道。

"是的。"她谎称，"是的，我明白。"接着她又说，"谢谢你，天使。"

很快就有其他凡人前来协助希琳妮了。他们散发着辛辣的熏香气息，讲话时的语调显得谨慎而认真。

他们走了一阵。或许有五分钟，或许有三十分钟——双目失明后的一切时光都被延伸得格外漫长。走廊里似乎人来人往，偶尔有一位天使从旁经过，盔甲关节的机械嘶鸣传入她耳中。更常出现的则是长袍的摩擦声。

"你们是谁？"她在路上向对方问道。

"仆人。"一人回答。

"我们侍奉怀言者。"另一人说。

他们继续前行。时光缓缓消磨，脚步声与话语声标志着分分秒秒的流逝。

"这是你的舱室。"其中一名向导说，随后带领她在房间里绕行一周，帮助她用微微颤抖的手指触摸床铺、墙壁和开门按钮。希琳妮通过这场颇具耐心的导览熟悉了她的新家——这间新的斗室。

"谢谢你们。"她说。这房间面积不大，家具寥寥无几，称不上舒适，但希琳妮也并不害怕独居在此。这算得上是一项福分。

"祝你安好。"两名仆人齐声说。

"你们叫什么名字？"她追问。

她所得到的回应便是自动门闭合的嘶鸣和轻响。

希琳妮坐在床上——垫子又硬又薄，与囚犯的床铺没有多大区别——由此开启了一段被剥夺感官和无事可做的漫长岁月。

只有一个机仆经常打断她的日日枯坐，每天三次为她送来糊糊状的合成粥饭，对方惜字如金，或是根本没有表达能力。

"这可真恶心。"她挤出一点虚弱笑容评论道，"莫非这里面包含了很多营养成分和其他有益物质？"

"是。"对方死气沉沉地回答。

"你自己也吃这个吗？"

"是。"

"我很遗憾。"

对方沉默着。

"你不太爱说话。"

"是。"

"你叫什么名字？"希琳妮最终尝试问道。

又是一阵沉默。

"你曾经是谁？"她又问。希琳妮对于机仆并不陌生。帝国在六十年前就留下了制作机仆的奥秘，它们在蒙纳齐亚十分常见。异端和罪犯所遭受的这种命运被称作悔罪。无论如何，都是一个意思。身负罪孽之人的心灵被洗刷得一干二净，活力尽失，他们的躯体被植入机械改造部件，从而增强力量或提升功能。

她的问题仅仅引发了沉默。

"在你变成这样之前，"她说，尽量让自己的笑容显得更为友善，"你曾经是谁？"

"不。"

"不？是你不记得，还是你不想告诉我？"

"不。"

希琳妮叹了口气，说道："算了。那你走吧。明天见。"

"是。"它答道。一阵沙沙的脚步声后，房门嘶鸣着再度关闭。

"我就叫你凯尔了。"她对空荡荡的房间说。

自从她抵达之后，萨芬拜访过两次，阿格尔·塔来了三次。与那位连长的每一次会面大同小异：充满了生硬的交谈与尴尬的沉默。希琳妮得知，军团舰队正在赶往一个他们奉命征服的世界，然而展开攻击的行动命令却迟迟不来。

"为什么？"她问道，即便是这颇不自在的陪伴也让她感到高兴。

"奥瑞利安隐居不出。"阿格尔·塔说。

"奥瑞利安？"

"我们原体的一个名号，在军团之外鲜有提及。这是寇其斯语，我们家园世界的语言。"

"给神祇取个绰号，"希琳妮坦言道，"这有些奇怪。"

阿格尔·塔沉默了一阵。"原体不是神祇。神祇的子嗣虽然继承了超凡力量，但也往往被称为半神。而且这并不是个绰号，是一种用在家人之间的亲近称呼。翻译过来大致的意思是'黄金'。"

"你说他隐居不出。"

"是的。隐居在他的舱室里，位于我们的旗舰信仰之律号上。"

"他是在躲避你们吗？"

她听到那个阿斯塔特咽了下口水。"这个话题让我感觉不是太舒服，希琳妮。我们就说他有很多事情需要思索好了。帝皇的裁决是一份压在很多灵魂心头的重负。原体与我们一样不好受。"

希琳妮在开口之前认真思考了许久。"阿格尔·塔？"

"我在呢，希琳妮。"

"你听起来并不沮丧。你听起来并没有不好受。"

"是吗？"

"不。你听起来很愤怒。"

"原来如此。"

"你是因为帝皇的所作所为而对他感到愤怒吗？"

"我得走了，"阿格尔·塔说，"我受到了召唤。"阿斯塔特站起身来。

"我没有听到召唤，"那年轻女孩说，"如有冒犯我很抱歉。"

阿格尔·塔一言不发地走出房间。四天之后希琳妮才迎来了下一位访客。

阿格尔·塔愕然地看着那具无头尸体。他本无此意。

惨遭斩首的机仆瘫倒下去，侧躺在钢铁训练笼的地板上，断断续续地抽搐了一阵。连长没有理会这一命呜呼的颤抖躯干，而是将注意力集中在那枚从铁笼栅栏间飞了出去，又砰的一声砸在训练室墙壁上的脑袋。它用僵死的双眼审视凶手，松弛着那张经过改造的嘴巴——没有舌头，下颚被青铜护板所取代。

"有必要那样吗？"托尔高问道。军士赤裸上身，层层叠叠的厚实肌肉在躯干上堆出了高低起伏的雄壮丘陵，那是基因编码层面的生物构造起的作用。

大面积融合其身的板状肋骨和粗重的壮硕体形让他看起来已不像凡人。倘若在实验室中培育而成的阿斯塔特人类亚种，能够具备任何堪称英俊的相貌特征，那么托尔高也与此无缘。种种疤痕装点着他的黝黑皮肤，它们是仪式性的烙印、寇其斯经文的刺青，以及多年间一柄柄来袭刀剑所留下的狭长印记。

阿格尔·塔垂下了练习短剑。剑身上一抹湿滑猩红的血迹映着头顶的照明灯光。

"我心不在焉。"他说。

"我注意到了，长官。训练机仆也注意到了。"

"两周了，我们无所事事地待了两周。奥瑞利安在密室里隐居了两周。我生来可不是干这个的，兄弟。"

阿格尔·塔拍动按钮，让训练笼的两个半球形结构各自分开，随后迈了出来。他低哼一声将染血兵器抛在地上，它沿着地板滑了出去，嘶鸣着缓缓停在那死掉的奴仆身旁。

"本来轮到我了。"托尔高咕哝一声，看了看那个具有六条机械臂膀的无头尸体。每条手臂的末端都是一把利剑。六把武器上没有丝毫血迹。

阿格尔·塔擦干了颈后的汗水，把毛巾扔在旁边的长凳上。他漫不经心地看着几个维护机仆将那死去的同类拖走去焚灭。

"我和希琳妮谈过，"他说，"几天前。"

"我听说了。我也在考虑去见见她。她让你感到忐忑吗？"

"她看得太清楚了。"阿格尔·塔说道。

"真是讽刺。"

"我是认真的。"连长说，"她问我是不是对帝皇感到愤怒。这要我怎么回答？"

托尔高扫了一眼第七连的训练室。在附近磨炼战技的诸位兄弟知道连队领袖情绪不稳，都自觉地为他留出了足够宽敞的空间。木杖相互击打，砰砰作响；练习徒手格斗的战士们拳拳到肉；刀剑对决的金铁交鸣，被训练笼的能量罩隔绝在内。他转回头看着连长。

"你可以如实回答。"

阿格尔·塔摇摇头。"实情有种秽恶的味道。我说不出口。"

"其他人说得出口，兄弟。"

"其他人？比如你？"

托尔高耸了耸裸露的肩膀，说道："我并不以自己的愤怒为耻，阿格尔·塔。我们蒙受了冤屈，而且我们一直走在错误的道路上。"

阿格尔·塔伸展躯体，活动肩部的僵硬肌肉。他在开口作答之前花了一点时间来组织语言。托尔高是个大嘴巴，阿格尔·塔知道自己随后所说的每个字都会传到连队其余战士耳中，甚至是整个锯齿烈阳战团耳中。

"帝皇是否冤枉了我们并非问题的全部。我们是一支建立在信仰上的军团，而如今我们失去了信仰。愤怒是自然的反应，但绝不是答案。我会等待原体归来，并聆听他的智慧箴言，之后再决定自己脚下的道路。"

托尔高忍不住露出微笑："你听听。你当真不想拿起一把牧师权杖吗？我觉得艾瑞巴斯肯定愿意考虑再次训练你。我不止一次听到他对萨芬表示过惋惜。"

"你真是个笑里藏刀的家伙，兄弟。"连长皱起眉头，英俊的容貌上覆盖了一层阴云。他的淡蓝双眼如同寇其斯夏日碧空的颜色，他那张与诸多兄弟一样平滑无疤的面孔仍旧保留着昔日凡人的些许痕迹。

"覆水难收，"连长说，"我做出了我的选择，首席牧师也做出了他的选择。"

"但是——"

"够了，托尔高。掀开旧疤也是会疼的。有没有原体归来的消息？"

托尔高凑近过来审视阿格尔·塔，仿佛想要从连长的眼睛里探出什么隐情。"我没听说。为什么问这个？"

"你知道为什么。你也没有听说关于牧师集会的任何消息？"

托尔高摇摇头："他们立誓保密，守口如瓶，不是随便问上两句就能撬出什么情况的。你和萨芬谈过吗？"

"谈过很多次，他透露得很少。艾瑞巴斯现在大受原体信任，他负责将奥瑞利安的话语在集会上传达给战斗牧师们。萨芬承诺我们很快就能得到启迪。原体的隐居会在几周之内告终，而不是几个月。"

"你相信吗？"托尔高问道。

阿格尔·塔发出一阵苦涩而短促的笑声："不知道要相信什么正是我们面前最大的威胁。"

在下一位有价值的访客抵达时，希琳妮正在睡觉。她被房门滑开的声音稍稍唤醒，犹在半梦半醒之间。

"走开，凯尔。我不饿。"她翻过身去，用薄薄的枕头捂住脑袋。显然，军团战士那苦行僧般的俭朴作风也扩展到了仆从们身上。

"凯尔？"一个深沉厚重的嗓音问道。

希琳妮掀开枕头。她嘴里满是腥臭的口水，心跳突然加快了一点。

"你好？"她说。

"凯尔是谁？"对方追问。

希琳妮坐起身，出于本能地用盲眼徒劳扫视左右："凯尔是每天给我送餐的机仆。"

"你给机仆取了名字？"

"那是托菲特广场一个卖肉商贩的名字。他因为挂羊头卖狗肉被处了私刑，为自己的欺诈付出代价。"

"原来如此，十分恰当。"

陌生人伴着长袍的沙沙轻响在房间里行走。希琳妮能察觉到气流的扰动——新来者的体形高大魁梧，她虽然双目失明，却也为之感到敬畏。

"你是谁？"她问道。

"我以为你能认出我的声音呢。我是萨芬。"

"哦。天使的声音在我听来很相近。你们的嗓音都非常低沉。你好，牧师。"

"很高兴又见到你，舒尔阿莎。"

她按捺住了不安的神色。从天使口中说出来，即便是她所属职业的尊称仍旧令她羞愧难当。"阿格尔·塔在哪里？"

萨芬恍若逼近猎物的沙漠豺狼般发出低吼。希琳妮过了几秒钟才意识到那是一声轻笑。

"连长正在出席军团指挥官的会议。"

"你怎么没有一起去？"

"因为我并不是指挥官，而且我也要履行自己的职责。我要去无瑕圣洁号参加牧师兄弟们的集会。"

"阿格尔·塔给我讲过这些。"

萨芬的嗓音被微笑所感染，让言语变得近乎和善可亲："是吗？他给你讲过什么？"

"他说原体与一位名叫艾瑞巴斯的人交谈，艾瑞巴斯则将领袖的话语传达给战斗牧师们。"

"这样说没错，舒尔阿莎。我听说你依然没有恢复视力的征兆。技师们正在考虑用机械义眼进行替换。"

"替换我的眼睛？"她说，她感觉全身发麻，"我……我想再等一阵，看看能否自愈。"

"这是你的选择。对精细器官的机械改造需要更精湛的专业技术。如果你愿意进行替换的话，也要等待几周时间，让他们准备好植入装置。"

天使的语气平淡冷静，却莫名地令人惶恐不安。他毫不委婉地吐露着直白而和善的话语，就像迎面砸来的一柄铁锤般直截了当。

"他们为什么在考虑那种方式？"希琳妮问道。

"因为这是阿格尔·塔的要求。深远号的药剂室具备必要的资源，可以为有价值的凡人船员开展机械改造。"

"但我没有价值啊。"她说，她这句话并非自轻自贱，仅仅是在表达她的困惑不解，"我不知道我如何能够为这支军团做出任何贡献。"

"没有吗？"萨芬沉默了一阵，他或许在扫视这个平淡无奇的房间，再次开口时，他的嗓音变得更为温柔了，"请原谅我疏于造访，舒尔阿莎。近来几天事务繁多。容我对你的处境稍作解释。"

"我是个奴隶吗？"

"什么？不是。"

"我是个仆人吗？"

天使轻笑一声："让我把话说完。"

"请原谅，牧师。"

"其他几支战团也在蒙纳齐亚的坟墓里遇到了迷失的灵魂。当我们离开星球的时候，你并不是唯一一个与军团同行的库尔人，但你是唯一一个被锯齿烈阳战团所接纳的当地居民。你自问如何能够为我们做出贡献，但我要说你已经在做出贡献了。阿格尔·塔是我的兄弟，我知道他的思绪引向何方。他将你视作一个代表过往的符号。你是一份鲜活的纪念，彰显着我们军团最深重的失败。"

"完美之城不是罪孽巢穴，"她说，遭到冒犯的她尽量让语气保持平和，"你们为什么总要那样说？"

一阵沉默后，对方缓缓地长呼一口气，说道："罪孽并不在于那座城市本身，罪孽在于那座城市所代表的意义。我告诉过你帝皇当日下达的裁决。你心思敏锐，小女孩。你自己能够得出的答案就不要再问了。那么，你盼望为军团做出贡献，告诉我你为什么这样想。"

这是她从未真正考虑过的。既然她身在此处，效忠军团似乎就是唯一一条可行的道路了。然而其中还有更为深层的原因，还有一股强烈的愿望在那默默枯坐的漫长时间里牵动着她的心弦。

"这支军团救了我的命，"她说道，"我想做出贡献是因为我感觉应该这样。我感觉这样合乎情理。"

"仅此而已？"

她摇摇头，虽然她根本不知道萨芬是否在看着自己："不。我得承认我很孤单，也很无聊。"

萨芬又轻笑一声："那么我们要想想办法。你是库尔信众的一员吗？"

希琳妮略有迟疑，紧张地伸出舌头舔了舔干燥的嘴唇："我聆听圣言布道者在广场上传教，还有每日祷言在城市里回荡。这些从来没有触动过我的内心。我虽然信奉教义，也熟悉经文，但我并不真的……"

"在乎。"

希琳妮点点头。她深吸一口气，喉咙里发出一声轻响。"是的。"她承认。当萨芬的沉重手掌落在她肩头时，她不由得浑身一颤。

"抱歉，"这年轻女子说，"我缺乏信仰。"

"不必抱歉。你是对的，希琳妮。"

"我……什么？"

"你展现出了对传统信仰加以质疑的洞察力和意志力。在漫长岁月里，人类以信仰之名实现了很多伟大成就。这是我们从历史中学到的。信仰是灵魂之旅的燃料。倘若不去信奉一些崇高伟大的理念，我们就是不完整的——因为正是灵魂与肉体的结合将我们提升到了野兽和异形之上的更高层次。但是倘若将信仰寄托在错误的目标上呢？倘若在一个不值得崇敬的偶像面前屈膝跪拜呢？这就是最为深重的无知罪孽了，而你从来都不曾犯下这等罪孽。你该为此感到自豪，女士。"

如此赢得一位天使的尊敬，顿时美好暖意涌入她的全身心。自从家园覆灭以来，她的嗓音里头一次灌注了热切激情。

"怎么能有人在一个不值得崇敬的偶像面前屈膝跪拜？"

又是一阵沉默。对方迟疑了许久才再次开口："或许他们遭到了欺瞒，或许他们目睹了神性，从而误认为既然是神祇便一定值得崇敬。"

"我不明白。"她说，她那双盲眼上方的眉毛因困惑扭在一起，"除了神祇之外就再没有其他值得崇敬的了。除了帝皇之外就再没有其他神祇了。"

她听到萨芬吸了口气。当牧师再度开口时，他的嗓音比之前更为轻柔。

"你就这么确定吗，希琳妮？"

第七章

归顺

红铁利剑

迦太基

    这世界拥有两个名字,其中只有一个是重要的。第一个名字是当地居民所采用的——这很快就会彻底埋没于历史的篇章中。第二个名字则是征服者所强加的,这将在千万年里沿用下去,为一颗陨落星球留下帝国的烙印。

    这个世界在太空中姿态优雅地缓缓旋转,它的公转轨道与遥远泰拉相仿,而它的蓝绿色地表则意味着它与那个至尊世界相比尚且是个少不更事的后辈。泰拉的海洋在连年战火和地动山摇中早已蒸干,但47-16的海洋仍旧容纳着耐受咸水的丰富物种,其深邃尺度足以让诗歌都难以恰当描述。或许遥远的未来这个世界会转变成与泰拉相仿的牢固要塞兼繁华都会,大地全然埋没在宫廷楼阁、城堡壁垒和巢都高塔脚下。但此时此刻,它的广袤山河仍旧覆着原始荒野的绿衫棕褂和绵延山脉的灰袍白帽。几块大陆上点缀着晶莹剔透、银光灿烂的城市,众多优美尖塔踩着堪称荒谬的脆弱根基直刺云霄。每座城市都延伸出很多饱经风霜的贸易路线——这些运输管道中奔涌着由各种车辆组成的血液。

    这就是47-16,即将被47号远征队纳入归顺的第十六个世界。

    在怀言者舰队从库尔星球的废墟扬帆起航四周之后,他们跃迁进入了这个星系,随即像一群古老的海上劫掠者那般不怀好意地徘徊在47-16身边。

    诸多灰色战舰熄灭引擎,不声不响地在星球轨道上停泊了八个小时。

    在第九个小时,欢呼声突然响彻了舰队中的每一艘星船。原体出现在信仰之律号的指挥甲板上,艾瑞巴斯与科尔·法伦随侍左右。那两个阿斯塔特都全副武装——前者身穿军团的灰色战甲,后者则披挂着终结者精锐的凶蛮甲胄。

    实时视频转播将图像传递到了每一艘覆有军团涂装的战舰的舰桥里,无

科尔·法伦——怀言者第一连连长

数战士都在目不转睛地看着原体的回归。

洛加穿着一套线条流畅的灰色铠甲，这缺乏任何华丽装饰的外表用平淡朴素彰显了他的雍容气质，他嘴边挂着一副狡黠笑容，仿佛是急于和子嗣们分享某种暗藏于心的风趣话语。

"我希望你们能够谅解我近来的缺席，"这句话的末尾融作一声轻笑，"想必你们在这段时间里都乐得清静。"

周围的阿斯塔特战士们哄堂大笑。科尔·法伦垂下那空洞苦涩的目光，露出一丝悲凉笑容。就连艾瑞巴斯都笑了。

"吾儿，过去的都过去了，我们现在要着眼于未来。"洛加说，他的灰色铁拳里握着牧杖战锤，他轻松地将武器扛在肩头，"被指派到其他远征舰队的战士们很快就会获得准许，不日便可启程。但首先，我们要巩固兄弟情谊，重振军团雄风。"

又一阵欢呼声在数百艘战舰的甲板里回荡开。

"这是47-16，"洛加维持着那若有所思的微笑，但忧伤已经悄无声息地夺走了其中的坚定神色，"如此美丽的一个世界。"

他抬起空闲的手掌，用指尖轻抚自己的棕色胡子，只是下颌位置的一行短短胡茬。"我并不认为这个世界的居民已经腐化得无可救药了，但众所周知，我的判断力遭受过一定的质疑。"

更多笑声传来。科尔·法伦和艾瑞巴斯相互看了看，他们的轻笑也融入了军团的欢笑声。这轻松戏谑的气氛实际上就像一场驱魔仪式——以此消除那萦绕不散的耻辱恶臭——两位战士对此了然于胸。

"你们都读了简报的详细内容。"原体说道，"首席牧师和第一连连长告诉我说，诸位战团长在今天早上已经碰面讨论过战术目标和登陆区域了，那么我就不再浪费大家的宝贵时间。"此时他脸上已经笑意尽失，但他仍未抹去那副干巴巴的笑容，他继续说，"帝皇希望第十七军团能够更为迅捷灵活地展开征伐。如果某个世界无法快速地纳入归顺，那么它就必须被彻底清除。所以我们走到了这一步。"

艾瑞巴斯抽出牧师权杖，科尔·法伦在同一时间激活手甲，让暴烈电光涌上铁爪。

"吾儿，"他们领袖的微笑骤然踪影全无，以至让很多人怀疑那笑容是否存在过，"请原谅我在职责的逼迫下说出这些话来。"

洛加高举手中的黑铁战锤，指向那颗在舰首舷窗中缓缓转动的星球。围而不攻的大批军团战舰，让绵延无际的凶恶风暴汇聚成了一场气象之舞——下方星球的天空早已被停泊于低层轨道的舰队彻底搅乱。

"怀言者，"原体说道，"把这个异端世界上的男女老少全数剿灭。"

希琳妮耐心等待了一阵，最终意识到阿格尔·塔不打算继续说下去了。这时候她才开口发问。

"然后呢？"她问道，"你们确实那样做了吗？"

"你没有感觉到战舰开火时的震动吗？"连长在房间里走动，希琳妮不知道对方是在心事重重地踱步，还是在查看她寥寥无几的个人物品，"我难以相信你能安然睡过那长达十二个小时的轨道轰炸。"

希琳妮一点也没有睡。两天前，当警报开始呼啸，房间开始颤抖的时候，她就明白了那是怎么一回事。怀言者的众多战舰倾泻了一整天的凶猛炮火，以此为入侵作战拉开序幕。有时候，那些庞杂繁复的机械流程恰好踩上了相同的步调，让各门主火炮齐声地向下方星球喷吐出炽热弹药。那雷霆轰鸣足以在她耳中回荡半分钟之久，而这便是最糟糕的经历：双目失明，双耳失聪，丝毫无法感知外界。倘若此时有人闯入房间，她是不可能有所察觉的。于是希琳妮就躺在并不舒适的床铺上，落入了想象力的图圈，时刻祈祷不要感受到陌生手指对自己脸庞的触碰。

"我不是那个意思，"她说，"在天火停歇之后，你们前往地表了吗？"

"是的。我们在唯一一座尚且屹立不倒的城市附近登陆。我们必须用地面攻势摧毁它。我们的轨道轰炸无法穿透它的防御护盾。"

"你们……在一天之内杀死了整个世界？"

"我们是阿斯塔特军团，希琳妮。我们履行了职责。"

"死了多少人？"

阿格尔·塔看过轨道扫描的测算数据。根据估计，当天约有两亿人丧生。

"所有人，"连长说道，"那个世界上的所有人类。"

"我不明白，"她紧紧闭着那双无用的眼睛，"所有人，他们为什么必须要死？"

"有些文明无法接受再教育，希琳妮。倘若一个文明建立在遗毒无穷的根基之上，那么让它获得救赎就希望渺茫了。与其在亵渎中苟活，它倒不如被焚灭殆尽。"

"但他们为什么必须要死？他们犯下了什么样的罪孽？"

"因为这是帝皇的意志，其余的都不重要。这些人唾弃我们与之和平共处的提议，嘲笑我们令其融入帝国的愿望，而且公然展现出最为深重的无知罪孽，造就了大批人工智能构造体。仿照人类形体来繁衍虚假生命的恶行是对于整个种族的憎恨，我们坚决不能姑息养奸。"

"但为什么呢？"她说道。这几个字已经要变成她的口头禅了。

阿格尔·塔叹了口气。"你有没有听过这句古老谚语，'要根据一个人提出的问题而非作出的回答来评判他'？"

"我听过。我们在库尔有类似的说法。"

"它所表达的意思在银河上下是共通的，只不过说法形形色色。这句是泰拉的谚语。寇其斯也有相应的说法，'无处容纳怀疑的狭隘头脑是有福的'。"

"但为什么呢？"年轻女孩又重复道。

阿格尔·塔忍耐住第二声叹息。实在是棘手——这女孩无比天真幼稚，而阿格尔·塔也自知绝非良师——但总要有人对她加以启迪。遮掩真相是可耻的行径。

"答案就在群星之间，希琳妮。我们是一个年轻的种族，零零星星地散布在数千个世界上。浩瀚太空里包藏了很多威胁：不计其数的异形物种全都演变成了掠食猛兽。任何没有立刻向人类暴露出嗜血贪欲或毁灭意图的异形则往往有着另外的危险之处。那些古老文明在日渐衰亡，要么是因为自身的软弱而无法在蓬勃发展之后稳住江山，要么是葬送在了骄矜自傲误入歧途的科技苦果上。这样的种族不值得我们学习。历史很快就会将它们彻底遗忘。我们是应该容许人类殖民地遭受丑恶异形的肆意蹂躏，还是应该夺取这些宝贵世界来为新生的帝国添砖加瓦？我们是应该放任这些人沉沦于无知泥沼并殃及自身或我们，还是应该抢在他们变成异端威胁之前将其早早剿灭？"

"但是——"

"不，"阿格尔·塔说，语气斩钉截铁，"这一次没有'但是'了。'帝国的威权源自正义。'我们的宣讲者如是说，我们的圣言这样写，而事实也就是如此。其余人类文明无不衰败，而我们大获成功。众多异形种族无不灭亡，而我们蓬勃崛起。我们以仁慈之心团结同胞，并击败了所有拒绝统一的星系帝国或孤独世界。还需要什么证据才能表明我们，且只有我们，走在了正确的道路上？"

希琳妮咬着嘴唇沉默了一阵。"这样说……有道理。"

"当然。这是真相。"

"那么他们全都死了，一整个世界。你能给我讲讲他们的最后一座城市是什么样子吗？"

"只要你愿意听。"阿格尔·塔端详了这年轻女孩许久。在近来的四周时间里她恢复得很好，如今披上了一件毫无裁剪可言的军团仆从灰袍。当他第一次看到希琳妮这副打扮的时候，对方曾问他新衣物是什么颜色的。

"灰色。"他当时回答。

"好。"她对此露出微笑，但没有多加说明。

此刻阿格尔·塔凝视着对方。希琳妮也双目无神地面向他，那副青春容貌上没有一丝羞怯或怀疑的阴云。"你为什么对他们的城市如此好奇？"他问道。

"我还记得蒙纳齐亚，"她说，"也该有人记住这座城市。"

"我恐怕是不会忘记的，希琳妮。用玻璃搭建的尖塔，由水晶组成的战士。这场归顺行动绝不漫长，但也绝不轻松。"

"萨芬和你同行吗？他对我很好。我喜欢他。"

"是的，"阿格尔·塔说道，"萨芬和我同行。当那座城市的护盾最终降下之后，率先发现了敌方亵渎行径的第七连战士就是他。"

"你能给我讲讲事情的经过吗？"

"连长，"萨芬发来通信，"你恐怕不敢相信我看到了什么。"

阿格尔·塔在托尔高突击小队的簇拥下穿过外围废墟。他的灰甲兄弟们在街道间奔行，将玻璃建筑的粉碎残片碾在脚下。每一位战士手中都握着隆隆低吼的链锯剑，每一把覆满利齿的武器都沾着斑斑血迹。

"我是阿格尔·塔，"连长回应道，"我们正在向西行进。没有遭遇明显抵抗。汇报状态。"

"人工智能，"萨芬的话语里夹着通信杂音，但还是足以清晰表达出他的憎恶，"他们部署了人工智能构造体。"

阿格尔·塔面向东边，这座由带有脉络的黑色石料与晶莹剔透的闪亮玻璃所搭建出来的城市已经开始瓦解了。熊熊烈火在那些通往城市中心的蜿蜒道路中肆意横行。这最为明确地体现着军团的进攻步调。

"托尔高突击小队即将抵达，"他说道，"怀言者，跟我上。"

他背后的庞大推进器点火启动，伴随一声粗哑咆哮将他推上天空。

护目镜为他的视野染上一层淡蓝色，视网膜显示屏里的高度计不断更新读数。造型扭曲的玻璃塔楼与盘旋上升的黑石街道从他下方闪过。这个文明孕育出了自成一派的建筑师。连长不确定这究竟是艺术家的自由发挥还是某种超乎他理解范畴的逻辑产物。无论如何，用怪异玻璃搭建的城市……用黑色石料铺就的道路……

从某个方面来看，这确头很美。疯狂往往拥有一种美感。

"我看到你了。"他向萨芬发出信息。在连长下方，若干怀言者小队穿行于一片城市街区的废墟之中，那几簇灰甲身影正在与一个散发着病态能量的银色畸体对峙。善解人意的盔甲系统捕捉到他的困惑情绪，立刻放大了敌军单位的形象。

阿格尔·塔仍然不确定那究竟是什么。

"落地。"他对托尔高小队下达命令。表示确认的回复嗡鸣在通信频道里逐一响起。阿格尔·塔不假思索地关闭了推进器——在护目镜显示屏上闪烁不止的一枚寇其斯符文由红转白。跳跃背包的主推进器立刻颤抖着停止了运作。停歇下来的宽大推进器吐出一缕黑烟，而次级喷气引擎则随后发动，将他的骤然坠落放缓到了略慢于终端速度的水平。

他轰然落地，承受着全身重量的战靴压碎了路面，在黑色石板上发散出一片蛛网般的裂痕。他麾下的其余战士也纷纷降落在连长周围，呼号引擎的滚滚热浪与凶猛着陆的强烈冲击此起彼伏。

"群星在上，"托尔高说，他抬起轻声嘶吼的链锯剑，指着这片残垣断壁的远处，"我明白牧师的意思了。"

他的视线越过坍塌碎裂的玻璃墙壁的废墟，一台敌军构造体迈动着三条昆虫腿足出现了：每条腿都拥有过多的关节，位于末端的锐利刀锋敲打着地面。它的躯干部分近乎人形，却完全由能够活动的玻璃所组成。在那透明的皮肤下面，电路绘制出血管，金属搭建出骨骼。

"那肯定是装饰品吧。"托尔高在通信频道里说，与此同时，敌军构造体迈开刀锋腿足，姿态优雅地不断逼近，"你看……那副样子。"

"你们可真不着急，"萨芬说道，"趁它还没开火，赶快找掩护。"

阿格尔·塔冲向近旁的一堵玻璃墙壁，萨芬麾下的几名战士正蹲伏在那里。他们并不能彻底隐藏身形，但这毕竟是个掩护。突击小队的其余成员也分散开来。

"它能开火？"阿格尔·塔问，"你确定那不是一尊机械驱动的雕像，你们也不是在与当地艺术品展开英勇搏斗吗？"

"它能开火，"萨芬哼了一声，"而且它死不了，看着。马尔诺小队，出击。"

几名怀言者训练有素地从前方某个弹坑里一同起身，用各自的爆矢手枪开火。子弹敲打着那玻璃生物的晶莹躯体，让它东倒西歪，却并没有造成任何可见的伤害。闪烁电光迎着每一颗命中目标的爆矢弹，提前将其引爆，以至所有子弹都没起作用，仅仅产生了微弱的动能冲击。

"停火后撤。"萨芬下令。

"这道命令我已经要听腻了，长官。"马尔诺粗声粗气地说，爆矢枪的火力随即终止了。

那个玻璃生物立刻稳住身躯，转向了蹲伏在掩体里的马尔诺及其部下。发挥其内脏功能的电路迸发出剧烈光芒，一股明亮灼目的电流从它嘴里喷了出来，横扫弹坑边缘，将所过之处的黑石路面瞬间融化。

"它由坚不可摧的玻璃制成。"托尔高说，"它还能喷吐闪电。原体命令我们剿灭这些人是英明的。他们不仅仅是异端——他们简直把疯狂打造成了实体。"

阿格尔·塔聆听着军团其余小队在城市各处遭遇到类似构造体的通信报告，不由得低声咒骂了一句。在首都的防御护盾破灭之后，他本以为战事能够轻松了结。见鬼，这颗星球的领导人应该都已经死了。为什么敌军的抵抗还是毫不松懈？

"托尔高小队，去高处。"

"如你所言，连长。"忠心耿耿的战士们齐声响应。跳跃背包的庞大推进器点火启动，滚滚热浪让众人身边的空气泛起层层涟漪。引擎废气的焦炭味道浓重扑鼻。

阿格尔·塔像一支标枪般急速爬升，落在了一处俯瞰那残破街道的阳台上。

托尔高小队的其余战士紧随其后，在邻近的房檐上纷纷落脚，就像一群冷眼旁观下方战斗的灰色石像鬼。

"你们至今摧毁了多少个？"阿格尔·塔问道。

"三个，但其中两个都是被火风暴的一台维护者干掉的。"萨芬口中的火风暴是锯齿烈阳战团的装甲部队。

"别告诉我那辆坦克被摧毁了。"

这次是马尔诺开口作答。"那我就不告诉你，连长。反正那辆坦克已经不在了。"

阿格尔·塔看着构造体迈开三条关节繁多的长腿缓缓逼近，在这崎岖难行的地面上保持着非人的完美平衡。他的护目镜将图像放大，在片刻的模糊之后恢复了清晰。贯穿那玻璃躯干的一条条银色脉络能量充沛，光辉闪烁。它的表皮流动多变，仿佛是液态物质，却又能让爆矢弹像点点细雨般无害地飞溅开来。

"你说你们干掉了三个，但坦克只摧毁了两个。"

"第三个是我用牧师权杖杀掉的，"萨芬回答，"动力武器似乎对付那些构造体很有效。"

"明白。这个交给我们了。"阿格尔·塔说，他让护目镜重新聚焦，"托尔高小队，做好准备。我们以其人之道还治其人之身。"

"如你所言。"战士们再次齐声响应。

阿格尔·塔抽出双剑——两把红铁兵刃的象牙色剑格里都安装了能量生成器。他的手指沿着缠绕皮革的剑柄滑向开关，伴随两声嗡鸣激活了双剑，奔腾跃动的电流将利刃包裹起来。

"为了原体！"一声高喊在街道中回荡，吸引了构造体的注意力。它抬起一张没有五官的脸——在应该是嘴巴的位置上，那玻璃面孔被迅速攀升的高温烤得红热发亮。

阿格尔·塔猛冲了两步：第一步让阳台微微颤抖，第二步碾碎了护栏，助他纵身飞跃出去。厉声咆哮的推进器喷吐出浓烟与烈焰，带着他从天而降。两把利剑拖曳着朦胧电光。

"奥瑞利安！"托尔高小队的战士们放声呼喊，各自从高处发动扑击，乘着嘶号引擎追随连长破空而来，"奥瑞利安！"

一马当先的阿格尔·塔向侧面奋力偏移，避开了下方那个构造体投射过来的一股暴烈电流。片刻之后他就与敌人相遇。他及时扭转身躯将战靴重重踏在那玻璃脑袋上。构造体的头颅猛然向后甩动，像钻石一样的闪亮碎屑四处飞溅。两把动力剑随即斩落，利刃狠狠劈在构造体的面孔上。更多残片化作一场晶莹冰雹。

托尔高军士从背后降落在构造体的肩膀上，他的链锯剑在玻璃表面刮擦打滑。他的爆矢枪仅仅怒吼了一声，子弹徒劳地在空气中引爆。

托尔高小队的其余成员也挥动着低声嘶吼的武器纷纷抵达，他们的粗重喘息从头盔通信器里传出来，仿佛是猛禽的叫声。他们分头前进再联合出击，发动了若干次攻势，当下方的战士发动袭击时便飞上半空，当兄弟们远离目标时便展开俯冲。构造体在这密集攻势下踯躅退却，难以将防御火力集中于单个威胁上。

阿格尔·塔第三次发动扑击。他交叉双剑，引得相互重叠的能量力场发出一阵阵嘶鸣和爆响。这一次利刃正中目标，深深埋进了玻璃喉咙，晶莹碎片飞溅在他的面甲上。

构造体立刻殒命。它的银光脉络变得乌黑，失去生命力的长腿带着躯干砸落尘埃。

托尔高突击小队的五名成员以镇定自若的优雅姿态降落在连长周围。放松了力道的手指让链锯剑的咆哮变得略为轻柔。推进器叹息着冷却下来。

萨芬和马尔诺带着麾下战士走出了废墟，他们将爆矢枪捧在胸前。

"干得漂亮。"牧师说道，"你们可以继续前进，兄弟。我们会扫清这条通向城市中心的道路。不必等我们。"

阿格尔·塔点点头，他还是没能习惯萨芬那套重新涂装的盔甲。牧师的战甲是黑色的——用以纪念在蒙纳齐亚将每一位战士包裹起来的乌黑尘埃。阿格尔·塔最初看到这种新传统的时候未作评论，但始终对此耿耿于怀。有些耻辱还是忘掉更好。

一串短促而走音的通信鸣响带来了一句模糊不清的话语："连长，我是达格塔。"

阿格尔·塔望向城市中心的一座座尖塔。某些东西——某些不见踪影的装置——正在严重干扰通信。

"我听到了，达格塔。"

"申请召唤迦太基。"

萨芬和马尔诺相互看了看，他们的表情都隐藏在面甲下面。托尔高将链锯剑激活了几秒，让利齿短暂地撕咬空气。

"说明原因，达格塔。"阿格尔·塔回应道。

"那些人工智能，长官，它们有个国王。"

达格塔小队在街巷中疾驰，他们从不停止前进，始终保持警惕。作为第七连的先驱斥候，在连长所率领的主力部队前方深入刺探敌军城市，对于他们而言是家常便饭。

然而今日的敌人为他们准备了一些意料之外的手段。人工智能构造体大军在这座末日临头的城市中展开了极为凶猛的顽抗——这还是在怀言者侦察部队遭遇到黑曜巨像之前。

达格塔率先发现了那个与众不同的敌人。他在鞍座里向前探身，迫使护目镜放大图像，追踪那个在街道远方迈着笨重脚步的黑色构造体。

"尤里曾之血在上。"他咒骂道。那家伙足有两层楼高，它长着六条腿，整个身躯由纯净玻璃切割而成，但通体漆黑。

他立刻在通信频道里告知连长，麾下小队则向敌人开火。安装在每一辆摩托上的爆矢枪都发出粗重轰鸣。然而由黑色玻璃所组成的构造体根本没有留意他们。那庞大身躯无疑极为沉重，但六条刀刃般的腿足却并没有刺穿地面。

"后撤。"达格塔向兄弟们下令。各位战士立刻从命。

几辆灰色摩托嘶吼着转过一处曲折的拐角，轮胎在光滑的黑石道路上难以抓稳。一马当先的科汝斯紧急转向，猛力制动的车轮尖鸣着滑过路面。

"小心。"达格塔警告部下。

"你说得轻巧，军士。"科汝斯厉声回答。

达格塔在兄弟们的摩托间轻巧穿梭，毫不费力地超了过去。他的喷气摩托悬浮在路面两米之上，他只需用手指轻轻按动油门，就能让坐骑伴着引擎的哀号瞬间加速猛冲出去。与带轮子的摩托相比，喷气摩托在行驶过程中显得更为洁净，它的供能部件排放出很少的废气，远不像达格塔小队里其余摩托的常规引擎那样。

怀言者向右侧身，从这玻璃城市的又一处螺旋转角旁掠过。他放慢了速度——稍稍放慢而已——好让兄弟们跟上自己。在前方的两座高塔之间浮现出了另一个构造体的宏伟身影，它迈动六条腿足缓缓逼近，那缺少面孔的黑色头颅周围笼罩着灿烂光环般的暴烈闪电。

"又一个。"达格塔说，他采用了其余怀言者小队士官在通信频道里呼喊过的那个名称，"又一个黑曜巨像。"

"我们被包夹了。"科汝斯说着来到他身旁，"我们要应战吗？"

"干什么？浪费弹药？"达格塔说，他加快速度，感受到臂膀上的阻力，喷气摩托的嗡鸣引擎发出了更加响亮的哀号，"跟我走。"

他向左掉头，拐进一条小路。

"我们不能一直逃跑，"科汝斯低吼道，"继续这样的话燃料就要用光了。"

达格塔的部下们紧随其后，他能听到那些饥渴引擎的哀怨吼叫。科汝斯说得对——他们摩托的咆哮声变得愈发嘶哑。这支为锯齿烈阳战团主力部队探查前路的斥候小队，已经在城市街道间与敌人玩了几个小时的猫捉老鼠。

"我们不是在逃跑。"他回答。

一块阴影遮蔽了阳光，笼罩了这条小路，强悍引擎的低沉嗓音充斥四周。一艘狭长飞船悬浮在他们头顶，机翼上覆有火星教派的机械骷髅标志。

达格塔在面甲背后露出微笑。"我们是在给迦太基寻找降落位置。"

在一副红色兜帽下面，三枚绿色目镜观察着陷入战火的城市。这三个视觉信号接收器不断转动位置并重新聚焦，具有远远超过人类视力的锐利目光。

"正在处理。"三只眼睛的主人说道，他停顿了几秒，让目镜继续调整焦距，随后用同样的语气补充，"收到。"

达格塔的先驱斥候正在利用这个大好机会补充燃料，每个阿斯塔特都从机械神教登陆船的货舱里取出几桶钜素，灌满了摩托的油箱。

达格塔一直坐在他的喷气摩托上，不再高负荷运转的反重力悬浮装置发出平稳的嗡鸣。

"两个黑曜巨像，"他对这三眼怪人说道，"正在逼近。"通信频道里蔓延着野火般的敌情呼叫，众多小队都在展开后撤，寻求迦太基战斗群的协助，申请装甲编队的支持……，"那些人工智能十分凶狠，赛－努73。"

"我对细节情况有所认知，达格塔军士。"

赛－努 73 如麻秆般纤瘦，只有最广义的判断标准才能将他归入人类范畴。他的红色长袍在滚滚热风中飘动，展露出一副经过大规模改造的身体，那毫无光泽的钢铁躯干上缠绕着一条条工业缆线。他抬起胳膊摘下兜帽，这双形如枯骨的臂膀，由起伏不平的装甲护板拼接而成，末端是两只拥有很多指头的青铜手掌。不再被兜帽所遮掩的那张面孔上布满了杂乱无章的纤细导线，底部安装着一副声音嘈杂的呼吸面罩，绿色目镜则呈三角形排列在中央，除此之外就再没有什么显著的面部特征了。

赛－努 73 曾经是个人类——他出生在近一个世纪以前，度过了短暂而脆弱的二十载凡人岁月。与火星机械神教的其他成员一样，他必须在一副温暖的血肉躯壳里熬过早年生涯，直到他习得了净化自身的重要技能。

自那以后，他的身体得到了显著的提升。

技术神甫站在机械神教登陆船的货舱跳板旁，监督着几台雄伟机械迈开迟缓笨重的脚步走出机舱。每一台都披挂着坚固厚实的装甲，覆有略受磨损的猩红涂装。它们有近五米之高，其庞大的机械肢体显然无意模仿人类的举止。率先走下跳板的两台是瘦长的远征军型，它们的双肩笨拙地左右摇摆，带动刀剑状的修长臂膀晃了起来。粗大而简陋的电路被铭刻在那些兵刃肢体边缘，将锐利刀锋与机器人体内的能量生成器连接起来。

"血红，"第一台用生硬刺耳的机械嗓音说道，"备战待命。"

"茜红，"第二台也开口了，"备战待命。"

迈着沉重步伐走下跳板的第三个身影要比前两台机器人宽上一倍，它的壮硕轮廓完全不像远征军型那般瘦长，两只拳头是覆满铆钉的攻城巨锤。与班组同僚相比，它的机械部件散发着更为浓重的润滑油气味。这台铁骑型机器人弓身驼背，覆盖着弧形装甲的体态倍显笨重。它在一举一动之间都欠缺优雅灵便。

"朱红，"它说，轰鸣着站在了两台远征军型旁边，"备战待命。"

赛－努 73 转过头去，用三枚目镜凝视着从登陆船货舱里现身的最后一台机械。它仿佛是两种钢铁同胞的折中方案，其外形和步态都接近于人，身披厚重装甲，双臂皆为武器。此外还有一门火炮从它肩膀上探出头来，垂挂在背后的几串弹药带，就像是伴随它步步前行而嗒嗒作响的青铜发辫。经过十二年的共同战斗，达格塔早已熟悉了赛－努73麾下的每一台机器人。最后出列的是征服者型，也是班组的主机。它肩头披着一面军团旗帜，装甲上铭刻了众多寇其斯符文。

　　几名怀言者向这个机器战士行礼致敬，但它并没有做出回应。

　　"绯红，"征服者型用毫无情感的声音说道，"备战待命。"

　　赛－努73面向聚拢过来的怀言者们，三只眼睛再度聚焦。"你好，军士。迦太基战斗群第九班组，恭候命令。"

　　阿格尔·塔落地后顺势猛冲，背后的推进器在他奔跑时切断了动力，他的双剑都已经入鞘。一把覆满精细雕文的爆矢枪在他手中跃动着吐出一枚枚子弹。他与另外几名战士躲进了某座玻璃塔楼的底层，透过染色窗棂向外不断射击。这块多彩玻璃曾经描绘的图案已经无从分辨，早就被需要扫清视野以便开火的怀言者敲碎了。

　　外面街道上的那台黑曜巨像耸立着，从毫无特征的面孔上释放出一股股凶残电能，肆无忌惮地展开轰击。就在阿格尔·塔重新装填武器，将一枚新弹匣捅进位置时，他的视线极为短暂地扫过了脚边的一块碎玻璃——染色玻璃窗的残片里映着一个身披金甲的身影。

　　达格塔小队向敌人发动侵袭，在构造体的昆虫腿足间穿梭，片刻不停地急转方向或左右摆动，从而规避对方的致命电弧。躲在各式掩体背后的托尔高小队，用爆矢弹敲打着黑曜巨像的关节。但这显然只是个不足为惧的烦恼。

　　"赛－努73，"阿格尔·塔发出信号，"我们已经就位，赶快动手。"

　　"收到，第七连连长。"

　　它们从那庞大构造体背后的一条小路里现身。冲在最前面的血红和茜红展现出了近乎踉跄乞丐般的姿态，它们的粗重笨拙与敌方机械的轻盈形成了鲜明对比。两台远征军型机器战士肩头的激光炮喷涌出凶狠火力，在黑曜巨像的皮肤表面刻下一道道炽热疤痕，熔融玻璃的明亮光辉在黑色背景里分外耀眼。它们的臂膀利刃伴随机动铰链关节的铿锵响动伸展出来，朝那构造体的腿足猛力劈砍。

　　发觉这一新威胁的黑曜巨像，转过身去对抗机械神教的战争工具。枪林弹雨扑面而来，安装在机器人肩头的重型爆矢枪用子弹洪流从构造体的头颅和躯干上炸飞了一块块碎片。与诸位兄弟相比显出格外庄严的绯红，追踪着敌方机械的一举一动。它的火力片刻不曾停歇，它的子弹一颗不曾失手。

黑曜巨像在机械神教机器人的凶猛攻势面前失去平衡，它的奔腾雷电因此偏离目标，徒然地涌向天空。

属于铁骑型的朱红是一台庞然大物，与阿斯塔特无畏机甲同样雄伟。在黑曜巨像试图用剩余的四条腿足稳住身躯时，这台壮硕而笨重的机器人就与敌方迅速拉近了距离。攻城锤势大力沉地挥动出去，伴随四下回荡的滚滚雷鸣击中了怪异玻璃。四条腿足变成三条——玻璃构造体顿时屈膝跪倒。

"干掉它。"阿格尔·塔说。他的跳跃背包再次发出嘶吼，引擎呜咽着深吸一口气。

"如你所言。"通信频道里传来回应。

双剑流畅出鞘，阿格尔·塔用一股短促动力把自己送上半空。即便匍匐在地，黑曜巨像依然不给人立足机会。怀言者们扑向它的后背，大多数时间都借助喷气引擎的推力维持悬浮，而不是降落在构造体的身躯表面。刀剑起起落落，但只有阿格尔·塔的动力武器对其造成了明显伤害，每一次劈砍都让暗色玻璃飞溅出来。

濒临灭亡的黑曜巨像仍旧在街道上拖着身体缓缓爬行，朝距离最近的那个真正威胁奋力伸出手去。绯红退后一步，用自动炮肆意轰击那只玻璃巨掌，将一根根手指尽数敲断。在这台帝国战争机械背后，赛－努73目不转睛地仔细观察，时常对自己胸甲上的众多旋钮做出微调，而至于他这样做的具体原因，怀言者们在十余年的并肩战斗中也没有搞清楚。

当黑曜巨像终于静静躺倒之后，阿格尔·塔与达格塔朝技术神甫走去。倾覆灭亡的敌军构造体恍若一尊融化脱形的冰雕，那晶莹身躯被成百上千次的子弹冲击、刀剑切割和激光灼烧蹂躏得遍体鳞伤。两位怀言者碾过铺满街道的玻璃碎片逐渐走近。

"你好，连长。"赛－努73说道，"迦太基战斗群第九班组，恭候命令。"

希琳妮把一只手搭在阿格尔·塔的臂膀上，打断了他的讲述。

"你们自己也用了人工智能吗？"

他对此早有所料："智控军团是机械神教的重要分支。泰坦军团的战争机械最受伟大远征所仰仗，而智控军团扮演的角色则是与最为高贵的阿斯塔特军团展开协作。他们的人工造物是容纳了先进机魂的机器人。智控军团的技术神甫运用生物组件精心创造出了有机合成思维。"

希琳妮伸手去拿床头桌上的那杯水。她的手指滑过钢铁桌面，轻轻碰到玻璃杯，将其稳稳握住。她小口浅饮，似乎并不急于说话。

"你看不出两者的区别。"阿格尔·塔说道，这并不是个问句。

希琳妮放下杯子面对着他，虽然并不能看到他。"有区别吗？"

"如果你日后遇到赛－努73的话，切莫向他提出这个问题。他会大受冒犯，以至出手杀你，而我就会恼怒至极，杀了他。简而言之，区别在于思维。有机智能，即便是人工合成的有机智能，依然与人类种族的完美性质密不可分。人工智能就不同了。很多文明都是在自己的机械奴仆突然暴动作乱的时候才学到这个教训。那些黑曜巨像有朝一日也必将如此对待47-16的居民。"

"你们总说我们是完美的。我是说，人类。"

"这是圣言所写。"

"但圣言是会逐渐改变的。萨芬告诉我说，圣言如今就正在改变。人类真的是完美的吗？"

"我们正在征服银河，不是吗？我们的纯正品质与昭昭天命是显而易见的。"

"还有其他种族在我们之前征服过一切。"她说，她又喝了一口室温的水，"或许，还有别的种族会在我们犯下什么大错之后再次征服一切。"说到这里她微微一笑，伸手拢开了挡在面前的一缕头发，"你们做什么事情都无比笃定。真让我忌妒。"

"你对自己在蒙纳齐亚的人生道路并不笃定吗？"

这句话让她昂起脑袋，阿格尔·塔从她的肢体语言中捕捉到了一丝焦躁不安——她的裸露脚趾微微蜷曲，手指轻轻攥住身上的灰袍。"我不想说那个，"她回应道，"我只是很好奇，你们从不后悔，从不怀疑。"

阿斯塔特不确定该如何作答。"这并不是自信。这是……责任感。我遵循圣言而生。圣言所写必须成真，否则就会万事皆失。"

"我觉得这是一项重大的牺牲。命运将你塑造成了一柄武器。"希琳妮说，她的微笑染上了一种介乎于欢喜和忧伤之间的色泽，"布道者在完美之城的晨间祷言里也会这样说。'务必走上独一正道，因那其余道路皆通往毁灭。'"

"这就是圣言所写，"阿格尔·塔说，"是我们传授给你们的原体智慧。"

希琳妮摆摆手，打断了他对一切细节的热忱专注。"我知道，我知道。你能继续给我讲讲吗？我想多听听关于那座城市的事情。原体有没有与你们并肩战斗？"

连长深吸一口气。这女孩的思绪在不同话题之间飞速跳跃。

"没有。但我们在黎明时分看到了他。与他相聚之前，我们首先遇到了阿奎隆。"

"给我讲讲。"希琳妮说，她躺在床上，交叠双手垫在脑后当作枕头，她睁大了那双毫无用处的眼睛，"我没睡，请你快说吧，阿奎隆是谁？"

"他的头衔是帝皇之眼，"阿格尔·塔回答，"我们在日落前后遇到了他，那时整座城市已经陷入火海。"

第八章

犹如家乡

金色，不是灰色

覆灭城市的心脏

昏沉暮色笼罩在城市废墟上，阿格尔·塔披着伤痕累累的盔甲凝视那一轮琥珀色的圆盘向地平线缓缓下沉。这场日落很美，让他回想起寇其斯，回想起家乡，回想起那个他已经阔别了近七十年的世界。根据他异常清晰的记忆，阿格尔·塔在二十九个星球上看过日落。这是第三十次，与之前的任何一次经历一样美好醉人。

愈发昏暗的天空染上了层层渐变的蓝紫色调，昭示着夜晚的来临。

"牧师，"他说道，"来我这里。"

萨芬从正在重整的怀言者部队里走出来，站在街道尽头的连长身旁。

"兄弟，"萨芬向他致意，牧师没有佩戴头盔，用双眼直接凝视着步步低垂的夕阳，"有什么事？"

阿格尔·塔点头示意那流尽了光辉的昏暗苍穹。"我想到家园了。"

他能听到萨芬的肢体动作引出了盔甲关节的一声轻微嘶吼，或许是耸了耸肩。

"托尔高和突击小队呢？"

"在塔顶展开侦察，"连长说，"这个世界最终归顺的时候我会很高兴的，萨芬。我渴求投入战斗，但这是一场空虚的战争。"

"如你所言，兄弟。有什么事吗？"牧师重复道。

阿格尔·塔拒绝与对方进行眼神接触。

"在我们返回轨道之前，"他说，"我要得到些答案。原体隐居不出一月之久，军团的战斗牧师都三缄其口。身披黑甲者的集会究竟在探讨什么？"

萨芬恼怒地哼了一声，转身就要离开。"现在可不是时候，还有一个世界等着我们纳入归顺呢。"

"不要在我面前说走就走,牧师。"

他们的目光相遇了——连长的护目镜紧盯着牧师微微眯起的双眸。"怎么了?"萨芬问道,"你怎么如此心神涣散?"牧师的嗓音柔和下来,在严厉词语中夹着安抚口吻。阿格尔·塔很熟悉这种语调。萨芬正是如此与那些向他坦承心中疑虑的战士进行交谈的。不知为何,这让阿格尔·塔的情绪变得更糟了。

连长用剑指着街道远方,两支小队正在各自护理伤员。一个黑曜巨像的尸体占据了大部分路面,赛-努73埋头修理着达格塔的摩托。

"我们都很盲目,"连长说,"除了你之外。我们奉命作战,全力灭除一个异端文明。奥瑞利安说得没错——这能一打往日阴霾,有益身心。先前共同见证了重大失败的军团需要庆贺 场胜利,但我们在离开完美之城的坟墓后仅仅迎来了一个月的沉默,至今仍旧十分盲目。"

"你要让我说什么?"萨芬再次靠近,抬起一只手甲,脸上闪过了犹豫不决的慎重神色。他最终收回臂膀,觉得此时如果把手掌按在阿格尔·塔的肩甲上,恐怕也只会让连长更为恼火,并不能唤起兄弟情谊。

"我要让你履行自己的职责,回答问题,启迪同胞。"

萨芬长叹一声,将气息连同耐心一并呼了出去。"身披黑甲者的集会是神圣不可侵犯的。我们谁都不能泄露探讨的内容。这你是清楚的,却还是要问?传统何在,兄弟?"

阿格尔·塔垂下长剑。"什么传统?"他笑道,"传统就是一支军团跪倒在尘埃里,他们的原体沉默无言一个月之久吗?我们其他人都需要答案,萨芬。我需要答案。"

"如你所言,连长。但我能说的都已经说过了。我们遵从圣言,寻找一条新的正道。军团迷失了方向,而我们所寻找的恰恰就是能够再度指引前路的答案。你要为此责怪我们吗?难道被帝皇光辉所抛弃的我们,就该永远沉沦在空虚黑暗里吗?"

阿格尔·塔感觉到口中的酸性唾液微微刺痛了自己的舌头。"而与此同时,整支军团在苦苦等待和拼死奋战的时候都完全盲目。牧师们找到答案了吗?"

"是的,兄弟。我们认为找到了。"

"那么你们打算什么时候与我们分享真理呢?"

萨芬抽出牧师权杖双手交握，面向集结待命的战士们说道："你以为我们来这里是要干什么？纯粹为了终结这些可悲的亵渎者吗？就为了把这个坐拥区区一颗星球的渺小国度从历史中抹除吗？"

"既然你认为我缺乏见地，"连长咬牙切齿地说，"那就启迪我。"

"静下心来，兄弟。洛加很清楚象征意义和纯正目标的重要价值。我们昔日沿着一条谬误的道路走向了一座城市的焚灭灰烬。而在另一座城市的焚灭灰烬里，我们将要在正确的道路上迈出第一步。他会为我们指明方向，我们则要遵照传统，举行一场足具荣誉和诚意的记述仪式。我们不能像一条被帝皇箍上项圈的叛逆猎犬般任凭欺凌。"

对于阿格尔·塔而言，这是意料之外，也是意料之中。纵然不是先知，他也能预测到原体会在这场归顺行动结束后公开发言，但若要将其定义成踏上某种新征途的第一步，这就令人感到激动而不安了。

"牧师兄弟们对此讳莫如深让我十分惋惜，但我感谢你终于把话说出来了。"

"在原体今日回归之前实在没有什么可说的。其实，这也并不是什么秘密。"萨芬说，他那张崎岖岩壁般的粗糙面孔上恢复了暖意，"此时此刻消息应该已经在军团中渐渐传开了。在我们剿灭这个世界上的一切不洁生灵之后，奥瑞利安就会在城市中心等待我们。这一次，军团将要在一座覆灭于正义烈火的城市里屈膝跪倒在灰烬之中。"

通信器选择在这个时机发出了声响。

"长官？长官？"

"我是阿格尔·塔。说吧，托尔高。"

"连长，抱歉又来打扰你，但你恐怕不敢相信我看到了什么。"

阿格尔·塔压低嗓音咒骂了一声，那几个寇其斯语的短促音节并没有传入通信频道。他已经厌倦在这个世界上总听到那句话了。

五位战士默不作声地埋头杀戮，手中的长柄武器像涡轮扇叶一样迅猛飞旋，不费吹灰之力地斩断肢体和躯干，仿佛那只是轻飘的云雾。军团终于突破防线攻入城市内部，帝国部队如今开始遭遇凡人的抵抗了。那支构造体大军似乎已经一蹶不振，被化解成星星点点的据守力量。现在轮到民兵部队和非作战人员以身殉国了，他们抓起毫无用处的各式武器冲上街头，宁愿牺牲也不肯投降。

五名战士在拥挤的街道中杀出一条血路，轻型武器的火力敲打着他们的华丽金甲。面前这支民兵小队手中的步枪喷吐着实体弹药，与最小口径的爆矢弹颇为相近。毫无疑问，这个文明的先祖血脉能够追溯到帝国崛起之前的人类摇篮。然而他们最终还是误入歧途，自掘坟墓。

即便手中的武器没有任何作用，他们仍然站在掩体背后或者组成射击队列，始终坚守阵线，直到死伤殆尽。他们的星球难逃末日，最后一座城市已经陷入火海。他们无路可退，于是背水一战。他们穿着与城市建筑色泽相同的淡灰制服。由通透玻璃制作的面甲很快就被夺命锋刃击成碎片，又一支民兵方阵被挥舞着长柄武器的战士们轻易收割。

一马当先的那位禁军显然是队伍领袖，他的锥形头盔顶端飘着一丛红色马鬃。他掌中的巨剑舞出一道道朦胧难辨的金色弧线，起起落落，穿刺劈砍。众多凡人在他面前溃败，有些厉声尖叫，全都肢体残破。他大肆屠杀，招招致命，攻势凌厉。在他脚下，路面已经被涂作猩红——鲜血逐渐汇聚成了一条可憎的河流。

"阿奎隆。"居高临下观看屠戮场面的阿格尔·塔说道，他念出这个名字的时候摇了摇头，难以遮掩的敬畏让他放低了嗓音，"我从没亲眼看过禁军作战。"

几名怀言者蹲在一块俯瞰街道的屋檐上。阿格尔·塔和托尔高，以及军士麾下的突击小队，金甲战士们以完美的优雅姿态继续前进，他们的刀锋之舞令任何凡俗生灵都望尘莫及。

"真让我大开眼界，"托尔高说，"我们该加入吗？"

一声高呼从下方的屠宰场里传来。为了帝皇——自从蒙纳齐亚之事过后，任何怀言者就再也不曾喊出这句战吼。在阿格尔·塔听来，那简直有种古怪的陌生感。

"不，"连长回答，"我们先不去。"

托尔高又看了一阵，漫不经心地用手指抚摸着链锯剑的开关。"他们的战斗方式有那么一点不对劲，"他说道，"有一种我分辨不出来的缺陷。"

阿格尔·塔看着阿奎隆，那位禁军的巨剑斩获了不计其数的性命，他并没有发现任何缺陷。他也这样说了。

托尔高摇摇头，继续观察道："我说不清楚。他们……缺少了什么。他们的战斗方式……不对劲。"

这一次，当阿格尔·塔的视线重新落在街道中的那场血战上时，他立刻就看出来了。禁军的战斗方式几乎与阿斯塔特完全相同，只有经验丰富的老练目光才能辨别出两者之间的细微差异。连长起初将注意力聚焦在单单一位禁军身上，因此未能察觉。然而他一旦纵观全局……

"是的，"阿格尔·塔说，"我也看到了。"

这称得上是缺陷吗？刻入基因编码的兄弟情谊贯穿了阿斯塔特的征战生涯，那么以他们的标准来看这的确是缺陷。但禁军的生命来自一个更加纯净稀少也更加耗费时间的源头——为帝皇造就这些勇武禁卫的生物工程手段培育出了一批独特战士，他们超脱于一切忠诚枷锁之上，仅仅效命于帝国之主。

"他们不是兄弟，"阿格尔·塔说，"仔细看他们的动作。他们各自为战，独来独往，缺乏相互支持。他们不像我们这样，他们是战士，不是士兵。"

这个想法让他浑身不适。托尔高显然有同感，因为他说出了连长脑海中的念头。

"狮子。"军士说，"他们是狮子，不是狼。他们独自狩猎，不是群体行动。金色，"他敲了敲自己的胸甲补充道，"不是灰色。"

"好眼力，兄弟。"阿格尔·塔仍旧在凝神观看。如今他已经发现禁军缺乏团结协作，就再也无法将注意力放在其他方面了。这是一处弱点，一处严重的弱点，仅仅是被高超的个人战技和毫无价值的敌军的无力所掩盖了。

眼前这一幕让他不安地微微颤抖。他不由自主地想起了帝皇在多年前为阿斯塔特军团制定的那第一个信条：他们将无所畏惧。

阿格尔·塔是那种逐字逐句秉承这个信条的人，他认为自己感受恐惧的能力早已在基因层面上遭到了剔除。即便如此，观看那些丝毫不怀兄弟情谊的表亲们冲杀拼搏，仍旧令他觉得寒意刺骨。他们各自至臻完美，整体却又大有缺憾。

"他们超脱于兄弟情谊的牵绊，"他说道，"也就牺牲了蕴含其中的力量，抛弃了团队行动的战术，失去了可信可靠的战友。我怀疑正是那些编织在他们身体发肤里的基因奥秘，将他们的全部忠诚都捆绑在了一个更高等的存在上——或许他们仅有的兄弟就是帝皇本人。"

托尔高一如既往地感知敏锐。"你已经不再仰慕他们了，"他说道，"我听得出来。"

阿格尔·塔微微一笑，让沉默替自己作答。

在他们下方的禁军们始终奋战不休。"像是有麻烦了。"突击小队的一名成员指着远方。他们看到一台玻璃构造体从小巷里缓缓迈上大道，开始朝那些金甲战士步步逼近。

阿格尔·塔站起身，说道："来吧,兄弟们。看看狼群如何与雄狮一同狩猎。"

"如你所言。"他们异口同声地说道，十台推进器齐声呼号起来。

阿奎隆的问候显得颇为谨慎。他交叉双臂行了个天鹰礼，那华丽的胸甲上本就展示着专属帝皇的双头鹰标志。

"你好，连长。"

阿格尔·塔做出回礼，将拳头砸在胸甲的心口位置——这是在泰拉统一战争中表示效忠帝国的姿态。

"禁军，乐意效劳。"阿格尔·塔用剑尖指着那覆灭的构造体。它一动不动地躺在路面上，全身遍布刀剑损伤，周围是众多民兵的尸首。

"真是有趣的招呼方式，连长。你这种军礼早在伟大远征开展之前就已经不流行了。"

怀言者在阿格尔·塔背后和两侧整齐列队，禁军则簇拥到阿奎隆周围。这算不上一场对峙，但每个战士都能察觉到双方之间那种若有若无的紧张气氛。

阿格尔·塔不会轻易上钩。"你们刚才像是招架不住了。幸好我们能来帮忙。"

阿奎隆轻笑一声转身就走,什么都没有说。禁军们组成松散阵形继续进发。显然，他们的领袖也不会轻易上钩。

"长官？"托尔高问道，"我们要跟上他们吗？"

阿格尔·塔忍不住露出微笑。

"是的。既然无所事事，我们就和他们一起战斗吧。"

待到黎明时分，这座玻璃城市的垂死挣扎已经结束了。

为军团集结所选用的场地自然十分宽广，但依旧地处城区深处。被终结者精锐部队扫清了一切生命迹象的水晶高塔，完好无损地矗立在这片辽阔公园周围。成群坦克的履带和十万名阿斯塔特的战靴很快就把地面践踏得泥泞不堪。公园占据了方圆数公里。在旧时，它是城市居民静心散步或举行庆典的场所；而今天，此处却举行了城市居民全数湮灭的庆典。阿格尔·塔暗自享受这一丝讽刺意味。

渐渐整编集结的第七连——并非第一个，但也远非最后一个——站在了预定位置上。赛-努73和他的四台机械战士很清楚自己的位置，并没有靠近整齐列队的怀言者。连长和小队领袖们在军团阵形的边缘位置向技术神甫致意道别。阿格尔·塔最后一眼看到那位机械神教技师的时候，对方已经与征服者型主机绯红站了一起。站在主人身旁的机器人微微弓身驼背，但仍旧比那经过改造的人类高大得多。它用没有生命的目镜左右扫视，如同一台相机般有着无限的耐性。赛-努73漫不经心地触摸着它的装甲护板，仿佛是在爱抚一只宠物的皮毛。

它们虽然不能与阿斯塔特一同列队，却绝不孤单。迦太基战斗群包含了十余个班组，赛-努73及其麾下的四台机器人只是其中之一。显然，第十七军团的诸多先锋小队都从智控军团盟友这里求得了支援，因为足有一百余台身披乌黑与猩红涂装的机器人傲然矗立在附近。

其中，屈指可数的几台显得众不同，装甲表面钉着誓言纸张和经文卷轴，用以明示它们在战斗中出类拔萃的表现。这些机器人有着形形色色的级别与型号，它们作为怀言者军团荣誉成员的身份全都收录在信仰之律号的档案库里。

绯红就是其中之一，金色的锯齿烈阳徽记印在它的额头上。

阿格尔·塔和诸位兄弟开始列队，阿奎隆带着禁军与他们分道而行。

"祝你安好，连长。"禁军领袖说着又行了个礼。

"你也是，帝皇之眼。"阿格尔·塔点头致意。

双方就此作别，禁军们从成群结队的军团战士之间穿过，单独围立在一旁。数百顶灰色头盔追踪着他们的一举一动，目光里充满了戒备、审视与恨意。

阿格尔·塔和萨芬走向阵形前列，来到了战团长迪乌莫斯和其余锯齿烈阳军官身旁。考虑到今日大获全胜，战友们打招呼时的冷淡态度就显得格外古怪。阿格尔·塔过了一阵才明白这是为什么。

"你和他们待了多久？"迪乌莫斯的语气近乎质问。

阿格尔·塔瞥了一眼护目镜屏幕边缘的计时器读数，说道："八小时四十一分钟。"

迪乌莫斯未着头盔，那张饱经风霜的面孔上挂着一副咄咄逼人的神色，似乎在等待后续的回话。

"于是乎？"

"什么于是乎？"阿格尔·塔反问，"我犯错了吗？"

"当然没有。你就没什么要汇报的？"

"有，长官。"阿格尔·塔直勾勾地盯着前方，"但不着急汇报。"

"瞧瞧他们，兄弟。"迪乌莫斯行事谨慎，自然不会指指点点，但他的意思明确无疑，"他们和我们划清界线，却还指望能聆听原体讲话。"

二十名禁军笔挺地站成两排，头盔顶部的猩红马鬃随风飘扬。他们手握长戟庄严立正，与护卫帝皇时毫无分别。和批量生产的阿斯塔特不同，他们是精工细作的超凡造物——可以想见，这些金甲骑士会被赞颂为人类种族的巅峰形象，其辉煌伟岸仅次于基因原体。任何不明就里或缺乏经验的人都会出于本能地如此看待他们。但是对于察觉到了他们缺陷所在的人而言，这套说辞就不是那么可信了。

阿格尔·塔尚未决定自己要如何看待禁军。他们的战斗技艺固然令人瞠目结舌，却又包藏严重缺陷。阿奎隆奉命监视军团，并且负责向帝皇汇报其一切动向，然而在双方共同作战的这几个小时里，他却又表现出了平易近人的处事风格与出类拔萃的专注意志。这实在令阿格尔·塔感到烦恼。

怀言者们耐心等待众多兄弟各就各位，头顶上悬着绣满经文的第七连旌旗和锯齿烈阳的战团标志。

"迦太基也和我们并非同列，但它们可以聆听原体讲话。"阿格尔·塔说。

"那不一样，"迪乌莫斯低吼道，"迦太基的册封令已经宣誓签署一个多世纪了。自那以来，它们有十余台战争机械被接纳为荣誉军团战士。你记住我说的，奥瑞利安肯定也会命令它们离开，但它们至少赢得了与我们共同出席的权利。"

"假以时日，阿奎隆或许也能赢得同样的权利。"

"你这话是认真的吗，连长？"迪乌莫斯放声大笑，顿时引来周围人的注意。

"不，大人，一点也不。"阿格尔·塔将视线从那群禁军身上扯开。

即便传送的光辉明亮夺目，所有战士仍旧立刻注意到了：洛加并没有以怀言者将帅的形象出现，而是披着家园世界高阶祭司的衣袍。

不出所料，科尔·法伦与艾瑞巴斯站在原体两旁，这是传统。然而他们同样化身为兜帽蒙面的寇其斯神职人员，用层层叠叠的灰色布料掩盖住了经过基因强化的健壮躯体。

诸位连长盔甲上的誓言纸张在错位空气的吹拂下摆动卷曲。从阵形的第一行到最后一行，十万名战士依次单膝跪地。每一行战士屈膝行礼时都会整齐划一地发出陶钢碰撞泥土的沉闷声响。在这片花岗岩般的灰色海洋上空，唯有众多旌旗始终高高飘扬。

洛加将牧师权杖扛在肩头，与方才肃立在他面前的诸位军团牧师有着相同的姿态。这柄仪式武器虽然造型凶蛮，却并不会显得与原体的平和面貌不协调。

未着盔甲的洛加无法借助通信器发言。军团仆人们采用了伺服颅骨作为弥补——众多故去军团侍从的头颅被剥掉皮肉、清洗漂白、机械改造，让他们获得了在死后继续为怀言者效劳的殊荣。这些颅骨借助低声嗡鸣的反重力悬浮装置飘在半空，眼眶里安装了摄像头，下颚则被通信喇叭所取代。

其中一枚懒洋洋地从阿格尔·塔面前飞过，突然向他心中注入了一股令人不安的念头。或许有朝一日这也要成为希琳妮的命运。如果她在未来的数十年里能够得偿所愿效劳军团的话……阿格尔·塔转过头去，目光跟随着伺服颅骨，对于自己心里这股莫名的焦虑感颇为好奇。即便是这种残缺的永生不朽也足以让大多数凡人仆从欣喜。但希琳妮——

"你在干什么？"萨芬嘶声道，"集中精神。"

阿格尔·塔立刻恢复专注，面向原体。洛加精心挑选了自己的登场位置，站在一块自然隆起的土丘上，放眼检阅这些誓死效忠于他的战士。

他姿态庄严，在开口讲话之前，他耐心地缓缓掀开了兜帽，展露出那副英武而俊美的容貌——与父亲相似的容貌，但他脸上遍布金色刺青，双眼周围涂抹黑炭。他简直就是古埃及祭司长——法老座下的高阶祭司，向茫茫信众传教讲道。

"我的忠诚子嗣。昔日里你们在每一场记述仪式中都屈膝俯首，正如今日一样。但到此为止了。怀言者……站起来。"

就算是严明军纪也无法阻止众多阿斯塔特面面相觑，对原体的话语十分惊愕。这场仪式才刚刚开始就已经一反常态，前所未有。强烈的诧异和困惑足以让大多数阿斯塔特违抗了原体的命令。

"你们站起来，"洛加说，他的话语里流露着一丝温和笑意，"全都站起来吧。现在不是行此大礼的时候。"

萨芬立刻起身，所有牧师都毫不犹豫。阿格尔•塔缓缓站了起来，看着自己的老友。

"这是怎么回事？"他问道。

"等着瞧吧。"萨芬说。

洛加随后的话语并非对麾下子嗣所说。他抬起空闲的手掌，金色皮肤映着黎明晨光，指向了浩荡军阵边缘的那支渺小队伍。

"看看这些是谁？"他说道，伺服颅骨将他的话语传递给在场的十万名战士，即便是响亮震耳的通信广播也仍旧保留着那嗓音中的轻柔温和，"指派给我们的监督者。我要代表第十七军团感谢你们鼎力相助，推动这个异端世界的归顺进程。"

二十名禁军不太整齐地纷纷躬身。

阿格尔•塔距离太远，无法听到阿奎隆的话语，但禁军指挥官行礼时将身躯压得最低，并挥手示意了集结在此的军团。

洛加的回应与他方才的致谢运用了同样文雅得体的辞令。

"正是如此，禁军阿奎隆。你们在阴云笼罩之下开启了与第十七军团相伴的时光。然而，就这一次，我必须恳求你们的包容理解。我接下来打算和诸位子嗣分享的话语是不该传入外人耳中的。"

阿格尔•塔依然无望听到阿奎隆的答复。但他看见洛加面露微笑，行了个天鹰礼加以回应。当原体抬起臂膀，在披着灰袍的胸口做出那个姿势时，他的金色手掌就组成了一枚鹰徽，与那些帝皇近卫胸甲上的标志如出一辙。阿格尔•塔相信在场的任何人都无法忽视那手势中的象征性意义。

"我的子嗣们因错蒙羞，经受了自身信仰的破碎崩塌。我率领军团来到这个世界，不仅希望在战场上重铸他们，同样希望与他们畅谈未来。而这一席话要说给我的子嗣们听，也只要说给我的子嗣们听。看看南边，就连我们的机械神教盟友都出于尊敬保持着距离。"

阿格尔·塔的视线越过肩甲望向身后，看到原体的话语立刻成真，机械神教单位纷纷应声退却。只有那几台被加封为荣誉军团战士的机器人还留在原地。绯红纹丝不动，铺在它肩头的怀言者旌旗恰似一袭颇具王者气质的华贵斗篷。

洛加用神似父亲的笑容拦住了正要开口的阿奎隆："每一支军团都有各自的仪式和传统，阿奎隆。对于我们，记述仪式就是其中之一。当鲁斯麾下的野狼在坟冢石碑旁哀声呼嚎追忆死者时，你会强行旁观吗？当普罗斯佩罗的子嗣冥思苦想如何让人类潜能臻于完美时，你会擅自打扰吗？"

阿奎隆迈上一步。悬浮在前方的伺服颅骨捕捉到了他的答复，将话语广播出来传递给整个军团。

"倘若众所爱戴的帝皇命令我去监督那些军团的话……"

洛加交握手掌，他脸上那副宽容忍让的微笑无比诚挚，几乎显得含有嘲弄意味。

"我的兄弟基里曼向你下达命令时我就在场，阿奎隆。你负责确保怀言者全心全意地投入伟大远征中去。而我——我们所有人——为此非常感激你。但现在你已经要言行出格了。你在对我们表示不敬，你在侵扰我们的传统。"

"我无意冒犯，"阿奎隆说，"但这是我职责所在，明确无疑。"

洛加点点头，佯装出一副设身处地的理解与同情。那神色极为做作，阿格尔·塔简直不知道是该放声哄笑还是该深感羞愧。

"切莫逾越你们应有的职责范围，"原体说道，"你们无权像一群狱卒那样监视我的所有言行举止。我是帝皇的子嗣，脱胎于他的超凡奥艺，生来行使他的无上意志。而你们只是在实验室里用几瓶边角废料勾兑出来的基因玩物罢了。你们远不值得我加以留意，即便你们起火燃烧，我也懒得向你们身上浇一泡尿。那么……容我把话说清楚，以免日后再起误会。"

阿奎隆迈步上前，但洛加念出一个名字，顿时让对方僵在原地。

"科尔·法伦。"

话音未落，第一连连长就在通信频道里嘶哑地下达了指示："全体怀言者，瞄准禁军。"

与先前要求众人站起身来的那道命令不同，这句话没有引发丝毫迟疑。一排排怀言者立刻端起爆矢枪或激活链锯剑。

"再会。"洛加仍旧带着神似父亲的微笑，"我们很快就能在轨道上见面了。"

一台笨重的传送信标被两名机仆扛了过来，无论大小还是形状，都与加厚油桶相仿。那两个经过机械改造的奴隶从阿斯塔特阵形前列现身，毫不客气地扔下了这台青铜与乌黑两色的尖端科技造物。阿奎隆纹丝不动地盯着洛加，那无人看管的信标便轰然歪倒在草地上。

"你们可以用它来返回信仰之律号，"原体说道，"一路平安。"

"好吧，"阿奎隆略加犹豫，随后俯身设置信标参数，"如你所言。"

"他就这么走了？"希琳妮问道。她紧紧皱着眉头，阿格尔·塔难以判断这究竟是出于困惑还是厌恶。

"他别无选择。"连长回答。

"之后呢？"

"之后……原体放眼展望整支军团。他仿佛注视了我们千万年之久。最终，他在开门前露出了微笑。"

"他说了什么？"

"两件事。"阿格尔·塔将目光从她身上移开，"第一，他提到了被称为朝圣之旅的古老概念，也就是踏上旅途去探寻神祇与凡人交会之处；第二，他提到了寇其斯。"

"你们的家园世界？"希琳妮的话语中流露着惊奇。寇其斯，天使的摇篮。

"是的，"阿格尔·塔看着对方脸上的崇敬神色回答，"我们要回家了。"

第九章

猩红君王
灰色花朵之城
受祝女士

寇其斯是一个充满渴求的世界。

与这句话相伴的是微笑还是咒骂要取决于讲话者的态度。但无论如何这都是事实：几块干燥荒芜的大陆渴求水分，整个世界上遍布着往昔记忆的痕迹。

这颗星球有泰拉的三倍大，人口则远远不及，它需要花费近乎五个标准年的时间才能环绕那酷热无情的恒星公转一周。它的自转同样极具耐心：这里的一天相当于泰拉的一周，这里的一周则是泰拉的一个多月。

从轨道上看，这个世界的地表由绵延不绝的陡峭山脉和色泽棕红的平坦沙漠组成，其间穿插着细微的河流脉络。正是这样的干燥土地——在曾经名为地球的那个世界上——见证了人类祖先的崛起以及文明摇篮的形成。

寇其斯是一块与之类似的起源之地。孕育了人类种族的那片土壤与这颗星球的地表并无分别，于是寇其斯也就堪称一个潜在的地球，而非往日的泰拉。

经过一代代的变迁，人类文明稀稀疏疏地铺展在干旱少雨的几块大陆间，几乎所有城市都依附着海岸线。在这个世界上，各个城邦借助空运和海运贸易连为一体，而采用陆路横穿沙漠平原则实属痴人说梦。

与新生帝国的大多数成员不同，寇其斯并没有得到巨型轨道武器平台的庇护。更为显著的是，它身边也不曾环绕一座座勤恳繁忙的空间站，无法用源源不断的补给和燃料来喂养那些纵横银河的远征舰队。

早已被彻底忘却的过往盛世为寇其斯留下了累累伤疤——那必定是一段在烈火中落幕的辉煌岁月。如此看来，这仿佛预示了库尔星球当今的凄凉下场。这个世界地表点缀着众多死寂古城的焦黑骸骨，它们究竟覆灭于何时已不可考，但至今再未迎来居民。新的城市在别处另起炉灶，人们构建了一个更简单、更平和的文明。这些古老废墟意味着寇其斯曾经被一个仰仗机械的帝国所主宰，但它的毁灭根源始终扑朔迷离。就算在星球轨道上，那个没落王国的遗产也随处可见，大量死气沉沉的悬浮残骸——被锁定在了历经千年才能彻底耗损的公转轨道里——昔日星际船坞的冰冷墓碑。

寇其斯很少有帝国舰队造访，这并不仅仅是因为补给能力的匮乏。种种流言蜚语声称这里的航线很不可靠，而2188号远征舰队在邻近区域的离奇失踪更是为此类传闻添油加醋。寇其斯是一个保守内敛，甚至因循守旧的世界，它不愿清理那些属于科技黑暗年代的太空残骸，也始终抗拒一切建立轨道平台的帝国指令。这颗星球做出的唯一一次让步就是允许火星机械神教染指那些静默废墟，放任技术神甫们前去肆意掠夺。

他们也的确这样做了，机械神教带着满腔热忱而来，带着丰厚成果而归。

这片区域绝非不祥之地。没有哪个帝国指挥官愿意说出如此荒谬可笑的愚昧言论，这等词语是过往粗鄙年代所遗留的痕迹。然而寇其斯仍旧门前冷清，它对伟大远征的强烈抗拒也始终没有招来外界的干涉。

人们说这种蔑视权威的强硬态度必定要归功于帝皇的第十七子洛加，因为除此之外再没有任何力量能够容许哪个世界维持这种奇特的自治状态。在星球首府瓦拉戴什，神盟教派尖塔圣殿的巨型门扉上钉着一块黄金牌匾。铭刻在这金板上的话语据说是原体向父亲亲口说过的——对此他从来没有承认过，却也从来没有否认过。

"带我离开家园吧，我会扬帆驶入你的星海帝国。我会全心侍奉，尽一个子嗣应尽的职责。但请让我亲手塑造的寇其斯维持它如今的面貌：一个平和繁荣的世界。"

根据有幸目睹那稀少场景的几名见证者所说，每当原体经过这块牌匾时他都会面露微笑，并抬起臂膀用金色的指尖抚摸一行行铭文。

寇其斯远非一颗缺乏科技的落后星球。即便这个世界的主宰不愿为帝皇的征战事业提供物资支援，它仍旧享受着帝国生活与文化的种种益处。瓦拉戴什空运交通塔的占卜装置追踪到了星球轨道上的显著活动，探测操作台被突然闪现的大量信号照得雪亮。

尤里曾已经多年没有归乡了。

这一次，有人在等着他。

那艘战舰拥有一个值得自豪的头衔，它以一座传奇城市命名，来源于那如同混浊潮水般难窥其妙的普罗斯佩罗的繁杂神话。塞克穆拉号是寇其斯头顶天空上的唯一一艘完好星船，它安然停泊在地心轨道上，武器并未充能，护盾并未启动。这艘不起眼的突击巡洋舰似乎满足于静静等待，让当地恒星的灿烂光芒点亮了自己的红色舰身。

现实撕开一条参差不齐的裂口，怀言者舰队鱼贯而出，全速驶向家园世界，将引擎光辉洒进黑暗太空。

在信仰之律号的战略室里，军团领袖看着那艘红色星船的图像在前端屏幕里变得愈发清晰。他露出微笑，闭上双眼，几乎要被强烈的情绪所淹没。

"有呼叫信号。"一名舰桥军官高喊。

"启动频道。"洛加回应。他睁开了眼睛，笑容依然挂在嘴边，屏幕上浮现出对方星船指挥舰桥的颗粒状图像。

画面上是一位巨人，他身穿平平无奇的乌黑链甲，周围环绕着自己的舰桥船员。他的皮肤有一种深暗的紫铜色泽，仿佛是在异星阳光下暴晒了太久，他的头盔顶部装饰着一束猩红鬃毛，一只眼睛被旧日伤痕紧紧封闭，另一只眼睛则闪烁着在模糊信号中难以辨别的奇光异彩。

"这浩大声势有些夸张啊，兄弟。"那巨人用饱含笑意的深沉嗓音说道，"这么多战舰，我可只带了一艘来。"

"你来了。"洛加微笑着说。

"我当然来了。但你把我从帝国另一边拽到这里，总该给我解释解释。"

"我会的，我保证。看到你让我心神振奋。"

"我也一样。太久没见了。不过……兄弟，"那巨人略加迟疑，"有些关于蒙纳齐亚的传闻。是真的吗？"

笑容顿时消逝。"此时此地我们不聊这个。"洛加说道。

"那好吧，"赤红的马格努斯说，"我去灰色花朵之城见你。"

沙漠生活向来艰辛。

与帝国境内很多干旱世界的情况一样，寇其斯的原住生物想尽一切办法适应气候环境。对于当地人类而言，相应的措施就包括滨海城市、巨型过滤设施、灌溉农耕，以及恰当应对如期而至的洪水，因为那些在干燥平原上如同血管的奔涌河流每到雨季都会水位暴涨。

圣城瓦拉戴什身上集合了此般种种勤劳手段。一望无际的灌溉农田从城墙脚下延伸出去，代表着人类智慧对于自然的征服。寇其斯是一个充满渴求的世界，但人类种族的完美性质彰显在方方面面。

至于其他生命形式，它们缺乏改造环境的能力，于是就采用了适应与进化这两种密不可分的手段。在饱受干旱折磨的灌木林地里，很多植物的叶片上都长有一层细密绒毛，从而在稀少的降雨中捕捉并保留尽可能多的水分，同时也以此抵御这个世界的燥热狂风。寇其斯对于当地生物十分严苛。

这些植物种类在多年间被帝国学者们研究分类，并很快抛诸脑后。只有一种生长在冲积荒漠里的野花是个例外。这种花朵绝不能被轻易忽视，因为它在寇其斯人眼里具有重大意义。

月光百合长有银色、白色和灰色的叶片——为了更好地反射酷烈阳光，它以生存的名义牺牲了自己的光合作用。脆弱而美丽的月光百合是情侣互赠的信物，也是婚礼和庆典上的装饰品，那些善于培植养护这种花朵的人在社会上颇受尊重，与教师和牧师拥有相近的地位。

在整座城市的露台里，尤其是在归属神盟教派的尖塔上，不计其数的银白花朵与棕黄色的石墙形成了鲜明对比。瓦拉戴什是帝国对于星球首府的指定名称，而在统治阶级的虔诚讲道中，它被人们饱含激情和自豪地称为圣城。

但是对于广大寇其斯民众而言，瓦拉戴什永远都是灰色花朵之城。

军团归乡让宽阔的街道上挤满了欢呼的人群，当第一艘风暴鸟——如同一只黄金秃鹫——呼啸着降落在尖塔圣殿旁边时，人群立刻涌上前去围观那位阔别家园多年的救世主，以及随他同来的诸位圣徒。

阿格尔·塔在这件事上采取了非常谨慎的态度。他不确定希琳妮会做何反应。

"你在地表必须多加小心。"他说。

从47-16的废墟出发赶往寇其斯花费了四个月。亚空间的波涛始终平稳顺畅，他在这四个月里埋头于训练和祈祷，并且日日聆听萨芬探讨旧道信仰的可取之处，以及朝圣传说中的隐藏真理。阿格尔·塔不确定自己是否相信对方所说的一切，而怀疑让他有一种如坠冰窖的古怪感觉。在大多数时间里，他要么和希琳妮相处，要么严格训练第七连，让部下们保持战斗状态。此外他也常常与阿奎隆在训练笼中展开对决。那位禁军是个如梦魇般难缠的对手，两人都十分享受对方给予的挑战。他们还远称不上朋友，但带有妒意的敬佩就足以成为双方关系的根基，让他们在决斗环里一次次会面。

算上造访寇其斯所花费的这四个月，阿格尔·塔与锯齿烈阳战团已经在他们所属的远征舰队里缺席半年有余了。根据传入他耳中的只言片语，1301号远征舰队显然向锯齿烈阳战团发送过很多封求助信息，恳请他们尽快返回，因为当前的归顺战役十分惨烈，需要阿斯塔特施以援手才能击溃敌人。作为一支原本就规模较小的远征舰队，他们在失去军团兵力之后显然陷入了僵局。

其中一封求援信息特地发送给了身为战团副指挥官的他。那是舰队领袖巴洛克·托弗斯递来的。他是一位太空战的宿将，但自知对星球地表行动缺乏深刻见解。

"我们向他们的山间壁垒不断投放大批兵力，但对方占据了一切地形优势，而我们的装甲部队在丘陵地带就被伏击战术彻底拖住了。真希望有你们在，副指挥官。第七连的刀锋能够轻而易举地撬开这个地方。"

阿格尔·塔将那封信息存储在了数据板里，当作一种悔过苦修的手段。他时常会拿出来再次阅读，用深重的沮丧感折磨自己。

但很快了。一旦脱离寇其斯的星球轨道，他们就要重返伟大远征。原体需要在这里处理一些事务，而实话实说，能够返回家园世界也是一种福分。阿格尔·塔已经阔别故乡三十年了。

"我刚才说，你在地表需要多加小心。"他重复道。

希琳妮已经今非昔比，痛哭着告别完美之城焦土废墟的那个憔悴幽魂不复存在了。

"我不明白。"希琳妮说。她此刻闭着那双失明的眼睛——她在近来的几个月里无意识地养成了这个习惯。她一边说话一边将自己的头发打造成一种在阿格尔·塔看来毫无必要的繁复模样。她双手的动作缓慢而精细，依靠触觉来感知自己无法看到的一切。他喜欢这样凝视她，这是一种他羞于承认的乐趣。两人之间并不存在任何程度上的相互吸引，但他常常痴迷于那纤巧轻柔的举手投足，仿佛她时刻都小心翼翼地避免影响到周围的世界。她似乎不愿在自己触及的任何事物上留下一丝一毫的痕迹。但她的优雅姿态中没有恐惧，没有迟疑，只有尊敬，只有温柔。

连长穿着全副盔甲，只是没有佩戴头盔，这样一来对方所听到的声音就是属于他的，而不是来自头盔的。希琳妮慢慢学会了将他与萨芬的嗓音区分开来，主要是借助两人的不同口音。阿格尔·塔的粗重声调带着一种近乎蛮横无理的刚硬之气，而出生于乌拉尔山脉的泰拉人萨芬则有着格外短促的发音方式，往往将词语里的"S"转变成"Z"。根据嗓音来判断，牧师像是一位异国使节，连长则像是一个帮派打手，或者街头混混。

"你不明白什么？"他问道。

她摆弄着垂在脸颊旁的一缕长发，说道："我不明白我为什么要多加小心。"

这是个棘手的话题。军团舰队一直频繁地向寇其斯传递消息，因为家园世界的人民对这批子弟兵的征战成果怀有浓厚兴趣和深切自豪。早早与骨肉分离的父母希望能够在凯旋记录中听到已经被重塑为阿斯塔特的儿子有何功绩。神盟教派的圣职人员希望能够获取灵感，来更好地宣扬原体的光辉正义。

这种沟通网络是由舰队星语者负责维持的，他们不断向家园世界上的同僚发送短促的灵能脉冲来提供信息。从高塔喇叭里传出的广播会一周数次响彻圣城，军团征战的最新进展总能引来大批听众。每当军团所属的远征舰队完成一场归顺行动时，神盟教派都要大张旗鼓地举行全城庆典。

每个人都聆听了关于蒙纳齐亚的消息：军团受辱，怀言者屈膝领罪，帝国信条被帝皇永远摧毁。

因此舰队的归来就带着一股异样沉重的气氛，虽然当地民众仍旧欢呼雀跃，但整件事显然绝非返乡探亲这么简单。

此外还有蒙纳齐亚的幸存者。军团在那座城市的废墟里并没有遇到多少劫后余生之人，他们从满目疮痍的大地上仅仅接走了包括希琳妮在内的七个平民。这些神圣的避难者在寇其斯社会中很快就无人不知无人不晓。他们来自军团蒙冤受辱的那片灰烬，简直就是仍在世间的殉道者。神盟教派向军团舰队一次次地提出邀请，恳求原体允许那些避难者踏足寇其斯，或许甚至可以让他们被纳入这神圣教派。

那七个人的名字得到了圣徒般的崇敬对待，已经开始出现在日常祷告中。这一切都很难用只言片语解释清楚，因为阿格尔·塔自己在区区一个小时之前才了解到那些避难者如今在当地的赫赫声名。白骨王座战团紧随原体展开了行星空降，与他们同行的那四名避难者立刻就被满怀敬爱的人群团团包围。他们所说的一字一句都被详细记录下来，他们的名号在大街小巷间回荡不息，狂热民众争相前来触摸他们，以求沾上一点点神圣福泽。

通信报告立刻传回轨道上的舰队，以警示其余几支容纳了避难者的战团，指出蒙纳齐亚人在灰色花朵之城将会受到不亚于归乡原体的热情对待。

"你要多加小心，因为星球地表上的很多人都急切寻求你的祝福，会毫无征兆地突然接近你。可能会让你不知所措。"

她的仆从长袍剪裁朴实，但她还是仔细地抚平布料，让衣物贴合自己逐渐恢复的身材。"我还是不明白，他们为什么想要见我们？"

"你是一个神圣偶像，"他说道，"一个活生生的神圣偶像，一个行走在人世而非沉眠于死亡的殉道者。你为寇其斯的愚昧无知付出了代价，从而赢得了我们所有人的极大尊重。据我所知，他们都说你们七人与军团的命运紧密相连。你们是过往失败的倒影，也是未来希望的化身。你们的生命经历是一个教训，是我们全都必须学到的教训。"

希琳妮面向他，但并不能看到他。"你这番话可真有诗意，连长。"

"这是我尽可能准确的表达。"

"我是他们的神圣偶像？"

他戴上头盔，那染作淡蓝的视野里覆盖上一层战术信息。他的话语变成了一股低吼，从通信器里传出来。

"不只是他们的。"

前往寇其斯地表的旅程花费了二十分钟。

在雷鹰炮艇的机舱里，阿格尔·塔坐在驾驶员马尔诺背后。他们低空掠过干燥的大地，朝那座泥墙环绕下的城市迅速逼近，辽阔沙漠从脚下一闪而过。圣城的空中轮廓壮丽惊人，由一望无际的褐色房屋与砖石塔楼组成。弗瑞尼斯河从南边流过——那条宽广水道如同蓝宝石一样在阳光照耀下熠熠闪亮。辽阔河面上穿梭着大批驳船和运输船。

"军团炮艇朝阳，我是西区调度站。请回复。"

阿格尔·塔在面甲背后紧绷着脸。这不是好兆头。

"他们急不可耐。"马尔诺说着伸手激活驾驶面板上的通信应答器，"我是朝阳，正在接近。"

"朝阳，请你确认机上搭载了受祝女士。"

"搭载了什么？"他关闭通信频道转过头来问，"连长？"

阿格尔·塔用寇其斯语轻声咒骂："我觉得他们说的是——"

"开玩笑吧。"马尔诺嘀咕道。

"我全身冰冷，"阿格尔·塔说，"这不是开玩笑。"

"我是朝阳，"马尔诺继续发话，"请重复一遍。"

"朝阳，我是西区调度站。请你确认机上搭载了受祝女士。"

"我说不好。"军士咕哝着回答，"这要取决于你在说些什么。"

通信频道另一边的那个人做出解释，并为他们提供了相应的着陆坐标。

"这已经越来越出格了。"马尔诺对阿格尔·塔说。

连长点点头，说："做好准备吧。我已经让你自告奋勇加入护送队伍了。"

"如你所言。"

雷鹰炮艇颤抖着屈尊落在停机坪上。

"我听到了些什么。"希琳妮说。她站在炮艇货舱的装卸区里，被萨芬和托尔高夹在中间。

"那是引擎熄火的声音。"托尔高说，当然他很清楚并非如此。在接近着陆位置的时候，他透过驾驶舱舷窗看到了外面的景象，而且与所有阿斯塔特一样，他能够运用经过强化的听觉将引擎熄火的呼啸与机舱外面的呼喊轻易区分开来。

"不。"她说，"不，是人的声音。我能听到人的声音。"

阿格尔·塔站在最前面，准备按动开关降下跳板。马尔诺钻出驾驶舱，迈着隆隆脚步走下舷梯。他向阿格尔·塔行了个礼，随即在蒙纳齐亚女孩背后就位。

"你或许会感到眩晕，希琳妮。"阿格尔·塔说，他的通信话音近乎让这几个字变成了恐吓威胁，"不要怕，我们四个自始至终都会在你周围。马尔诺在后面，托尔高在左边，萨芬在右边，我在前面带路。我们只需要走一小段路就能抵达你这几天要住的修道院尖塔了。"

"这是怎么回事？"她问道，四名战士都能听见她的心跳逐渐加快，从肋骨背后传来一串急促鼓点，"到底怎么了？"

"什么都不必担心，"萨芬回答，说到这里他就戴上了战盔，"我们与你同在。"

"但是——"

"没事的。"阿格尔·塔说着按动了舱门开关。

阳光顿时涌入装卸区。成千上万人的欢呼声随之扑面而来。

"今天可不好过了。"托尔高说。

托尔高所料成真。

毫无疑问，这一天的经历让希琳妮备受震慑，但各位阿斯塔特都认为她表现得很好。寇其斯是一个被和平与法度所统治的世界，在灰色花朵之城，圣人有着至高无上的地位。若是在某个更为粗鄙野蛮的世界上，狂热民众必定会掀起一场与暴乱无异的庆祝活动，让这些蒙纳齐亚避难者身陷重围、寸步难行，而在这里，人们只是林立于道路两旁高声欢呼，将月光百合的花瓣一把把地撒在队伍前方。

刚刚走出炮艇的希琳妮抬起手捂住嘴巴，那滔滔声浪如同一堵迎面拍来的高墙般险些让她立足不稳。萨芬将手甲轻轻搭在她肩头以示安慰。她能听到站在前方几步之外的阿格尔·塔用某种她听不懂的语言咒骂了一声。

之后他们开始前行。

那震天战吼般的欢呼声夺走了她的另一种感官。如今她已经习惯于借助听觉来感知周围的世界了，而此刻一切声音都被人群的喧嚣冲刷殆尽，顿时让她惊慌失措。她几次探出手去，用指尖扫过阿格尔·塔身后动力背包的冰冷金属。

"他们离得近吗？"她问道。人群听起来仿佛近在咫尺。

"他们不会碰你的，"那似乎是托尔高的声音，但头盔的阻隔让她难以确认，"我们挡在你和人群之间呢，小女士。"

肯定是托尔高，只有他会这样称呼希琳妮。

"他们不会触摸你们的盔甲吗？"她问道，"为求好运。"

"不。那是违背传统的。"她可以肯定这是萨芬在讲话，但对方没有再多说什么。

人群继续高声吟诵，有时候是她的名字，有时候是她的头衔。

"这里有多少人？"希琳妮低声问道。

"几千人。"某个怀言者回答。在这纷乱嘈杂的环境里，她难以分辨声音的源头。

"我们快到了。"这绝对是阿格尔·塔。就算隔着头盔她也能听出对方的口音。

连长始终无法完全压下心头的不安，那种感觉化作一股令人不快的金属腥味残留在他舌头下面。他扫视人群，视野里的准星锁定在一个又一个农民身上。成排成排的欢庆者挤满了道路两侧。这很难说是为了沉思冥想而返回家乡。

"长官，"马尔诺说，"誓言纸张？"

"准许了。"

"谢谢，长官。"

马尔诺离开队列，走向人群。最近处的平民立刻屈膝俯首，移开视线。军士把固定在自己右侧肩甲上的誓言纸张解了下来。他没有故弄玄虚，但显然姿态庄重。他将其拢成卷轴，递给其中一个跪地行礼的农民。那老人接了过去，双手颤抖不止。这究竟是因为激动还是病症不得而知，但他眼睛里的晶莹泪光充分表明了他的虔敬热忱。

"谢谢您，大人。"老人说着将这份宝贵赠礼贴在额头上，以示感激。

马尔诺的胫甲上还钉着另一片誓言纸张，他将其摘了下来，交给一名轻声哭泣的女人。

"祝福你。"她嗫嚅着将卷轴贴在额头上，与方才的老人一样。

"始于正义之火，"马尔诺开口道，"止于纯洁之血。我们传播洛加的圣言。"

"如您所言。"附近的农民齐声呼应。

戴着头盔的马尔诺俯首示意，随后回到了兄弟们身边。

"怎么了？"希琳妮问道，"我们为什么停下来了？"

"我们把盔甲上的誓言纸张赠予当地人，这算是一种祝福。"阿格尔·塔回答。几分钟之后，他再次让队伍停下脚步，把自己的一份卷轴递给了某个怀抱婴儿的年轻母亲。对方用卷轴首先紧贴孩子的额头，之后是自己的。

"你叫什么名字，战士？"她需要仰起脑袋才能直视他。

"阿格尔·塔。"

"阿格尔·塔。"她重复道,"从今以后我的儿子也要叫这个名字。"

倘若一套行走的战甲能够表露出任何谦卑态度,此刻那都尽数显现在了连长身上。"我很荣幸,"他说,随后又补充道,"祝你们安好。"接着就回到了队伍里。

托尔高低头看了看纤弱的希琳妮。"你想不想要我的誓言纸张啊,小女士?"他问道。

"我已经不太识字了,"她说着露出一道灿烂而真诚的微笑,"但还是谢谢你,托尔高。"

走过这段她无法亲见的街道之后,希琳妮将这一天的剩余时间都花费在了神盟教派的某座圣殿里。态度过于热切的大批牧师对她进行了采访和询问,自始至终阿格尔·塔及其麾下军官都寸步不离。她在人们的引导下卧在一张长榻上,被不计其数的靠垫衬托出些许王侯气度。然而这丝毫没能达到预期中的效果,反而让她无论如何扭动身躯都找不到一个真正舒适合体的倚靠姿势。最终她还是坐直了,仅仅将长榻当作一把椅子。

"你最后看到的事物是什么?"一位牧师问道。

"描述一下那场天火。"另一人说。

"描述一下城市高塔倾覆的场景。"

连珠炮一样的问题不知停歇,她开始猜想究竟有几位采访者坐在自己面前。这里很冷,人们开口时的轻微回声表明房间十分宽敞。背景里的一股嗡鸣渗透了一切,那低沉震颤让她牙根发酸——辨认出阿斯塔特战甲的活跃嗡鸣是一回事,习惯于那种声响则完全是另一回事。

"你恨帝皇吗?"一个牧师问道。

"城市覆灭后的几个月里都发生了什么?"另一人问。

"你有没有杀掉那个凌辱你的人?"

"你是如何逃脱的?"

"你愿意在神盟教派里担任高阶女祭司吗?"

"你为什么拒绝军团为你再造双眼?"

对于最后这个问题的回答激起了采访者们的浓厚兴趣。希琳妮用手指轻触自己闭合的双目。

"在我的世界上,人们认为眼睛是灵魂的窗户。"

他们相互之间交头接耳了片刻。"真是古怪，"其中一人回答，"你是担心自己的灵魂会从空荡荡的眼眶里逃离身躯吗？是这样吗？"

"不，"希琳妮说道，"不是这样的。"

"请你不吝赐教，受祝女士。"

希琳妮又别扭地调整了一下姿势，对方每次采用那个称呼方式都会令她双颊泛红。"据说安装了虚假眼眸的人，今生永远无法走入天堂获得永生。我们的亡者牧师总是宣扬他们能够看到迷失之人和受诅咒者的灵魂被禁锢在机仆的虚假眼眸里。"

一阵沉默随之而来。

"所以，你的看法是，倘若放弃了天生的眼睛就会让自己的灵魂被禁锢在尸体里？"一个牧师说道。

这种阐述方式让她打了个冷战。"我不知道我的看法究竟是什么，但我愿意等待它们自行痊愈。还是有机会的。"

"够了，"一个洪亮声音带着通信器的粗重音色突然响起，"你们已经让她感觉不适了，而且我向尤里曾承诺过要在午夜时分带她前往尖塔圣殿。"

"但还有时间——"

"恕我直言：安静，牧师。"阿格尔·塔向希琳妮凑近一步，盔甲的嗡鸣顿时让她的牙龈感到微微麻痒，"来吧，希琳妮。原体在等待你。"

"受祝女士明天能否再次莅临？"一位牧师开口问道。

所有阿斯塔特都未予以答复。

外面还有另一片人群在等待她。希琳妮朝那震耳噪音的方向报以微笑，时而挥手致意，而她的脸颊被羞愧和疑虑烧得通红。她脑海里最重要的念头就是要尽量避免自己暴露出心底的不安。她是永远无法对此习以为常的。她知道自己会始终感到厌恶，直到这一切自行结束，或是他们将寇其斯抛在身后。

"我们不必离开的，"她说，"我可以再继续回答问题。我该继续回答吗？"

阿格尔·塔盖过人群的喧嚣答复了她。

"很抱歉我把你当作了离开的借口，"他说道，"但实在没有意义多待下去了。那些问题要么莫名其妙，要么早已在军团的报告里有了答案。都是妄自尊大之人在散播这种枯燥冗长的官僚作风。"

"这难道不是亵渎行径吗？忤逆神盟教派的意志？"

"不，"连长说，"这是在过度无聊面前展开战术撤退。"

她微微一笑，让怀言者们引领她继续前行。

不到三分钟，希琳妮正要开口评论沙漠夜风的和煦暖意，一声巨响突然从空中传来，那是上百扇窗户同时震碎的刺耳轰鸣。

她没有看到四名战士向导全都立刻停下了脚步，站在原地纹丝不动地盯着尖塔圣殿——那座由棕黄石块垒成的扭曲高塔矗立在城市中心俯视一切。

在她周围，人群的欢呼声变成了窃窃私语和低声啜泣。两名阿斯塔特开始用单调声音诵读祷文，为原体虔诚祈福，但她听不出来这两人是谁。

"怎么了？"她问道。

"快走。"萨芬开口下令。一位战士握住她的手肘，迫使她小跑起来。突然加快的步调让他们的盔甲关节发出低沉嘶吼。

"怎么回事？"她再次询问，"那是什么声音？是爆炸吗？"

"是中央尖塔顶端的原体私人观星室，"牧师说道，"出问题了。"

第十章

统领军团的权利
天界
苦难

一个小时之前,洛加倚靠着阳台的护栏俯瞰这座城市。神盟教派的尖塔圣殿高高在上,能够将瓦拉戴什的景色一览无遗,原体深吸着香料、花朵与沙漠的气味,遥望夕阳沉入地平线之下。

马格努斯站在他身旁,仍旧穿着那套乌黑链甲,他的紫铜色皮肤上不时滑过一滴汗水。在这两位兄弟之中,马格努斯的身材更高一些。即便是在他尚未失去一只眼睛的早年间,他的五官容貌也和统御帝国的父亲相差甚远。洛加则是帝皇在不知多久以前那段年轻时期的倒影——是个约有三十岁年纪的不朽之人。

"你在这里成就斐然。"马格努斯说,他也在凝视瓦拉戴什的全貌。恍若扭曲尖角的诸多高塔螺旋攀升,表面点缀着蜿蜒的走道……无数座红墙房屋汇聚成一片海洋……大量月光百合生长在条件恶劣的干旱土壤里,时刻准备铺满圣人面前的道路,或是装点全城居民的阳台……

"我是造访过提兹卡的,"洛加露出真挚的微笑,"我觉得很荣幸,来自光之城的你依然能够赞扬我家乡人民的成就。"

马格努斯发出一阵隆隆山崩般的低沉笑声。"想想看,这等美景居然是由河畔沙土和压制泥砖营造出来的。灰色花朵之城是我心目中的平静港湾,洛加。你将先进科技与古老习俗融为一体的绝妙手法堪称完美。这让我联想到了人类先祖在他们被迫称之为家园的沙漠地带所建立的那第一批城市。"

"我可从来没有在卷轴里见过这种景象,兄弟。"洛加笑着摇摇头。

"我也没有,"独眼君王微笑着说,"但我在梦境里见过,在冥想中见过,在遨游浩瀚之洋的深邃波涛时见过。"

洛加褪去了一丝笑容。在诸位兄弟之中,他尤为敬爱马格努斯,这不仅仅因为对方是洛加最早遇到的家庭成员，更因为他是能够与怀言者之主产生共鸣的寥寥数人之一。其余很多兄弟则在不同程度上是头脑简单的狂野蛮族、冷酷无情的战争机器或倨傲虚荣的好战军阀。

当然，荷鲁斯除外。谁也无法厌恨荷鲁斯。

他热爱马格努斯，这是一位他能够与之坦诚交流的兄弟，但绝难望其项背。马格努斯的灵能天赋出类拔萃——他们经常一同探讨马格努斯以灵体形态遨游无限时空的种种见闻、过去与未来、人性与人心。

"开罗，"马格努斯柔声说道，"亚历山大，尤其是巴比伦，因为它拥有一座高悬空中的壮丽花园，正如你的城市头戴一顶由银色花朵所组成的冠冕。"

想象中的奇景为洛加注入一股暖意，是人类的独具匠心令往日之美在当今重现。

"我之前就告诉过你了，"他说，"这不是我的城市。我确实有所贡献，但我们面前的斐然成就绝非我一人之功。"

"向来如此谦逊，"马格努斯的嗓音里含有一丝不悦，这或许意味着一场说教即将展开，"你总是为他人而活，洛加，但过度无私就是有害的了。倘若你一心帮扶其他人脱离无知，又如何有时间提升自我？倘若你唯独追求大义，又如何能够品味自己生活中的乐趣？固然要着眼未来，但也务必珍惜当下。"

洛加遥望夕阳西下，对兄弟的话语点头称是。即便被天际线攫取了大部分光辉，那颗恒星在普通人看来仍旧明亮灼目。但洛加不必理会此等凡俗困扰。

"又一场游行。"他看着众多欢庆者挤满了一条远方的道路。

"你听起来郁郁寡欢。"马格努斯指出，"你的归来让家乡人民喜出望外，兄弟。难道你的心情不会为之振奋吗？"

"说实话，会的。但这场游行并不是为我举行的，而是为了蒙纳齐亚的避难者。我要求他们七人在日落之后来这里见我。从人群的规模来判断，我推测这场游行是在欢迎受祝女士。"

马格努斯将一双巨手按在阳台护栏上，仿佛稍稍向前探身就能让远方街道上的景象变得更加清晰。

"为什么有一位避难者得到了格外热情的特殊对待？"

"世道如此。"洛加朝游行人群的方向点头示意，"她是其中的唯一一名女性，而且据说她的相貌十分美丽。再加上她是唯一一个真正目睹了蒙纳齐亚遭到毁灭的人。轨道轰炸导致她双目失明,这样的重大牺牲让民众尤为敬仰。"

马格努斯微微绷紧了高贵的面孔。"我在你的声音里听到了科尔·法伦的工于心计,兄弟。我早就警告过你,不要常常听信他的话语。他心里燃烧着怨恨的火苗。"

洛加摇摇头,说道:"他总是担心自己不够格,仅此而已。但你说错了——这些避难者与科尔·法伦毫无关系,但我得承认神盟教派确实非常渴望对这些大受欢迎的形象善加利用。我让他们今晚前来此处,只是因为我想要见见他们。仅此而已。"

这说法让马格努斯满意了。两人陷入一阵沉默,这是亲近兄弟之间那种怡然自得的沉默,与他们方才的交谈一样意味深长。

只有一件事还没有谈及。

"如何走到了这一步?"马格努斯最终问道,"我了解寇其斯宗教战争的历史。我还记得与父亲一同抵达这里的情景,昔日你向他献上了一个全心全意致以崇拜的世界。但局面竟急转直下,落到这般境地。如何走到了这一步?"

洛加没有直视兄弟的眼睛。他继续俯瞰城市景象。

"近两百年前,我掀起一场圣战,点燃了这个世界。我梦到了神祇的降临。我神志不清,屡见幻景,梦魇缠身,意识恍惚。它夜复一夜。我常常在黎明时分醒来,发现自己七窍流血,脑海里烙印着父亲的面孔。当然,彼时我还太年轻,太懵懂,意识不到我的真实本质。我如何能够知道这是灵能力量在我心中沸腾不息,寻求释放?我不像你,自出生以来就懂得如何控制自己的第六感。我不像鲁斯一样,只要放声嚎叫就能得到整个世界上每一头狼的呼应。我的力量总是来得断断续续,时而贫乏,时而满溢。我八岁的时候才意识到有些人的梦境是美好的,并不总是无穷无尽的梦魇。我从未经受过如此强烈的认知冲击。"

马格努斯一言不发。虽然两人常常交谈,关系紧密,但他却是头一次听到兄弟吐露这份心事。

洛加闭上眼睛继续说道:"我以父亲之名开展了一场神圣之战,然而当他最终从天而降,亲眼看到我们为了他血溅成海与泪流成河时,他却根本不在乎。我耗费韶华研读经文和教义,为救世主的来临做筹划,笃信他必将为全人类的生命赋予重大意义——成千上万个人类文明始终在苦苦追寻的意义。但我错了。"

"帝皇带来了意义,"马格努斯说,"只是与你的期望不同。"

"他带来了多少答案也就带来了多少问题。父亲已经被秘密侵蚀得千疮百孔,我恨他这一点。他无法信任别人。"

又一阵沉默降临在两人身上。

最终,洛加露出一副苍凉悲哀的微笑。"或许他确实带来了意义,但他并没有带来全人类所需要的意义。这才是关键所在。"

"继续,"马格努斯说,"把你的想法讲完。"

"自那以后,我就在他的帝国里纵横奔波,开展了一个多世纪的远征,始终以他为榜样树立神圣偶像,培植虔诚信仰,而事到如今他才表示反对?过了一百年之后,事到如今我才得知自己的一切作为都是错误的?"

马格努斯保持着沉默。他眯起独眼,眸子里闪出一道酝酿已久的怀疑目光。

"马格努斯。"洛加说,他看到了兄弟脸上的表情,于是露出微笑,"只有真正的神祇才会否认自己的神性。不计其数的人类文明都写下了同样的智慧见解。当他初次抵达寇其斯,来携我步入星海的时候,帝皇从来没有否认过自己的神格。你也在场。他眼看着人们为了他举行长达数周的庆祝仪式,不曾有一次驳斥我将他赞颂为神的举动。之后呢?他又眼看着我为了他开展远征,不曾有一次评判我的所作所为。直到如今,他才在蒙纳齐亚降下怒火。他突然决定要打碎我的信仰,在一个多世纪之后。"

"信仰是个丑恶的词语。"马格努斯说,他腰间时时刻刻用锁链挂着一本厚重典籍,此刻他漫不经心地抚摸那皮革书脊。

"我们为什么生来就是战士?"洛加突兀地问道。

"终于。"马格努斯笑着说,"我们终于谈到了你召唤我来寇其斯的真正原因。我们为什么是战士?好问题,答案很简单。我们之所以是战士,就因为众所爱戴的帝皇需要战士来收复银河。"

"当然。但是在人类历史上最伟大的年代里,引领整个种族的却不是哲学家与梦想家……而是战士。这必将遗毒后世,马格努斯。这包藏祸根,全然谬误。"

马格努斯耸耸肩,引来链甲的一阵轻吟:"帝皇是我们的梦想家。他需要的是统帅。"

洛加咬紧牙关，说道："王座在上，我已经彻彻底底地厌倦这套说法了。我不是个士兵。我根本不愿成为士兵。我不是一个毁灭者，马格努斯。不像其他人那样。你觉得我为什么要耗费大把时间来巩固归顺的根基，造就完美的世界？我在着手创造的时候是顺应本性的。我在施加毁灭的时候是——"

　　"你不是个士兵？"

　　"我不是个士兵，"洛加说，他点点头，显得疲惫不堪，"除了在杀戮技艺上登峰造极之外，生命中还有其他很多更具价值的事情。"

　　"如果你不是个士兵，那么你就没有统领军团的权利。"马格努斯说，"阿斯塔特是武器，兄弟。他们不是工匠，不是建造者。他们是焚灭城市的烈火，而不是添砖加瓦的手掌。"

　　"如此说来我们今天说的尽是虚伪之言了？"洛加说，他挤出些许笑容，"无论提兹卡的美景还是普罗斯佩罗的启蒙，都在很大程度上要归功于你的千子军团。"

　　"没错。"马格努斯说，他报以一副真挚得多的微笑，"也有很多无可挑剔的归顺成果要归功于他们。相比之下，怀言者就明显逊色了。"

　　洛加陷入沉默。

　　"这和蒙纳齐亚有关系吗？"马格努斯问道。

　　"一切都和蒙纳齐亚有关系。"洛加承认，"一切都因为那件事而改变了，兄弟。我看待归顺世界的方式变了。我对于未来所抱有的希望变了。一切都变了。"

　　"我可以想见。"

　　"别把我当小孩来哄，"洛加厉声说，"恕我直言，你根本不可想见。全人类的主宰可曾降罪于你，将你最伟大的成就化作灰烬和尘埃，并且指出你——只有你——是个失败者？他可曾让你的宝贝千子们屈膝跪倒，并向你麾下军团的全体成员严正声明，所有披挂这身盔甲的灵魂都是一无是处的废物？"

　　"洛加——"

　　"怎么？怎么？我在寇其斯的几十年里一直做着神祇本尊亲自降临，率领人类开拓天界的美梦。我为他创建了一派宗教。百余年来，我奉他之名传播这份信仰，始终笃信他符合关于人类种族升腾超凡的每一种梦想、每一个预言、每一首神话诗歌。现在我却获知自己的毕生经历都是谎言，我用虚假信仰毒害了不计其数的文明，而那些嘲笑我执意追寻生命之崇高意义的兄弟们，其实理应嘲笑我这个拥有帝皇血脉的独门蠢货。"

"兄弟，冷静——"

"不！"洛加说，他出于本能地将手掌探向那把并不存在的牧师权杖，他的手指紧握成拳，无法放松，"不……别带着那种迁就的目光叫我'兄弟'。你是我们之中最睿智的，而你却丝毫看不清楚。"

"那就为我解释清楚，也管好你的脾气，我没兴趣听你长吁短叹。或者说，你要对我动手，就像你对基里曼动手一样？"

洛加迟疑了。片刻之后，他抬起金色的手掌，将一片白色花瓣从护栏上扫开。花瓣在空中飘飞舞动，他怒气渐消，但并未完全平复心情。他迎上马格努斯的目光。

"原谅我。我怒火勃发，缺乏自制。你说得对。"

"向来如此，"马格努斯微笑道，"习惯使然。"

洛加继续俯瞰城市，说道："至于基里曼……你想象不到把他撂倒的感觉有多好。他的自负简直匪夷所思。"

"你我有幸得到了一些应当时不时吃点苦头的兄弟，"马格努斯微笑着说，"但这事我们改日再聊。把必须要说的话都说出来吧。你害怕了。"

"是的，"洛加坦承道，"我担心帝皇要摧毁怀言者——要摧毁我。我们会与那些不再被提起的兄弟落得同样下场。"

随之而来的沉默实在令人无法安心。"如何？"洛加追问。

"他或许会的，"那独眼巨人答道，"在蒙纳齐亚的事情之前就有过这种说法。"

"他来询问过你的想法吗？"

"是的。"马格努斯承认。

"他也去找过其他兄弟？"

"我认为是的。但别问我哪些人站在了哪一边，因为大多数人的立场我都并不知道。鲁斯支持你，荷鲁斯也是。事实上，这是狼王头一次与我在某件重要事情上达成共识。"

"黎曼·鲁斯给我帮腔？"洛加笑道，"我们果真生活在一个充满奇迹的年代里。"

马格努斯没有笑。他用色泽幽蓝的独眼凝视着洛加。"他确实如此。太空野狼是一支怀有信仰的军团，即便他们的信仰方式显得落后而盲目，是芬里斯那个冷酷无情的摇篮将他们养育成了那样。鲁斯心里明白，只不过他缺乏将其恰当表述出来的智能。他只是坚决表示自己已经失去了两位兄弟，丝毫不想再失去第三位了。"

"已经失去了两位。"洛加说，他的目光回到城市上，"我还记得他们——"

"够了，"马格努斯警告道，"遵守你昔日立下的誓言。"

"你们全都可以轻轻松松地忘掉过去。你们谁都不愿谈起失去的兄弟。但你能再这样做一次吗？"洛加说，他看着兄弟的眼睛，"你能站在荷鲁斯或者弗格瑞姆身边，仅仅因为一份承诺就永远不再提起我的名字吗？"

马格努斯没有接过这个话头，而是说："那些遭到遗忘与净除之人，怀言者不会重蹈其覆辙。我相信你，洛加。如今大家已经在谈论47-16以值得赞扬的速度达成了归顺。定居舰队都启程了，不是吗？"

洛加没有回应。

"我需要你的指引，马格努斯。我需要你的视野。"金色皮肤的原体看着游行队伍穿过街道越走越近。

"你了解寇其斯传说中那探寻神祇与凡人交会之处的朝圣旅途。你知道还有其他很多世界都存在着同样的信念。天界、原初真理、天堂，它在一万个文明里就有一万种不同的叫法。既然各个世界上的萨满和术士都有着同样的信念，这就不可能仅仅是愚昧迷信。或许父亲错了，或许浩瀚星海里隐藏着更多的秘密，隐藏着真正的神祇。"

"洛加……"马格努斯再次发出警告。他转身离开阳台，走进了尖塔圣殿顶端的宽阔房间。拱顶是玻璃制成的，在夜幕降临时展现出一幅令人屏息的美丽景象。闪烁繁星渐渐浮现，在蔚蓝天空上点亮了璀璨光芒。

"不要仅仅因为你的信仰遭到证伪，"马格努斯说，"就去猎捕新的崇拜目标。"

洛加跟在兄弟身后，用纤长的手指把玩着灰色长袍的袖口。怀言者原体每次造访寇其斯都会将大部分时间花在这座尖塔顶端的观星室里凝望夜空。很多年前，他就是在这里望眼欲穿地等待帝皇的降临，误以为对方是一位值得崇拜的神祇。

"你就是这样看待我的？"他说，他用与之前相比更为柔和的嗓音质问马格努斯，他目光中闪烁着伤痛，藏着愤怒，"你就这样评判我的行为？你认为我无知地四处张望，急于找到任何能够聆听我祈祷的事物？"

马格努斯看着群星在夜幕上浮现。他已经能辨别出几个星座——它们的特定形态被赐予了怀言者军团中的各支战团。那里是顶端带有骷髅的牧师权杖形象，那里是代表白骨王座战团的高背大椅，还有那里是锯齿烈阳的圆环图案。

"倘若你在这条道路上执迷不悟，"马格努斯说，"历史就会如此评判你。没有人会看到你想要造福人类，想要让整个种族获得某种未知的启迪。人们只会看到你因软弱而蒙羞，为了寻求信仰而不顾一切。"

"人类缺少信仰就一无是处。"洛加轻声说。

"然而我们并不需要宗教来理解宇宙。帝皇的光辉能够照亮一切。"

"这就是你自始至终不能看清的。"洛加说，他走向一张摆着几只水晶酒杯的桌子，"你觉得信仰源于恐惧，源于那些需要理解种种事物的蒙昧头脑，但信仰有人类历史上最为强大的凝聚力。我们在这场伟大远征里收复的万千世界，正是依靠信仰才能在千年黑暗中维持希望之火长燃不熄。"

"这是你的说法，兄弟。"马格努斯说，他耸耸肩，"这种理念不会让你得到后世的正面评判。"

洛加倒了一杯色泽深暗的佳酿，在发酵过程中添加的各种香料粉末让美酒的气息格外浓郁。寇其斯的气候环境难以让葡萄园蓬勃兴旺，所以当地人多用蜜枣酿酒。洛加啜饮一口，那苦涩饮品染红了他的嘴唇。

"我们是不朽的。"洛加指出，"我们永远能够塑造未来，又何必担心后世评说呢？"

马格努斯没有作答。

"你一定看到了什么。"洛加逼问道，"你一定在浩瀚之洋里看到了些什么。你常常凝视亚空间，必有所获。是某种……某种关乎未来的线索、某些尚未发生的事情？"

"不是这样的，兄弟。"

"你说谎，你在骗我。"

马格努斯将视线从愈发黑暗的天空上移开。"有时候你对于不遂心愿的事情充耳不闻，视若不见。你错了，洛加。父亲不是神。根本不存在神。"

洛加终于露出一副得偿所愿的微笑，仿佛他一直在等待对方说出这几个字来。

"他是个居住在神话天堂里的魔法仙灵吗？当然不是。我又不傻。他绝非原始文明所理解的那种神祇。但帝皇仅仅在名义上不是神祇，马格努斯。他是化为实体形象的灵能伟力。他发话时嘴唇没有动作，喉咙不出声音。他的容貌千变万化。他所具备的唯一一丝人性就是他与凡人互动时佩戴的假象面具。"

"真是一种颇具戏剧性的深刻见解。"

"这是事实。你我之间唯一的区别就在于，你称他为父亲，而我称他为神祇。"

"我明白你要把话题往哪里引了。我现在明白你为什么召唤我来了。洛加……告辞。"马格努斯压下咆哮，粗重地叹了口气。

洛加向兄弟伸出一只金色的手掌，说道："请你留步，马格努斯。既然帝皇如此，那么，或许就还有其他存在也具备同样的力量。为什么迥然相异的种种文明在不计其数的神话传说里全都认定帷幕背后别有洞天？宇宙之中必定存在神祇。我们种族天然的直觉是不会错的。"

"这散发着绝望的气味。"马格努斯叹息道，"你有没有想过父亲警告你是有理由的？"

"追寻真理绝不可耻，马格努斯。你最该明白这个道理。你在遨游浩瀚之洋的时候，就不曾见到过类似的事物吗？就没有能够被人类文明视为神祇或恶魔的存在？"

马格努斯默不作声。他目光灼热，盯在兄弟脸上。

"疑问让我的脑海备受煎熬。"怀言者之王承认，"银河中哪里才是神祇与凡人交会的地方？"

"浩瀚之洋的波涛深处蕴藏着很多事物，洛加。我们都踏足过遭到亚空间侵染的世界，当地的愚昧祭司对此加以操纵，将其曲解为魔法。难道你要像他们一样自欺欺人吗？"巨人嘴边挑起一股讥讽意味。

"留下，"洛加恳求道，"帮我。"

马格努斯摇摇头。"帮助你凝视深渊吗？你想让我引导你走上那条属于原始蛮人的道路？"

洛加颤抖着深吸了一口气才回应对方。

"帮助我追寻那些隐藏在群星背后的秘密。如果我们在开展一场错误的远征呢？这或许是一场邪恶不洁的战争……一个个世界遭到清扫或被迫归顺……我们有可能正在扼杀真理——被无数文明以不同形式所秉承的真理……我们……我们……我日日夜夜都能听到某种事物在呼唤我。虚空中的某种事物。这是命运吗？这就是我们认知未来的方式吗？我们该听到宿命的声音轻轻念诵我们的名字吗？"

更为高大的马格努斯猛然走来，紧紧握住洛加的双肩，让身披长袍的兄弟陷入了沉默。金色原体的嘴唇颤抖不已，他的手指微微抽搐。

"我的兄弟，你已经在胡言乱语了。"马格努斯说，"看着我，平静下来，洛加。平静下来，看着我。"

洛加照办了。赤红的马格努斯，猩红君王，用独眼抓住了兄弟的目光。

"你的眼睛颜色变了。"洛加嗫嚅道，"我能听到它们的呼唤，马格努斯。命运……宿命……我能听到宿命的成百上千个声音……"

"把注意力集中在我这里，"马格努斯语速缓慢，嗓音轻柔，"仔细听我讲。你说出这些话来是因为你害怕，害怕再次失败，害怕导致另一个世界遭到毁灭。害怕父亲会下令从历史上抹除第三支军团和第三位子嗣。"

"恐惧已经消退了。我不再害怕。我大受启发。"

"你在我面前是没法用几个字就掩藏住恐惧的，兄弟。你也理应害怕那些可能发生的灾难。你此刻就站在毁灭的悬崖边缘，却还在考虑踏上一条会带着你坠入深渊的道路。我理解你的痛苦。你在寇其斯的一切成就都建立在了有缺陷的信念上。每一个归顺世界都需要你的军团前去回访和重塑，但你不能永远活在害怕继续犯错的阴影里。"

洛加沉默许久。最终，他的双肩垮了下去。

"你本可以帮助我，马格努斯。"怀言者原体说，他拿开了兄弟的双手，走向放着酒瓶的桌子，"我们本可以并肩踏上朝圣之旅，一同去寻找那片浸染了神圣力量的星辰。你对于浩瀚之洋的了解远胜他人。你本可以为我担任领航员。"

马格努斯眯起完好的眼睛，面孔另一侧的伤疤也随之紧皱。

"你打算干什么，洛加？你根本不知道自己在追寻什么。"

"我会继续开展伟大远征。"洛加说，他微笑着又喝了一口暗红美酒，"我会让舰队驰骋银河，将沿途遭遇的每个世界都纳入归顺。在扬帆于星海的时候，我们也会是寻觅圣地的信徒。倘若无数文明之间所共通的神话传说背后隐藏着某种真理，我就一定要找到它。之后我要用它来启迪全人类。"

马格努斯一言不发。他难以置信，已无话可说。

洛加把酒一饮而尽，他的金色嘴唇又被染红了。"我会让我的军团全力投入伟大远征，永远不再以帝皇的形象树立任何一座纪念碑。我会让他的禁军鹰犬注视这一切。至于我们遭遇的那些文明，仅仅把他们关于宗教信仰的古老传说记录下来总不会有什么害处吧？你自己向我保证过，那些都是假的。父亲也是这样说。"

"告辞。"马格努斯重复道，随后迈向房间中央。他垂下手掌，按着那本用锁链拴在腰间的皮面秘典，转头回望自己的兄弟。此去一别，他们将有近四十年无缘相会，而等到他们再度聚首的时候，整个银河就已经天翻地覆了。

他们对此都有所察觉。两人对视的目光中蕴含着一股无以言喻的意味：一半是挑战，一半是恳求。

"究竟有什么事物在浩瀚之洋的深处游动，而你却一直瞒着我们？"洛加咬紧牙关质问道，"亚空间里究竟埋藏着什么秘密？倘若果真空无一物的话，你又为什么要耗费时光凝视那里？如果我向父亲询问你秘密邀游以太的事情，又会如何？"

"再会，洛加。"

怀言者之主掀开兜帽，他的英俊容貌被烛火映照得金光灿烂。

"究竟有没有现实和虚幻融为一体的地方？人类自古以来就误解的天界或天堂是否存在？神祇和凡人交会的国度在哪里？回答我，马格努斯。"

马格努斯摇摇头，尘埃般的朦胧光辉逐渐在他周围浮现。停泊于星球轨道的战舰已经锁定了他的传送位点。没有源头的微风吹拂起来。

"那些声音是什么？"洛加盖过愈发响亮的风声高喊道，"是谁在呼唤我？"

"倘若你再不悬崖勒马，那么在群星之间等待你的就只有——"马格努斯说。

洛加屏息凝神地注视对方，如饥似渴地等待答案，然而马格努斯仅仅说出了一个词，随后就消失在骤然爆发的灼目光辉和刺耳噪声里。

"——苦难。"

第十一章

为神明效劳

告解

朝圣之旅

在尖塔圣殿的方圆数公里范围内,街道上的欢庆者们惊恐万分地抬起头来,眼见到塔顶结构轰然爆裂,迸发出明亮光芒。尘土般的粉末从观星室泼洒下来——那座玻璃拱顶被炸成了晶莹闪烁的细小碎片。

传送的音爆逐渐消逝,空气易位所引发的狂风也迅速平息。

洛加泰然自若地面对了马格努斯这雷鸣震耳的离开方式。他的长袍在夜风中摆动,他匆匆看了看那些被吹入城中的经文卷轴和笔记纸张。他的水晶杯与玻璃拱顶一样粉身碎骨,一摊逐渐扩张的苦涩美酒浸透了写字台的桌面。

不知凝望了瓦拉戴什多久,他才意识到有人在猛力敲打残存墙壁上的那扇铁门,心不在焉的他没有对那声音多加留意。

"进来。"他说道。

走上尖塔圣殿的过程充满了令人疲惫的沮丧感,众多神盟教派牧师因为受祝女士的存在,以及近十分钟之前观星室的那场爆炸而陷入了狂乱状态。怀言者们先后数次向惊慌失措的神职人员表示威胁,迫使他们让开道路。

"他不开门!"某人像个鞭笞苦修者一样绝望呼号。

"我们会与原体对话,"萨芬向神盟教派成员们做出承诺,"吾主邀请受祝女士前来见面,他会为我们开门的。"

"万一他受伤了呢?"其中一人哀叫道,这脑满肠肥的家伙披着教派执事的灰白两色长袍,"我们必须服侍尤里曾!"

"控制住你的情绪,让到一边去,"阿格尔·塔低吼道,"否则我就杀了你。"

"你这是乱讲话,大人!"

两把红铁利刃在一声嘶鸣中以肉眼难辨的速度跃出剑鞘。在那肥硕牧师来得及眨眼之前，一对剑尖就抵住了他的三层下巴。这位大人显然不是在乱讲话。

"遵命。"执事结结巴巴地说，"遵命，我……"

"让开。"阿格尔·塔敦促道。牧师立刻照办，尽力憋住泪水。在他匆匆离去的时候，一股畜生般的腥臭飘散在空中，远比周围其余牧师的恐慌汗味和酸楚呼吸更加浓重。"长官，"托尔高切入通信频道，没有公开发话，"那个牧师失禁了。"

阿格尔·塔低哼一声，抱起希琳妮越过了木制阶梯上的一摊温热液体。

所有神职人员都已经仓皇逃窜，战士们沿着宽阔的旋转阶梯向上走去，将他们负责守护的那个人簇拥在中间。

"进来。"那声音喊道。

阿格尔·塔没有收剑入鞘。他率领队伍走进原体的观星室，如今这里已经基本变成了一块暴露在轻柔夜风里的石板平台。卷轴和书籍随处散落，前者被轻轻吹拂，后者被页页翻动。

原体站在平台边缘凝望着下方的城市。他遍布刺青的头露在外面，似乎没有任何伤痕，他身上那件神盟教派高阶牧师的灰白两色长袍也并未沾染丝毫血迹。

"阁下？"阿格尔·塔说，"这里是怎么了？"

洛加缓缓转过身。他脸上带着些许困惑神色，仿佛来者的身份出乎意料。

"阿格尔·塔，"他用微微颤抖的声音说，"第七突击连连长，锯齿烈阳战团副指挥官。"

"是的，大人。是我。"

"你好，吾儿。"

"阁下，通信网络已经要烧着了。我能否通报军团一切安好？"连长在回答时尽量避免嗓音里流露出不安。

"能有什么事呢？"原体问道，他脸上那种心不在焉的困惑神情仍旧没有消散。

"那场爆炸，阁下。"阿格尔·塔说，"九分钟之前，"他挥手示意四周，窘迫地补充道，"这座拱顶。"

"啊。"洛加说，他面露微笑，那是一副宽宏大量的风趣神色，像是在说笑一样带着狡黠意味，"日后我必须找我挚爱的兄弟谈一谈在脆弱建筑内部发动传送的事情。连长，你是来干掉我的吗？"

阿格尔·塔垂下双剑，他这才意识到自己始终举着武器。

"请原谅，阁下。"

洛加高声一笑，彻底驱散了方才的古怪气氛。"请通报军团我安然无恙，也请转达我对于缺乏沟通的歉意。我刚才陷入了沉思。"

两艘炮艇在尖啸引擎的推动下从夜色中浮现，悬停在塔顶附近。引擎气流让残余的卷轴纷飞四散，几束探照灯光照在原体和阿格尔·塔的队伍身上。

阿格尔·塔眨眨眼激活了视网膜显示屏上的一枚闪烁符文。"我是第七连连长，解除戒备，解除戒备。这是一场虚惊。"

探照灯随即熄灭，塔顶归于黑暗。

"如你所言，"其中一名驾驶员说，"正在后撤。"

洛加看着炮艇渐渐远去，返回了位于城市外围的停机坪。所有空运设施——其中主要是军团自己的军事基地——都坐落在城墙之外的沙漠地带里。瓦拉戴什绝不会被战争玷污，再也不会了。自从多年前那场将旧道信仰碾成碎片，让整个星球臣服于洛加的内战告终之后，就再也不会了。

"大人，"阿格尔·塔开口道，"您先前召希琳妮来见，那个蒙纳齐亚人。"

洛加似乎刚刚注意到其余几人的存在。他迈近几步，容貌被温暖的笑容所点亮。

"我刚刚只是在回想究竟有没有感谢过你，连长。"

阿格尔·塔收起双剑，摘下头盔。温和的夜风吹拂在他汗涔涔的面孔和脖颈上，这感觉很好。

"您要感谢我，大人？"

"对。"原体点头说，"难道不是你和你的牧师搀扶我从完美之城的灰烬里站起身来的吗？"

"是的，大人。是我们。恕我直言，我们没想到您会记得我们。"

"科尔·法伦声称他不记得你们的名字。那老家伙有种黑色的幽默感。但我对那一刻记忆犹新，我要感谢你们。很快我就会用更为显著的方式来表达我的谢意。"

"不，阁下……"萨芬说。

"不必如此，大人……"阿格尔·塔说。

洛加抬起手止住了他们的回绝。"啊，啊。别再这样傻谦虚了。想必这位就是受祝女士。请上前来，孩子。"

方才恭敬下跪的托尔高和马尔诺站起身来，引导希琳妮走近几步。

在一位原体面前，大多数凡人都会被目中所见的宏伟形象震慑。这是威严气势的实体化身。帝皇子嗣的诞生过程牵涉到了前所未有且不可复制的生物改造、血肉塑形和基因编辑等手段，其根源被埋藏在一层层难以置信的秘密深处，即便任何智能生物得到天赐良机，可以在帝皇的孕育实验室里一窥究竟，他们也永远无法理解其中蕴含的种种奥妙。原体身躯里的一切有机物质都被倾注了心血——在量子层面上的千锤百炼营造出完美无缺的整体。这超乎科学技术，超乎神秘奥艺，超乎灵能巫术，是一个博采众长再融合超越的深奥过程。

在一位原体面前，不乏有人中风或心梗发作。初次目睹原体尊容的凡人几乎无一例外地谦卑跪倒。很多人还会不由自主地哭泣起来。

希琳妮被两人引领到位，对洛加露出微笑。她面对他站着——面对着他的脸。

"你好，受祝女士。"神祇之子轻声笑道，对方大约只有他齐腰高。

"我……我能看到你。"她几乎欢笑着说，"我能看到你的笑容。"

洛加注意到麾下战士纷纷凑上前来，打算检查她是否突然恢复了视力。原体摆摆手示意众人退后，又摇了摇头。

+阿格尔·塔。+原体的嘶鸣声音钻进连长的心灵。即便双方血脉相通，这种交流方式仍然有着令人不快的突兀感——如同是直刺大脑的一股寒意。连长感觉到自己全身肌肉骤然紧绷，两颗心脏狂跳起来。

怀言者点点头，希望父亲没有察觉到自己的不适，但也明白对方无疑看得清清楚楚。

+据说她在库尔被糟蹋过。+原体的声音传来。

怀言者又点点头。

+人类是多么野蛮的动物，+洛加的无声话音仿佛在叹息，+我们为求驾驭万事万物而白白浪费了多少生命。+

父亲今夜的亲近态度让阿格尔·塔敢于得寸进尺，他抬起两根手指，用指尖先后轻轻敲击双眼下方。

+不，+洛加的无声答复里蕴含着沉重情感，+她看不到我。她能感觉到我，能感觉到我的灵气，而她的思维将这误解成了视觉。但她的眼睛仍旧是瞎的，再也无法复明了。基里曼的灭世怒火永远地摧毁了她的眼睛。+

这一切交流都发生在阿格尔·塔的两颗心脏跳动三次的短短时间里。洛加甚至没有将目光投向这边。

"是的。"原体对希琳妮说，他单膝跪地放低身躯。如此一来双方的面孔几乎齐平。希琳妮始终用失明的双眼追随着他的举动，这让洛加面露微笑。"是的，"他又说道，"你能看到我。"

"您像太阳一样明亮，"希琳妮哭着低声说，"我看到了金色、金色、金色。"

与她脑袋一般大的手掌用轻若无物的力道来触碰她，那粗壮指尖温柔地扫过她的脸颊，擦干了泪水。她不由自主地叹息一声，介于啜泣和欢笑之间。

"希琳妮，"洛加的声音传入她耳中，洪亮而深沉，"听说我的战士们把你视为一种标志，可以说是个幸运符号。"

"这我说不好，吾主。"

"我不是你的主人。"洛加说，他温柔地用指尖轻轻接触她的鼻梁、她的颧骨、她的下巴，仿佛他才是双目失明的那个人，需要借助触觉来帮助自己想象对方的模样，"你的生命属于你自己，不能由我——或者任何人——肆意占据。"

她泪流满面，哽咽难言，只能点点头。

"你知道我为什么想要见你吗，希琳妮？"

"不。"她的微弱声音毫无力道。她几乎只是做了个口型。

"我有一事相求。有一件馈赠是唯独你能够给予的。"

"什么都行，"她动了动嘴唇，"什么都行。"

"你愿意给予我宽恕吗？"原体问道，他将对方的纤手握在自己掌中，用金色的十指完全包裹住了那双柔荑，"你愿意原谅我对你的家园世界、你的完美之城和你的宝贵双眼所做的一切吗？"

希琳妮点了点头，随后转过脸去避开那股她自以为能够看到的金色光辉。

洛加轻吻她的指节，用嘴唇若有若无地触碰她的皮肤。"谢谢你，受祝女士。你的话语让我的灵魂如释重负。"

他松开希琳妮的双手，站起身来准备离去。

"等等，"她喊道，"让我为您效劳。让我为您的军团效劳。拜托。"

阿格尔·塔忍耐住一阵颤抖。希琳妮此刻的话语正像是他昔日初次见到原体时所立下的誓言。过往竟然能够将如此清晰的倒影投在当下，这着实有趣。

"你是否知道，"洛加问她，"什么是告解者？库尔有没有类似的职位？"

"有的，大人。"希琳妮说，她的嗓音尚未恢复正常，"他们被称为聆听者。他们负责聆听我们告解自己的罪孽，并予以宽恕。"

"正是如此。"洛加轻笑一声，"你的生命属于你自己，蒙纳齐亚的希琳妮·瓦兰提恩。但你若是愿意追随我的战士们遨游星海的话，这就是个你可以完美胜任的角色。你聆听了我的罪孽，为我给予了宽恕。你能否也这样对待我的子嗣们？"

作为答复，她屈膝跪倒，感恩戴德。她口中的轻柔低语并非回应之词，而是一句句虔诚祷文，源于那些她自幼熟记于心的神圣经典。

原体用饱含慈爱的目光最后看了希琳妮一眼，接着转向阿格尔·塔。"连长。"他说道。

"大人。"阿格尔·塔用拳头敲击胸膛行礼。

"在我隐居不出的那几个月里，艾瑞巴斯讲了很多关于你的事。当我试图回想昔日究竟是谁搀扶我在基里曼面前站起身来的时候，艾瑞巴斯就说出了你的名字。"

"我……没有想到，大人。"

洛加自然捕捉到了阿格尔·塔语调中的迟疑。"我本以为你与艾瑞巴斯之间的尴尬情绪已经随时间消退了。是我想错了吗？"

阿格尔·塔摇摇头。"没有，大人。请原谅我一时失神。我们之间的不愉快都是以前的事了。那些试炼已经过去很久了。"

"这样就好。"洛加轻笑一声，"受到艾瑞巴斯的亲自训练，最终却选择了刀剑而非牧师权杖。你另谋他路的决定让他的自尊心大受损伤，也让他深感失望，但他已经原谅了你。我不禁要想——你呢？你是否也原谅了他？"

阿格尔·塔心中暗想"另谋他路",这样说可太委婉了。

"没有什么要原谅的,"他说,"他对于我的决定感到愤怒是完全可以理解的。"

洛加凝视着他,原体的灰色双眸虽然蕴含钟爱神色,却也始终在审视。

"你的同情之心向来让你受益良多,阿格尔·塔。"

"您这样说让我倍感荣幸,阁下。"

"现在我们终于要谈一谈你被召唤到这里的原因了。"

"我洗耳恭听。"

"在你们重新加入伟大远征的时候,锯齿烈阳会经历一些变动。我已经选择了四支战团来接待我们的禁军看守——每支战团对应五人。很遗憾,我要通知你锯齿烈阳就是其中之一。据我所知,你在那座玻璃城市里与阿奎隆有过交集?他请求安排一组禁军与锯齿烈阳同行,我已经批准了。我觉得给帝皇的忠犬扔这一根骨头也没有什么害处。"

"如您所言。"阿格尔·塔说。

"恐怕还不止如此。"洛加又微笑着说,他分明就是那位有着超凡魅力和金色皮肤,在这颗星球上引领了一场神圣革命的高阶牧师,"我对你的信任远远超过履行职责所需。你搀扶我走出耻辱,拉扯我脱离尘埃,为此我非常感激你。所以我要以绝对谦恭的态度来询问你是否愿意帮我一个忙,第七连连长阿格尔·塔?"

这番言辞和这种语气顿时让阿格尔·塔恳切地跪倒在地。还有哪个原体——还有哪个神明般的存在——能够如此谦卑,以至向自己的子嗣索求恩惠?诞生在这条血脉里的阿格尔·塔对此不胜荣幸。

洛加笑了起来,那声音宛如轻柔夜风中的一支动听旋律。十余米之外,听到这笑声的希琳妮不禁热泪盈眶。

"请起。"洛加带着笑容说,"难道你还没跪够吗,阿格尔·塔?"

连长站起身来,但始终低垂目光盯着原体的双脚。"听凭吩咐,阁下。我必当从命。"

"数十年来,我与成千上万名战士一同航行,扮演着陆军统帅和海军将领。我已经逐渐厌倦了这一套。待军团化整为零闯荡星海的时候,我暂且不愿遇到我的诸位兄弟。他们的义愤填膺恐怕会消磨掉我最后一点平稳情绪。你或许会说我是在躲藏,但并非如此。我只是不想被找到。这二者之间有着十分美妙的细微差异。"

"我明白,大人。"

"告诉我,你们的远征舰队——是哪支来着?"

"1301 号,阁下。由舰队领袖巴洛克·托弗斯指挥,目前正在阿特拉斯次级星区作战。"且亟待支援,他暗暗补充。

"对,"洛加点头说,"是 1301 号。自从伟大远征拉开序幕以来,我已经与十八支战团同行过了。这一次,在我们勇往直前闯入未知的时候,我请求你准许我与锯齿烈阳的三百名战士同行。"

阿格尔·塔回头看了看希琳妮,还有萨芬,之后才重新面对洛加。牧师点了点头。告解者则用双手捂住嘴巴,泪流满面。

"您说什么,阁下?"阿格尔·塔问道,"我不确定是否听清楚了您的话。"

"我要请你帮我这个忙,吾儿。科尔·法伦会代替我领导 47 号远征队。我或许是无法甩掉帝皇之眼的——他必定会如影随形,但我在追寻天界的时候至少可以远远避开兄弟们的耳目。目前这也就够了。"

"您要……与我们同行?"

"这将是我的荣幸,"原体说,"我可以向我的任何一支舰队提出这个请求,我知道。但当我因自己的无知害死了一个世界的时候,是你帮助我重新站起身来。所以,我要向你提出这个请求。"

"我……阁下……我……"

洛加又笑了,他伸出金色的双手及时阻止阿格尔·塔再次跪倒。"这算是准许了吗?"

"如您所言,奥瑞利安。"

"谢谢你。这是一个崭新的年代,阿格尔·塔。这是一个充满远见和发现的年代。每一支怀言者舰队都要任由命运之风的吹拂,埋头驶向远方。我们要比其他任何军团都更加远离泰拉,用我们征服的一个个世界来拓展帝国的疆域。"

阿格尔·塔知道接下来是什么,这只能有一种结果。他察觉到萨芬从身后迈步靠近,但牧师并没有说什么。

"我们是追寻者。"洛加微笑着说,他在唇舌间仔细品味这个词,"我们探求神祇与凡人的交会之处。我们在这个被我的父亲坚称无神的银河里探求神性。"

洛加交握双手,低垂头颅,准备开始祈祷。

"军团要踏上朝圣之旅。"

III

无面塔罗

　　这些卡牌没有牌面，全无图案。这是刻意为之——它们正是因此才极具价值，这些卡牌能够感应到一种无形力量的触碰，绝不会因为画家笔下拙劣的描绘而约束人类思维的活动范畴。

　　这些水晶薄片内部注入了灵能反应液体，当塔罗牌被占卜者捏在手中时，相应图案就会在那青灰色的树脂状物质上凝聚成形。

　　他原本希望，假以时日，父亲的帝国里每一位具有灵能天赋的人类都能学会使用这套塔罗牌。然而众人对此嗤之以鼻，甚至是马格努斯，因为他并不需要这种媒介来运用力量，以及黎曼·鲁斯，即便他在冷嘲热讽的同时却又埋头抛掷符文石和骨片以求占卜未来。

　　很快就要离开寇其斯了。

　　他翻开第一张牌。在那混浊的牌面上，他看到了一支被强健手臂紧紧握住的燃烧火炬——真相。

　　某种事物在呼唤我。这是一个我时至今日才逐渐接受的真相。远方的某种事物在呼唤我。

　　我不是马格努斯，无法轻而易举地看透浩瀚的太空，聆听寰宇的心跳。我的力量无法比拟最为亲密的兄弟，也不可企及超凡入圣的父亲。但某种事物一直呼唤着我。在我年轻时，它触及了我的心灵，化作影像、梦魇、幻觉。而如今……

　　艾瑞巴斯和科尔·法伦——运用他们的深厚耐心和睿智指引——帮助我愈发清晰地领会到了那种呼唤。

　　我昔日的神盟教派导师们如今成了我亲密无间的家人。我们一同冥想，一同苦心研读神盟教派典籍，一同敲定了军团的命运。

　　某种事物在向我发出极其微弱但从未断绝的呼唤，如同群星之间的依稀回声般刺激着我的第六感。

他翻开第二张牌，看到了他自己——长袍裹身、兜帽蒙面，转向一侧以躲避目光。这是一张常见卡牌——信仰。

人类缺少信仰就一无是处。

信仰擢升我们，让我们超越了那些无魂禽兽和迷途魍魉。信仰是灵魂的燃料，是人类种族千万年来生生不息的根本动力。失去信仰的心灵是空洞无物的。在一个没有神祇的银河里，生命的存在是冰冷而无意义的。正是信仰塑造了我们，让我们超脱于其他生灵之上，为我们的知觉奠定了至臻完美的无上地位。

在信仰遭受扼杀的年代里，人类种族往往被衰落和腐朽啃噬得千疮百孔。对于这一现实，众所爱戴的帝皇向来明白，却从不承认。

但他确实明白，而且他也遵照这样的现实铸就了他的帝国。一个神祇并不需要被称作神祇来获得至高无上的地位。名称毫无意义，至高无上才是关键所在——我的父亲确实远远超越了银河之中的一切凡俗生灵：神祇般的力量、神祇般的怒火、神祇般的远见。

他是一位仅仅缺少名分的神祇。

寇其斯的旧道信仰与成千上万个世界的成千上万种人类信仰同宗同源。单单这一事实就足以证明，在那些不着边际的寓言故事之中，在那些公然将神话融入历史又将历史融入神话的段落之中，必定存在着一个由绝对真理组成的深层核心。

最美妙的传说扎根于天界，扎根于原初真理。

当然，它拥有不计其数的名字。天界是我们在寇其斯的说法，其他人称之为天堂——被死亡带离凡俗躯壳之后的永生之处。那是一个充满了无限可能的国度：自古以来所有凡人的灵魂都在那不受局限的乐土中紧密共存。

就连我也明白，这都是神话，都是在一代代人之间口耳相传屡有出入的故事。

但是……想象一下，想象一下神话背后的现实，想象一下银河中的神祇与凡人交会之处，想象一下那超凡力量能够营造出何等奇迹。

想象一下那种彻底混沌且彻底纯粹的状态，那种一切皆为可能的状态。生命完结于死亡，但存在并不以此为终点。

倘若旧道信仰中蕴含任何真理，我就一定要找到它。

他翻开第三张牌。接天林立的高塔和拱顶上方是热浪滚滚、朦胧不清的天空——寇其斯、灰色花朵之城、家园。

寇其斯的人民一向在群星间寻求答案。诞生在那个世界上的怀言者军团也不例外。其中很多战团都是以点亮夜空的星座来命名的。即便是他们赋予我的名号，这个在军团之外无人提及的名号，同样有着古老的来历。"奥瑞利安，"他们在投身战场时如此呼喊，"金身者。"

但这个称呼的词根还能追溯到更为久远、更为准确的意义。它是由那些永远仰望天空寻求灵感的人类先祖创造的。

奥瑞利安，太阳。

我们在群星间寻求答案是自然而然的。生命就来自群星。帝皇就来自群星。军团也踏入了群星。

命运在群星间等待着我们。

寇其斯的传说讲述着，人们搭乘原始的航天飞船离开星球去寻觅神祇，正如古老地球上的非洲人和希腊人曾经乘船寻觅神祇一样。我读过那些文明留存至今的历史碎片，我也与马格努斯一同涉足过深入久远往昔的道路。泰拉神话中俄西里斯与奥德修斯的漫长旅途，正像是寇其斯传说中孔恩、特曾、瑟拉纳特与纳拉格的漫长旅途——这几位先知便是被亘古岁月吞没无踪的伟大追寻者。

他们前去寻找神祇居所的旅途也就是我们所说的朝圣之旅。

他翻开第四张牌。他指尖下的灵能反应液体凝聚出了种种建筑奇观：一座飞扬拱桥、一条在壮丽花园中蜿蜒前行的石板道路……一场旅途、一场朝圣之旅。

朝圣之旅是寇其斯神盟教派最古老的传说，也是在散落于银河各处的人类文明中最常见的传说。人类种族对这种传说的笃信是一种根深蒂固的需求。原初真理：天堂、极乐之境……它必定以某种形式存在于某个地方——神祇的家园、恶魔的冥府、自然现实背后的那层维度。在这片界域中，一切皆为可能。

朝圣之旅的目标恰恰就是去亲眼见证这一切，去确定神话的终点与信仰的起点。

无论等待我的是天堂、地狱，还是神祇、恶魔。

我一定要找到答案。

他翻开最后的第五张牌。披挂金甲、灿烂辉煌的帝皇，一切细节都描绘得清晰刺眼，唯独那最关键的一处模糊不清：他的面孔。一位金色君主。

将我教养成人的是那些古老卷轴——被转而崇拜帝皇的我们随手抛弃的那些古老卷轴。现在，我不禁要回望青年时期所受的教导，不禁要回想那些神话传说的浮华表象与真理内核。

旧道典籍用粗糙的笔触描绘了群星之间的一块污点——现实中的一道伤疤，而原初真理正是在那里触及了这个由皮肉、骨骼、鲜血和呼吸占据的宇宙。那些典籍预言了一位金色君主的降临，那个身负神力的存在将要提携人类种族迈向神圣的完美层次。那必定是我的父亲。那必定是帝皇。我始终笃信于此，直到我突然看清了真相。

他并不是那位金色君主。帝皇会提携我们踏入星海，但永远不会让我们超越星海。倘若一位金色君主不能崛起于世，那么我的梦想就会沦为谎言。

如今我仰望群星，脑海里烙印着古老卷轴中的符文。当我写下这些文字时，我看到了自己的手掌。

艾瑞巴斯和科尔·法伦所言不虚。

我的手掌，它们也是金色的。

IV

孩童的梦境

我简直难以想象朝圣之旅的终点让原体多么心痛欲碎。

第十七军团化整为零，在浩瀚太空里分头闯荡了三年时间。怀言者们在这三年里步履匆匆地迈向远方，到达了兄弟军团都不曾造访过的银河的边缘，让帝国的领土范围随之扩张。

人类在星海中占据的大片疆域都要归功于洛加的子嗣。相比之下，以往多年里的审慎步调和细致手法仅仅为他们赢得了旁人的轻蔑，这就让现实显得分外苦涩。

但我了解这支军团的脾性。每当他们实现一场和平的归顺——将一个文明纳入帝国，并且低调地鼓励对方追随新的圣言——怀言者就往往会向另一个世界肆意倾泻怒火，将其化作一具在太空中缓缓转动的死寂空壳。

朝圣之旅揭示了很多真相：编录在军团基因种子里的那些缺陷，洛加·奥瑞利安自己那段神秘的孕育过程，未诞者的存在——它们被千万代无知人类命名为恶魔、魂灵或天使。然而意义最为重大的那个真相也是最令人难以接受的，它让一位原体心痛欲碎。

当然，它也改变了原体的子嗣们。怀言者永远无法回到得知真相之前的时光了。

阿格尔·塔和萨芬是我与这个再也看不到的世界之间最紧密的联系，朝圣之旅的终点在他们身上留下了远比外表变化更为深刻的影响。那份知识是他们心头的重担——必须由他们和怀言者军团中的诸位兄弟将这可怕的真理带回到帝国去。

我无法想象作为灾厄信使的他们是如何负重前行的。他们被诸神选中，负责启迪整个种族，要让全人类明白自此以后必须挣扎求生直至万物终结。黄金年代不会来临了，和平与繁荣的纪元不会来临了。在未来的黑暗中唯有战争。

或许我们全都扮演着诸神所设定的角色。注定成就伟大事业的那些人，往往在孩提时代就会经历超凡梦境。这是命运在塑造他们，向他们的年幼心灵透露些许未来的荣光。

蒙受祝福的洛加——原初真理的信使，他就经历过这样的梦境。他的童年被父亲的幻景所折磨——那是一位从天而降的黄金神祇——也被某种未知存在和无形事物永远呼唤着他名字的梦魇所纠缠。

或许这恰恰是怀言者军团最大的悲剧。他们的父亲早就知道自己将要启迪人类种族，却永远预料不到他将要以什么样的方式带来启迪。

原体讲述过几位兄弟的类似梦境。生在一个永夜世界的科尔兹梦到了自己的死亡。与洛加最为亲近的马格努斯梦到了宇宙奥秘的答案。前者被预知所诅咒，后者被预知所祝福。两人都注定要在长大成年之后建功立业。他们的作为塑造了银河，洛加·奥瑞利安也是如此。

至于我自己，我只能记起年幼时的一场噩梦。

我梦见自己坐在一个漆黑的房间里，伸手不见五指，就像我如今一样目盲。我默默坐在黑暗中，聆听一个怪物的喘息。

预知和幻想要如何区分？先知的预言和孩童的想象要如何区分？

答案很简单。预言是会成真的。

我们只要等待就好了。

——摘自《朝圣之旅》，作者希琳妮·瓦兰提恩

第二部

朝圣之旅

军团离开寇其斯三年之后

第十二章

死亡
欧菲奥的挽歌号的最后一程
双魂

萨芬的尸首瘫在那怪物脚下。

他脊梁弯折，盔甲破损，死去的模样毫无安息可言。在他的箕张手指一米之外，那柄失去能量的黑钢牧师权杖静静躺在甲板上。头盔遮盖住了他的临终面貌，但牧师的尖叫仍旧在通信网络里回荡。

那汩汩的喘息声显得分外艰难——这是萨芬的破裂肺脏里灌满鲜血的结果。

恶魔带着掠食者的优雅姿态转过头来，那不计其数的獠牙之间拉扯出一条条钟乳石般的恶臭唾液。观察甲板里已经没有任何人工照明了，但遥远恒星的闪烁光芒仍旧在那双不对称的怪物眼睛里映出点点银辉。它们一只是琥珀色的，肿胀不堪，没有眼皮。另一只是黑色的，如同深陷在眼窝里的乌黑石块。

"轮到你了，"它不动唇舌地说道，那张大口永远也讲不了人类语言，"接下来是你。"

阿格尔·塔想要开口，却仅仅从嘴里吐出一股滚热的鲜血。沿着面孔流淌的血液刺痛了他的下巴。洛加的每一位子嗣体内都奔涌着蕴含他基因编码的热血，这浓烈腥气足以遮盖住面前怪物那抖动不止的灰色皮肉所散发出的刺鼻恶臭。在片刻间，他只能闻到自己的死亡，而非恶魔的腐朽。

这是格外美好的安慰。

连长抬起爆矢枪，他的臂膀微微颤动，但这并非出于恐惧。这是抗争，是他无法用其他方式表达出来的回绝。

"好的。"那怪物一边说着一边凑近，它的下半截躯体形象可憎，仿佛是由盘蛇与蠕虫拼接而成的，表面覆盖着粗壮脉络，在身后像蛞蝓般留下一条清澈黏稠的痕迹，散发着掘开坟墓的陈腐气息，"好的。"

"不，"阿格尔·塔终于从牙缝里挤出一句话来，"不该这样。"

"就该这样，像你的兄弟们一样，必须如此。"

爆矢枪骤然发出粗重咆哮，将一串子弹吐在远处的舱壁上，用密集爆炸的震耳轰鸣摧毁了房间中的寂静。每一次枪械在他颤抖手掌里的跳动，都让下一枚子弹更加严重地偏离目标。

他放松了火辣辣的臂膀肌肉，让武器在铿锵闷响中坠落。那怪物没有大笑，没有嘲弄他的失败。它伸出四条手臂，动作轻柔地将他捧了起来。乌黑利爪刮擦着他的灰色陶钢盔甲，将他高高举在半空。

"做好准备，这是会痛的。"

阿格尔·塔在怪物掌中全身瘫软。在转瞬间，他将双手探向挂在腰际的红铁长剑，忘记了自己的兵器早已断裂，那利刃碎片此刻就散落在甲板上。

"我能听到，"他紧咬牙关说，话语含混不清，"另一个声音。"

"是的，我的一个同类。它来与你相会了。"

"这……这不是……我原体的意愿……"

"这？"怪物将无力反抗的阿斯塔特捧在面前，动用意念炸碎了阿格尔·塔的副心脏。连长顿时陷入剧烈痉挛，他肋骨背后的那团损毁器官仿佛是被压烂的一串葡萄，恶魔则用令人作呕的温柔姿态将他拢在怀中。

"这恰恰就是洛加的意愿。这是真理。"

阿格尔·塔徒劳地挣扎喘息，强迫濒死的肌肉探向不复存在的武器。

在殒命之前，他最后感受到的是某种湿滑冰冷的事物灌注了自己的思维，如同洒进大脑的油料。

他最后听到的是某位死去兄弟在通信频道中断断续续地深吸一口气。

他最后看到的则是萨芬用抽搐乏力的四肢从甲板上撑起身来。

他睁开双眼，发现自己是最后一个苏醒的。

萨芬手握牧杖战锤站在他面前，看起来比其他人更为强健。逐渐恢复意识的阿格尔·塔依稀听到牧师用命令、鼓励和要求不断敦促兄弟们站起身来恢复状态。

达格塔还跪在地上，透过头盔的口部隔栅剧烈呕吐。从他胃里翻上来的东西颜色太黑了。马尔诺靠着舱壁，前额抵在冰凉的金属上。其余战士同样狼狈不堪，他们纷纷挣扎起身，呕出腹中的恶臭黏液，轻声念诵着圣言祷文。

阿格尔·塔看不到那个恶魔。他左顾右盼，然而寻敌准星始终无法锁定任何事物。

"因格赛尔在哪儿？"他试图开口提问，却仅仅拉长声音发出了一阵毫无意义的含糊嘶吼。

萨芬走过来，伸手搀扶他起身。牧师已经摘掉了头盔，他的面孔在房间的昏暗灯光下显得格外苍白，但除此之外并无异状。

"因格赛尔在哪儿？"阿格尔·塔重复道。这一次他说出话了，几乎是他的正常嗓音，仅仅略有差异。

"不见了。"萨芬回答，"通信已经正常运作，战舰也恢复了动力。各支小队在巡查每层甲板。但那个恶魔不见了。"

恶魔。听到这个词被公然说出来仍旧令人感觉十分怪异。一个源于神话的词语被用来描述冰冷的现实。

阿格尔·塔抬起头看着玻璃拱顶，望向外面的宇宙景象。这里没有太空，至少没有真正的太空。只有一团由动荡能量与凶猛波涛所组成的狂暴旋涡。那里有各不相同的上千种紫色、各不相同的上千种红色、从来没有被人类编录过的无数色泽、从来没有被生灵目睹过的奇异景象。这纷乱躁动的非凡能量将风暴外部的闪烁群星染成了一枚枚充血眼珠。

最终，他在舷窗里看见了自己的倒影。他脸上淌着点点汗珠，就连他的汗水都散发着恶魔的臭味：野蛮、厚重、浓郁——仿佛是癌变器官的病态味道。

"我们要离开这里。"阿格尔·塔说。某种事物在他腹中蠢动，某种冰冷事物在他体内缓缓伸展，他咽下一口酸苦胆汁，努力压制住呕吐的冲动。

"这是怎么回事？"马尔诺呻吟道。在场的任何人都不曾见过那位坚忍镇定的老兵如此失态。

托尔高步履蹒跚地走过来，揉着深陷在眼窝里的泛红双目。他的胸甲上涂抹了一片肮脏凌乱的陶钢焦痕——具有强烈酸性的呕吐物留下了一条条乌黑痕迹。

"我们要返回舰队，"他说，"返回原体那里。"

阿格尔·塔注意到残破双剑的碎片散落在甲板上。他忍着失去武器的心痛，俯身捡起爆矢枪。在手甲握住枪柄的瞬间，他护目镜里的弹药计数就闪现出了一个零。

"首先，我们要到舰桥去。"

船上的所有凡人都死了。

在他迈着踉跄步伐穿过一条条走廊时，阿格尔·塔心中就产生了这样的担忧。而当越来越多的第七连小队在通信频道里做出汇报时，担忧就逐渐变成了现实。

他们独自在此。机仆、侍从、奴隶、传教者、工匠和仆人，都死了。

怀言者在一层层甲板和一个个房间里搜寻着生命迹象。

驱逐舰欧菲奥的挽歌号是一艘体型小于深远号的攻击战舰，是一个流线型的纤瘦猎手，不像很多阿斯塔特巡洋舰那样担当冲锋陷阵的角色。它的完整编制包括将近千名凡人船员和改造机仆，以及一百名阿斯塔特——相当于一支连队的兵力。

怀言者有九十七人存活。凡人则无一生还。

有三名阿斯塔特没有像其他人那样苏醒过来。阿格尔·塔下令焚烧他们的尸体，将残余灰烬收集起来，等到战舰从这场亚空间风暴中脱身之后就立刻通过密封舱排入太空。

无论他们何时能够脱身，以及是否能够脱身。

凡人船员的死亡迹象随处可见。阿格尔·塔已经无法品味恐惧，但他并不能免于厌恶，也依然能够感受到懊悔。他途经的每一具尸体都张大嘴巴，用毫无生气的眼睛注视着他。他们无声地尖叫着。那些皱缩泛黄的眼珠对他的每一个步伐施加责难。

"我们本该保护他们。"他不由自主地咕哝道。

"不，"萨芬用不容置疑的嗓音说，"他们仅仅是军团的资源。我们为军团效力，他们是我们付出的代价。"

"并非唯一的代价。"阿格尔·塔心想。

"这种腐烂程度，"他说道，"我不明白。"连长的脚步迈得越来越快，他逐渐接近舰桥，逐渐开始奔跑。他全身充盈力量，这种强健感受和仅几分钟之前的虚弱状态形成了十分可喜的鲜明对比。

他们所处的宽阔空间是一条像脊柱般贯穿战舰背部的主要通道。无论昼夜，无论何时，这里总是有众多船员在来来往往地履行职责。

但现在不同。除阿格尔·塔和他身边兄弟的匆匆脚步之外，这里全无声息。一具具枯萎的尸体躺在甲板上渐渐朽坏，战舰的氧气涤净系统用干燥陈腐的循环风抽走了亡者体内的水分。

"这些尸体已经死去几个星期了。"萨芬说。

"不可能，"马尔诺说，"我们失去意识只不过几分钟而已。"

蹲在地上的萨芬抬起头来。他身旁的那具机仆尸首已经干瘪，各个机械部件从失水萎缩的有机肢体上自行脱落，完好无损地躺在地上。

"失去意识？"他摇摇头说，"我们可不是失去意识。我感觉到了我的心脏被那怪物用爪子捏爆。我死了，马尔诺。我们都死了，就像那个恶魔说过的一样。"

"我的心脏现在还跳着呢，"军士回答，"你的也一样。"

阿格尔·塔也看到了。视网膜显示屏里的读数不会撒谎。"现在不是辩论的时候，"他说道，"我们要赶到舰桥去。"

几位战士重新出发，他们离指挥甲板越近，就要跨过越发密集的尸体。

八十一具死尸在舰桥里迎接他们。

尸体大多是仰躺或瘫坐的姿态，其中几个像胎儿般蜷缩成一团，另外几个埋头弓身陷在座位里。

"他们是知道发生了什么的，"萨芬说，"这不是瞬间的事情。他们在临死前有所感觉。"

阿格尔·塔踯躅于雅努斯·塞拉摩舰长的扭曲遗体旁。她紧紧蜷缩在指挥宝座里，仿佛在生命中的最后时刻还试图躲避某种游走于附近的觅食猛兽。那张近乎干化的皱缩面孔将一切都告诉了他。

"痛苦，"他说道，"他们临死前感觉到的是痛苦。"

达格塔已经来到了推进控制台前方，将一位军官的尸体从上面拖开。那副遗骸瘫倒在甲板上，却依旧不得安息，因为萨芬开始用战斗短剑加以检查——他横切竖割。

达格塔用寇其斯街巷俚语咒骂了一声。"我是开喷气摩托的，长官。我不会开帝国战舰，就算我们还有足够的奴隶去给引擎锅炉送燃料也没用。"

阿格尔·塔从舰长的尸骸面前转过身来。"给我说说大致情况。"

他的嗓音仍旧听起来有些不对，仿佛旁边有个人在恶作剧式地和他异口同声讲出同样的话语。

"我们被困在这里了。"达格塔说，他继续徒劳地调整控制按钮，"不是所有系统都恢复了供能，还差很多。盖勒力场已经激活，但我们无法使用虚空盾、等离子推进、能量武器和射弹武器，而且半数甲板的生命维持系统都没有上线。"

"机动推进器呢？"

"长官，"达格塔略加迟疑地说，"我们在这场风暴的推动下已经远离了最初停止前进的位置。考虑到这一点，以及我们无法展开亚空间航行的实际情况……仅仅依靠机动推进器的话，我们要花费至少三个月时间才能冲出这片……星云。"

"这不是星云，"萨芬咕哝道，"你看到外面的样子了。这不是星云。"

"无论这是什么鬼地方。"达格塔厉声回应。

"鬼地方倒是没错。"萨芬嘟囔一声，继续潜心解剖船员尸体。

阿格尔·塔将塞拉摩舰长的遗体从那个为阿斯塔特所设计的宽大宝座上捧起来，安放在指挥甲板边缘。随后他取代了对方的位置，盔甲与座位碰撞出一阵轰响。

"启动推进器，"他命令道，"我们越早从这里动身，就能越早返回舰队。"

"没有血。"萨芬宣告。跪在地上的他拎着短刀站起身来，脚下是可怕的肢解尸体。通信官阿玛尔·弗雷的解剖结果永远不会被录入帝国档案，但这项工作无疑完成得甚为彻底。

"这些尸体，"萨芬说，"都没有血。某种事物抽干了他们的血液，因此致命。"

"因格赛尔？"

"不，因格赛尔一直和我们在一起。那是它的同类干的。"

它的同类。那个恶魔的话语重新浮现在阿格尔·塔的脑海里。"是的，我的一个同类。它来与你相会了。"

他能感觉到有什么东西在自己体内蜿蜒滑动。有什么东西苏醒过来，包裹住臂膀和双腿的骨骼，紧紧缠绕住他的脊柱。

"召唤所有战士来舰桥集合。"他命令道，同时听见自己的声音在脑海里回荡，无声地响应着那些说出口的话语。

"达格塔,"阿格尔·塔说,"带我们离开这里。"

艰难驶出亚空间风暴的这艘飞船,已远不是奋勇前进气势威武的那艘帝国战舰了。它包裹在薄如蝉翼的盖勒力场里,拖着奇光异彩的灵能雾气,始终缓缓转动身躯,显然是导航系统与平衡装置已经受损失灵。

扭曲变形的通信塔循环播放着一条信息,失谐的信号让那句寇其斯语模糊不清。

"这里是欧菲奥的挽歌号。人员伤亡惨重。战舰严重受损。寻求营救。这里是欧菲奥的挽歌号……"

"与欧菲奥的挽歌号恢复联络了。"一名舰桥船员喊道。

深远号的指挥甲板里熙熙攘攘——成群结队形形色色的军官、机仆、分析师和船员都环绕在一座居高临下的中央平台周围埋头工作。在平台上,一位身穿淡灰丝袍的金色巨人凝视着观察屏幕。他的容貌与父亲何其相像,然而他的温和神色却是帝皇不曾流露过的。洛加既好奇,又充满忧虑。

"这么快?"他说着看了看通信操作台前方的军官们。

"阁下,"坐拥一排闪烁监控屏幕的探测主管高声说道,"那艘战舰遭受了……可怕的损伤。"

喧闹的舰桥逐渐安静下来,更多船员望向观察屏幕,逐渐意识到欧菲奥的挽歌号因为缺乏动力而在缓缓飘行。

"怎么会?"洛加说,他靠在平台边缘的护栏上,向前探出身躯,用金色的手指紧紧攥住钢铁,"这不可能。"

"收到了一个遇难脉冲信号。"一位通信军官说,"阁下……我的原体……欧菲奥的挽歌号人员伤亡惨重。我们收到的信息是自动播放的。"

洛加抬起一只手掌捂住了微微张开的双唇,他无法掩饰自己的强烈不安,难以像其他一些原体那样保持坚忍淡漠。他的俊美面孔上写满了忧虑,将片刻之前还占据主导的困惑一扫而空。

"请播放那条信息。"他柔声说道。

嘈杂刺耳的通信信号立刻从舰桥的喇叭里传了出来。

"……是欧菲奥的挽歌号。人员伤亡惨重。战舰严重受损。寻求营救。这里是欧菲奥的挽歌号……"

"怎么会？"他再次问道，"通信主管，给我接通那艘战舰。"

"如您所言，阁下。"

"阿格尔·塔，"洛加轻声念出爱子的名字，"我认得那个嗓音。是阿格尔·塔。"

"的确，阁下。是他。"站在旁边的舰队领袖巴洛克·托弗斯点点头，他的冷峻面孔上毫无表情，不像原体那样流露着痛心之情。

恢复联络花费了三分半钟，在这段时间里，1301号远征舰队的其余成员都升起了虚空盾，激活了所有武器。驳船从旗舰的停泊区域里纷纷驶出，准备将欧菲奥的挽歌号拉回众多姊妹战舰身边。

最终，一幅图像在观察屏幕上显现，展示着对方飞船的舰桥情形。几秒之后，通信信号也伴随一阵静电杂音传来了。

"帝皇之血在上。"洛加看着面前的景象轻声说道。

阿格尔·塔没有佩戴头盔。他的面孔憔悴消瘦，被一个个不眠之夜留下了浓重的黑眼圈，这副模样与昔日那个精力充沛的形象相比犹如鬼魂。他的左脸还沾着星星点点的陈旧血迹，而他的盔甲——残存的那些部分——已经破损开裂，上面的神圣卷轴全都不见踪影。

他颤颤巍巍地从指挥宝座中站起身来行了个礼。他的拳头敲在胸甲上，发出呢喃细语般的轻柔响声。

"你们……还在这里。"他嘶哑地说。他的嗓音全然无力。

洛加率先打破沉默："吾儿。你们这是怎么了？这是什么荒唐情况？"

其余一些身影出现在阿格尔·塔背后，都是怀言者。他们与指挥官一样虚弱不堪，一样濒临崩溃。洛加眼看着某位战士跪倒在地，开始胡言乱语地絮絮祈祷。原体花了些时间才借助那套破损的黑色盔甲辨认出萨芬。

阿格尔·塔闭上双眼，叹息一声，随即说道："阁下，我们奉命返回了。"

洛加先是瞥了托弗斯一眼，之后重新面对阿格尔·塔。"连长，我们与你们失去联络只有六十秒左右。我们刚刚目睹欧菲奥的挽歌号驶入风暴边缘。你们离开不到一分钟就返回了。"

阿格尔·塔挠了挠饱经磨难的面孔，摇摇头："不，不，不可能是这样。"

"可能是这样，"洛加说，他紧紧盯着对方，"也确实是这样。吾儿，你们究竟怎么了?"

"七个月。"连长全身松懈，必须撑着宝座扶手才能维持站立，"七……个……月……我们只剩下不到四十人了。没有食物。我们把船员都吃了……没有饮水。风暴冲击震裂了水箱。我们喝了燃料……武器润滑油……引擎冷却剂……阁下，我们自相残杀。我们依靠其余兄弟的鲜血才活了下来。"

洛加短暂地移开视线向一位通信军官发话。"把他们拖回来，"他压低嗓音说，"把我的子嗣们从那艘船上接出来。"

"阁下？阁下？"

"我在呢，阿格尔·塔。"

"欧菲奥的挽歌号已经飞完了它的最后一程。我们只能依靠机动推进器。"

"雷鹰已经出动，"原体安慰他说，"我们会一同返回安全区域的。"

"谢谢，阁下。"

"阿格尔·塔，"洛加迟疑地说，"你们是把船员都杀死了吗？"

"没有。没有，阁下，坚决不会。我们吃掉了他们的尸体，像食腐动物一样，像寇其斯的沙漠胡狼一样。用了一切的保命手段。我们必须把你寻求的答案带回来。阁下，请听我说……有件事情你必须知道。我们为你的所有问题找到了答案，但有一件事至关重要。"

"告诉我。"金色皮肤的巨人轻声说道，眼见诸位子嗣沦落到……这等境地让他毫不羞愧地热泪盈眶，"告诉我，阿格尔·塔。"

"这个地方，这片界域，人们未来会称之为巨眼，称之为恐惧之眼。人们会用成百上千种愚昧名称来描述这个让他们无法理解的事物。但你是对的，大人。"

"这里，"阿格尔·塔抬起虚弱的手臂，指着舰桥舷窗外面那翻滚沸腾的亚空间风暴，"就是神祇与凡人的交会之处。"

很快，他就陷入了独处，与兄弟们分开了。

这并非完全出乎意料，但他的武器也被收走了——"急需进行维护保养，兄弟"——而这是他始料未及的。其余战士在他面前都显得小心翼翼。护送他回到冥想室的那几人表情紧绷，沉默寡言，即便是最简单的问题也不愿回答。

他从来没有感受过兄弟之间这般赤裸裸的怀疑。当然，他很清楚这背后的缘由。真相永远无法被遮掩，他也丝毫不打算加以遮掩。没错，幸存者吃掉了凡人的尸体。没错，他们夺取了兄弟的性命。但这不是以杀戮为乐，不是以杀戮为荣，完全是为了生存。

是为了饮下那涌出血管的腥甜美酒，以此缓解致命的口渴。

还有什么选择呢？等死吗？远离舰队安心等死，将原体心中所有疑问的答案锁在僵硬冰冷的嘴唇后面吗？

"但你确实死了。"一个不受控制的念头在他脑海里浮现，"你确实死了。"

没错，确实如此。他在硬着头皮咀嚼那些无血尸体的干枯皮肉之前就死了。他在拎起匕首割开兄弟的喉咙，喝下他们的鲜血来维持自己的生命之前就死了。

如此说来，有些战士死了两次。他们用最终的死亡成功延续了幸存者的生命。

三十八名怀言者离开了欧菲奥的挽歌号。在一百名里剩下的三十八名，折损过半。第七连已经支离破碎。

阿格尔·塔颤抖着深吸一口气。他只要闭上眼睛就会看到外面的风暴。在亚空间的翻涌浪潮里，数以百万张面孔无声尖叫着呼唤他的名字。他能看到那些嘴唇张张合合，那些牙齿暴露在外，那些由狂乱灵能聚合而成的面孔泼溅在盖勒力场的防护屏障上。这是尚未成形的恶魔血肉。这是灵魂国度的纯粹本质。

他长呼一口气，睁开眼睛。

这是他的私人舱室，是他在伟大远征多年拼搏中的避风港湾。然而现如今，这里的墙壁却倍显陌生。七个月的时间竟然能够对灵魂产生如此显著的改变，真是奇怪。七个月的时间，再加上充斥脑海的奔腾不羁的真相。

房门上方的计时器用一个属于半年多前的日期大肆嘲弄着他。阿格尔·塔从原体的话语中得到了一个他不愿知晓的事实：在亚空间异象的边缘，时间仅仅过去了分秒而已；在风暴内部，则是漫长的几个月。

脱离了盔甲的连长在匕首刀面的倒影里审视着自己虚弱憔悴的身躯，这是他留下的唯一一件武器。他看到了一副形如鬼魅的模样——这骨瘦形销、双眼深陷的家伙简直应该安心躺在坟墓里。

他垂下匕首，等待着意料之中的门铃鸣响。

以谦卑形象示人的洛加，从未显得如此光辉伟岸。

他穿着神盟教派牧师的长袍来见阿格尔·塔。这层层叠叠的衣物表面绣着各式符文徽记，兜帽将他的面孔笼罩在阴影里。他手中捧着一个小木盒，盒盖是掀开的，里面装着几支秃鹫羽毛笔和一个墨水罐。原体胳膊下面夹着一捆莎草纸，用来记录子嗣的言语。当洛加走进房间时，阿格尔·塔瞥见了两个怀言者战士的魁梧身影伫立在门外把守——他们隶属锯齿烈阳，但并非第七连成员。

"我是个囚犯吗，父亲？"他对原体问道。

洛加摘下兜帽，展露出那张永远年轻的面孔与一副不置可否的微笑。他的灰色眼睛里饱含深厚情感，但其中缺乏喜乐。他为子嗣们感到哀伤。他为自己此时此刻目中所见的情景感到哀伤。

"不，阿格尔·塔。你当然不是个囚犯。"两人目光交会，洛加的微笑僵在了完美的嘴唇上。

"我门口的卫兵似乎另有说法。"阿格尔·塔回应道。

洛加没有开口作答。那雕工精美的木盒摔落在金属地板上。这声音招来了注意，舱门被轰然撞开。第三十七连的两名战士猛冲进来，端着爆矢枪直指阿格尔·塔的脑袋。

"阁下？"两人齐声问道。

原体也没有答复他们。洛加瞠目结舌地站在原地，缓缓探出一只手，几乎摸到了连长的瘦削面孔。他在最后一刻匆忙抽回手掌，没有让指尖触及阿格尔·塔的凹陷脸颊。

他们的目光仍旧紧紧锁在一起——原体与连长，父亲与儿子。

"你有两个灵魂。"洛加轻声说道。

阿格尔·塔闭上双眼打破了对视。某种事物——上百种事物——在跳动心脏的推动下游走于他的全身血脉。

他终于站起身来。

"我知道，父亲。"

"全都告诉我。"原体说，"给我讲讲那个恶魔，还有那个揭示真相的世界。快告诉我，你为什么灵魂一分为二地站在我面前。"

洛加——奥瑞利安、尤里曾、怀言者

第十三章

绯红

迷失于风暴

虚空之声

"1301-12。"阿格尔·塔念出这个代号,嘴里的强酸唾液刺痛了他的舌头。

1301-12,即1301号远征舰队纳入归顺的第十二个世界。"在我们近三年征服的七个世界里,"他说道,"这是最令人痛苦的一个。"

洛加对此没有异议。

"然而,"原体说,"这也是不见血光的一个。没有人愤而开火,没有人暴怒拔剑。痛苦来自真相的揭示。"

"三年时间,阁下。"阿格尔·塔说,他的目光避开了父亲的双眼,"三年时间,七个世界。历史会指着那些世界,指着我们留在身后的那些残骸,说第十七军团用它们肆意发泄了失败的怒火。一个个星球化作焦土,一批批民众惨遭屠戮,都是为了让我们平息心头愤恨。"

洛加露出假笑。"你就是这样看待我们的朝圣之旅的吗?"

"不是这样。永远不是。但那七个世界确实焚灭了,而第八个世界险些毁掉了我们。"

洛加的灰色眼眸迸发着毫不动摇的坚定目光。他在运用自己的第六感来审视子嗣的心灵,仔细察觉盘踞其中的那第二个灵魂。

"别再多愁善感地回忆往事了,"洛加说,他的语气暴露了他的焦急,"说说我们找到的那个世界。"

"您还记不记得,"阿格尔·塔问,"我们抵达星球轨道的情形?"

地板在以一种特定的方式震颤。

赛-努73处理了这份信息。在他的金属双脚下面,战舰甲板的震颤具有一种非常明确的特殊节奏——不是亚空间航行时的无规律起伏,也不是持久导向推进时那心跳般的强烈震动。一股宛如呢喃细语的微妙颤抖蔓延到了他的人造骨骼中，带着难以察觉但分外美好的固定节拍。

进入星球轨道了。终于，进入星球轨道了。

舰队经历了一趟十分漫长的旅途。赛－努73从不放任自己对未来妄加揣测，但他先前经过缜密计算得到了颇为严峻的预期结果。倘若1301号远征队没有在这个世界停下脚步，而是继续向远方推进的话，那么让这支舰队饱受折磨并且让三艘星船不知所终的亚空间风暴，想必还要造成更多的牺牲品。

赛－努73曾听到手下的一名仆役对别人说"外面这场风暴在死命冲击战舰的防护力场"，于是他对这种将人类性质套用在无机物体上的错误行为进行了严厉批评。那个劳工的拟人化思维方式，必将危害未来他在机械神教中的升迁机会。

这是一场剧烈的风暴，毫无疑问。但亚空间的波涛中并不存在任何激情、愤怒和意图。

在深远号的其他区域里，各层甲板都变得格外繁忙，众多阿斯塔特与凡人船员正在着手准备开展登陆。

赛－努73已经对自己的大脑进行过改造，在很大程度上摒弃了那些引发兴奋感的化学反应。他将全部精力集中在自己的工作上，而这不断刺激着他大脑里的快感中枢——每个完成得精确无误且绝对高效的次级工序都会触发细微的快感。

他的手指　　分布在三只机械于掌上的十五根指头——仝都埋在茜红的脑壳里。他正在潜心重建机器人头颅内部的组织，那一团团生物塑料滴淌着富含营养的液体。每一块球形中继装置都首先需要固定就位，随后与它们负责控制的躯体操纵系统及它们在遭遇战损时所仰仗的保险后备系统建立连接。这就是机器人的头脑——模仿真实生命的智能体系在基因实验室里培育而成，在机械躯体里投入运作。

这一摊人造脑脊液散发着近似于腐烂洋葱的浓烈恶臭，但赛－努73当然也早就确保了自己超脱于此类感觉之上。他之所以对这种气味有所察觉，仅仅是因为敏锐的传感器将相关数据输入到了他的视网膜上，用平淡的二进制码描述着那令人恶心的味道。

虽然手头的工作极为精细，赛－努73还是划出了百分之五的心思监控着附近的动静。借助回声定位来探知周遭环境的内部传感阵列，率先发现他的工坊大门被打开了，随后是某个形体穿过房间。对方散发着明确无疑的能量特征：盔甲，第三型，阿斯塔特。

其余几个形体的信号随后出现，共有五名阿斯塔特。

这些细节信息化作符文标志闪现在赛－努73的视野中。双手深埋在有机黏液里的他视若无睹，继续将精密细小的系统接口逐一插在成串排布的生物塑料球体上。每个球体都是脑皮层程序的一部分。每条光纤连接都模拟着神经的功能。

那些阿斯塔特知趣地没有打扰。他们等待了3分钟，直到赛－努73将维护工作的当前阶段彻底完成。一股心满意足的脉冲顿时涌入赛－努73的数据核心。始终处于抑制状态的快感受体由此激活。工作完成了。

机械神教技师终于从工作台前转过身去。他的十五根金属手指淌着黏稠液体。

"副指挥官，"他说，他既没有理会阿格尔·塔身旁的几位士官，也没有像大多数凡人船员那样恭敬行礼，"你来此为绯红开展备战工作。"

即将加入空降攻势的阿格尔·塔全副武装，其余几人也是一样。萨芬身披黑甲，达格塔、马尔诺和托尔高都穿着花岗岩般的灰色盔甲。

"时间到了。"阿格尔·塔说。

赛－努73的三枚目镜花费了几秒钟来重新聚焦。"来这边。"技师回应道。战士们跟随机械神甫走入了那间被红灯照亮的舱室。

赛－努73对绯红被纳入怀言者军团一事并不感到耻辱。在智控军团看来，这近乎是最高水准的荣誉，足以证明指挥技师的高超技艺——他麾下的机械显然具备格外强的战斗意志，从而配得上那份荣誉。

只是自从绯红被纳入锯齿烈阳之后，自从战团的徽记铭刻在了机器人的前额之后，第九班组的征服者主机就变得有些……反常。机魂表现出了一种极为错误的倾向性，常常做出不可预料的行为，而这是让他无法接受的。

即便在赛－努73这样经验老到的机械技师看来，此类现象都毫无道理可言，只能引起一些最深邃、最黑暗的怀疑。他一丝不苟地履行使命，对此进行了数百场诊断检查，但绯红皮层程序里的这种差异——或是缺陷，抑或误差？——总会在一次次维护工作结束后重新浮现。

赛－努73还曾经冒着最为重大的风险进行过一次绝不可重复的尝试，彻底净除了绯红的生物塑料大脑。他将机器人脑壳内部的一切物质冲刷殆尽，并从自己的物资库里取出备件，遵照相关仪式进行严格清洗，在接下来的四个月里从零开始重新搭建了皮层结构。

齿轮在上，那个机器人已经换了一个全新的大脑。然而，它还是……

该怎么说呢？这是另一件麻烦事。火星的代码语言里并没有恰当的表达方式能够概括这一问题。于是赛－努73只好尝试采用最恰当的人类词语来描述自己面临的情况，也就是他的征服者主机出了个毛刺。他认为这并非归咎于自己隶属1301号远征舰队。他与怀言者军团本身的合作才是症结所在。

迦太基战斗群的战争机械与专业技术人员分散在众多怀言者舰队中，不像泰坦军团那样搭乘专属的机械神教飞船。这是洛加坚持要求的安排。数十年前，当智控军团与怀言者之主进行初次接触的时候，洛加就慷慨地提出愿意对麾下战舰进行必要的改造，从而满足机械神教新盟友们的特殊需求。

"我们是受到同一位神祇所眷顾的兄弟。"他在首次造访火星地表的时候对铸造统领如是说。显然，双方此后就很快达成了一致。作为智控军团旗下最具声望的单位之一，迦太基战斗群从此开始了与第十七军团共同行动的生涯，栖身于他们的战舰腹中。

当双方立下那古老誓言的时候，赛－努73并不在场——他的血肉之躯当时尚未诞生——这就令他对故事的可信度产生了更为强烈的怀疑。赛－努73认为这种说法站不住脚的原因很简单：无论迦太基战斗群对于怀言者军团有多么大的用处，阿斯塔特就是不喜欢与机械神教朝夕相处。即便以火星教派这不近人情的标准来判断，双方的关系也更接近于冷淡而非热情。

据说其他一些军团与火星智控教派相处得较为融洽，尤其是蒙受赐福的钢铁之手与坚不可摧的钢铁战士——自从与这两支军团在泰拉帝皇的远征中联手作战开始，机械神教就对他们寄予了极其深厚也极其宝贵的尊敬。

随着时间的推移，赛－努73已经抱着极为谦恭的态度晋升到了监督的职位，负责指挥这支由四台机器人组成的班组。他逐渐意识到怀言者不同于众多阿斯塔特兄弟。在他偶尔和其余班组监督建立联系的时候，双方往往都能针对这一观点达成共识。

自从三年前在寇其斯大举集结之后，怀言者各支舰队就各自行动，而迦太基战斗群成员单位之间的交流也因此日渐稀少。通信信号永远都无法跨越如此遥远的距离。据说就连星语沟通都已经变得不可靠。无论如何，反正赛－努73不具备那份天赋。

赛－努73对怀言者的主要意见来源于他们最根本的生物天性。简而言之，他们过于人性化了。他们注重信仰而罔顾其内在缺陷，他们将心思放在肉体与灵魂上，忽视了与机械神合而为一的超凡追求。他们由情感而非逻辑所推动，这就影响到了他们的战术决策及在伟大远征中的整体目标。

最显著的是，很多锯齿烈阳战士只要接近机械神教技师似乎就会显得坐立不安，仿佛时刻都要加以凶狠斥责或提出严正抗议。

过于人性化，这就是症结所在。这些战士过于情绪化，过于盲从狂热信仰与华丽辞藻的指引，是强烈的人性让双方之间产生了隔阂。

这种冷淡关系的一个特例则让赛－努73感到不安，因为那个特例就是他麾下的征服者主机。

怀有一个勇武灵魂的绯红得到了怀言者的真诚敬意。

要知道，他们称其为"兄弟"。

赛－努73带着阿斯塔特走入了备战房间，他麾下的机器人正在此处经历最后阶段的准备仪式，即将被再度唤醒。披着厚重装甲的三台机器人冷漠无声地矗立在房间里，众多机械神教仆工簇拥在周围，全都听凭赛－努73的吩咐。其中两个身披长袍的侍从抬起了朱红背部的激光炮，让那门武器沿着涂抹机油的轨道提升到了铁骑型机器人肩头的开火位置，从而测试其活动是否平滑顺畅。

与茜红同属远征军型的血红，已经基本准备就绪了。自动装填器喂饱了它肩头火炮的弹药舱，刺耳响声充斥了整座房间。在关键工序都已经完成之后，机仆才获准前往战争机械近旁，为它的关节注入润滑油。

绯红在等待他们。

这一事实让赛－努73的思维进程中出现了一股属于平凡人类的可憎不安。那台机器人的战斗神经系统即将完成安装，之后绯红便彻底准备就绪，可以展开部署。然而问题又出现了：它的脑电波里出现了异常读数。它的思维有所认知，那条始终位于零点的平直线条上跳出了一个峰值。这种突发的感知能力及视觉接收器的细微调整都仅仅伴随怀言者的出现而发生。

绯红能够察觉到邻近的第十七军团战士，就像一只动物能够凭借本能认出自己的同类。

这就是赛－努73的自豪遭受了些许玷污的原因。在战斗神经系统完成安装之前，机器人的皮层程序不该允许它具备此等水平的辨识能力。它不该对目标和非目标加以区分——无论阿斯塔特、凡人士兵、异形怪物，还是其他任何生灵。

事实上，它仅仅具备避免碰撞的基本运作规则，所以除了墙壁和地板之外，它不该有能力察觉到任何事物。然而，机器人确实在等待这一刻。绯红认出了面前的怀言者，赛－努73则仔细追踪征服者主机传感器的毛刺现象。

"绯红。"阿格尔·塔开口道，他的声音打断了技师脑海里纷乱的逻辑思绪。抬头仰望那雄伟机械的副指挥官没有佩戴头盔，赛－努73审视着阿斯塔特的面孔。这名战士饱含敬意地打开一个卷轴，开始朗读。

"作为阿斯塔特第十七军团怀言者的战士，作为源于寇其斯也源于泰拉的同袍兄弟们的一员，你是否立誓以洛加之名奋勇战斗——全心全意，不吝血汗——直到下方这个代号1301-12的世界遵循法理归顺于人类帝国？"

绯红默不作声地矗立在那里。阿格尔·塔微微一笑，没有移开目光。

"绯红立下此番誓言。"站在旁边的赛－努73说道。

"绯红，你的临战誓言由诸位兄弟加以见证……"阿斯塔特像是没有注意到技师的存在一样继续开口。

"达格塔。"

"托尔高。"

"马尔诺。"

"萨芬。"

"……并且由我本人，锯齿烈阳副指挥官阿格尔·塔加以公证。"连长将卷轴固定在绯红的装甲表面，嵌在几个为此特设的小钩子之间。五名阿斯塔特都在各自的肩甲上佩戴着类似的卷轴。

无比强烈的骄傲与挥之不去的忧虑在赛－努73心中交缠。他的征服者主机被阿斯塔特军团所接纳，为此他感激欧姆尼赛亚的祝福，但也厌憎这紧密关系对机器人皮层程序的负面影响。

完成仪式之后，几名阿斯塔特就用拳头敲击心口行礼，接着走出了房间。这些战士曾经会交叉双臂行鹰徽礼，然而自从军团在三年前饱尝耻辱之后，赛－努73就再也没有见过他们施行这种代表帝国的礼节。

在笼罩红光的昏暗房间里，技师用三枚目镜凝视着麾下爱将的魁梧形体。

"不知道你究竟忠于谁呢？"

绯红没有作答。它始终矗立在那里，默默等待着下一场战斗的来临。

战舰再次颤抖。这个世界周围富含亚空间能量，即便是处在星球轨道的飞船也时常会遭到无形力量的波动冲击。赛－努73已经将寻常人类天马行空的想象力从大脑中剥除了，然而风暴与舰身相互碰撞时的尖锐嘶鸣听起来总像是……爪子的抓挠声。

他将这声音录入了脑叶数据库，继续埋头履行职责，偶尔被利爪抓挠金属舰身的刺耳响动所打扰。

受祝女士真的必须穿些衣服了。

她盲目地将臂膀探出床边，手掌在地面上四处拍打，终于找到了自己的长袍。希琳妮刚刚把衣服套过脑袋，就感觉到阿瑞克的双臂从背后将她环抱住了。

"还早呢。"他柔声说话时吐出的气息吹拂在她的脖颈上。

"其实我觉得你已经迟到了。刚才那不是晨钟，是正午的铃声。"

"别闹。"他将她抱紧了些。

"我没开玩笑，"希琳妮说，她用手指梳拢头发，没有理会他上下探索的双手，"阿瑞克，我真没开玩笑。"

他伴随一声"哦，糟糕……"翻身起床，接着用各种语言复述这句咒骂。

与一位军官相爱时常能令人大长见识，尤其是一位会讲十八种哥特语方言的军官。

"糟糕，"他说，在一番长篇大论的最后回到了起点，"我得走了。我的佩剑在什么鬼地方？"

目盲的她面向对方，说道："我觉得是滑到床底下了。昨天晚上我听到了它在地板上的摩擦声。"

"我要是没有你可怎么办啊？"他说，阿瑞克从床下拽出佩剑，将皮革腰带扎在了皱皱巴巴也没系扣子的军服外面，"我晚些回来。"

"我知道。"

"今天要空降。"他随口说道，仿佛这对她而言会是新闻一样。战舰颤抖起来，她伸出手扶着墙壁稳住自己。

"我知道。"她说。

"但是这风暴……"

"我知道。"她又说。

"我看起来怎么样？"他咧嘴坏笑着说，他非常享受两人之间这项颇有历史的仪式。通常她都会报以微笑，这次没有。

"你看起来像是个要赶不上参加舰队指挥层会议的人。快去吧。"

阿格尔·塔向阿瑞克·杰斯梅汀少校点头致意，他看着那位凡人军官踉跄着冲进即将关闭的大门。

"我来了，"那人高声说，"我赶到了。"

标志着他身为第54尤卡步兵团高级指挥官的那套褐色军服若不经过一番认真整理恐怕是远远达不到阅兵式入场标准的。他的黑色头发同样杂乱不堪，而且他今天早上也没有刮胡子。

他看了看简报会议室里的其他人，大家围立在房间中央的一张宽大桌子旁边。四十名男女军官和阿斯塔特——他往往略带嘲弄地将后者称作"后人"——全都转过身来注视他。

在众人头顶，房间里的照明球由于战舰再度颤抖而闪烁了一阵。

"抱歉，"少校说，"我现在来了。"

其中几人摇了摇头，恼怒的咕哝声纷纷响起。这名军官在仅剩的若干空位里选择了一处，站到某个怀言者连长旁边。星际战士盔甲关节散发的能量嗡鸣在凑近之后显得分外刺耳，简直让少校难以听清其他人的话语。

"欢迎你到场参会，阿瑞克。"舰队领袖巴洛克·托弗斯说道，他紧皱眉头怒视着桌子对面那位气喘吁吁的少校，"我刚才说到——"

"很抱歉，"少校再次打断了他说，"D甲板的机仆搞不定……电梯里的……陀螺仪齿轮。说真的，那里简直一团糟，我只能绕远路过来。"

在房间另一端，身披盔甲的迪乌莫斯战团长将拳头敲在桌面上。

"安静，你这蠢货。"他压低嗓音说。

"抱歉，长官。"阿瑞克行礼致歉——他按照伟大远征之前的习惯用拳头敲击胸膛，而非现今常用的鹰徽礼。

伴随齿轮碾动的声音，赛－努73将戴着兜帽的脑袋转了过来。"这艘战舰在建造过程中并没有使用过任何符合'陀螺仪齿轮'这一描述方式的零件。"他指出。

阿瑞克眯起眼睛看着那位技师，多谢了。

"我很清楚，"怀言者指挥官低吼道，"杰斯梅汀少校在信口开河。托弗斯，继续讲讲细节情况。我们还有个需要归顺的世界呢。"

托弗斯开始陈述，详细讲解了地形情况、人口分布与兵力部署。1301-12的当地居民十分落后，但整支远征舰队所有部队都在积极备战：帝国军队兵团、阿斯塔特连队、机械神教单位。

双方的第一次接触至关重要。

阿瑞克安心听着那些他在官方报告中早就仔细读过的内容。他注意到身旁的那位怀言者连长不时扫视自己。

"你今天早上是用手指梳头的吗？"阿格尔·塔问道。

会议室的大门突然开启，恰好止住了阿瑞克的粗鲁答话。原体步入房间，他的仪式性装束由一套链甲和一副恍若象牙雕就的白色胸甲组成。

"各位朋友，恳请你们原谅我的迟到。"洛加说，他向众人致以圣洁的微笑，随后站在了属于他的首位，"想必登陆行动已经一切就绪？"

齐聚一堂的指挥官们纷纷表示确认。洛加认真聆听各级军官轮流做出汇报。身穿仪式性盔甲的他，恍若一位气宇轩昂的神盟教派将帅。

"阁下。"会议临近结束时一人说道。

"讲吧，阿格尔·塔。"

"有件事我还是放心不下。到现在已经三周了，"连长说，他没有理会随之四起的嗡嗡议论，"不灭崇敬号是何下落？"

洛加用金色的双手按着桌面，向前探身。在场的所有人都能从他的目光中看出来下面这番话令他何等痛心。

"它被风暴吞没了。我们会为舰上的全体船员和诸位兄弟哀悼。事到如今再盲目保持乐观就不明智了。"

"阁下……"阿格尔·塔说，这样的处理方式远没有让他感到满意，"我们难道都不做出搜救的尝试吗？一艘战舰被风暴吞没是一场可悲的意外事故，但三艘……奥瑞利安，远征舰队已经受到了威胁。我们必须搜寻它们。"

"如何搜寻？在亚空间里吗？"

话音未落，战舰又陷入了一阵剧烈的震动。洛加低下头，露出苦笑，这个震动无疑印证了他的担忧。"就连这场风暴的余波都如此凶猛。莫非你想要冲回亚空间里大海捞针吗？"

"我再次呼吁让星语者尝试搜寻，"阿格尔·塔说，"如果他们能找到不灭崇敬号上的同僚……"

"吾儿，"洛加摇摇头说，"你的悲悯值得敬佩，但我们不能为区区一艘失落战舰就停下朝圣之旅的脚步。亚空间是一位残酷的女主人。自从伟大远征开展以来，已经有多少艘帝国战舰被它的浪潮吞没了？数以百计？或许足有上千艘。"

阿瑞克少校敲了敲自己数据板上的几个按钮，说道："我们远在边疆，这大家都明白。无论我们如何放开嗓子呼朋唤友，支援恐怕都是难以指望的。现在我们多久能与其他舰队联络一次？"

"信息交互的间隔时间已经显著增长，"弗-艾44说道，"科尔·法伦大人麾下的主力舰队最后一次传来星语通信是四个月之前的事。"

萨芬开口了："第一连连长最近传来的信息包含一份经过更新的星图，其中展示着军团在银河外沿的扩张进度，并罗列了近来归顺行动的各项成果。他舰队中的《洛加之书》抄本先前增补了八千余字和三张参考图片，为此他也表示最为诚挚的感激。"

原体轻声一笑，没有说什么。

萨芬继续说道："距离我们最近的帝国远征舰队是3855号，大约在长达一年的亚空间航行距离之外。"

"率领3855号舰队的是哪支战团？"迪乌莫斯问。

"是染血面貌，"弗-艾44回应道，"以及辉煌新月。另外萨芬牧师阐述有误。考虑到亚空间的多变状态，3855号远征舰队距离我们有十三到十五个月的航行距离。"

所有人都沉默着。

"一年时间，"洛加说，"我们为人类种族担当双眼来探索黑暗，竟然已经走出了这么远。任何帝国力量都不曾分散在如此广阔的空间里，不曾如此远离泰拉王座和固有疆域。"

一年，这种对于距离的描述方式抓住了阿格尔·塔的思绪。我们与最近的兄弟之间有一年多的航程，距离帝国的真正边境还要更远。

"那么我们就是彻底地孤立无援了。"阿瑞克说出了连长的心思，战舰则恰到好处地用另一阵剧烈颤抖为他的话语加以强调。

"阁下。"阿格尔·塔再度开口。

"别着急，吾儿。"原体说，他和蔼地抬起手来打断了他，"戴维尔先生，你能否帮助阿格尔·塔连长放宽心思？"

瘦弱的星语者领袖有一双常常含泪的眼睛，他身上那件色泽单调的浅灰长袍像天鹅绒波浪一样从肩头洒下。他用落水狗般可怜兮兮的目光扫视四周，发现越来越多的人将面孔转向了自己。

"我们的占卜结果……怎么说呢……我们的感知……我能听到我们正在驶向的那个世界。这很难用语言来描述。"

洛加清了清嗓子，吸引到对方的注意力。"戴维尔先生？"

"大人？"他用耳语般的嗓音问道。

"在场的诸位都是同僚，都是朋友。这场风暴给你施加的巨大压力我们都能理解体谅。请为我们详细解释，不必紧张或犹豫。"

星语者领袖索沙·戴维尔在躬身行礼时未能表现出什么优雅风度，但他流露了真情实感。洛加致以回礼，没有对方那么深，但面带微笑。

"有时候，"星语者缓缓开口道，"单纯的巧合就足以将帝国舰队引向一个失落的人类世界，这是天赐良机。更常见的情况是，我们会依靠那些在泰拉熬过了动荡长夜与战火摧残的古老星图。然而当你们仰仗我们的时候——当你们召唤星语唱班出力协助的时候——我……我会尽量解释清楚。"

"那就是我开始感觉全身冰冷的时候，"阿格尔·塔说，他看着父亲将这些话语都写了下来，"当我们停泊在那个世界上空，聆听星语者讲述他们透过风暴看到了什么的时候。"

洛加点点头。"那就是我意识到朝圣之旅即将告终的时候。"他说。

"确实如此。"连长叹息一声。

阿格尔·塔继续讲述,双方的目光不再交会,只剩下羽毛笔划过纸面的沙沙轻响陪伴着他的言语。

星语者领袖仅迟疑了片刻。

"我们能听到太空中的声音,"他说,"每个世界都充满了声音,就像一座嗡嗡作响的蝇虫巢穴,但遥不可及。在广阔无际的空间中寻觅一个世界绝非易事。帝国疆域就像一片沉默的海洋,只有最为专注的意念才能容许我们听到人类智能的细微嗡鸣。想象一下你们在浩瀚大海里遨游,一切声响都分外沉闷,而静默有着极其强大的压迫力。你们试图在这片虚无中捕捉远方的声音,但能够听到的仅仅是自己的心跳。"

"阁下……"迪乌莫斯开口打断,"我们有必要听这枯燥拙劣的言论吗?"

洛加将一根金色手指抵在微笑的双唇上。"让戴维尔先生说吧。他的话让我很受启发。"

星语者继续讲述,刻意避开了所有人的目光。"倘若过于专注寻觅声音,那就会忘记游动,就会溺毙;倘若运用全部力量游向水面重新呼吸……那就听不到大洋深处的任何声音了。"

"你们要努力寻求平衡,"阿格尔·塔说,"这听起来并不轻松。"

"的确不轻松,但在场的诸位谁都不能说自己活得轻松。"星语者充满敬意地朝集结在此的战士们鞠了一躬,其中几人行军礼以示回应。阿格尔·塔就是其中之一,他欣赏这个皮包骨头的矮小人物。

"情况有什么变化呢?"连长问道。他感觉原体的目光落在了自己身上。

"这片空间是我们在过往旅程中前所未见的。亚空间的形态极为凶残,以太能量的狂暴波涛随意摆弄我们的战舰。"

"我们都见过亚空间风暴。"洛加说。那双灰色眼眸里的明亮神采透露了他的心思:早已知晓这一切的他正在刻意引导星语者,让这位具有敏锐灵能的人向远征舰队的诸位军官解说情况。

"这次不一样,阁下。这场风暴拥有自己的声音,上百万个声音。"

可以说他现在牢牢抓住大家的注意力了。阿格尔·塔咽了下口水,满嘴都是苦涩味道。他心血来潮地将一串激活代码输入了全息投影仪。

这片空间的闪烁影像——包含了数以百计的恒星及其各自星系——浮现在大厅中央。谁都看得出来究竟是哪里不对劲。

"这个区域，"星语者伸手示意道，"如果唱班闭上眼睛，单纯用奥秘感官探知那里的话……我们能听到的就只有尖叫声。"

这个区域很大，非常之大。它囊括了成百上千个恒星星系，就连它的全息影像也显得甚为丑恶。这片亚空间异象表现为一团玷污群星的朦胧雾气，缠绕在一个由沸腾能量形成的核心周围。

"你们看这个，"阿瑞克·杰斯梅汀说，"像不像一只眼睛？太空里的眼睛？"

很多人附和。洛加并不认同。

"不，"原体说道，"我看到的是创生。这就是银河初诞时的模样。我的兄弟马格努斯在光辉泰拉的冷殿里为我展示过此类景象。区别在于这场……诞生……并不是现实的。这是一个银河的幽灵。你们能看到眼睛或是旋涡的模样，两者都对，也都不对。这是某种不可思议的天文现象留下的灵能印痕。它的强大力量足以撕开宇宙，让亚空间渗透到实体银河里。"

缺乏这种语言能力来表达内心想法的星语者点点头，带着充满敬畏的感激神色仰望原体。

"这就是我们的看法，阁下。这不是区区一场亚空间风暴。这是首屈一指的一场亚空间风暴，它肆虐已久，并已经浸透了实体空间。这片区域既是现实，也是虚幻，既是亚空间，也是实体宇宙。"

"有什么东西……"洛加说，他出神地凝视着那片污浊斑驳的太空，"这看似一场流产，某种事物曾经夭折在了这里。"

阿格尔·塔清了清嗓子说道："阁下？"

"没什么，吾儿。只是突发奇想。请继续，戴维尔先生。"

星语者已经没什么话要说了。"近来三周严重干扰我们航程的风暴就是源于此处。1301-12的邻近空间相对稳定。但请各位考虑一下，我们熬过了多么凶恶的风暴才抵达这个安稳的位置。周围数以千计的星系都被遮蔽了。倘若我们突然冲出这条狭窄的安全通道，那么由此引发的能量将会是……"

他没有把话说完。洛加警觉地将目光投向他。"讲。"原体命令道。

"一个古老的泰拉词语，阁下。我刚才想说由此引发的能量风暴将会是启示录级别的。"

"这是什么意思？"阿格尔·塔问道。

开口作答的是萨芬。"末日灾难。万物终结。一个非常非常古老的传说。"这念头似乎让他感觉好笑。

"既然风暴里只有尖叫声，"阿格尔·塔说，他转向戴维尔，"我们又是如何找到这个世界的？你们如何能够听到当地生命的声音？"

星语者颤抖地深吸一口气，说道："因为我们下方的这个世界上有某种事物发出了更加响亮的尖叫。"

"你说的是某种事物，"连长指出，"不是某些人。"

那身披灰袍的矮小凡人点点头，说道："请别让我对此加以解释，因为我无法解释。那听起来近似于人类的声音，但并不是。你能根据另一位战士的口音判断出他来自家园世界的不同地区。与之类似，星语唱班也能辨别出那是某个非人嗓音在用人类语言发出尖叫。"

洛加摆摆手打断了这个话题："这个地区尚未探索，尚未命名。我们在闯过风暴的航程中损失了哪些战舰？"

弗－艾44抢在舰队领袖开口之前率先回答："不灭崇敬号、圣咏号和众志成城号。"

在场的怀言者都俯首致哀。众志成城号搭载了斯卡鲁斯连长及其麾下的第五十二连。这惨痛损失是对锯齿烈阳的沉重打击，喜怒无常的亚空间波涛轻易吞没了战团的三分之一兵力。

"好吧，"洛加说，"确保我们传回泰拉的所有星图都得到如下更新。这片区域从今以后将被称为斯卡鲁斯星区。"

"我们打算展开登陆吗，阁下？"迪乌莫斯问道。

原体小心翼翼地从自己腰带上的一个木管里取出一个卷轴。他好整以暇地将其掀开抚平，转过来向大家展示。那张莎草卷轴上用炭笔描绘着一个螺旋图案。所有人立刻都认出来了，那正是他们面前的景象——群星之间的一块污点。

就在此时，战舰经受了一阵剧烈的颤抖。紧急照明将一切染成了红色，全息投影也消失了几秒。在灯光恢复正常之后，阿格尔·塔重新输入了激活代码。

那粗糙模糊的图像再度浮现。

"这该死的风暴。"杰斯梅汀少校咕哝道。他只得到了寥寥数人的轻声响应。

"这是根据记忆绘制的，"洛加说，他逐一凝视众人，"但我的怀言者都该认得。"

"天界。"军团指挥官们齐声说。

"古老卷轴里的天境之门。"萨芬补充道。

"我们是被召唤到这里的。"洛加说，他的嗓音低沉而清晰，没有沾染丝毫犹疑，"某种事物透过风暴向我们的星语唱班发出了呼唤。某种事物希望我们抵达这里，而且此刻就在下方的星球上等待我们。"

星语者贸然开口，这或许是他在沉寂生命中头一遭破坏礼数。"这……这您怎么会知道？"他从苍白的嘴唇间结结巴巴地吐出几个字来。

洛加将卷轴扔在桌面上，眼睛中隐隐闪动着愤怒的火光。

"因为我也能听到那尖叫声，而且它不是无言的。我们下方的这个世界上有某种东西正在向灵能风暴呼喊我的名字。"

第十四章

紫色眼眸
两个声音
答案

阿格尔·塔在水杯里看着自己的倒影。他的枯瘦手指触摸着棱角分明的面孔，仿佛是在触摸一具骷髅。

洛加继续书写，没有抬头。

"空降。"连长说道。

他们拥有紫色的眼眸。

与血统纯正的人类相比，这是当地人身上唯一一处显著的差异。他们用紫色的眼眸注视着来自星海的使节。这些肩头裹着野兽皮毛，手中握着燧石长矛的野蛮人站在洛加及其子嗣面前。

然而这些原始人却并没有表现出恐惧。他们以各自部族为单位，成群结队地赶往怀言者的登陆区域，用皮革旗帜和兽骨图腾彰显着他们对当地信仰体系中不同魂灵与邪魔的崇拜。

洛加带领一支规模很小的队伍与1301-12的人类展开了初次接触。舰队里的其余成员在天上随时待命，但洛加在初次接触中往往倾向于采取更为低调的方式。

他身边是锯齿烈阳战团长迪乌莫斯，以及分别领衔第七连和第三十九连的两位连长阿格尔·塔与沙尔·库瑞。他们各自的牧师也一同前来，此刻都握着牧杖战锤伫立在旁。这几人背后是一个身披长袍的纤瘦轮廓。赛－努73从兜帽下面探出三枚机械眼睛观看事态发展。绯红纹丝不动地站在他旁边等待指令，用完全静止的形体散发出明确的威胁意味。

只有一个身影远离众人。他身穿金色盔甲，手持一柄工艺精良的长戟，禁军文达萨。阿奎隆执意要求他的一名兄弟随队前来。帝皇之眼向来都会确保至少有一位禁军战士陪同原体展开初次接触。

禁军头盔顶端的红色鬃毛随风飘动，怀言者盔甲上的卷轴和纸张也是如此。他距离阿格尔·塔最近。在文达萨加入舰队以来，其余任何阿斯塔特都不曾对他——对全体禁军——表现出丝毫敬意，更不必说友谊。

一架军团雷鹰炮艇静静停在众人身后——是传统的花岗岩灰色，因为洛加专属的金色风暴鸟留在了47号远征舰队，与之阔别三年的原体完全不想念它。那艘炮艇的华贵外表总是流露出俗艳之风，缺少庄严气势。还是让光鲜亮丽的弗格瑞姆把自己的战争机械装扮成艺术品吧。洛加的心思远没有放在那种幼稚的追求上。

"他们的眼睛，"萨芬说，"每个人的虹膜都是紫色的。"

"抬头看。"原体柔声说。

萨芬照办了。大家都照办了。在这片区域里肆虐不休的亚空间风暴遮盖住了绝大部分的夜空，那紫红色的螺旋形污点像一枚从不眨动的巨型眼眸般凝视着大地。

"是风暴？"文达萨问道，"是风暴让他们的眼睛变成了紫色？"

洛加点点头。"是风暴改变了他们。"

萨芬将牧师权杖扛在肩头，继续仰望夜空。"我知道亚空间会让意志不够坚强的灵能者沾染异变，但普通人类也会吗？"

"他们是不纯的，"文达萨开口打断道，"这些野蛮人是变种……"他抬起长戟指着不断靠近的部族成员，说道："……他们必须被毁灭。"

阿格尔·塔向左边瞥了一眼，看着禁军垂下战戟。"你难道就不觉得惊异好奇吗，老文？我们脚下的世界毗邻一场浩大的亚空间风暴，前来迎接我们的当地居民有着与动荡太空色泽相同的眼睛。你怎么能够不问个中缘由就宣判他们的毁灭？"

"不纯本身就是答案。"那金甲战士回答，他拒绝对此展开辩论，"原体洛加，我们必须净除这个世界。"

洛加没有直视禁军。他仅仅在开口前叹息了一声。

"我要见见这些人，我要亲自判定他们的生死。纯洁还是不纯，正确还是谬误。我只想要答案。"

"他们是不纯的。"

"我不会仅仅因为父亲的战犬对这些人眼睛的颜色发几句牢骚就动手屠灭一整个世界的居民。"

"帝皇之眼会得知这一切的,"文达萨承诺道,"众所爱戴的帝皇也会得知这一切的。"

原体又看了一眼色彩斑斓的天空,说道:"无论帝皇还是帝国都永远不会忘却我们在这里学到的真相。我可以向你保证,禁军文达萨。"

第一个野蛮人走到近前。

披在她肩头的斗篷有着变质桃子般的浅棕色泽,沉重的皮革被针脚粗劣的黑线缝制成一体。她那双美丽而又邪异的紫色眼睛周围涂抹着惨白的颜料,描绘出各式部族徽记。种种符号对于文达萨而言毫无意义。

那件斗篷就不一样了。

"堕落之徒……"禁军在保密通信频道里嘶声说,"那是人皮。她把晒干熟化的人皮当作荣誉披风裹在身上。"

"我知道,"阿格尔·塔回应道,"放低你的武器,老文。"

"洛加怎么能与这些畜生展开交流?剥皮者,原始人,变种人。他们把自己全身上下涂满了毫无意义的象形符文。"

"不是无意义的。"连长说。

"你能看懂那些符文吗?"

"当然了,"阿格尔·塔听起来心不在焉,"那是寇其斯语。"

"什么?那写的是什么意思?"

怀言者没有回答。

洛加俯首致意。

野蛮人的领袖站在百余名披着褴褛衣衫和怪异皮革的族人前方,脸上没有表现出丝毫惊惶。更多支部落不断穿过平原向这里聚集,但他们都在一段距离之外止步不前,或许是以这个有着乌黑长发的年轻女子为尊。

挂在她腰带上的几枚骷髅嘎吱作响。虽然身高只及原体腰际,她却泰然自若地抬起变异眼睛直视面前的巨人。

当她开口讲话时,那浓重的口音和短促的音节并不能遮掩住这种语言的本质，即便它已经显著偏离了古哥特语的根源，但帝国人员依旧能够在不同程度上听懂对方的话。

"你好，"那原始人说，"我们一直在等待你，洛加·奥瑞利安。"

"你知道我的名字，而且你会讲寇其斯语。"原体脸上没有暴露出心中的愕然。

那年轻女子点点头，她似乎只是在品味原体的深沉声调，并非对洛加的话语表示认同。"我们等候多年了。如今你终于踏上了我们的土地。今夜早有预言。看看东南西北吧。各支部落汇聚于此，酋长们服从了诸位神谕者的要求。酋长们向来听从萨满的指示，他们的声音就是诸神的声音。"她说。

原体扫视人群，搜寻这些德高望重的部族长者。"你怎么会讲我家园世界的语言？"他向蛮族领袖问道。

"我讲的是我家园世界的语言，"她回答，"你也会讲。"

即便天空流光溢彩，即便女孩言出惊人，洛加仍然以微笑面对僵局。

"我是洛加，如你所知，不过只有我的子嗣称我为奥瑞利安。"

"洛加，蒙受祝福的名字，四位真神的宠儿。"

原体尽力维持住轻快语调。双方的初次接触绝不能被一些细枝末节给搞砸。克制是一切的关键所在。

"我并没有四位父亲，朋友，我也不是由母亲所生。我是人类帝皇的儿子，仅此而已。"

她笑了，那优美声音立刻被大风卷走。

"儿子不仅可以被生养，也可以被收养；儿子不仅可以被培养，也可以被抚养。你是四神的爱子。你的第一位父亲斥责你，但你的四位父亲为你感到骄傲，非常骄傲。这是神谕者告诉我们的，神谕者所说的只有真相。"

洛加的随和表象已经濒临崩裂。虽然那些凡人尚不知情，但怀言者战士们都察觉到了。

"你是谁？"他问道。

"我是神选者因格赛尔，"她微笑着回答，脸上写满了天真烂漫与亲切善意，"很快就是升腾者因格赛尔了。我是诸神为你们钦点的向导。"那蛮族女人指了指平原，仿佛这就囊括了整个世界。更重要的是，她指了指头顶那片肆虐着亚空间能量的太空。

"这个世界，"她满怀仁爱地张开涂着颜料的双手，"名叫卡迪亚。"

这称得上是一场与众不同的初次接触。

帝国从来没有这样扮演过预料之中的访客。他们从来没有遭遇过这种不仅表示热情欢迎，而且对于全副武装的魁梧战士毫无惧意的原始文明。雷鹰炮艇引发了一些人的好奇，不过原体已经向因格赛尔特意说明过，战机的武器系统都是保持激活的，负责操纵枪炮的机仆会向无端靠近的卡迪亚人开火。

因格赛尔挥挥手，将那些好奇心浓重的男男女女从怀言者炮艇周围赶走了。这时候她语速轻快，言辞婉转，每一句话里都填充了很多不必要的修饰词语。只有在与洛加及其随行人员交谈时，她才会让语言返璞归真，力求简洁明了，从卡迪亚语转换成寇其斯语。

洛加用满怀担忧的目光止住了子嗣的话头。

"你说话时夹着嘶吼。"原体说。

"我无意为之，阁下。"

"我明白。你的声音一分为二，与灵魂相同。我能用灵能感官察觉到后者——两张面孔、四只眼睛、两副微笑。对于这一点，旁人谁也不会知情，或许只有我的兄弟马格努斯是例外。但只要仔细聆听，任何人都能辨明真相。凡人的耳朵就足以听出你所受的折磨，阿格尔·塔。你必须学会更好地隐藏。"

"我本以为给你讲述完这一切之后我就要遭到处决了。"连长略加迟疑。

"那确实有可能，吾儿。但我丝毫不愿看到你死。"

"锯齿烈阳会从军团的记录中除名吗？"

在开口作答之前，洛加将一把细密沙尘均匀地撒在了纸面上，吸干方才所写文字的多余墨水。

"何出此问？"

"因为昔日的三百名忠诚战士里只有一百人幸存。三支连队中只有一支保持完好。迪乌莫斯死在了卡迪亚。乘坐众志成城号的一百位兄弟失落于风暴，被亚空间吞没。现如今我的连队回到你面前，却已经身心破碎，而且……彻底改变了。"

"锯齿烈阳会永远是军团的楷模，"洛加说道，"无论朝圣之旅如何告终，有些事物不可忘却。"

阿格尔·塔深吸一口气。他呼气时的声音里夹着一丝细微响动，那是某种笑声。

"我不想说卡迪亚的事，阁下。在星球地表发生的那一切，只要我知道的你就也知道——与因格赛尔及部族长者们的夜夜会谈，以及我们的详尽星图与他们的天庭涂鸦之间的仔细比对。卡迪亚人文明里代表恐惧之眼那场风暴的象形文字，与我们手中旧道信仰卷轴上的天界标志完全一致。"阿格尔·塔不含丝毫笑意地干笑一声，"难道说证据还不够确凿。"

洛加仔细审视着他。

"怎么了，阁下？"

"在次级星区里肆虐的那场风暴。你称其为恐惧之眼。"

阿格尔·塔顿时全身僵住了。"那场……是的。这就是它未来的名称。它会在幽暗太空里瞪得更大，它会让惊惶颤抖的帝国意识到那就是银河之中切实存在的地狱。太空海员们会用这个戏剧化的名称来代表广袤宇宙的最大谜团。它会被绘于纸面，成为地图上的一点。它会被录入所有星海制图数据库里。人类会赋予它这个名字，就像一个孩童用语言来描述心中的单纯恐惧。"

"阿格尔·塔。"

"阁下？"

"现在与我交谈的是谁？那不是你的声音。"

连长睁开眼睛。他不记得自己闭上过。

"它没有名字。"

洛加过了一阵才开口回应。"我认为它是有名字的。它像你一样拥有自己的明确身份，但它在沉睡。我能感觉到它逐渐渗透你的全部身心。你将它吸纳到了每一个细胞里，就像……"他又迟疑了。阿格尔·塔总会想，能够从一切层面上看待所有生命究竟是什么样的感受——甚至包括基因层面，甚至包括数十亿个微不足道的人体细胞的生死存亡。是所有原体都具备这样的认知能力，还是只有他的原体？他全然不知。

"原谅我，阁下。"他对洛加说，"我会注意睁着眼睛。"

洛加的呼吸变得急促。任何未经改造的人类都无法察觉到原体心跳节奏的微妙变化，但阿格尔·塔各项感官的敏锐程度要比凡人高出几个数量级。事实上，已经比阿斯塔特的感官都更加敏锐了。他能听到房间四周金属舱壁在压力下发出的细微嘎吱声，还有密封房门外面那些卫兵的呼吸，以及通风管道里一只昆虫爬行时的腿足敲打。

在欧菲奥的挽歌号上，在那段缓缓驶离恐惧之眼的七个月航程里，他曾经体会过这种超凡的耳聪目明。类似的感觉出现了很多次，但说实话，最为强烈的就是他用兄弟鲜血来缓解口渴的那一瞬间。

"我能看到两个灵魂在你心中交战，我能看到你脑海里的激烈对抗。而我不知道，"原体承认，"你究竟是获得了赐福还是遭到了诅咒。"

阿格尔·塔咧嘴一笑，露出太多太密的牙齿。这不是他的微笑。"对神祇与恶魔的分辨主要取决于个人当时的立场。"

洛加将这句话记了下来。

"给我讲讲在卡迪亚的最后一夜，"他说，"讲一讲那些宗教辩论和部族集会之后的事。我没兴趣重温长达数周的研究工作及为我们举行的各种仪式。舰队的数据核心里塞满了相关信息，足以证明这个世界和其他很多世界一样都与旧道信仰有着千丝万缕的联系。"

阿格尔·塔舔了舔牙齿，露出的仍旧不是他的微笑。"此处的联系是最紧密的。"

"的确。卡迪亚与众不同。"

"你想知道什么，洛加？"

听到自己的名字以如此轻慢的口吻从爱子嘴里说出来，原体愣住了。"你是谁？"洛加问道，他没有感到警惕或忧虑，但也并非全然气定神闲。

"我们，我，我们是阿格尔·塔。我，我是阿格尔·塔。"

"你在用两个声音说话。"

"我是阿格尔·塔，"连长咬紧牙关说，"我有问必答，阁下。我没有什么要隐瞒的。"

"在卡迪亚的最后一夜，"洛加说，"因格赛尔超凡入圣的那一夜。"

"这是蛮族巫术。"文达萨说。

"我不相信巫术的存在，"阿格尔·塔回应道，"你也不该相信。"

他们的声音在所谓的圣殿大厅里回荡，而这无非是一个经过了简单开凿的石穴，位于无穷无尽的地下洞窟体系之中。卡迪亚星球地表并没有任何人造建筑，这座巨眼圣殿的实际形象远不如它的名字那般气势磅礴。在军团展开登陆的北部平原地区，深邃洞穴与地下河流组成了一座天然的教堂。

"这个世界堪称美好乐土，"文达萨指出，"而很多部落却执意居住在这片荒原上，实在匪夷所思。"

阿格尔·塔之前就听到过这样的诟病。态度直白且寡言少语的文达萨与怀言者连长一样常常检视轨道扫描图像。卡迪亚是一颗覆盖着温带森林、广袤草原、洁净海洋与肥沃土地的星球。然而正是在这里，正是在北半球这个乏善可陈的角落里，大批当地居民在干燥贫瘠的平原上过着漂泊无定的艰苦生活。

萨芬与阿格尔·塔和禁军一同沿着走廊前行。这座圣殿的建造工艺粗糙简陋，十分符合人们对于一个原始文明应有的预期——倾斜的石壁上还明显残留着铁锹与铲子的挖掘痕迹——但石壁上并非空无一物。象形文字和楔形符文覆盖了每一块墙壁，充斥其间的繁复图案、炭笔壁画和铭刻徽记对文达萨而言毫无意义。

事实上，他若是仔细注视就会感到双眼刺痛。参差不齐的星芒造型涂鸦比比皆是，还有很多用费解语言书写的冗长字句，从句式结构来看显然是某种诗文。对巨眼的潦草描绘同样常见，卡迪亚人就是这样称呼头顶那场风暴的。

用木棍扎成的火把在不等距排列的壁凸容器里熊熊燃烧，让整座石厅都烟雾缭绕，一片朦胧。总体而言，文达萨造访过太多比这里更加宜人的场所了。举荐他此次前来地表的阿奎隆实在可恶。

"只要你理解了信仰，就不难明白他们为什么来到这里居住了。"牧师说。

"信仰是虚构概念。"文达萨轻蔑地哼了一声。

阿格尔·塔从不赌博。那有悖于军团的简朴作风，那代表着对于物质财富的重视，而任何心志纯正的战士都不该如此。但他可以不冒丝毫风险地打赌，认定文达萨最常说的一句话就是："信仰是虚构概念。"

"信仰，"阿格尔·塔开口道，"对不同的人而言有着不同的意义。"他尝试用这苍白无力的手段来消解那两人之间渐要爆发的争执，也不出所料地失败了。

"信仰是虚构概念。"文达萨重复道，然而无从脱身的两名听众已经逐渐激起萨芬的热情，他自顾自地说了下去。

"信仰是当地人聚集在这里的原因，是他们将圣殿修建在这里的原因。他们认为这个地方星辰汇聚，天象契合，对于开展仪式大有助益。各个星座标志着天庭诸神的家园所在。"

"那是愚昧魔法。"文达萨愈发恼怒地说。

"你要知道，归顺帝国之前的寇其斯也是如此。"萨芬说，他毫不退缩，"在洛加抵达之前，世世代代的人们也经常开展与此相近的仪式。寇其斯人向来热衷为群星赋予意义。"

文达萨摇摇头。"别让我对你的评判里再添加一项盲目迷信了，牧师。"

"别说了，老文。"阿格尔·塔说，他此刻没心情听两人再次开展一场针对人类精神本质与宗教腐化效果的激烈辩论，"拜托，别说了。"

三年以来，阿格尔·塔与禁军小队逐渐拉近了关系，常常在训练笼中和他们切磋剑术，然而萨芬却似乎乐于抓住每个出言挑衅的机会。那一次次剑拔弩张的哲学争论往往以文达萨或阿奎隆愤然离开而告终，如此他们才能确保自己不会对牧师动手。萨芬则将这样的结果视为自己的重大胜利，在言语交锋的整个过程中也都带着老人般的沙哑讪笑。

"既然他们如此珍视群星，"文达萨说，他的声音从头盔扩音器里传出来，"为何又要藏在地下呢？"

"不如你今天晚上问问他们？"萨芬微笑着说。

三人继续前行，沉默仅维持了可贵的几秒钟时间。

"我能听到吟诵声，"禁军叹了口气说，"帝皇在上，这真是疯了。"

阿格尔·塔也能听到。他们脚下的一层层石厅深入地底，但厚实的岩层有着异常良好的传声效果。置身于圣殿洞穴里就意味着会听到笑声、脚步声、祈祷声和哭声，日夜不绝。

在某个低层石穴里，那场仪式正在进行。

"你们一直抓着些破纸与那些卡迪亚人用他们的语言说个没完，这我已经观察过几个星期了。"

"是寇其斯语。"阿格尔·塔心不在焉地说道，他用指尖抚摸着墙上一幅恍若原体形象的炭笔画。那画工自然十分粗糙，却明显描绘了某个披着长袍的身影，旁边则是一个身穿链甲的独眼形象。两人站在一座高塔顶端，周围是大片大片的灰暗花朵。

这不是阿格尔·塔所看到的第一幅此类画作了，但他总是对此感到兴趣盎然。舰队仆从已经大举出动，负责全面探索卡迪亚的洞穴系统，着手拍摄他们找到的一切壁画。

"这就是你们军团为辜负帝皇而忏悔赎罪的方式吗？"文达萨问道，"在这么多场归顺行动之后，我本已经对你们刮目相看了。蒙纳齐亚的罪孽应当既往不咎。连阿奎隆也这样认为。然而我们刚刚来到这里，一切就立刻土崩瓦解，你们开始学着当地的杂种讲些怪异语言。"

"这是寇其斯语。"阿格尔·塔压住脾气说道。

"你们的单调语言我或许讲得并不流利，"文达萨说，"但我毕竟有所了解。从卡迪亚人嘴里吐出来的绝不是寇其斯语。这些字句也不是。这不像是任何一种语言。它甚至都不是源于古哥特语的。"

"这是寇其斯语。"阿格尔·塔重复道，"形式很古旧，但确实是寇其斯语。"

文达萨暂且放下了这个多日以来争执不决的话题。阿奎隆已经得知此事，并且前来地表亲自调查过情况。禁军领袖熟习寇其斯语，但他和文达萨一样对这些文字摸不着头脑。从星球轨道运送下来的认知机仆也遭遇了类似的困难——当地的符文语言让任何语言学解码程序都束手无策。

"或许，"萨芬提出，"是我们军团得天独厚。或许只有洛加·奥瑞利安的血脉才能读懂并运用这种最为神圣的语言。"

"倘若果真如此，你一定兴高采烈了，是不是？"文达萨轻蔑地哼了一声。

萨芬只是报以微笑。

禁军刚才再次试图解读洞穴石壁上的胡写乱画，而一如既往的失败让他情绪低沉。

"这说的是什么？"他在凹凸不平的墙壁上随便选取了一段文字。

阿格尔·塔看了看。那不出意料又是几句诗歌：形式很简单，与其说是满怀崇敬的吟诵，倒更像是颇为蹩脚的诗词。以他对卡迪亚神谕者的了解，这想必也是某个萨满的杰作，是在致幻药剂的推动下被肆意倾吐在神圣墙壁上的疯癫思绪。

献上我们的颂扬赞歌，
它们的垂青求之不得，

赐予我们苦痛的恩泽，
用鲜血染红整个银河，
满足诸神的饥饿口渴。

"只是些糟糕的诗句。"他对文达萨说。

"我一个字都看不懂。"

"词句非常直白，"萨芬微笑着说，"你没有错过什么先进文明的艺术杰作。"

"但我读不懂这些，你们就不觉得可疑吗？"禁军追问。

"我没办法回答你，"阿格尔·塔不耐烦地厉声说道，"这是个死去多年的萨满在神志不清时留下的涂鸦。它关联到了卡迪亚人的多神信仰体系，但我和你一样搞不明白这些诗句究竟是什么意思。我也只知道这么多。"

"在那些原始人的帐篷城市里和他们厮混几个星期难道还不够吗，阿格尔·塔？你们现在还必须参加无知蛮族的蒙昧仪式？"

"你已经让我头疼了，老文。"阿格尔·塔心不在焉地说。他的视网膜显示屏记录着他距离上一次睡眠已经四天了。与卡迪亚人的会议吞没了大把时间，怀言者们也巨细无遗地查阅了这些人的经文典籍，仔细探讨当地信仰与寇其斯旧道之间的联系。洛加及诸位牧师承担了外交活动和研究工作的主体事务，但阿格尔·塔的时间也常常被那些寻求他注意的部族领袖所占据。

"坦白讲，"文达萨说，"我原本期望军团能够避免涉入今夜的……愚蠢行为。"

"原体命令我们出席，"萨芬回应道，"所以我们就会出席。"三名战士沿着更为粗糙的石阶一路下行，远方的鼓点变得愈发响亮。

"你们在不了解对方意图的情况下就贸然接受邀请，准备出席这些堕落之徒的仪式。"

"我了解他们的意图，"萨芬指着石壁说，"每处都写得清清楚楚。"在文达萨开口之前，牧师又补充了一点，而这是阿格尔·塔从未听说过的情况，"卡迪亚人承诺会在今晚回答我们的问题。"

"回答什么问题？"禁军和连长异口同声地问道。

"究竟是谁在风暴中呼喊原体名字这个问题。"

阿格尔·塔紧握双拳，但这个动作里并没有什么怒意。他似乎只是在饶有兴趣地观察自己的肌肉和骨骼如何以生物体自然的协调方式驱动十指弯曲闭合。

"迪乌莫斯，"他说道，"眼看着他死去真让人不好受。"

原体的笔尖在纸面上停住了。"你缅怀他吗？"

"我缅怀了他一阵，阁下。但对我而言他已经死去半年多了。我在这段时间里的所见所闻，让之前的一切重大变故都显得无关紧要。"

"你又开始嘶吼了。"

阿格尔·塔低哼一声表示承认，但不愿对此多说什么。"那场神圣仪式。"他继续讲道。

刚刚踏入主洞穴的时候，连长倍感震惊，而且并不是对于面前景象表示惊叹。

洞穴的规模确实可观，考虑到卡迪亚人的科技水平与泰拉远古岁月的石器时代不相上下，当地人想必花费了数十年时间来开凿这间深邃石厅，并用大量壁画、徽记和诗句来装饰墙壁与地板。

一条地下河流从几十座岩石拱桥下方奔涌而过。墙壁上那些冒着黑烟的火把点亮了房间，不计其数的剪影伴随响亮鼓声在洞穴里癫狂舞动。

位于石厅中央的一座小岛扮演着那些拱桥的交会点。赤身裸体的因格赛尔站在火光中，她的苍白皮肤表面文着一个个扭曲符文。她身上的种种刺青在刹那间抓住了阿格尔·塔的目光。他立刻就辨认出所有的图案，因为它们各自代表着寇其斯夜空上的一组星座。用蓝色染料所描绘的锯齿烈阳环绕在那女孩的肚脐周围。

她身边的一圈鼓手用动物骨棒敲打着皮面大鼓，他们共有三十人。那整齐鼓点隆隆震耳，仿佛是这个世界的心跳。成百上千的卡迪亚人站在外围的石壁脚下或走道上，共同注视这场仪式。很多人都在高声吟诵，赞美他们的异端神祇。

纯净流水、人群汗液和古老石穴的碱性味道几乎遮盖了一切，但阿格尔·塔依然能够在看见新鲜血迹之前首先闻到一丝腥气。他的焦急心情促使护目镜迅速扫描放大整片场景。十根长矛矗立在中央岛屿边缘那略显幽暗的位置。

那是不堪入目的邪恶场面……

"坚决不能放任此等行径。"文达萨说。他在难以置信中压低了嗓音。

这一次，阿格尔·塔认同他的观点。

因格赛尔继续舞蹈，她的苗条形体被身后的明亮火光化作乌黑剪影。而鹤立鸡群的洛加就站在这一切的中央，站在那婀娜女子的不远处。他双臂抱胸，默默旁观，面孔隐藏在兜帽下面。

身披长袍的原体旁边是全副武装、大汗淋漓的迪乌莫斯。后面再远一些是沙尔·库瑞连长和他的牧师利库斯，那两人都戴着头盔。他们都在注视刺穿人体的木制长矛，而非翩翩起舞的凡人女子。

"兄弟，"阿格尔·塔向同僚连长发出信息，"我们这是闯入了什么亵渎仪式里？"

"在我们抵达的时候，那个女人就是这样，原体就站在那里观看。长矛上的暴行也已经完成了。我们当时看到的和你现在看到的一样。"沙尔·库瑞的嗓音暴露出他的不安。

阿格尔·塔带领萨芬和文达萨迈过一座石桥，向原体走去。卡迪亚人像猎犬面前的老鼠般畏缩四散，弓身退却，又伸出颤抖的手指来触摸战士们盔甲上铭刻的寇其斯符文。

"阁下？"阿格尔·塔问道，"这都是什么？"

洛加继续凝视着因格赛尔。以阿格尔·塔的业余眼光来看，那女人的舞蹈似乎充满肉欲，仿佛与某个隐形的生物展开交合是整套仪式动作的一部分。

"阁下？"阿格尔·塔重复道，原体终于转过头来。火光将因格赛尔的舞动阴影投了洛加脸上。

"卡迪亚人相信这种仪式会让他们的神祇在凡间现身。"他的嗓音与鼓声一样深沉。

"你允许他们这样干？"阿格尔·塔说，他凑近一步，向父亲表现出前所未有的冒犯失礼，他的手掌落在了入鞘双剑的剑柄上，"你眼看着他们展开活人献祭？"

原体似乎并不介意子嗣的鲁莽冲撞。事实上，他似乎根本就没有注意到。"早在我受邀进入这个神圣厅堂之前，那些血祭就已经完成了。"

"但你还是参加了仪式。你容忍了这一切。你在用默许来支持此等野蛮行径。"

洛加继续注视那个女孩，她的舞姿已经变得愈发狂热。或许有一抹疑云浮现在了他那副完美无瑕的容貌上。或许只是少女的阴影掠过了原体的面孔。

"就在你出生之前的区区几十年，寇其斯人还在举行类似的仪式，连长。这便是旧道信仰那充满戏剧性的光辉荣耀。"

"这是邪恶行径。"阿格尔·塔又凑近一步。

"我想要的，"洛加说，他说出口的每个字里都充满了耐心与克制，"只是答案。"

在他们面前，因格赛尔渐渐放慢了她的回旋舞步。那覆满刺青和汗水的皮肤如同一幅活生生的画卷，献给了怀言者的各支战团和他们取名时所参考的寇其斯夜空群星。

"是时候了，"她用气喘吁吁的沙哑嗓音对洛加说道，"是时候牺牲第十个祭品了。"

原体低下头看着那个女孩，并未直接表示同意。"第十个祭品是什么？"

"第十个祭品必须由追寻者献上。断送性命之人要由他选出。这是最后的步骤。"

洛加深吸一口气准备作答，但他没能把话说出来。

一声黄蜂嗡鸣般的不祥嘶吼骤然响起——所有人都认得那是动力武器激活力场的能量爆鸣。文达萨垂下守护者长戟，用利刃和枪口直指洛加的心脏。

"以帝皇之名，"禁军说道，"到此为止。"

第十五章

献祭
鲜血洗礼
卑贱的真相

"以人类帝皇赋予我的至高权威，我庄严宣判你背叛帝国之罪。"

洛加看着文达萨，他脸上的平和神色始终不曾改变。

"是吗？"原体问道。

"别这样，"阿格尔·塔说，"老文，求你别这样。"

文达萨的目光没有从洛加身上离开。那金色的尖顶头盔直面前方，红色护目镜映着闪烁火光。在他们周围，隆隆鼓声放慢了节奏，逐渐平息下来。

"任何人敢动武器，这就不是逮捕，而是处决了。"

怀言者们都一动不动。有些风险是不值得冒的。

"洛加，"因格赛尔轻声说道，"仪式绝不能中断。诸神的怒火会——"

"安静，你这妖女。"文达萨厉声呵斥，"你已经说得够多了。帝皇的第十七子洛加，你是否服从正义权威，宣誓弃绝这个异端迷信的巢穴？你是否承诺立刻返回泰拉，前去接受帝皇本人的裁决？"

"不，"原体柔声说道，"我拒绝。"

"那么我就别无选择了。"

"总是有选择的。"阿格尔·塔说。

文达萨对连长的恳求置若罔闻。他将手指探向铭刻着涡卷纹路的华丽护腕，按动了嵌在精美雕饰之间的一枚螺钿按钮。

什么都没发生。

他再次按动。

还是什么都没发生。

禁军退后一步，怀言者们则缓缓地抽出了武器。两位牧师拎着各自的牧杖战锤。沙尔·库瑞和迪乌莫斯端起爆矢枪。阿格尔·塔的红铁双剑也滑出剑鞘。

"想必你已经发现，"原体微笑着说，"自从踏入这座洞穴之后，你的传送信号就被阻断了。这只是我们采取的一项预防措施，你能理解吧？阿奎隆和你的兄弟们不会前来相助。他们永远都不会知道你需要帮助。"

"我承认这是我没有预料到的。"文达萨说，"好手段，洛加。"

"还不算太晚，老文。"阿格尔·塔说，他抬起双剑挡在身前，"放下武器，我们和平解决此事，不要越界。"

"大人……"因格赛尔哀鸣道，"仪式……"

"我让你安静，妖女。"文达萨厉声说。

洛加叹息一声，仿佛感受到了深切的失望，随即说道："考虑清楚，禁军文达萨，你究竟要如何效忠我父亲的帝国。你要仓皇逃窜，冲出这座洞穴，将一个你自己都不甚了解的真相带给轨道上的兄弟们吗？或者你要将我当场处决，让银河失去唯一一个获得启迪的机会？"

"你提出的选择根本就不是选择。"文达萨说道。

阿格尔·塔率先发起行动，猛然扑向前方，洞穴里回荡开了爆矢枪的轰鸣。

文达萨绝不愚蠢。他知道在接下来的短时间里他的生存机会非常渺茫。他知道基因原体具备登峰造极的反应速度，就连他自己那近乎超自然的迅捷动作也要相形见绌。

但洛加状态安逸，肌肉松弛。他当真认为自己做出的休战提议有些分量，而这一误判就足以让文达萨抓住良机。他扣动战戟握柄上的扳机，那支挂在利刃下方的爆矢枪立刻全自动开火，轰鸣着吐出一串子弹。

阿格尔·塔察觉到了对方的意图。两把红铁长剑拦下了前三枚爆矢弹，用强大的能量力场将那些飞向原体心脏的子弹提前引爆。剧烈冲击把连长狠狠拍倒，他的灰色陶钢战甲嘶鸣着划过岩石地面。

文达萨毫不迟疑。那金甲战士纵身扑向原体，双手挥舞着守护者长戟，口中呼喊着效忠帝皇的誓言。四名怀言者挡住了他的去路，而他们都难免一死。

利库斯首先倒下。禁军的利刃捅进牧师喉咙位置的柔软盔甲，从脖颈后面穿刺出来。沙尔·库瑞随后丧命，他尚未扣动扳机就被横扫而来的充能刀锋取走了首级。

迪乌莫斯成功开火，但那串子弹未能命中目标。文达萨闪身向左侧躲避，用武器长柄的末端敲开了战团长的爆矢枪，随后斩落利刃，又将怀言者的双臂齐肘切断。迪乌莫斯仅仅来得及发出一声惊呼，战戟就再度袭来，击杀了他。

文达萨掉转兵器，重新将锋刃与枪口对准洛加的心脏。在禁军身后，几具尸体逐一缓缓倒下。三秒时间过去了。

阿格尔·塔从地上爬起来。如今只有萨芬还挡在原体与杀手之间，但牧师已经利用这宝贵的几秒钟抽出了爆矢枪，直指文达萨的面甲。

"站住。"他警告道。

"帝皇的第十七子洛加，立刻束手就擒。"

"你杀死了我的子嗣。"洛加说，他用一只手捂着嘴巴，"他们不曾与你交恶，无冤无仇。我父亲的旨意就能赋予你这等权力吗？我拒绝遵从他的无知曲调，于是你就可以对我的子嗣妄下杀手吗？"

"你等束手就擒。"禁军重复道。

文达萨在帝皇左右征战多年。人类之主脸上时时刻刻写着不屈不挠的刚毅神色，一切情感都掩盖在那副坚忍克己的完美面具之下。

洛加并没有继承到父亲隐藏情绪的能力。满腔恨意让他脸色煞白，像骷髅般龇牙咧嘴。

"你胆敢威胁我？你这没有灵魂、没有价值的基因浮渣。"

文达萨再次扣动扳机，然而为时已晚。萨芬率先开火。

爆矢弹敲打在禁军的金色盔甲上，将面甲和胸甲轰击变形，炸飞了一块块碎片。每一套盔甲都是为相应禁军战士量身打造的，虽然看起来华丽精美，却要比阿斯塔特军团的量产装备更加坚固。

即便如此，正中头部和躯干的爆矢弹仍旧足具威力，几乎将这位战士当场击杀。

文达萨踉跄退却，他的守护者长戟从松弛无力的手指间摔落在地。纵然上半身已经焦黑一片，面孔血肉模糊；纵然头盔已经毁坏，破裂颅骨中埋着扭曲的金属碎片，他依旧用尚且完好的一只眼睛盯着洛加。

萨芬重新装弹。原体则无动于衷。那赤身裸体的女子拉扯着洛加的长袍袖口，恳求他继续开展这异端仪式，警告他若不如此就必将激怒诸神。

文达萨将手掌探向落地的兵器。

等等，阿格尔·塔在哪儿——

一柄红铁长剑像标枪一样破空而来，洞穿了文达萨紧紧闭合的嘴巴，将他仅剩的几颗牙齿敲成崩裂陶瓷般的横飞碎片。两米之长的剑刃闪烁着微光从禁军脑后捅了出来，那位战士饱受蹂躏的面孔几乎被埋在口中的剑柄和剑格盖住了。

葬送于帝国利剑之下的文达萨轰然扑倒，仅与利库斯、沙尔·库瑞和迪乌莫斯的死亡相隔片刻。

萨芬呼出一口气。"干得漂亮，兄弟。"

牧师措手不及，因为阿格尔·塔出手时毫无预警。连长挥拳猛击萨芬的下巴，将对方狠狠打倒。

"兄弟？"躺在洞穴地面上的牧师，错愕地看着怒气冲冲的阿格尔·塔。

"我们刚刚杀死了帝皇的一名专属卫士，而你对此的总结就是一句'干得漂亮，兄弟'？你疯了吗？我们如今站在背叛帝国的悬崖边缘。阁下，我们必须离开这里。我们必须向阿奎隆说明情况，并且——"

"取回你的武器。"原体命令道。洛加始终双目出神地凝视前方，对于周遭上演的这一幕恍若不知。他的低沉嗓音犹如耳语。

阿格尔·塔缓缓走上前去，动作迅猛地从尸体口中抽出长剑。他随即全身僵住，因为他发现文达萨还能用目光追随自己的动作，而且手指也微微颤动。

"帝皇之……阁下，他还活着。"阿格尔·塔喊道。

"残酷与美德无关。"洛加咕哝道，"我这样写过，在我的书里。我有印象。我还记得笔尖划过纸面的声音，还有那字句的模样……"

"阁下？"

洛加回过神来，集中了精力。"为他了结苦难吧，阿格尔·塔。"

厉声呼喊的因格赛尔吸引住所有人的目光——那尖锐哀号充满了无言的抗议。

"这是诸神的圣意。"她说，她抬起覆满刺青的手臂指着文达萨的残缺身体，"洛加是追寻者，诸神的宠儿，他已经献上了第十个祭品。神圣仪式可以展开了。"

一群卡迪亚人蜂拥而上，用肮脏手掌拉扯文达萨的濒死躯体，扯下一块块金色盔甲。阿格尔·塔抬脚踢开一个豺狼之徒，又平端双剑逼退了扑在禁军身上的其余蛮族。他们四散退却，就像是在大快朵颐之前遭到惊吓的食腐秃鹫。

"这不是供你施行鲜血巫术的祭品，"连长说道，"他抬起武器威胁帝皇的子嗣，并因为这项罪行而伏法受诛。仅此而已。"阿格尔·塔望向身后，"阁下，我们必须离开。任何答案都不值得采取这种手段。"

洛加掀开兜帽，既没有看着阿格尔·塔，也没有看着因格赛尔。他的目光落在远方墙壁上，微微拉下嘴角。

"那是什么声音？"原体问道。

"我只能听到鼓声，阁下。我们必须立刻离开。"

"你们听不到吗？"洛加问，他瞥了一眼幸存的两位子嗣，"你们都听不到？"面对两名战士的沉默，洛加抬起手掌抚着额头，"那是……笑声吗？"

因格赛尔已经跪在了地上，她泪流满面地扯着原体的长袍，说道："仪式……诸神降临……还没有完成……"

洛加终于将心思放在了对方身上，不过他眼睛里的恍惚神色并未改变。"我听到了。我听到它们了，就像记忆中的笑声，就像难以回想清楚的远亲相貌。"他说。

阿格尔·塔猛然交抵红铁双剑。金属碰撞的刺耳声响成功吸引了原体的注意力。

"阁下，"他低吼道，"我们必须离开。"

洛加摇摇头，展现出了无尽的耐心与无比的镇定。"这已经由不得我们做主了。局面的进展不可阻挡。远离那个禁牢，吾儿。"

"但阁下……"

"因格赛尔所言不虚。这一切都是命中注定的。让我们走投无路的风暴、将我们吸引至此的尖叫、促使文达萨背叛我们的恐惧，都是……全盘计划中的一部分。我已经看得清清楚楚了。那些梦境、那些低语、那年复一年的……"

"阁下，求求您。"

洛加那副华美雕像般的无瑕容貌突然被暴怒所扭曲，他说："远离那个背信弃义的狗贼，以免你在第十一根长矛上陪伴他。明白吗？全盘局势都维系在这至关重要的一刻。要么服从命令，要么被我就地斩杀。"

一片阴影在阿格尔·塔的视野里扫过——那是某种生有双翼、怒火勃发、超乎凡人理解范畴的可怕形象。

这一刻转瞬即逝，黑暗消退无踪。阿格尔·塔遵从了洛加的命令，退离禁军身旁，将红铁双剑收入剑鞘。

"任何答案都不值得采取这种手段。"连长说道。

萨芬与洛加谁也没有面对阿格尔·塔的怒视。两人都在专心致志地观看继续展开的仪式。

写到这里，洛加停下了笔。他的微笑浸透忧伤。

"你是否认为我在那一刻犯下了罪孽？"

阿格尔·塔发出一阵阴暗苦涩的笑声。"有罪与否要取决于凡人品行和道德标准之间的差异。你可曾针对信仰犯下罪孽？没有。你可曾玷污自己的灵魂？或许是的。"

"但你恨我，吾儿。我能从你的声音里听出来。"

"我认为你当时被绝望蒙蔽了，父亲。你或许并不乐于施加折磨，然而对于真理的渴求将你推向了残酷的一面。"

"而你为此恨我。"洛加的微笑不见了。他的嗓音变得低沉而尖刻，目光里暖意尽失，像战场上的死者般冰冷。

"我恨你强迫我们目睹的那些事物。我恨我们必须带给帝国的那个真相。我最恨的是我为了实现你的愿景而变成了这副样子。"

阿格尔·塔露出一副不属于他的狞笑。"但我们永远都没法恨你，洛加。"

当文达萨与其他九名祭品一样被穿刺在长矛上时，他还活着。

值得庆幸的是，他没有继续存活太久。

他没能亲眼看到用自己的鲜血换来的神圣仪式。他没能看到灵魂国度与血肉世界之间的屏障被冲破。

因格赛尔的扭动狂舞结束了。那少女全身上下大汗淋漓，一头卷发油腻不堪，在火光下熠熠闪亮的肌肤如同缀满明珠一般。她始终紧紧握着自己的木制手杖，那杖头被雕刻成了一弯新月。

每根穿刺了祭品的长矛前方都站着一个满脸刺青的神谕者，他们用指节泛白的手掌抓着粗制陶碗来接取受害者的鲜血。因格赛尔逐一接近他们，让各位萨满轮流在她身上描绘出一个螺旋图案。

其中的意义不言自明。神谕者们在她身上绘制的是巨眼形象。

"难以置信。"洛加说道。他显得十分痛苦，额头上青筋毕露。

"我认得这种仪式，"萨芬说，"我在古籍里读到过。"

"是的，"原体说，他勉强挤出一丝笑容，"这与寇其斯的一种古老仪式相似。昔日的牧王——古代统治者——就是这样加冕登基的。少女的舞蹈、鲜血献祭、她肌肤上的星座刺青……这一切……科尔·法伦想必认得出来，艾瑞巴斯也是。在我抵达寇其斯之前的岁月里，他们都亲眼看到过神盟教派祭司举行类似的仪式。"

阿格尔·塔本以为他们家乡的文明早已超脱于这种愚昧暴行之上。洛加一定是察觉到了他心中的厌憎之情，因为原体猛然转过头来用凌厉目光注视着他。

"我不认为这是美好的，阿格尔·塔，仅仅是必要的。你觉得我们已经取得长足进步，将迷信行为抛在身后了？我要提醒你，并非一切改变都是积极正面的，建筑会朽坏，肉体会衰老，记忆会消退。这些都是时光流逝的产物，而谁也没有找到让时光倒流的方法。"

"我们来这里寻求的是神祇存在的切实证据，阁下。任何值得崇拜的神祇都不会要求自己的信徒做出这等事来。"

洛加继续观看仪式，用手指揉了揉额头。"自从我们发现这个世界以来，吾儿，谁都没有说过比这更加睿智的话语。面前的答案让我惊恐不安。残酷折磨？活人献祭？"原体说，他缓缓皱起眉头，面露苦相，"请原谅，我在胡言乱语了。我头痛欲裂。真希望它们能不要笑了。"

洞穴里回荡着雷霆般的鼓声，成百上千个凡人的单调吟诵充斥四周。

"没有谁在笑，阁下。"阿格尔·塔说。

洛加带着饱含怜悯的微笑看了看他的子嗣。"它们在笑呢。你很快就会知道的。不用太久了。"

因格赛尔来到最后一个萨满面前。神谕者用文达萨的鲜血在她的裸露肚皮上绘制了一个锯齿烈阳图案。完成了所有步骤之后，少女回到中央。她身躯挺直，双臂平端，头颅后仰，仿佛被钉在了空气中。

巨龙心跳般的鼓声越来越强，越来越快，逐渐挣脱了固定的节奏。先前的沉闷吟诵也转变为高亢哀叫，众多蛮族之人向洞顶石壁抬起了手臂与面孔。

因格赛尔的裸露脚掌缓缓脱离地面悬浮起来。卡迪亚人开始尖叫，所有人无一例外地开始尖叫。连长的头盔自动调低了输入音量加以应对，但无济于事。

洛加紧闭眼睛，手指仍旧按着额头。

"它来了。"

扑鼻而来的血腥味宣告了它的抵达。那无比浓烈的气息像变质美酒般厚重酸楚，用难以置信的强大冲击力让阿格尔·塔干呕起来。萨芬扭过头去，洛加双眼紧闭，因此只有阿格尔·塔目睹了接下来发生的一幕。

一动不动悬在半空的因格赛尔在刹那间经历了十余场死亡。一股无形的力量对她大肆摧残。承受了几秒钟的折磨之后，她的残躯分崩离析。

少女的手杖掉落在地。

"洛加。"在女孩的遗骸里逐渐成形的那个生物说道。

洛加把笔放在一边，闭上了双眼。他在回想洞穴里的那一刻，对于阿格尔·塔而言，已经过去了数月之久；对于原体而言，只是几天以前的事。

"我厌憎我们发现的这个真相，"他坦言，"我厌憎我们来到了银河边缘，却发现只有仇恨与诅咒在深渊之中注视我们这一事实。"

"真相往往是丑陋的。人们正是因此才去相信谎言。欺骗能够给予他们一些美好的事物。"

那个既是阿格尔·塔又不是阿格尔·塔的生物继续讲述。

原体睁开双眼，直视着代表未来的那张面孔。

它体形高大，甚至超过了洛加。它张着大口，用一双不对称的眼睛审视众人。卡迪亚人全都静默无声，纹丝不动，以至怀言者们已经难以确定洞穴里是否还有其余生灵。

战术信息在阿格尔·塔的视野里流动，他的寻敌探测器癫狂地切换着扫描模式，但始终无法锁定那个生物。每次尝试都仅仅得到了无效结果。他的视网膜显示屏里通常都会浮现出对于敌方目标护甲强度与生理结构的分析报告，然而此时此刻他只能看到一个闪烁不止的寇其斯符文向他传达着未知、未知、未知。

萨芬遭遇了同样的困难，说道："我无法锁定它。它……不存在。"

"哦，我当然存在了。"

"你听到了吗？"牧师问道。阿格尔·塔点点头，即便他的声音接收器没有捕捉到任何痕迹。

他解除了将爆矢枪固定在腿甲上的吸附磁力，端起武器瞄准那个生物。一只金色手掌突然伸过来，将枪口压向地面。

"不。"洛加轻声说。原体的双眼闪着光芒。是将要夺眶而出的泪水吗？阿格尔·塔不确定。

"洛加。"那生物重复道。原体直视着一双不对称的眼睛。

它的纤细躯干上伸展出四条带有利爪的臂膀。它的下半截身体仿佛是由毒蛇与蠕虫拼接而成，灰色皮肉表面隆起一条条粗大筋脉。一张巨口几乎占据了它整个面孔，里面错落分布着一排排鲨鱼般的利齿。

这是生物学上的谬误。这是进化学上的谎言。

它从不维持静态，从不停止行动，一刻也没有。血管在这个生物的灰暗皮肤下面跳动，暴露出了它的脉搏，它的爪子不停开合。只有一只手是例外：里面握着因格赛尔的仪式木杖。

它的一只漆黑眼珠深陷在那张覆满污秽毛发的面孔里，另一只则肿胀欲裂，有着濒死恒星般的橙红色泽。

昔日的少女已经踪迹全无。昂起蛇虫躯体挺立在众人面前的这个生物根本没有性别可言。

"我是升腾者因格赛尔。"它说道，那含糊嗓音由无数的低沉嗫嚅融汇而成。阿格尔·塔的目光不由自主地落在了怪物肩头，几条弯曲的焦黑骨刺从它背后伸展出来。

他心想：这是翅膀，黑色骨骼组成的翅膀。

是的，这是翅膀。在涉及天使的时候，人类永远要欺骗自己。真相是丑陋的，谎言是美丽的。所以人类为诸神的信使赋予了美丽外表，这样就不会引发恐惧了，只有美好的谎言，只有洁白的翅膀。

"你不是天使。"阿格尔·塔开口说道。

"而你们也不是抵达这个世界的第一批寇其斯人。孔恩、特曾、瑟拉纳特与纳拉格,千百年前,他们在天使的梦幻指引下历尽艰险来到了这里。"

"你不是天使。"阿格尔·塔紧紧攥着爆矢枪重复道。

"天使是不存在的,从来都不存在。但我带来了诸神的圣言,而这正是天使的职责。仔细检视人类种族的谎言,看看包藏其中的核心真相吧。你会看到我,我们,天使。"那生物眨眨眼睛。它的肿胀眼眸无法闭合,但另一只乌黑石块般的眼珠短暂地消失在了湿滑皱褶的皮肉深处。

"天使,恶魔。只是词语,只是词语而已。"

洛加终于迈步上前。在阿格尔·塔看来,手中没有握着牧师权杖的原体仿佛赤裸无助。

"你对我有何了解?"

"你是诸神选民。你是混沌大能的宠儿。自从无法追忆的亘古年代以来,你的名字就裹在未诞者的凄厉号叫声中,在我们的界域里回荡不息。"

"我不明白你在说什么。"

"你会明白的。很多知识要传授给你。很多真相要展示给你。我会为你提供引导。首先是第一堂课。"

那怪物因格赛尔抬起两只爪子——分别指着萨芬和阿格尔·塔。

"你的子嗣,洛加。把他们的性命交给我。"

"你向我提出了很多要求,"洛加说,"你想要得到我的信任,还有我子嗣的性命,但我不欠你什么。你是一个魂灵、一个恶魔、一个诞生于凡人梦魇又化身为血肉之躯的迷信形象。"

洛加一边说一边在那生物身边绕行。他丝毫没有展现出恐惧和惊惶。阿格尔·塔注意到原体微微绷紧了手指。尤里曾急欲握住此时此刻不在身边的那柄牧师权杖。

"你知道原初真理的存在。你知道群星背后隐藏着一个秘密。你知道这绝不是一个没有神祇的银河。你苦苦寻求的诸神就是派我前来见你的混沌大能。"

洛加的俊美容貌上浮现出不慌不忙的微笑。"或者我可以一声令下,让我的子嗣们用手中武器终结这场障眼把戏。"

因格赛尔的下颚晃动起来,那满口无法对齐的可憎利齿相互碰撞。阿格尔·塔见过类似的表情,就写在走投无路、圆瞪双眼、浑身颤抖的老鼠脸上。

"你的子嗣无法终结我。"

"他们已经终结了这个银河抛来的所有敌人。"原体毫不掩饰他的骄傲自豪。阿格尔·塔与萨芬齐如一人地端起爆矢枪，用武器直指那个生物的双眼。

"我带来了你毕生追寻的答案。倘若你想要唤醒全人类来接受真理的启迪，倘若你想要亲手奠定人类种族赖以生存的信仰，我——"

"别再装腔作势了。告诉我，你为什么要夺走我的子嗣。"

它骤然行动，化作一道虚影，那蛇虫长尾在地上涂抹出一条如糖浆般黏稠的痕迹。片刻之前它还在平台中央，片刻之后它就爬到了洛加面前，居高临下地盯着原体。

洛加寸步不退。他仅仅抬起头来注视对方。

"巨眼。我会引领他们进入那场风暴，进入混沌大能的国度。这就是由命运亲手写下的第一步。他们归来时会带着答案。他们归来时会成为你所需要的武器。日后也会轮到你的，洛加。但混沌大能在呼唤你的子嗣，而我会引领他们前往他们必须造访的地方。"

"我不会牺牲他们来换取答案。"

因格赛尔的嘴巴嗒嗒作响地颤动起来。它的笑声与老鼠的吱吱尖鸣无异。

"你当真这样想吗？对你而言没有什么比真理更加重要了。混沌大能了解爱子的心性。它们知道你会采取什么手段来达到目标。你若是渴求启迪的话，就会迈出这第一步。"

"如果我同意的话……你会伤害他们吗？"

因格赛尔转过那颗野兽头颅，用非人双眼看着两名战士。

"会的。"

这一决定非同小可。

原体遵循其一贯作风隐退独处，远离舰队管理的纷乱事务，远离行军征战的琐碎职责，孤身留在卡迪亚的地下洞穴里。

阿格尔·塔与萨芬一同返回了停泊在登陆区域里的雷鹰炮艇，他们发现相互之间有很多话要讲，却又都张不开嘴。牧师向位于星球轨道的舰队发送了一份含糊其词的简短汇报，阿格尔·塔则在保密通信频道里将当前情况告知了阿奎隆。

近一个小时之后，连长终于迈下跳板，重新站在了荒凉的平原上，望着头顶那片被紫色帷幕所遮盖的天空。

向来沉默而警惕的绯红矗立在近旁，恍若一尊气势逼人的雕像。阿格尔·塔行礼致敬，但机器人没有回应。站在一边的赛－努73恼火地吐出一串代码。他读取的数据里显然有些令人费解之处。此时此刻，阿格尔·塔毫不关心。

当萨芬来到他身旁的时候，阿格尔·塔难以直视兄弟的双眼。他抬起脚踩住一只长着十二条腿的肥大甲虫，伴随四溅汁液和一声脆响碾死了这只在废土中十分常见的虫子。

"你为帝皇之眼编织了什么谎言？"牧师问道。

"一个冗长而详细的故事，那肮脏味道简直让我难以启齿。一支卡迪亚当地派系出于怨怒向我们发动袭击，老文和迪乌莫斯、沙尔·库瑞，以及利库斯一同阵亡了。"

"他们死得英勇吗？"

"哦，毫无疑问。他们的壮烈牺牲无比高尚，足以被后人广为歌唱，永远传颂。"他朝地面啐出一口酸液。

萨芬冷冰冰地嗤笑一声，他们随即陷入了沉默。

两位阿斯塔特望着污浊的天空，谁也不愿转向下一个话题。最终是阿格尔·塔率先开口。

"我们把军团化整为零，远航到银河的边缘，却仅仅发现了……这些。寇其斯的旧道信仰确实是真理。恶魔、血祭、穿着皮囊的魂灵，这一切都是真实的。如今奥瑞利安踯躅在黑暗深处，与那个生物独自交谈，仔细权衡是否要出卖我们的灵魂来换取更加丑恶的答案。倘若这就是启迪的话，兄弟……或许无知是福吧。"

萨芬低下头来，说道："我们为了寻求这些真理而忤逆帝皇——我们忤逆了帝皇旨意的核心精神，即便遵守了帝国律法的字面含义。现如今一名禁军葬送于此，帝国的剑刃洒下了帝国的鲜血。已经没有回头之路了。你知道原体会做何选择。"

阿格尔·塔回想起文达萨说过的话："你提出的选择根本就不是选择。"

"他会为此心痛欲碎，"连长说道，"但他会派我们闯入巨眼的。"

第十六章

欧菲奥的挽歌号
玻璃彼端的风暴
混沌

最终获选的战舰是欧菲奥的挽歌号。这艘轻型巡洋舰体态纤长火力凶狠，其掌舵人是以顽强固执著称的雅努斯·塞拉摩舰长。当原体的指示传达到1301号远征舰队时，塞拉摩就迫不及待地自告奋勇，甚至没有等到洛加用传统祝词来为这场面向舰队全体成员的通信广播进行收尾。

她的大副对于舰长的积极态度表达了异议，指出这场亚空间风暴的规模与强度是在人类种族整个历史上都前所未见的。在伟大远征拉开序幕的千百年前，一场场传奇风暴曾经彻底断绝了人类殖民世界之间的联系，与之相比，此处的亚空间异象绝不逊色。

塞拉摩弹了弹舌头——这是她不耐烦时的习惯性动作——让大副闭上嘴巴。她送给对方的那道微笑只有在不熟悉她的人眼里才会显得亲切甜美。

启航时间被安排在了这片废土的日出时分，这就意味着除必不可少的关键程序之外，他们几乎来不及完成任何准备工作。众多灰色炮艇造访了不甚宽阔的停泊区域，送来一支支身披灰甲的阿斯塔特小队。储物舱室被迅速清空，用来容纳怀言者战士及他们的弹药箱和维护机仆，还有随行第七连的一支智控军团单位，其指挥者是个自称赛－努73的恼人技师。

双方进行了简短的相互介绍。五名阿斯塔特走入舰桥，塞拉摩从座位上起身加以迎接。他们自报姓名与军衔——其中有一位连长、一位牧师、三位军士——并轮流向她行礼致敬。她逐一回礼，也介绍了自己的指挥团队。

这一切彬彬有礼但气氛冷淡，只花了几分钟时间。

当阿斯塔特在舰桥里滞留不去的时候，塞拉摩才察觉到一丝异常。舰长不动声色地继续展开最后一轮检查，用银头手杖轮流指着每个操作站台。

"推进。"

"所有引擎，"大副答道，"正常。"

"探测。"

"正常，女士。"

"虚空盾。"

"护盾就绪。"

"武器。"

"武器正常。"

"盖勒护盾。"

"盖勒护盾正常。"

"舵轮。"

"舵轮准备就绪，女士。"

"所有部门一切就绪。"她对怀言者连长说道。这在一定程度上是个谎言，塞拉摩希望自己的嗓音没有暴露实情。所有部门都汇报准备就绪，这没错，然而在近一个小时里，低层甲板也传来了关于船员暴动遭到武力镇压，以及一场自杀事件的消息。战舰的星语者甚至请求调往另一艘战舰。"拒绝请求。"塞拉摩当时皱起眉头说，"以帝皇之名，这种话也说得出来，他以为自己是谁？"导航者则展开了他所谓的"高强度心灵防线建设，以求保存个体的根本精粹"，而塞拉摩可以确定自己根本不想知道那究竟是什么意思。

所以，她没有将这一切传达给那个伫立在指挥宝座旁边的高大战将，她只是简洁地点了点头说："所有部门一切就绪。"

阿斯塔特用头盔上的蓝色护目镜看着她，点头致意。

"还有最后一艘飞船即将抵达。届时务必确保你的所有船员都离开停泊区域。"

高高挑起的眉毛就足以表现出塞拉摩对于这个不寻常的要求做何看法。以防万一，她也开口明问："好的。告诉我为什么。"

"不，"另一个阿斯塔特说，他名叫马尔诺，是一位军士，"服从命令就行了。"

阿格尔·塔连长摆摆手示意兄弟保持沉默。

"最后一艘炮艇会携带一个生物登舰。遭遇它的船员越少，对我们大家就越好。"

大副刻意清了清嗓子。船员们纷纷在各自座位里转过身去。塞拉摩眨了两下眼睛。"我不能容忍异形生物登上欧菲奥的挽歌号。"她宣称。

"我没有说那是异形，"阿格尔·塔回答，"我说那是一个生物。我的战士会护送它前来舰桥。在我们抵达之后，不要直视它。所有人都要专注在自己的工作上。我的部下已经在右舷停泊区域待命，待炮艇入港之后就会通知你。"

"收到了深远号的呼叫信号。"通信操作台旁的一名军官喊道。

怀言者们立刻屈膝俯首。

"接收信号。"塞拉摩说。她不由自主地抬起一只手来确保发型平顺整齐，又抻了抻自己的制服。她周围的军官们也是如此，纷纷擦拭肩章，挺直身板。

主屏幕上展现出深远号指挥甲板的景象，军团原体与舰队领袖占据着首要位置。

"这里是旗舰，"托弗斯说，"狩猎愉快，欧菲奥的挽歌号。"

"谢谢，长官。"塞拉摩回答。

双方舰桥之间随后降临的尴尬沉默被阿格尔·塔打破了。

"阁下？"

"何事，吾儿？"洛加脸上露出真挚笑容，但通信干扰摧毁了他的悦耳嗓音。

"我们会把军团所需要的答案带回来。这是我对您的庄重承诺，"他说，他指了指固定在肩甲上的卷轴，"也是我的临战誓言。"

"我知道，阿格尔·塔。快请起吧。我可不能容忍你在这个空前重大的时刻跪在我面前。"那笑容还留在原体嘴边。

怀言者们听从了吩咐，阿格尔·塔向塞拉摩点头示意。

"最后一艘飞船已经入港，我的战士正在带领那个生物前来舰桥。出发吧，舰长。"

逐渐苏醒的引擎让战舰颤抖起来，欧菲奥的挽歌号从星球轨道直刺出去，穿过太空冲向那团风暴的边缘。

"三小时后抵达风暴外围区域。"一名舵手说道。

阿格尔·塔双手端着爆矢枪，等待舰桥大门再度开启。

"在那个生物抵达之后，不要看它。"他说，他似乎是在告诫现场的所有人，但并没有注视谁，"这和风度或礼节没有任何关系。不要看它。不要直视它。尽量避免吸入它的气味。"

"这个生物有毒吗？"塞拉摩问道。

"它很危险，"怀言者承认，"我下达的这些指令意在确保你们的人身安全和心智健全，绝非玩笑。不要看它，甚至不要直视它在任何屏幕或镜面里的倒影。如果它开口讲话，切莫聆听，要把注意力集中在其他事务上。如果它的存在让你感到反胃或不适，就立刻离开工作岗位。"

塞拉摩发出一声明显的嗤笑。"你要吓到我的船员了，连长。"

"请照我说的办。"

舰长怒意顿生，她不习惯于在自己的战舰上被人发号施令。"当然，长官。"

"不必一副大受冒犯的样子，雅努斯。"怀言者说，他勉强挤进嗓音里的一丝亲切暖意立刻就被头盔通信喇叭夺走了，"相信我就好。"

当大门最终开启时，率先席卷舰桥的是一股扑鼻恶臭，几名凡人船员立刻干呕起来。

值得称赞的是，整个舰桥里只有一人违背指令，转过身去直视了那个由怀言者小队护送前来的生物——而此人正是雅努斯·塞拉摩舰长。

她不小心打破了自己区区几分钟之前才立下的承诺，转身望向舰桥大门，看到了那个笼罩在走廊照明球光辉里的生物轮廓。第一拨酸楚辛辣的呕吐物以迅猛势头涌入唇齿之间，她甚至都来不及张开嘴巴。她随后扑倒在地，让胃里剩余的咖啡和口粮倾吐而出，将胆汁涂在了甲板上。

"我警告过你。"阿格尔·塔说道，他的目光始终盯在那生物身上。

作为回应，她继续呕吐一阵，才好不容易停了下来。

因格赛尔蠕动着进入舰桥，在身后留下一串褪色痕迹。手杖末端敲击金属地板的嗒嗒轻响，伴随着黏滑皮肉蜿蜒爬过甲板的声音。

舰长宝座周围的军官们纷纷捂住口鼻，带着毫不掩饰的厌恶逃离了岗位。渐渐逼近的因格赛尔让不只一人吐在了自己手里，但那个生物似乎并没有注意到这一切。它用畸形的双眼直勾勾地盯着那场逐渐占据屏幕的宏伟风暴。

塞拉摩接受了阿格尔·塔的搀扶，重新站起身来。

"你把什么东西带到我的舰桥来了，连长？"

"它是一个向导。现在，雅努斯，我敬请你擦干净嘴巴开始履行职责。或许，你下一次就会听我的了。"

她早已在舰队指挥会议上熟识了阿格尔·塔，知道这种唐突态度并非他的一贯作风。在所有怀言者指挥官中，他是最平易近人的，也是最愿意聆听凡人军官看法的。

她没有说什么，只是点点头，开始用嘴巴呼吸，尽量抵挡那种不断加剧反胃的污秽气味。但最糟糕的还不是扑鼻恶臭，而是那种熟悉感。

生于寇其斯的她曾经在年少时经历过一场席卷村庄的烂肺瘟疫暴发，她作为仅有的几名幸存者见证了一群丧葬牧师从灰色花朵之城抵达那里。他们在一天之内竖立起巨大的火葬柴堆，将死者全部净化，随后把骨灰撒入沙漠。那火葬柴堆的气味永远地留在了她心里，如今又从这个生物身上浮现，以至她拼尽全力才能压制住强烈的恶心。

某种奇怪的滴答声吸引了她的注意力，让她将目光投向那生物的黏滑形体。一些半透明的油腻浆液从它下半截蛇形身躯的皮肉皱褶中流淌出来，落在钢铁甲板上，漂白了表面涂料。

"全速前进。"塞拉摩说道，接着压下一股涌上喉头的反胃感。

欧菲奥的挽歌号颤抖着加快脚步——她向来是一位急切热情的女猎手、一位锐意进取的探索者。风暴的影像在屏幕上逐渐膨胀，他们不断逼近其边缘。

"旗舰的探测结果有没有成功推算出受风暴影响的空间范围？"她问道。

"巨眼囊括了成千上万个星系。"

她全身僵住，脸色苍白。"我……我听见了一个声音。"

"不要理会。"阿格尔·塔命令道。

"就算驾驶这艘凡俗舰船在巨眼里闯荡百世之久，你们也只能窥探到它的分毫荣光。"

"我还能听见……"

阿格尔·塔从喉咙里发出一声低沉咆哮，偏过头去看着那个生物。"不要玩弄他们的性命，"他说，"我警告过你了。"

"他们谁也活不过这趟旅程。你若是以为他们能保住性命就太愚蠢了。"

"它……它说……"

"它什么都没说。"阿格尔·塔说，他打断了舰长结结巴巴的话，"忽略那个声音。专注，雅努斯，履行你的职责，把其他一切事情交给我们处理。我不会让这个生物伤害你或是任何一个船员。"

"她不相信你。"

"安静，你这虚假的天使。"

"她知道你在说谎。你和我一样都能听到她的心跳声。她惊恐万分,而且她知道你在说谎。"

在舰桥对面,两名仆役吐在了各自的操作台上。另一人突然晕倒,耳朵里缓缓淌出鲜血。

"会一直这样吗?"塞拉摩向阿格尔·塔问道,她小心翼翼地避免看到战士身后的那个生物,也希望自己的声音不要颤抖得过于明显。

怀言者没有立即回应。"我相信是的。"他最终开口答道。

一个舵手在座位里剧烈痉挛起来,脑袋不住地撞击椅背。他从紧紧咬合的牙缝里挤出一声细微哀叫,接着就癫痫发作,但仍旧被抗震索具固定在自己的位置上。

"医疗队前往舵轮。"舰长命令道。

塞拉摩的耐心已经所剩无几了,而就在此时,她的一个助理机仆擅自拔掉了全身的接线,开始煞费苦心地朝甲板对面爬去。这个机仆大腿以下的部分已经被手术截断,从而能更好地时时刻刻留在岗位上。它脱离了自己的青铜底座,开始用双手在地板上爬动,这史无前例的现象让塞拉摩舰长目瞪口呆。改造机仆的脊梁末端和双腿断面拖着一根根金属丝与连接缆线,鼻孔里则涌出黏稠的油料。

"帝皇之血在上,"塞拉摩低声咒骂,"退后,所有人。退后。"

她亲自将一枚子弹送进机仆的后脑,处决了那个可怜的家伙,并命令两名船工立刻把它抬走。

在舰长走回指挥宝座的路上,通信官阿瓦斯突然转过头来看着她。"你能听到吗?"他问道。

"有信号吗?另一艘战舰?"

"不是。"他说,他按住自己的耳机,神情专注地沉着脸,"我能听到他,舰长。"

愈发强烈的恼怒压倒了她心中的惶恐不安。"听到谁?"

雅努斯已经认识阿瓦斯十年有余了,而且在四年前的一个特殊夜晚——在四瓶印度尼西亚银酒的推动下——他们以不堪回首的方式建立了格外深入的相互了解。即便经过那一夜荒唐,阿瓦斯始终是她麾下最优秀也最忠诚的船员之一。"告诉我,你究竟听到谁了,上尉?"

他尝试重新调整操作面板，抬起手拧动一排旋钮。"我能听到凡尼克死了。他在尖叫，但没有太久。其余都是白噪音。你听。"他说，他将耳机递给舰长，"你能听到凡尼克死了。你能听到他在尖叫，但没有太久。"

她迟疑地接过了耳机。站在阿瓦斯身边的通信官凡尼克朝她挤出一点微笑。他的肥胖面孔上写满了不安。

阿瓦斯抽出配枪，将四枚子弹送进同僚腹部。滚热灼人的鲜血飞溅在塞拉摩脸上，凡尼克尖叫着瘫倒下去。

"你现在听到了。"阿瓦斯说。

舰长根本来不及做出反应。她被一团暗灰色的朦胧残影推到旁边。没等她眨眨眼睛，阿瓦斯就已经身体悬空双脚乱踢，被阿格尔·塔的铁拳攥住了脖颈。战舰颤抖不止，仿佛是被船员的惊慌所感染。

被战士牢牢制住的阿瓦斯用手指抓挠着阿格尔·塔的面甲，恰似一只走投无路的癫狂困兽，想要侥幸挖掉捕食者的眼珠。护目镜表面被涂抹了一条条汗渍。

最终赶到的医疗队恰好见证了凡尼克的死。阿瓦斯说得没错——凡尼克没有尖叫太久。

怀言者对于妄图撕扯牢固陶钢的手指视而不见，转过头去向麾下战士开口："达格塔，把这个恶棍扔到禁闭室里。"他将阿瓦斯交给对方，猛推一把让通信官扑倒在地。

另一位阿斯塔特迈上前来，揪住军官的领口，将这徒劳挣扎的家伙拎了起来。凡尼克的尖叫声已经停歇，阿瓦斯则接替了这项工作。

"让他安静下来。"阿格尔·塔补充道。

"如你所言，兄弟。"达格塔捏住军官的脖颈，微微施力挤压气管。这凡人的凄厉号叫顿时变成嘶哑尖鸣，怀言者随即带着他离开了舰桥。

塞拉摩舰长抬起头瞪着高大威武的阿格尔·塔。

"那个生物不能留在我的舰桥里。它在……对我们动手脚，是不是？"

"我不知道。"

"那就问问它。"

"我们会带它前往观察甲板，舰长。确保你的船员清空那片区域，以及通往那里的走廊。全速赶往风暴边缘。如遇上述指令需要做出修改的情况，我会立刻通知你。"

"谢谢。"她说道。

阿格尔·塔简洁地点点头，走到兄弟们旁边。

"你该处决那个杀人犯。"萨芬责备道。

"他要为自己的罪孽受到审判。但可以说他的行为是身不由己的。"阿格尔·塔转头看到因格赛尔已经蜿蜒滑动着向指挥甲板外面爬去。战士们紧随其后，但注意避开它留下的一行黏液。

"我们一步步走向未知，而我眼前能看到的只有黑暗。"阿格尔·塔对牧师说。

"你为此感到忧虑吗？"

"我当然忧虑。倘若我们当真站在了启迪的门槛上，我又为什么会感觉如此不安？"

"一切最黑暗的时刻，"萨芬沉吟道，"就是黎明之前。"

"这句格言听起来哲理非常深邃，兄弟，直到你发现这其实是一句谎言。"

大多数帝国舰船的观察甲板都是格外静谧平和的场所。虽然欧菲奥的挽歌号远小于深远号，更不能与信仰之律号相提并论，但阿格尔·塔走进这块甲板时仍旧不禁屏息。

这艘巡洋舰布满城垛的脊梁中部拱起了一座装甲环绕的圆顶建筑，那透彻的表面能够让周围景象一览无遗。在寻常空间里，无垠夜色中的亿万星辰向来能够激发他的想象力，而在更为自傲的时候，他也会承认同样被激发的还有自己的野心。这些都是人类的星辰。其他任何种族都不能对此宣称主权，因为它们的年代已经过去了。那纯净无比的未来仅仅属于人类。

然而在此时此地，群星都被染成了紫色。阿格尔·塔望着遥远的恒星被淹没在翻滚盘旋的紫红云雾里。

"你能看到吗？"

因格赛尔完全挺直了邪异的身躯，张开四条麻秆一样的枯瘦臂膀，仿佛在向那片笼罩着紫红火光的天庭致以祝祷。它从无法闭合的嘴巴里吐出一串响尾蛇般的嘶鸣。

"你……能……看……到……吗……"

阿格尔·塔从夜空上移开目光。观察甲板十分宽敞，怀言者对于摆设其中的简朴家具视而不见。他们都保持站立，双手端着爆矢枪。

"我能看到一场风暴，"连长说，"仅此而已。"

"我也是，长官。"达格塔说，这位先驱斥候军士只比其他人晚到了几分钟，他将阿瓦斯上尉交给禁闭室负责军官处置之后就径直赶来了，"不过我能感觉到什么。战舰快要把自己震碎了。"

"本以为我会死在战场上。"马尔诺咕哝道。

阿格尔·塔摇摇头说："你把我们拽进了这团能量旋涡，因格赛尔。是时候告诉我们为什么了。我们究竟该看到些什么？"

"真理，群星背后的真理，整个宇宙的隐藏层面。"

"我能看到一场由千万种颜色所组成的致命风暴。"

"不。你看到的还是寻敌准星与生理数据。你眼中的世界是被护目镜过滤之后的。你就站在天堂的门口，怀言者。摘掉你的头盔，用自己的眼睛来真正目睹诸神的家园吧。"

想到那个生物的恶臭会绕开头盔进气口的净化装置，不受阻拦地直接袭击自己的嗅觉系统，阿格尔·塔就不由得迟疑了一阵才听从其言。他最后深吸一口盔甲内部的陈腐循环空气，解开了颈甲密封。

这比他想象中还要糟，绝大多数舰桥船员居然成功忍耐住了呕吐的冲动，实在值得表彰。这座观察拱顶已经恍若一片屠宰场，里面充满了败坏污血的浓烈腥味和消化器官在外暴露多日的刺鼻恶臭。

"还是一样，"阿格尔·塔低哼一声，"我只能看到风暴。"

"你无法像欺骗凡人那样欺骗我。注视我们周围的动荡波涛。你能看到有什么在注视我们吗？"

连长走到拱顶边缘，看着躁动能量在翻滚不息的虚空中交混盘旋。战舰在凶猛浪潮的肆意摆弄下再度颤抖。而就在战舰晃动的一瞬间里，似乎……

"你看到了。你的心跳加速了。你的瞳孔放大了。你看到了。"

阿格尔·塔用手掌抚摸厚重的玻璃墙，目不转睛地凝视拱顶之外的动荡环境。谁能从这疯狂景象中解读出任何意义？以太波涛让星船全身战栗，那狂野能量又一次凝聚成了转瞬即逝的形象。

一张被惊恐双眼与尖叫嘴巴所扭曲的人类面孔，在玻璃彼端的沸腾火海中具现。它被拍打在拱顶表面，顿时破碎，重新融入怒涛深处。

"你知道这场风暴是什么吗？"

"这是亚空间能量，是渗入现实宇宙的以太湍流。对出现在亚空间本身的各种非人生物，帝国已经早有记录，但仅仅将其归类为次级异形威胁。"阿格尔·塔无法从虚空海潮上移开目光。

因格赛尔的嘶鸣在他脑海里回荡。那生物的笑声如此丑恶。

"你当真明白那些词语的意思，还是说你仅仅在复述自己通过灌输式教育所学到的知识？你在注视这场风暴的时候看到了什么？"

怀言者转向因格赛尔。一张原本堪称英俊的面孔——若不是经历了阿斯塔特改造手术的蹂躏——仰望着那个生物。"这是银河的鲜血。现实正在流血。"

"差不多了。"那恶魔怪物说，它发出一阵老鼠般的兴奋笑声，"人类的懵懂无知甚为美妙，但你们的种族若要生存延续下去就断不可维持这种无知状态。亚空间绝不仅仅是一个供凡人舰船肆意出入，借助其波涛展开超光速航行的界域。"

"你们现在看到的是万事万物的影子，是凡世间全部情感和冲动的不朽具现。你们在一片由灵能能量与液态哀伤所组成的海洋里航行。你们此刻就置身于无数个神话体系中的天堂和地狱，阿格尔·塔。"

"这是古往今来一切憎恨、厌恶、暴怒、欢欣、悲伤、忌妒、懒惰和放纵所形成的纯粹能量。"

"这是亡者灵魂前来遭受永世折磨的地方。"

欧菲奥的挽歌号突然剧烈颤抖，众人脚下的甲板传出一阵金属撕裂的尖鸣。托尔高和萨芬都立足不稳，跪倒在地。前者吐出一串脏话，后者则恼怒地低哼一声。

拱顶外面的风暴中浮现出更多形象。一只只手掌贴在玻璃上，留下色泽暗淡的痕迹。被尖叫表情所扭曲的无数面孔有着令人心痛的熟悉感。一片阴影像深海巨鲸般从战舰近旁掠过，那是某种庞大、黑暗且无比冰冷的事物。

片刻间，阿格尔·塔的呼吸在空中凝结成白气。点点冰霜出现在他皮肤表面。扫过战舰的宏伟阴影似乎绵延不绝，用那虚无缥缈的庞大身躯扰动着惊涛骇浪。

"一头虚空巨兽，恐惧会将它吸引过来，这艘战舰倘若落入它口中必将分崩离析。但它没有驻足，而是去捕捉其他猎物了。在我预见到的很多种未来里，它向我们发动了攻击，让你们葬身于此。在其中的三种未来里，阿格尔·塔，你大笑着面对死亡，在战舰外部的致命能量中灰飞烟灭。"

他此刻并没有笑。

"这是地狱。"阿格尔·塔说，他不再需要花费心思去仔细分辨那些厉声尖叫的面孔和抓挠玻璃的手掌了，现在他已经看不到除此之外的任何事物，"这是人类想象中的冥府下界。"

"不要故步自封。这是原初真理、万物的影子、群星背后的隐藏层面。"

怀言者望着拱顶外面那片尖叫灵魂的海洋，悄声吐出一个词来。

"混沌。"

恶魔的大口扭曲成一副狞笑。"现在你逐渐理解了。"

阿格尔·塔喝了口水，它尝起来温热微咸，十分糟糕。这也是在他手中变味的第五杯水了。他心里有种令人不安的念头，觉得正是自己的躯体让饮水腐坏变质。

"我们很快就抵达了第一个世界，"他说，"梅丽森斯。那个世界没有被人类命名过，但在上古年代里，灵族异形……称之为梅丽森斯。"

洛加的流畅字迹将一切都记录下来。"灵族？他们在这件事里扮演什么角色？"他说。

"现在？他们已经没有什么角色了。他们是被银河渐渐淡忘的记忆。但曾经，这片空间乃是他们的宝贵领土——是他们帝国的核心所在。正是他们的荒淫无度召唤了我们，让我们从自己的界域跨入实体空间。我们看着他们的世界在幽火中逐一焚灭，我们用意念和血肉的利爪撕碎了他们的灵魂。"

"阿格尔·塔。"

"每一种感觉对我们而言都无比新奇。我们是现实界域里的新生儿，鲜血滋养我们，恐惧推动我们。你永远无法体验到在邻近生物的苦难折磨中成长发育是什么样的感受。在父母眼前将孩子烧死让我们愈发强壮。对凡俗肉体施加的每一项罪孽让我们的身躯和智能不断增长。吞入腹中的每个灵魂都为我们揭示了宇宙的更多奥秘。"

"吾儿……别说了。"

"但这是我的亲身经历，洛加。是我亲眼所见，是我亲手而为。"

"你是阿格尔·塔。你生于寇其斯的辛格-鲁克村，双亲是一位木匠和一位裁缝。你的名字在南方草原部落的语言里意思是'最后的天使'。你是军团历史上获得连长头衔最年轻的战士。你曾持有的两把红铁长剑——是你前辈的武器——在为原体效忠时丧失了。你是阿格尔·塔，怀言者。你是我的儿子。"

怀言者低头看了看自己的枯瘦手掌。"阁下，"他柔声说道，"请原谅。"阿格尔·塔鼓起勇气直视原体的眼睛，那双不含丝毫责难意味的深邃灰眸令他无比感激。

"没有什么需要原谅的。"

"我从不知道你对我的生命如此了解。"

洛加面露微笑。"我珍视每一位子嗣。"

阿格尔·塔揉了揉酸痛的双眼。"因格赛尔说等到银河燃烧之际，我们就会在命定时刻开始转变。但我现在已经逐渐迷失自我了。命定时刻已经来临了吗？银河已经燃烧了吗？我的这些记忆都不属于我自己，父亲。我嘴里永远有股腥味，就像是鲜血的残留气息。或许这就是恐惧。或许这就是无数诗人和作家笔下所描述的那种恐惧。"连长说，发出一阵空洞苍凉的笑声，"现在我要留下遗言了。"

"这不必成为遗言，阿格尔·塔。一切都要等到故事讲述完毕之后再做定论。"

第十七章

灭亡帝国
惊天真相
创生

因格赛尔伸出一根弯弯曲曲的爪子指着那颗星球。
"他们称之为梅丽森斯。恐惧之眼的影响力最后才扩张到了这里。"
"探测结果确认下方不存在生命迹象,即便在细菌层面也没有。"塞拉摩舰长在通信频道里嘶哑地说。
"她真的需要看到探测结果才能确认?"托尔高问道。
一个幽魂世界在他们下方转动,些许轻薄云朵马马虎虎地遮盖着漆黑海洋和暗灰大地。即便在梅丽森斯的轨道上,战舰也遭受着亚空间狂风的猛烈吹拂,而观察拱顶则抵挡着潮水般的侵袭,强化玻璃遭到了无数凡人面孔和模糊形体的不断拍打。那些恍惚轮廓泼溅在护盾上,闪烁着水面油花一样的缤纷光彩,在粉碎四散之后就立刻涌回旋涡深处。
阿格尔·塔逐渐观察到其中重复出现了某些面孔。它们似乎是在外面的狂风巨浪里凝聚重组,一遍又一遍地扑向战舰。
"它们是灵魂吗?"他开口问道。
"这是原初物质。在有血有肉的国度里,它表现为灵能力量。是你的思绪为它赋予了形体。你看到的是人类灵魂,但远不止如此。这是灵族的灵魂。这是未诞者的皮肉。它们曾经被人类称作恶魔,是纯粹的灵能潮流、可能性的具象化身。在这里,心灵是能够塑造现实的。"
"我想走在那个世界的地表看一看。"
"你会死的。"
阿格尔·塔猛然转身面对恶魔,他平滑无疤的面孔上写满了愤怒。"那为什么要把我们拽到这里来?如果我们不能离开战舰的话,这趟旅程又有什么意义?就为了隔着盖勒力场来凝视灭亡的世界吗?就为了聆听失落灵魂的凄厉尖叫吗？"

因格赛尔滑动着靠近了齐聚一堂的怀言者们。乌木手杖像老朽的拐棍一样敲打甲板，这物件的原本主人牺牲了自己将恶魔召唤出来。

"我要让你们大开眼界。"

"你们在今日的梅丽森斯身上学不到什么。你们必须目睹昔日的梅丽森斯。"它用两根扭曲的爪子指着下方的世界。

"闭上眼睛。倾听外面的那场风暴。倾听潮水拍打舰身的声音。"

"梅丽森斯只是悬浮在灵魂之海里的区区一个世界，数百世界中的一个。我来带你们看一看。"

片刻之后——"睁开眼睛吧，阿格尔·塔。"

他向来珍视日出。

一轮赭黄色的太阳将灿烂光辉泼洒在那座尖塔林立的城市身上，这是一场值得铭记的日出。虽然对于痛苦的忍耐力和对于光饱和的抵抗力早已写入了他的基因编码，那初升的太阳仍旧能够用辉煌光耀刺痛他的双眼。这同样是件美好的事情，因为这是种陌生的感受。

因格赛尔不知所踪。众人站在悬崖边缘，俯瞰着那座被黎明染成金色的未知城市。阿格尔·塔转身看看诸位兄弟：萨芬注视着异形的聚居地，马尔诺和托尔高也是一样，达格塔则仰望碧空。

"这就是过去的梅丽森斯，"恶魔的含混嗓音在他脑海里响起，"看看这座用灵骨和宝石所堆砌的城市。看看那些纤巧精致的尖塔，它们根本无法在凡俗世界里保持稳固，只能依靠灵族巫术才能屹立不倒。"

"现在，目睹它们的陨落吧。"

空中云朵像狂舞的龙卷风一样回旋起来，迅速交替的昼夜化作一团闪烁不清的朦胧灰影。紫色触须在苍穹上四处蔓延，愈发粗大，交缠盘卷，弥漫开一层猩红云雾。咄咄逼人的热浪让阿格尔·塔的面孔和脖颈大汗淋漓，就连为眼珠提供润滑的薄薄水分都开始升温。

那座城市在他眼前逐渐崩塌，一座座尖塔和一条条飞廊倾覆在地，粉身碎骨，压死了体型纤瘦的异形人群，砸毁了位于下层的小型建筑。

"他们的巫术正在消逝。此处位于巨眼边际。这种小型殖民地的毁灭是在很多天里逐步上演的。而他们帝国的核心世界则不消片刻就生灵涂炭。"

阿格尔·塔能听到那座城市的灭亡之声，狂风裹着雷鸣、哀号和悲叹扑面袭来。

"异形，"萨芬说，逐一坍塌的高塔让他面露微笑，"愿它们焚灭殆尽，魂飞魄散，永遭遗忘。"

没有人对此表示反对。"为什么会这样？"阿格尔·塔问道。

"灵族已经对宇宙的真理触手可及了。这个文明横跨银河，在他们神祇的引导下兴旺繁荣了千万年之久。然而，在准备迈出最后一步的时候……他们犹豫了。"

"怎么犹豫了？"

"看看天空吧。"

风暴乌云汇聚成一股气势汹汹的旋涡，接天黑暗笼罩了四方。坠向地面的第一滴雨点——触手温热，腥气扑鼻——就足以揭示下方那座城市即将遭受的厄运。单单一声震天雷鸣让乌黑云团汇聚起来，拉开了滂沱大雨的序幕。

连绵不绝的猩红雨滴从天而降，洒在那残破城市身上的浓稠鲜血浸透了尚未倾覆的骨制建筑。萨芬闭上双眼，抬头面向暴雨。

"这不是人类鲜血，味道太甜了。"

阿格尔·塔伸手抹掉脸上的血雨。在下方城市里，各式怪物从坍塌丰碑的阴影中涌现，从街道间那些迅速积聚的血池深处钻出。它们或是蹒跚走动，或是迅猛奔窜，各自展现着怪异失衡的独特姿态。有些用柔软无骨的肢体匍匐前行，有些哀号着迈开蜘蛛腿足，挥舞弯曲利爪。

"我的同类得到了实体形象。它们在猎杀灵魂、血肉、骨骼。"

"为什么会这样？"

那些成群结队的畸形怪物将所有体型纤瘦、惊恐哭泣的幸存者拖倒在地。这景象让他全身冰凉。种族灭绝应该是一场净化，然而这是深不可测的力量得到了疯狂的释放，毫无纯净可言。

"回答我。"阿格尔·塔柔声说道。除沿着脸颊滚落到嘴边的鲜血之外，他没有得到任何回应。除漫天暴雨的血腥之外，他闻不到也尝不到任何味道。

崭新的高大建筑从覆灭城市中拔地而起。那些纤细尖塔的脉动墙壁由尚存生命的肉体拼凑而成，装饰着无法开口的面孔和剥去皮肤的臂膀。迅速崛起的塔楼在街道上捕捉惊恐奔逃的灵族，用他们的生命当作砖石，用他们的血肉当作砂浆。

"看看他们的灭亡。你们也会这样灭亡。"

"我让你回答我。"怀言者说。

"看清楚，看明白，怀言者。"

"我们拥有关于灵族及其历史的记录，"他说，他啐出一口不断涌进嘴巴的污秽鲜血，"其中描述了他们的陨落，被颓废和罪恶所催生的腐化让他们的文明千疮百孔。一场精神层面上的灾变在很多个世纪以前湮灭了他们。就是这场灾难吗？就是这场……神圣天罚？"

"这是他们的末日审判。愚昧无知的他们仅仅看到了一个帝国走向灭亡，以及无数世界淹没在鲜血与烈火之中。在这个升腾超凡的关键时刻，灵族选择了惊恐而非力量，他们无一例外地惧怕原初真理，也就导致自己的王国归于灰烬。"

"他们让一位神祇由此诞生。一位代表着欢愉和希望的神祇。然而他们却丝毫没有品尝到喜悦。"

"够了！"阿格尔·塔仰面朝天，用三个肺脏深吸一口气。风暴愈演愈烈，那饱受折磨的天空朝下方大地泼洒着鲜血。

"回答我！"他仰天尖啸道。

"这就是他们压低嗓音才敢提及的那场陨落。灵族盲目无知，他们本可以与混沌大能和谐共生，正如人类很快也必须学会与之和谐共生一样。然而如今他们已濒临灭绝。他们无法接受原初真理，也就必将被其毁灭。"

"你问为什么？难道你看不出来为什么吗？这就是帝国灭亡的方式，怀言者。这就是神祇诞生的方式。灵族的信仰为银河贡献了一位新的神祇。饥渴女士，色孽。它拥有一千个名号。"

"这是它生命中最初的时刻，它刚刚苏醒，却发现自己的信徒在无知和恐惧的驱使下纷纷抛弃了它。"

"这场无尽风暴，这个恐惧之眼，正是它诞生时那一声尖叫的回响。"

"我看够了。"阿格尔·塔说，他望着下方的城市，那些被血雨淹没的街道已经陷入沉默，一切生命都被收割殆尽，"诸神之血在上，我真是看够了。"

"那就睁开眼睛吧。"

因格赛尔用那双不对称的眼睛注视着他们，一动不动的眼珠里映着拱顶之外的邪异光辉。鲜血的腥臭萦绕在阿格尔·塔的鼻孔里，即便他的盔甲锃亮如新，皮肤一尘不染。

"真不是什么愉快经历。"托尔高说。

"长官，"达格塔说，他伸手触碰阿格尔·塔的肩甲，"我认为我们应该离开这个地方。"

开口驳斥他的不是恶魔，而是萨芬："你逾越职权了，军士。我们坚决不会在历尽艰辛才找到的真相面前仓皇逃窜。"

阿格尔·塔没有理会双方的争论。他的通信频道里充斥各支小队做出汇报的声音，各位军士的符文在视网膜上逐个闪现。

"长官，我们刚才看到……"

"连长，刚才有个声音……有一幅幻象……"

"瓦多克斯小队向你汇报……"

怀言者转身面向恶魔。"这艘船上的每个战士都看到了刚才那一幕。"

"他们与你一样能听到我的声音。他们就是为此而来的：为了见证，为了理解。灵族一败涂地，他们为自身罪孽所付出的代价就是缓慢灭绝。人类绝不能重蹈覆辙。人类必须接受原初真理。"

"我们不能把这份信息带回帝国去。"阿格尔·塔说。

"我们当然能了。"萨芬眯起眼睛说，"我们能这样做，我们要这样做，因为我们必须这样做。这是人类种族的启蒙。"

"你们来到此处是想要知道家园世界的旧道信仰是否蕴含真理。现在你们已经知道确实如此了。"

"这个真理太过丑恶，无法被帝国接纳。"连长说，他凝视着下方的死寂星球，"怪物，你根本不明白自己在说些什么。但兄弟，难道你指望我们能够大摇大摆地驶入泰拉的轨道，一头冲进帝皇的热情怀抱里吗？我们带回家去的答案会彻底颠覆帝国真理。所有人类情感都会凝聚成灵能力量？我们不仅要证明帝皇的世俗愿景是一个谎言，更要将这一理念彻底摧毁，反而与恶魔和魂灵结盟？"阿格尔·塔摇摇头，继续说，"这将会引发内战，萨芬。帝国会把自己撕成碎片。"

牧师发出一声颇具威胁性的低吼:"这是我们踏上旅途的根本原因。唯有真理是关键所在。你这样讲仿佛你觉得原体大错特错是理所应当,他得证英明却让你惊慌失措。"

"但连长说得确实有道理,"达格塔说,"我们如果带着证据返回帝国,向世人证明地狱真实存在的话,恐怕是不会受到嘉奖的。"

恶魔的笑声在他们脑海里响起,让众人一齐转过头去。

"你们还什么都没有看到,就已经开始判断怎样对自己的种族最好了吗?"

"还有什么可看的?"阿格尔·塔问道。

因格赛尔勾着扭曲的手指示意他闭上眼睛。

"不。"连长说,他深吸一口气平复情绪,"我已经受够了盲从你的指示。先说清楚你要给我们展示什么。"

"我要展示你们原体的诞生过程。我要展示卡迪亚人为何称他为四神的宠儿。帝皇并不是他唯一的父亲。"

阿格尔·塔扫视两旁,发现其余战士已经闭上了眼睛,恶魔提及他们的父亲就足以诱使众人听从盼咐。他在通信频道里发话,向各支小队做出警告。

"全都做好准备,我们接下来看到的或许是假象。"

"你真是缺乏信念,阿格尔·塔。"

怀言者再次闭上双眼。

阿格尔·塔的皮肤感受到了冰冷的空气,他睁开眼睛首先看到的就是自己的呼吸化作一团白气飘散在面前。这里没有异形世界的浓烈血腥,也没有战舰循环系统的陈旧霉味。这里有种刺鼻的气息:高温运行的机械和玻璃散发出了刺鼻的化学味道。

阿格尔·塔扫视这座实验室,正在运行的发电机和堆满物品的实验台环绕四周,在这里忙碌工作的人都身穿密封防护服——有些是白色的,有些是带有辐射警告标志的明黄色。他们的面具边缘覆满寒霜,时而像干燥粉末般被手套抹掉。

怀言者有生以来造访过的实验室屈指可数,所以他难以进行对比。无论如何,他仍旧可以做出合理推测,判断此等规模的设施只能是用于开展意义最为重大或深远的项目。墙壁被挡在了密集排布的缆线和铿锵作响的机械背后。数以百计的技术人员散布在各个实验台、平台和书桌旁埋头工作。

其中一人从阿格尔·塔身旁走过，对方的密封防护服与怀言者的战甲相互摩擦沙沙作响，此人的脸被面具彻底遮盖住了。无论如何，这位技术人员完全没有理会阿斯塔特。

阿格尔·塔伸出手去。

"别……"

他略有迟疑，缩回了灰色的指头。他的手甲从技术人员肩旁抽走，关节里的微型伺服系统轻声嘶鸣。

"多加小心，阿格尔·塔。只要你不干涉他们的工作，这些灵魂就会始终对你视而不见。"

"倘若我干涉呢？"他轻声问道。

"那么古往今来最强大的灵能力量之一就会有所警觉，并将你当场击杀。此时此刻你身处于咒逐的密室最深处。他就是在这里滋生孽障的。"

"咒逐。"阿格尔·塔四下打量着宏伟的实验室重复道。其余怀言者来到他身旁，尚且都没有抽出武器。

"咒逐，你们称之为帝皇的那个生物。"

萨芬呼出一口翻卷飘散的白雾。"这是……这是泰拉，是帝皇的基因实验室。"

"是的。这是在咒逐发动远征收复星海的很多年以前。在这里，他明确无疑地展现着自己冰冷绝情的非人本质，亲手完成了对二十位子嗣的塑造。"

牧师走到一张实验台前，看着几只玻璃瓶里的血样在离心机中飞速旋转，逐渐分层。"既然这是过去的幻景，帝皇又如何能够摧毁我们？"他说。

"你们目前身受庇护，萨芬。你知道这些就够了。这是在泰拉发生的事情，与此同时灵族帝国则在亡魂烈焰中焚灭。咒逐察觉他发动伟大远征的时机很快就要来临。"

怀言者们沿着一列列实验台前行，脚下道路引领他们逐渐靠近了一座俯瞰整座实验室的中央平台。一台银黑两色的柱状机械矗立在地板上，周围环绕着宽阔的走道。阿格尔·塔率先爬上台阶，附近的数十名技术人员谁都没有听到他脚下战靴与金属阶梯的碰撞轰鸣。其中几人从他身旁经过，紧盯着覆满寒霜的数据板和手持式探测器，对于流动数据和读数曲线之外的一切都不闻不问。

阿格尔·塔在平台上绕行，检视那些与中央立柱相连的羊水舱——二者被密集的导线、锁链、电缆和工业夹钳牢牢固定起来。安装在这座金属立柱内部的发电机与阿斯塔特身后的动力背包产生着同样的粗重嗡鸣，这小小细节让连长面露微笑。

"这就是孕育原体的地方。咒逐的子嗣在他们的冰冷襁褓里逐渐成长。"

阿格尔·塔走向最近处的孕育舱。这台装置的银灰铁壳未经上色，光滑的表面附着了众多机械插槽和连接端口。装置正面清晰铭刻着银色的哥特数字 XIII。下方的金属板则刻有另一行字体细小、笔迹精致的铭文。

阿格尔·塔看不懂这行文字的确切含义——似乎是一句冗长繁复的祈祷，用来向外界力量呼求祝福与支持——但他竟能尝试去解读它，这本身就很可疑了。

"这是寇其斯语。"他张口说道。

"这是，又不是。"

"我能解读它。"

"你们的所谓寇其斯语是一种原初语言的碎片。寇其斯语……卡迪亚语……这些语言被刻意植入在了你们的世界上，为即将到来的这个年代早早布局。帝皇的黄金鹰犬无法解读这些铭文，因为他们体内并不承载着洛加的血脉。这一切都是亘古筹谋的结果。"

"这与卡迪亚人有什么关系？"

"他们的世界受到了亚空间的触碰，正如寇其斯一样。广泛播撒的一粒粒种子都在今时今日共同绽放花朵。"

阿格尔·塔走向那标有 XIII 的孕育舱。与眼睛高度齐平的一块玻璃隔板背后只有舱内的混浊液体。

随后那里有了动静。

"不要再靠近。"

恍惚间像是有某种物体在这台人造子宫里微动。

"退后。"恶魔的声音如今略显尖锐——被急迫感磨出了棱角。

阿格尔·塔又靠近一步。

一个婴孩在孕育舱里沉睡，他柔弱无助地蜷缩着身体，双眼紧闭。他在混浊羊水中缓慢转动，昏昏沉沉地垂着尚未完全成形的肢体。

"退后，怀言者。我感受到了你的熊熊怒火。不要以为这里只有我能够有所察觉。强烈情感也会让咒逐产生警惕。"

阿格尔·塔凑近那个孕育舱。他的指尖从装置表面扫开一抹寒霜。

"基里曼。"他轻声说。

那婴孩继续沉睡。

萨芬从其他人身旁走开，来到了铭刻着 XI 的孕育舱前。他没有试图窥探装置深处，而是扭过头来看了看阿格尔·塔。

"第十一原体就在这里沉睡，仍旧无辜，仍旧纯洁。我多想将这一切就此了结。"他坦承道。

牧师身后的马尔诺轻笑一声。"确实能给我们省很多麻烦，是不是？"

"也能让奥瑞利安免受心碎之痛，"萨芬说，他的指尖划过那编号标记，"我还记得他在失去第二位和第十一位兄弟之后的深切悲伤。"

阿格尔·塔依旧站在基里曼的孕育舱面前。"我们并不知道在这里所做的一切究竟能否改变未来。"

"难道不值得一试吗？"牧师问道。

"有些事情值得一试。这件事并不值得。"

"但第十一军团——"

"理应从帝国档案中除名，第二军团也是。我不是说我没有感受到爬满全身的强烈诱惑，兄弟。只要一剑刺穿那个孕育舱，我们就能抹除一段可耻的历史。"

达格塔清了清嗓子。"也能阻止极限战士的兵力得到大幅增强。"

萨芬用不含情绪的目光凝视着他，仿佛在斟酌这句话的可信度。

"怎么？"达格塔向其他人问道，"你们自己也想到这一点了。这不是秘密。"

"这只是传闻。"托尔高哼了一声。突击小队军士显得并不是很确定。

"或许是，或许不是。但就在第二军团和第十一军团被帝国档案'遗忘'的前后，第十三军团的兵力规模确实显著扩张，压过了其他任何一支军团。"

"这乏味的臆断也该够了。"那凭空浮现的声音说道。

阿格尔·塔看了看平台下方那些在各自岗位上辛勤劳作的科学家。大多数人都手染鲜血，或是在解剖苍白肉体。他立刻辨认出了那些离体器官。

"为什么这些人在用阿斯塔特基因种子做实验？"他问道。其余怀言者也望向那边。

"他们不是在做实验。他们是在搞发明。"

阿格尔·塔一边观察他们继续工作，一边聆听因格赛尔的嘶鸣。他看到附近的若干位研究人员用银色解剖刀划开了那些苍白的器官。这几个人的防护服背后都印着数字"I"。

"你们的帝皇在相当恶劣的条件下创造出原型阿斯塔特，并运用他们征服了自己的世界。如今他精心缔造基因原体，同时也分出少量精力去培育那些来日将要引领伟大远征的战士。"

他仔细观看，但自身血脉的创生景象让他感觉皮肤发麻。

"这些原型器官未来将会演变成基因种子，供给第一批真正的阿斯塔特。你们称之为——"

"暗黑天使，"阿格尔·塔说，"第一军团。"在他下方，那些生物学技师切开形态异常的器官，刺穿血管，在显微镜下展开分析，对组织进行采样以便后续检测。植入在阿格尔·塔喉咙与胸口的基因腺体像是感同身受般隐隐作痛。他抬起手揉了揉脖颈侧面的酸痛位置，隐藏在那块皮肤下面的器官时刻默默工作——在他有生之年储存他的基因编码，在他死去之后得到回收并植入另一个孩子体内。那个男孩则会成长为一个怀言者，不再是寻常人类，不再是智人，而是阿斯塔特。

"还要再过很多年，这些器官才能准备就绪，可以植入年轻人类体内。目前只是研发的初期阶段。基因种子结构中的绝大多数缺陷都会在未来的几十年里得到消除。"

那怪物的语气让连长很不舒服。"绝大多数？"

"绝大多数，并非所有。"

"千子，"萨芬说，"他们的基因编码存在错误。那支军团被躯体异变和不稳定灵能所纠缠。"

"有瑕疵的不仅仅是他们。种种生理缺陷将要在未来的漫长岁月里逐一暴露。基因种子的退变会导致器官失效，夺走分泌酸性唾液的能力。对于特定种类辐射的不耐受性会改变战士的皮肤色泽和骨骼结构。"

"帝国之拳，"马尔诺说，"还有火蜥蜴。"

"但我们呢？"达格塔问道。

因格赛尔停顿了一下，在他们的脑海里轻声发笑："你们什么？"

"我们是否会沾染此类的……不纯？"

"回答他，"阿格尔·塔说，"这个问题的答案我们都想知道。"

"写入你们躯体的基因编码格外纯净。你们不会遭受独有的退变，不会产生特殊的缺陷。"

"但并不是仅此而已，"阿格尔·塔说道，"我能从你的话里听出来。"

"任何阿斯塔特对自己原体的忠诚都比不上第十七军团对洛加的忠诚。任何帝国战士都无法像你们一样笃信父亲的正义，表现出如此坚定的信念和如此热忱的爱戴。"

阿格尔·塔咽了下口水。他品尝到一股寒意和酸楚。"我们的忠诚是写讲了血脉的？"他说。

"不。你们是具有自由意志的智能生灵。这只不过是近乎无瑕的基因编码里的一点细微差异。你们的基因种子会增强大脑组织里的化学反应。这为你们赋予了专注意志。这让你们对于自身道路有着牢不可破的忠诚，对于洛加·奥瑞利安也是如此。"

"这些真相让我感觉越来越不好了。"连长承认。

"我也是。"托尔高说。

"你这是故作惊讶，阿格尔·塔。你在兄弟军团的战士眼中对此早有所见。回想一下卡西乌斯归顺行动，回想一下科拉克斯的苍白子嗣如何满怀厌恶地注视你们，坚决抵制针对当地异教民众的野蛮清剿。千子在安提欧洛科斯是这样……影月苍狼在戴文是这样……极限战士在塞昂也是这样……"

"你们的所有兄弟都看到了那种坚定不移的浓厚义愤，并为之反感。"

他走回基里曼的孕育舱旁仔细检视，不再观看那些技术人员的实验。"这件事我不想再提了。"他说。

"怀有信念绝非缺陷，怀言者。再没有比这更为纯正的了。"

阿格尔·塔没有理会恶魔的话语，某个事物牢牢抓住了他的注意力。

"我的……看看这个。"连长蹲在基里曼的铁棺状褓裸旁。一台笨重的箱式力场生成器被安装在孕育舱后方，与主体机械相互接合。冷却管微微颤抖地泵着液体，他透过装甲外壳的缝隙可以看到，力场生成器内部结构充满了冒着气泡的红色液体。

达格塔凑到阿格尔·塔肩头，说道："那是血吗？"

连长尖刻地瞪了达格塔一眼。

"怎么了？"军士问道。

"这是为机魂提供的润滑血油。每个孕育舱背后都安装了这样一台次级力场生成器。看，它们顺着那根中央立柱延伸上去。"

达格塔和其余战士四下张望。"于是乎？"

"你还在什么地方见过类似造型的力场生成器？什么装置需要如此复杂的机魂才能运作？"

"哦，"军士说，"哦……"

怀言者们望着那根颤动不已的中央立柱，望着与它相连的各个机械部件和众多供能缆线。

"终于……很好……"

"这不只是一座温育塔。"萨芬说。

"你们已经近在咫尺了……"

阿格尔·塔扫视一台台孕育舱，以及将它们与中央立柱连接在一起的那些庞杂机械。

"好的……好的……见证真相吧……"

"这是一台盖勒力场生成器。"他在惊愕中轻声说道。

萨芬沿着过道绕行，那震耳的脚步声丝毫没有传到成群的技术人员耳中。阿格尔·塔看着牧师在那些孕育舱周围踱步，一股深重怀疑慢慢爬上他的后颈。两位战士都没有佩戴头盔，脸上覆盖了薄薄一层闪亮的冻结汗水。

"世上最强大的盖勒力场，"阿格尔·塔说，他指着那台机械，"在我们的战舰里，那些与导航者相连的力场生成器简直要……相形见绌。"

"你们并不理解所谓盖勒力场的真正功效。它不仅仅是防备亚空间能量的动力护盾。亚空间本身就是灵魂之海。你们的护盾用于抵挡纯粹的灵能力量，是阻拦未诞者尖牙锐爪的屏障。"

"我们要探讨的问题是，"萨芬抚摸着标有 XVII 的孕育舱说道，"为什么这些温育器需要竖立护盾来抵挡……"

"说出来。"

"……恶魔。"萨芬面露微笑。

托尔高走到牧师身边,站在洛加的孕育舱面前。他许久凝视着那个沉睡其中的婴孩。

"我觉得我知道。这些孩子几乎成长到了可以诞生的阶段。恶魔?魂灵?"

"我在呢。"

"各支军团都知道,帝皇的二十位子嗣被散落在银河各处是因为一场重大灾难,要归咎于他们创生过程中的某种瑕疵。"与那个缺乏实体的声音进行交流明显让托尔高感到不安。

"你们在成长过程中听到了关于军团领袖基因原体的种种传说,但事实上你们被饲喂了几个世纪的谎言。很快你们就会见证真相。在他离开地球踏上伟大远征之前,咒逐早就与亚空间的力量有接触。"

"咒逐想要缔造强大的子嗣,诸神便赋予了他奥秘学识,帮助他将神圣科技和灵能巫术融会贯通,从而达成目标。他前去觐见我的主人们,渴求答案,央求力量。他运用诸神所赐的奥秘学识铸就了二十位子嗣。"

"但背叛就此突现。誓言——用鲜血立下,用灵魂履行的誓言——被打破了。咒逐如今拒绝向全人类揭示原初真理,亚空间诸神因此怒不可遏。"

"咒逐得到了他的二十位子嗣,却不愿履行承诺来回报诸神所赐的奥秘学识。"

"我们的父亲——所有军团的父亲——都脱胎于古老的鲜血仪式和禁忌科学。"萨芬紧紧攥着护栏,以免体力不支跪倒。

阿格尔·塔忍不住放声一笑:"坚决否认一切神性的帝皇竟然借助被遗忘的神明的力量塑造了他的子嗣。这些孕育舱上都铭刻着祷文和巫咒。这实在是值得称道的疯狂行径。"

"做好准备。清算即将来临。诸神的力量很快就会进入实体国度,来收回这些它们出力养育的子嗣。"

阿格尔·塔带着无法抹去的微笑凝视那些孕育舱。"这个盖勒力场。它要失灵了,对吗?"他说。

"它会在你的心脏跳动三十七下之后准时失灵,阿格尔·塔。"

"之后原体们就会被夺走——被你的亚空间主人所攫取。这就是让他们分散在银河各个角落的那场意外。"

"亚空间诸神是基因原体们当之无愧的父亲。这不是为了报复帝皇,仅仅是让神圣的正义得到伸张。二十位完美的子嗣投身星海，继续成长。这是诸神为了拯救人类而制订的伟大计划的第一步。"

"奥瑞利安……"

"他是至关重要的。洛加的孕育舱将会被送往寇其斯，让他迈上那条用原初真理和虚空诸神来启迪人类的道路。若无诸神，人类必将分崩离析，最终败亡于那些仍旧割据银河的异形种族之手。苟延残喘的人类会重蹈灵族灭绝的覆辙：苦不堪言，对于近在眼前的原初真理视而不见。"

"这是命运。这是星海天象所注定的。洛加知道人类需要神性，正是这一点塑造了他的生命和他的军团，正是这一点让他被选作诸神宠儿。"

萨芬紧闭双眼，轻声细语地念诵一句摘自圣言的祷文："信仰擢升我们超脱于失去灵魂者与万劫不复者之上。它是灵魂的养料，是人类种族千万年来生生不息的根本动力。我们倘若失去信仰就会心灵空虚。"

阿格尔·塔抽出武器。一对红铁利刃带着相互重叠的两声嘶鸣滑出剑鞘。

"好的。好的……"

连长按动握柄处的扳机，让剑刃上电光闪动。萨芬用半睁半闭的眼睛看着他。

"动手吧，"牧师说，"为这一切拉开序幕。"

阿格尔·塔缓缓舞动兵器，那噼啪作响的能量力场变得愈发凶猛，在冰冷空气里往复扫动的剑刃发出刺耳声响和臭氧味道。

"奥瑞利安，"马尔诺轻声说，"为了洛加。"

"为了真理，"托尔高说，"动手吧，我们会带着这些答案回到帝国去。"

阿格尔·塔看着达格塔，这是他麾下资历最浅的军士，在军团受辱之前才刚刚获得提拔。先驱斥候小队指挥官的目光显得空洞无神。

"我已经厌倦于被帝皇欺骗了，兄弟。我已经厌倦于秉承真理却蒙受耻辱了，"达格塔点头说，最终迎上了连长的目光，"动手吧。"

"三……"

他迈步上前，盯着一捆恍若血管的缆线。它们为那台半活体半机械的高塔不断输送着人造血液。

"二……"

阿格尔·塔挥动双剑，在空气中留下一道道朦胧电光。

"—……"

利刃斩落，切开了精钢、铸铁、橡胶、紫铜、青铜和人造血液。

两把长剑在他掌中爆炸，利刃像玻璃一样粉碎四溅，用血淋淋的伤痕装点他的裸露面孔。

随后，在一个令人感到惊惧和熟悉的瞬间里，灿烂灼目的灵能金光充斥了阿格尔·塔的视野。

第十八章

千百种真相

重生

回归

"我听到了你兄弟的声音。"阿格尔·塔坦承道。

原体已经不再书写了。几分钟以来，洛加全神贯注且愈发激动地聆听着连长描述他们在因格赛尔幻景里的种种经历。讲到这里，屏息许久的他终于长呼一口气。

"是马格努斯？"

"不。是战帅。"阿格尔·塔从未听过父亲用如此轻柔的声音讲话。

金色皮肤的巨人用手掌抹过面孔，仿佛突然感到疲惫不堪。"我没听过那个头衔。"他说，"战帅，多么丑恶的词语。"

阿格尔·塔用双重嗓音轻轻一笑。"对了，请原谅我们，洛加。他还要过些时日才会获得那个头衔呢。目前他只是荷鲁斯。当那幅幻象结束的时候，我们除了夺目金光什么都看不到，但我们听到了你兄弟荷鲁斯的声音。那台机械受损崩溃，轰鸣震耳。有枪声，还有一股我们从未感受过的猛烈狂风。我们听到了荷鲁斯的声音——他带着不甘和愤怒发出呼喊，就好像他也在那里，目睹了我们所见的一切。"

"别总说'我们'了。你是阿格尔·塔。"

"我们是阿格尔·塔，没错。四十三年以后，荷鲁斯将要说出口的几个字，要么拯救人类，要么令其灭亡。我们知道是哪几个字，洛加。你知道吗？"

洛加双手抱头，用纤细手指紧紧按着皮肤上的精致刺青。

"我接受不了。我无法承受。我……我需要艾瑞巴斯。我需要我的父……科尔·法伦。"

"他们都远在天边。我们还要告诉你一件事：无论艾瑞巴斯还是科尔·法伦，都会轻而易举地接受我们所讲述的真理。科尔·法伦始终用虚伪笑容掩藏着对于旧道的信仰，艾瑞巴斯则向来怀揣着对于力量的垂涎。那两个心灵扭曲的行巫之徒，坚决不会这样惊慌失措、抱头痛哭……"

一双金色手掌攥住那枯槁脖颈，让阿格尔·塔的话语戛然而止。

洛加轻松流畅地拎着那个阿斯塔特站起身来，连长的双脚顿时脱离了甲板。

"在提及我两位导师的时候你要注意言辞，在与军团之主对话的时候你要保持尊重。明白吗，畜生？"

阿格尔·塔没有回答。他只是绝望而徒劳地用双手抓挠原体的臂膀。

洛加将这枯瘦形体抛向舱壁。连长轰然撞在金属墙面上，滚落在地。

"把你脸上那副肮脏的笑容抹掉。"洛加命令道。

当这个阿斯塔特抬起头来的时候，就是阿格尔·塔重新透过自己的双眼在注视原体了。

"控制住自己，连长。"洛加警告对方，"继续讲述。"

"我看到了很多事物。"阿格尔·塔说，他用颤抖不已的双腿挣扎起立，"当金光消散之后，我们又目睹了更多景象、更多幻景。我找不到另一种方法来解释了，阁下。"

洛加察觉到爱子已经重获主导，于是搀扶阿格尔·塔坐了起来。

"你讲吧。"他说。

孕育舱逐一坠落。

如今孤身一人的阿格尔·塔站在各个星球的地表目睹它们抵达家园，并非每个孕育舱。这本身就令人不解。他有幸见证的几场坠落景象是否含有某种意义？为什么他看到了这些，而没有看到另外一些？

第一台孕育舱抵达了某个气候温和的星球，像炽热陨石般冲向柔软的泥土。孕育舱并没有深深埋进地下，而是犁出一道壕沟，在浓密的常青林里停下脚步，那层层叠叠的茂盛枝叶彻底挡住了头顶的月光。

从破损孕育舱里现身的那个孩子皮肤白皙，神采奕奕。他的头发与他日后麾下战士的装甲一样色泽乌黑。

暮光毫无预警地降临了——

——让树木化作尘埃随风飘散。繁茂密林被一望无际的荒凉苔原所取代，其间点缀着黑色石块与苍白矮小的植被。

裹着火光的孕育舱从天而降，撞在一座陡峭山坡上，引得沙石四散。在尘埃最终落定之后，阿格尔·塔看到一个体型纤瘦的孩子从金属残骸和零乱碎石之间站起身来，用脏兮兮的手指梳理着如同无瑕大理石般洁白的头发。

男孩四下打量，而——

——阿格尔·塔则独自站在山巅，任由一片片雪花飘落在盔甲上。远方的峰峦顶端矗立着一座堡垒，清澈天空将其化作剪影，透过云层缝隙洒下的一缕阳光照耀着石工精湛的城垛和高塔。

怀言者抬起头来，感受到轻柔雪片冷却了自己的燥热皮肤。他注视着孕育舱迅速坠落，带着凶猛力道一头扎进山腰，像火炮轰击般撼动地面。

阿格尔·塔盯着山脉上的那道伤痕耐心等待。最终，一个孩子轻而易举地跃过石块爬了出来，他的青铜色皮肤在明媚阳光下闪亮。有那么一瞬间，男孩仿佛看到了阿格尔·塔，但是——

——任何世界都不该如此黑暗。

阿格尔·塔的双眼花费了一些时间才成功穿透深幽夜色，然而迎接他目光的这幅景象与此前的黑暗并无分别。一轮咄咄逼人的月亮盘踞在无光天空上，它并没有反射太阳的恩泽，却遮挡住了点点繁星。绵延在地平线上的那座都市显得分外昏暗，仿佛其中居民的眼睛无法忍受真正的照明。

火光昭示了孕育舱的降临，它迸发着夺目光辉扑向大地，照亮了下方的这片废土。孕育舱像一柄长枪般刺进腥气扑鼻的泥土，埋入岩层深处，其强大力量引得地裂山崩。

怀言者维持住平衡，呼吸着沾染了血腥味的空气，默默等待那条方才劈开贫瘠土地的幽谷里出现任何动静。

现身于夜空下的那个男孩有着如同死尸般毫无血色的苍白皮肤，他在阿格尔·塔至今所见的诸位原体中特立独行，因为他手里紧握着孕育舱的一块碎片——他出于本能地将扭曲变形的金属部件当作一把临时匕首。

雷霆滚滚。男孩仰面朝天，让一股三叉戟状的闪电骤然照亮了那副病恹恹的瘦削容貌。

阿格尔·塔——

——阿格尔·塔站在另一道峭壁上，俯瞰着一条将粗蛮山脉劈作两半的深邃峡谷。

化作灰色残影的孕育舱狠狠砸在岩壁上，却没有击穿山石。它翻滚坠落，严重受损。黑色的金属碎片从孕育舱的装甲外壳上像干硬疮疤般剥落四散。

最终它头上脚下地停在谷底，阿格尔·塔的护目镜将图像放大来探明远方的情景。他看到孕育舱晃动了一次、两次，随后翻倒在地，被置身其中的婴孩一脚踹开。摆脱了禁锢的那个孩子抬起颤抖的双手，轻轻触摸自己涂满血迹的面孔。

谷底传来的那声痛苦尖叫绝不该从一个如此年幼的孩子口中发出。

当一切——

——再次改变的时候，阿格尔·塔透过朦胧迷雾展望昏沉暮色。那淡淡雾气有着病态可憎的灰绿色泽，展现出空气中的寒意与毒素。勉强刺透迷雾的些许阳光来自那颗针尖大小的恒星，此刻它缓缓沉入地平线，无论尺度还是恩泽，都极其微薄。

枯燥乏味的平坦原野朝各个方向铺展开来，与阿格尔·塔在伟大远征航程中遭遇的那些不值一提的死寂世界没有任何区别。

孕育舱拖着浓烟和烈焰穿过雾气，将其中的有毒物质点燃成翠绿火舌。最终它砸落在崎岖地面上，被坚硬岩石敲开一道裂痕。

怀言者凑近观察，注意到触须般的雾气钻进了破损变形的金属外壳里，让玻璃板背后的内舱变得愈发朦胧。某个肤色苍白的形体在里面动了动，但是——

——他置身于由洁白石板和闪耀水晶搭建的城市中心，周围环绕着众多尖塔、金字塔、方尖碑和宏伟雕像。

孕育舱以一颗陨石的坠落角度划破夏日天空，撕裂了一座纤细塔楼，那玻璃破碎的震耳尖鸣响彻全城。片刻之后，孕育舱就一头撞裂彩砖地面，带着飞溅火花划过白石街道，在一座宏伟金字塔脚下结束了自己的炽热旅途。

一群有着褐色皮肤的俊美民众，在午后阳光的照耀下聚集过来，好奇地围观那金属装置的铆钉和螺栓自行松动脱落，仿佛是被一双无形手掌所摘除。一块块装甲护板从孕育舱上剥离，悬浮在坠落位置上空。最终，所有结构部件都分散飘开，这奇异景象中间站着一位红发孩童，他双眼紧闭，皮肤具有抛光紫铜般的色泽。

男孩的双脚并没有接触地面，飘浮在焦黑石砖一米之上的他终于睁开了双眼。阿格尔·塔——

——踏足于一个荒废世界。空气中充斥着废气污染，这片了无生机的灰色大地与泰拉的唯一卫星难分彼此。

孕育舱从那铺满繁星的夜空中现身——每个星座都蕴含着等待解读的深邃意义。这突然袭击让大地隆隆抗议，怀言者爬上冲击坑的边缘，看到孕育舱在银灰色的泥土里凿出了一条深谷。

舱门被早早掀开，那铿锵响动在寂静夜色里回荡。从中现身的男孩拥有超凡脱俗的俊美容貌，那张精雕细琢的面孔肤色白皙，脸上流露着沉吟神色，他的灰色眼眸与脚下的大地相得益彰。

根本没有——

——机会再走近些。

他身在家园。不是远征舰队的冰冷甲板，甚至不是深远号上那间简朴的冥想室。不，他身在家园。

广袤沙漠上方的湛蓝天空万里无云，一座由灰色花朵与烧制红砖所搭建的城市坐落在宽广的河流旁。站在下游位置的阿格尔·塔注视着圣城。这奇特的归乡经历让他倍感喜悦，以至在最后一刻才想起来要仰望半空。

那台孕育舱——他父亲的钢铁襁褓——落入奔腾河面，激起冲天水花和四散雾气。阿格尔·塔已经迈开了脚步，伴随盔甲关节的轻声嘶鸣冲过干燥的土地。他不在乎这究竟是不是幻象，他不在乎自己究竟是不是身在此处。他必须赶到父亲的孕育舱那里。

阿斯塔特作战盔甲不是为此设计的。他的可观重量让战靴深深陷入河底淤泥，安装在胫甲和膝关节里的水银稳定器发出刺耳的抗议声。

怀言者在齐腰深的淤泥中奋力前进，沿着河床走向目标。他逐渐接近那台孕育舱，发现了一个非常明显的现象：洛加所处的装置遭受了最为严重的损伤。

他伸出手去，包裹在指尖上的陶钢护甲稍稍触及孕育舱的表面，立刻让一幅图像在他视野里闪现，与现实情景相互重叠。

孕育舱剧烈震动，在虚空中飞旋，独自承受着亚空间波涛的拍打。在这趟颠簸动荡的旅途中，装甲护板表面被留下了一处处焦痕与裂纹，有着疯狂色泽的云雾逐渐渗透进去。沉睡其中的婴孩变得躁动不安，脸上流露着痛苦神色。

"看看吧，银河诸神将你的原体视为掌上明珠，让他在灵魂之海深处流连了数十年，帮助他做好充分准备，得以在人类种族超凡入圣的升腾进程中扮演关键角色。"

"洛加蒙受了格外慷慨的祝福。"

阿格尔·塔——

——趔趄一步，勉强站定。

面前这台孕育舱和父亲的完全相同，然而一切变得愈发朦胧虚幻。地面漆黑一片，夜空幽暗无光，阿格尔·塔突然间不确定自己究竟是站在某个世界的地表，还是一艘休眠战舰的甲板上。

在一切都渐渐消逝之际，他透过孕育舱正面的观察窗依稀瞥见了什么。在那孕育装置内部产生动作的肢体似乎数目过多，不是单单一个人类婴孩所应有的。

阿格尔·塔凑近观察，却被玻璃反光中的一抹猩红吸引了注意力。那是他的头盔和他的胸甲，然而已经扭曲变形，布满了象牙色的凸起——陶钢与骨骼共同构成了一种怪异阴森的形象。与他视线交会的正是自己的战盔，但已经面目全非，生有獠牙，涂作红黑两色，仅仅保留着右侧护目镜周围的金色星芒。

他——

——睁开了眼睛。

这是一块观察甲板，位于欧菲奥的挽歌号上。拱顶外面的天空是一幅翻滚动荡的混沌景象。

恶魔丝毫没有挪动位置，那肌肉虬结的形体无法保持完全静止，永远在左右摇摆身躯，凭空晃动利爪。萨芬、托尔高、马尔诺、达格塔，全都站在原地。

先驱斥候军士检查他的计时器，仅仅过去了三秒、四秒、五秒。

他们没有花费任何时间。

"刚才那些有什么是真的吗？"他问道。

升腾者因格赛尔抬起两条纤细臂膀指着怀言者们身后的地面。两把红铁剑刃躺在甲板上：已经断成几截，不可修复，被那场爆炸留下了大片乌黑焦痕。

"看来像是真的。"萨芬轻笑道。

"你们目睹了很多，了解到很多。现在只剩下一件事了。"恶魔在阿斯塔特战士们周围缓缓滑行游走，像是要仔细品味这一刻。它凝视着阿格尔·塔，那双丑恶眼睛里闪烁着近似于笑意的神色。

"还有什么事？"

"还有一次信仰之跃。"

萨芬望向阿格尔·塔，说道："我们已经走到了这一步。我们共同进退。"

连长点点头。

"你们必须做出选择。你们已经目睹了关乎诸神的真相；你们已经揭穿了帝皇所散播的谎言；你们也知道倘若人类始终无法接受原初真理的话，就必将踏上缓慢灭亡的道路。选择吧。"

"选择什么？"阿格尔·塔眯起双眼。他不愿继续忍受那怪物的扑鼻恶臭，于是戴上头盔，在颈甲密封嘶声锁定之后，终于能够顺畅呼吸了。

"降下这艘战舰的盖勒力场。"因格赛尔用指甲轻轻划过拱顶内面，在厚重玻璃的另一端，凄厉尖叫的面孔和疯狂抓挠的利爪迎向了恶魔的手掌，"降下盖勒力场。成为人类命运的缔造者，成为洛加手中用来打破这谎言帝国的武器。"

怀言者们的反应各不相同。萨芬闭上双眼会心一笑，仿佛这番话仅仅证实了他的预期；托尔高将双掌搭在枪套里的手枪和剑鞘中的利剑上；马尔诺也用灰色手甲握住了借助磁力吸附在大腿上的两把爆矢手枪；达格塔退开一步，虽然护目镜无法表达任何情绪，但肢体语言明确暴露了他的不安。

萨芬——第七突击连牧师

阿格尔·塔没有拿起武器。他放声一笑。

"你疯了，怪物。"

"这就是你对诸神信使所表现的敬意？"

"你以为呢？难道怀言者要跪倒在地，全盘接受你的说法，将其视为神圣旨意吗？我们早就已经跪够了，因格赛尔。"

"降下盖勒力场，你们就能品尝到最后一份美妙的证据。"恶魔的大口颤抖着吐出一声老鼠般的嘶叫。

"我们必须听从信使的话语。"牧师说。

"够了，萨芬。"

"这是奥瑞利安的要求！我们奉命跟随指引，无论走向何方。你怎么能够在见证真相的最后一刻迈不出步来？"

"够了。我们不能冒险让战舰落入这场风暴。我们已经失去了众志成城号。一百位兄弟失落在这片空间里，如今又要失落一百位，而你却还笑得出来。"

"他们没有被选中，阿格尔·塔。你们被选中了。他们理应遭到毁灭。他们缺乏足够强大的意志力来承受你们如今面对的选择。"

连长猛然转身瞪着恶魔，说道："如果我们降下护盾会发生什么？我们会任由风暴摆布吗？会像任何在亚空间航行过程中丧失盖勒力场的帝国舰船一样被撕成碎片吗？"

"不。降下这层可憎屏障，我的同类就会前来造访。我们会向蒙受神选的战士揭示最后的真相。"

"恶魔……出现在战舰里，"阿格尔·塔说，他看着那些疯狂撞击拱顶的尖叫面孔，"我们不可能做出这种选择。银河里的神祇不可能是这样的。"

萨芬压低了嗓音。在阿格尔·塔耳中，对方从未与自己的前任导师艾瑞巴斯如此相似。

"兄弟……谁也不曾向我们承诺过真相会来得自然而然，就像我们——以及我们的父亲——被真正的神圣力量所垂青那样自然而然。"

阿格尔·塔透过瞄准矩阵盯着萨芬，说道："你似乎非常确信这样的行动方案，兄弟。"

"难道你对于这份殊荣不感到自豪吗？我很愿意成为蒙受诸神赐福的第一批人。这是一次信仰之跃，正如因格赛尔所说。"

"即便我们下达命令，塞拉摩也坚决不会解除盖勒力场的。这无异于自杀。"

"这不会是徒劳无果的死亡。这是你们的升腾时刻，怀言者。顺从命运的走向吧。回想一下你们的原体跪在基里曼和帝皇面前的尘埃里。"

"这一刻将是他得证英明的第一步。帝皇的谎言会让你们的种族万劫不复。原初真理则会为你们赋予自由。"

"我们可以带着这份学识返回帝国，但人类永远不会屈从于这……混沌。"

"人类别无选择。人类种族必将葬送在异形魔爪下，而苟且偷生者则会被亚空间诸神的蓬勃力量所吞没。它们的力量只会日益强大，阿格尔·塔。任何种族若是拒绝崇拜它们，就休想在这个银河中立足长久。"

怀言者没有说出那句临到嘴边的话，然而，恶魔还是察觉到了。

"你要做何应对，人类？对抗我们吗？向诸神开战吗？想象一下，渺小的凡人帝国对天堂和地狱发动围攻，这多么幼稚。"

"就像灵族一样……你们要么认知原初真理，要么被它彻底毁灭。"

"最后一个问题。"阿格尔·塔说。

"问吧。"

"你称帝皇为咒逐。为什么？"

"因为未来，帝皇将会让你们的种族万劫不复，将会阻碍人类实现与生俱来的权利，成为诸神宠儿。他与神祇开战，用无知蒙蔽人类。这将是你们整个种族的末日。帝皇的可憎之处不仅仅在于他对诸神的背叛，更有他对全体人类犯下的罪行。"

"洛加很清楚。这就是为什么他派遣你们闯入巨眼。你们蒙受启迪便是人类种族迈向升腾的第一步。"

阿格尔·塔注视了恶魔很久很久。在那双不对称的眼睛深处，他又一次看到洛加在尘埃之间屈膝蒙羞。他重新感受到自己被虚伪帝皇的灵能罡风轻易掀翻，跪倒在极限战士面前的土地上。

他体会到了置身于灰色花朵之城的平和宁静，终于笃定无疑地明白自己踏上的道路是神圣的，投身的战斗是正义的。他已经多久没有感受过如此纯正的决心了？

"钱希尔小队，"阿格尔·塔说，他在通信频道里下令，"赶往三号甲板的盖勒力场生成器。韦拉什小队，前去支援钱希尔。"

下属们传来确认回应。"有何指示，长官？"钱希尔军士问道，"我……我们都听到了。"

连长咽了下口水。

"摧毁盖勒力场生成器。这是命令。全体怀言者，备战。"

九十一秒之后，众人脚下的战舰微微颤抖了一阵。

九十四秒之后，它猛然朝右舷偏转，被风暴的狂怒力量拖离星球轨道，没入了翻滚沸腾的亚空间浪潮。

九十七秒之后，所有甲板都失去了照明，全体船员和他们的阿斯塔特战士被危机警报的昏暗红光笼罩。

九十九秒之后，尖叫声在所有通信频道里爆发。

因格赛尔伸展躯体，猛扑上前，首先向马尔诺发难。

萨芬的尸首瘫在那怪物脚下。

他脊梁弯折，盔甲破损，死去的模样毫无安息可言。在他的箕张手指一米之外，那柄失去能量的黑钢牧师权杖静静躺在甲板上。头盔遮盖住了他的临终面貌，但牧师的尖叫仍旧在通信网络里回荡。

那汨汨的喘气声显得分外艰难——这是萨芬破裂的肺脏里灌满鲜血的结果。

恶魔带着掠食者的优雅姿态转过头来，那不计其数的獠牙之间拉扯出一条条钟乳石般的恶臭唾液。观察甲板里已经没有任何人工照明了，但遥远恒星的闪烁光芒仍旧在那双不对称的怪物眼睛里映出点点银辉。它们一只是琥珀色的，肿胀不堪，没有眼皮。另一只是黑色的，如同深陷在眼窝里的乌黑石块。

"轮到你了，"它不动唇舌地说道，那张大口永远也讲不了人类语言，"接下来是你。"

阿格尔·塔想要开口，却仅仅从嘴里吐出一股滚热的鲜血。沿着面孔流淌的血液刺痛了他的下巴。洛加的每一位子嗣体内都奔涌着蕴含他基因编码的热血，这浓烈腥气足以遮盖住面前怪物那抖动不止的灰色皮肉所散发出的刺鼻恶臭。在片刻间，他只能闻到自己的死亡，而非恶魔的腐朽。

这是格外美好的安慰。

连长抬起爆矢枪，他的臂膀微微颤动，但这并非出于恐惧。这是抗争，是他无法用其他方式表达出来的回绝。

"好的。"那怪物一边说着一边凑近，它的下半截躯体形象可憎，仿佛是由盘蛇与蠕虫拼接而成的，表面覆盖着粗壮脉络，在身后像蛞蝓般留下一条清澈黏稠的痕迹，散发着掘开坟墓的陈腐气息，"好的。"

"不，"阿格尔·塔终于从牙缝里挤出一句话来，"不该这样。"

"就该这样，像你的兄弟们一样，必须如此。"

爆矢枪骤然发出粗重咆哮，将一串子弹吐在远处的舱壁上，用密集爆炸的震耳轰鸣摧毁了房间中的寂静。枪械在他颤抖手掌里的每一次跳动，都让下一枚子弹更加严重地偏离目标。

他放松了火辣辣的臂膀肌肉，让武器在铿锵闷响中坠落。那怪物没有大笑，没有嘲弄他的失败。它伸出四条手臂，动作轻柔地将他捧了起来。乌黑利爪刮擦着他的灰色陶钢盔甲，将他高高举在半空。

"做好准备，这是会痛的。"

阿格尔·塔在怪物掌中全身瘫软。在转瞬间，他将双手探向挂在腰际的红铁长剑，忘记了自己的兵器早已断裂，那利刃碎片此刻就散落在甲板上。

"我能听到，"他紧咬牙关说，话语含混不清，"另一个声音。"

"是的，我的一个同类。它来与你相会了。"

"这……这不是……我原体的意愿……"

"这？"怪物将无力反抗的阿斯塔特捧在面前，动用意念炸碎了阿格尔·塔的副心脏。连长顿时陷入剧烈痉挛，他肋骨背后的那团损毁器官仿佛是被压烂的一串葡萄，恶魔则用令人作呕的温柔姿态将他拢在怀中。

"这恰恰就是洛加的意愿。这是真理。"

阿格尔·塔徒劳地挣扎喘息，强迫濒死的肌肉探向不复存在的武器。

在殒命之前，他最后感受到的是某种湿滑冰冷的东西灌注了自己的思维，如同洒进大脑的油料。

他最后听到的是某位死去兄弟在通信频道中断断续续地深吸一口气。

他最后看到的则是萨芬用抽搐乏力的四肢从甲板上撑起身来。

洛加再次放下笔。他的眼睛里燃烧着一种难以辨认的情感。无论那究竟是什么，阿格尔·塔都从未目睹过。

"这就是全部经过，"原体说道，"你们死而复生。你们发现船员已经全灭。你们花费七个月的时间驶出了巨眼。"

"您想要得到答案，阁下。我们把答案带给您了。"

"我对你们感到无比骄傲，阿格尔·塔。你们从无知和灭绝中拯救了人类。你们证明了帝皇的谬误。"

"这些答案有多少是你早就知道的，阁下？"连长仔细观察父亲。

"何出此问？"

"你在卡迪亚的洞穴里和因格赛尔共处了三个月。在你派遣我们进入巨眼之前，你已经从那个怪物口中得知了这段故事的多少内容？"

"我对于你们会遭遇怎样的磨难一无所知，吾儿。请相信我。"洛加吐出一口气，这称不上笑声，也称不上叹息。

阿格尔·塔点点头。这就足矣。

他正要开口确认，话语却卡在了嗓子里。莫非这就是所有阿斯塔特从基因层面上对于自身原体的强烈忠诚，而且在第十七军团身上格外显著？他是不是永远都看不出父亲眼中的欺骗意味，即便尤里曾对他当面撒谎？

很多世界未发一枪一弹就完全和平地沦陷在了洛加的雄辩之下。在他的子嗣们看来，他体现着帝皇身上那种令人信服、源自灵魂的光辉魅力。他似乎一向超脱于欺骗这种低劣粗鄙的手段之上。

无论如何，因格赛尔的话语还是投下了一片怀疑的阴影。

"我相信您，父亲。"阿格尔·塔说道。他盼望这是真的，即便他心中并不这样想。

"我们必须抹除痕迹，"洛加说，他缓缓摇了摇头，"卡迪亚人的生命本身就是绝不能让帝皇看到的证据。被我父亲派遣到我们身边的那群忠犬一定会让他知道我们目睹了卡迪亚人的仪式，以及我们闯入了巨眼。我们必须维持在帝皇眼中的纯洁形象。这场风暴没有揭示任何真理。至于卡迪亚人……他们因为误入歧途而遭到了摧毁。"

阿格尔·塔咽下一口酸液，说道："您要摧毁那些部落？"

"我们必须抹除痕迹，"洛加叹息一声，"我从不乐于发动种族灭绝，吾儿。我们会在舰队中散播关于当地人爆发骚乱的传言，并针对登陆区域投放地动武器，彻底摧毁那些居住在废土上的部落。"

阿格尔·塔一言不发。他无话可说。

"你已经重获新生，"洛加说，他双手合十，"诸神重塑了你，将这份伟大祝福赐予了你。"

这确实是一种看待此事的方式，阿格尔·塔心想。

"我被附体了。"他回答，这个词并不能恰当描述那种遭到悍然侵犯的感受，然而其他任何解释方法都显得过于生硬，更不合适，"我们遭到了附体，从而向你证明因格赛尔所说的诸神是真相。"

"这让我完全信服了。一切终于清晰明了。在两个世纪的苦苦追寻之后，我终于找到了正确的道路，知晓了我在银河中的位置。我们会将你们的……合体……视为神力下凡的体现，这表明你们受到诸神青睐。这并非牺牲。你们被选中了，阿格尔·塔。正如我一样。"然而他并没有表现出与话语相符的自信。他的嗓音流露着疑虑。

阿格尔·塔深陷在思绪中，他不时张合手掌，凝视自己的枯瘦臂膀。

"因格赛尔警告了我们所有人：这仅仅是个开端。在附体效果根深蒂固之后，我们就会经历某种转变，但时机未到。栖身在这片风暴里的神祇届时会从它们的领域中发出呼唤，而当我们听到这种呼唤时，就会开启自身的……'进化'。"

"这种转变会采取什么形式？"洛加继续奋笔疾书，用迅捷而精美的笔迹将一切都记录下来。他从不纠正自己的笔误，因为他从不出现任何需要纠正的笔误。

"恶魔没有说，"阿格尔·塔坦承道，"它只是说在一个世纪之内，当前年代就会告终。届时银河将要燃烧，诸神将要尖叫。在此之前，我们要承载另一个灵魂，容它在自己心中逐渐成熟。"

洛加沉默了许久。最终，他放下笔，向子嗣露出微笑——令人宽慰的温暖微笑。

"你们必须学会在禁军面前隐藏这一切。你们必须在军团之外的任何人面前隐藏这一切，直到诸神向你们发出呼唤。"

第十九章

告解
恢复
受祝之子

在房门打开之前，受祝女士就知道了来者的身份。

她安逸地坐在床沿，双手交叠于大腿上，身穿一件乳白和淡灰两色的女祭司长袍。她追随着那双光脚的走动声，用失明双目直面对方。她听到了衣袍布料的摩擦声，而非动力盔甲的轻吟，这新奇现象让她面露微笑。

"你好，连长。"她开口道。

"告解者。"他说。

她极力保持镇定，掩饰住自己的惊愕。对方的嗓音大有改变，显得更加沙哑。而且不仅如此……他目前的虚弱声调里还蕴藏着一股新的深沉音色。

当然，她对种种谣言早有耳闻。如果那些传闻属实的话，那么就是他们在走投无路之际被迫自相残杀，饮血求生。

"我本以为你早就会来找我了。"

"请原谅我拖延许久。自从归来之后我一直在原体身边。"

"你听起来很疲惫。"

"这种虚弱状态会过去的。"阿格尔·塔坐在她床边的地板上，这是他惯有的位置。他上一次坐在这里是区区三天以前的事，但是在怀言者看来，已经过去了大半年的岁月。

"我想念你，"他告诉对方，"但我很高兴你没有与我们同行。"

希琳妮不知道该如何开口。"我……听说了一些事。"她说道。

阿格尔·塔微微一笑。"应该都是真的。"他回应。

"凡人船员？"

"无一生还。这就是为什么我很高兴你不在那艘船上。"

"你们像传言所说的那样遭受了苦难？"

怀言者轻笑一声，说道："这就要取决于传言是怎么说的了。"

他的泰然自若一如既往地让希琳妮为之倾倒。一丝笑意又微微挑起了她的嘴角。

"过来。跪下，让我看看你。"

阿格尔·塔听从吩咐，将面孔摆在她前方，轻轻握住她的手腕加以指引。她的指尖扫过对方的皮肤，仔细触摸那骨瘦形销的容貌轮廓。

"我总会猜想你是否英俊。仅仅依靠触觉实在很难判断。"

这个念头从来不曾在他脑海里浮现。他已经超脱于这种层面之上了。于是他略带风趣地回答对方："无论我过去是否英俊，至少要比现在这副模样好看些。"

希琳妮垂下双手，说："你很憔悴。"她想，而且你的皮肤太热了。

"补给非常匮乏。就像我说的，传言属实。"

当沉默降临在两人之间时，她感觉极为尴尬，坐立不安。他们从来没有像这样无话可说。希琳妮把玩着一缕长发，她的女仆在半个小时之前刚刚大费周章地为她编好辫子。

"我是来告解的。"阿格尔·塔终于打破了沉默。然而这并未让她松一口气，反倒令她胆战心惊。她不确定自己是否愿意知道欧菲奥的挽歌号究竟遭受了怎样的劫难。

但希琳妮对军团的忠诚高于一切。这是一份宝贵的职责，她对此倍感荣幸。

"讲吧，战士。"她说，嗓音里注入了和善庄重的语气，"坦承你的罪过。"

她预期听到对方讲述如何屠戮战斗兄弟，如何嗜血求生。她预期听到关于亚空间风暴的恐怖故事——那场她从未亲眼看到，只能依靠其他船员的蹩脚描述才能略知一二的风暴。

连长语速缓慢，声音清晰："我在数十年来秉承一个谎言投身战场。我让诸多世界归顺于一个虚伪的社会。我需要得到宽恕。我的军团需要得到宽恕。"

"我不明白。"

他开始为希琳妮讲述自己近一年来的人生经历，正如他先前为父亲所讲述的那样。在这个过程中她很少开口打断，待对方讲述完毕之后，她所关注的并不是这一切的重大意义和深远影响，而是让阿格尔·塔嗓音最为颤抖的那段故事。

"你杀死了文达萨，"她说，她保持着轻柔语调，包裹住责难的锋芒，"你杀死了你的朋友。"

阿格尔·塔看着她的失明双眼。从风暴深处返回现实之后，他注视任何活物时都会品味到一丝怪异的快感。他自始至终都能听到对方心跳的沉闷节拍，但如今那声音里还夹杂着她体内鲜血奔涌的诱人意味。那股暖意、那股美味、那股生命活力：就藏在她脆弱纤薄的皮肤下面。他注视对方，知道自己能够轻而易举地了结对方性命，这是他从未体会过的一种罪恶快感。

那太容易想象了。她的心跳会放慢，她的目光会失神，她的喘息会断断续续，她的嘴唇会微微颤抖。

之后……

之后她的灵魂就会落入亚空间，在那动荡深渊中尖叫，在那翻滚波涛中呼号，最终被未诞者吞噬。

阿格尔·塔移开目光。

"请原谅我一时走神，告解者。你刚才说什么？"

"我说，你杀死了你的朋友。"希琳妮抬起手触摸造型简朴的银质耳环。阿格尔·塔猜测这是她情人阿瑞克·杰斯梅汀少校赠送的礼物。

怀言者没有立刻作答。"我不是来为此祈求宽恕的。"

"我不确定这件事能否得到宽恕。"

连长重新站起身，说道："我不该这么早来找你的。我本就惧怕你我之间会出现这样的隔阂。"

"惧怕？"希琳妮说，她微笑着抬起头，"我从来没听过你说出这个词，阿格尔·塔。我以为阿斯塔特无所畏惧呢！"

"好吧。不是惧怕。"他说，这番话如果从旁人口中说出，想必会显得暴躁而戒备，但她并没有在阿格尔·塔的语气里听到类似的情绪，"我目睹了帝国之中绝大多数生灵永远都不会目睹的事物。或许我对死亡具有了更深刻的理解。毕竟，我已经知道我们死后灵魂会去往何处了。"

"你还愿意为帝国献出生命吗？"

这一次，他在回答时毫不犹豫："我愿意为人类种族献出生命。我永远不会用我的生命来捍卫帝国了。我们一天天逐渐远离了我父亲的父亲所建立的谎言帝国。帝皇用弥天大谎蒙蔽了整个种族的眼睛，这罪行必将得到清算。"

"听到你这样讲真好。"她说。

"为什么？你喜欢听我大肆诋毁帝皇的治国之道吗？"

"不。远不是这样。但你终于恢复了对于一切的坚定信心。我很高兴你能从……那个地方回来。"

希琳妮伸出手去，正如神盟教派女祭司容许旁人亲吻玺戒的姿态。这是两人之间的老传统。她手上并没有玺戒，于是阿格尔·塔用干裂燥热的嘴唇极为短暂地触碰了她的指节。

"这是要引发战争的，"她说道，"对吗？"

"原体希望不会。人类种族只有一个选择，而这个选择必须交给那些探寻到答案的人。"

"比如你自己？"

他又轻笑一声。"不。要交给我的父亲，以及他能够信任的诸位兄弟。其中一些思维迟钝，难以全心全意地弃暗投明，恐怕就要哄骗他们加入我方。但我们是一支规模庞大的军团，至今战果累累，日后还会大有斩获。位于帝国边疆的很多世界首先效忠于奥瑞利安的战士，其次才是帝皇。"

"你们……你们已经在筹划这些了？"

"或许并不会爆发战争，"他说，"原体准备闯入巨眼，亲自见证真相。显然，锯齿烈阳战士的牺牲和转变仅仅为真理拉开了序幕。"

希琳妮能听出对方嗓音里的不安。他也丝毫没有加以掩饰。

"你觉得原体派遣你们先行涉险是出于……恐惧吗？"

阿格尔·塔没有回答。

"在你离开之前，再告诉我一件事，连长。"

"问吧。"

"你为什么相信这一切？地狱世界、灵魂、人类的缓慢灭绝，还有这些……自称为恶魔的……怪物。是什么让你确定这些并非某种异形诡计？"

"这些生物与千万年来迭起兴衰的无数信仰所崇拜的神祇是相同的。没有多少神祇在所属文明中扮演了慈爱创世者的角色。"

"但如果我们被欺骗了呢？"

他大可回答说信仰能够自给自足，而人类一向寻求宗教的支撑；他可以说几乎每一个被重新发现的人类文明都死死抓住各自对于无限神力的信念；他可以说存在着一个符合预言的界域,栖身其中的神能存在已经确切表明了,是它们在召唤第十七军团之主,是它们刻意塑造命运来引发这一连串事件。

它们究竟是神话传说中的慈爱创世者,还是凡人情感的汇总具现,这无关紧要。充满了迷失灵魂的银河中确实存在着神圣力量。在实体宇宙的边际,神祇与凡人终于成功交会,若没有这些主宰的指引,人类就必将灭亡。

但阿格尔·塔没有说这些。他已经厌倦于长篇大论地解释。

"我还记得在蒙纳奇亚被帝皇怒火焚灭之后你说过的话。你告诉我说,你正是在那一天亲眼看到了超凡力量的施展,从而开始相信神祇是真实存在的。我见证到风暴深处的那股力量之后也有同样的感觉。这你能理解吗,希琳妮?"

"我理解。"

"我想也是。"

说完之后,他就走出了她的房间。

阿奎隆在训练笼里找到了阿格尔·塔。

两人在开口之前就早已察觉到了对方的存在。阿奎隆默默旁观,敬等阿格尔·塔完成这一轮训练,而怀言者则轻描淡写地朝禁军点头致意,继续一言不发地按照自己的流程练习剑招。他目前身体虚弱,维持平衡都有点困难。关闭了力场的练习剑在空中迟钝挥舞——远远比不上昔日的红铁对剑——他的憔悴身躯很快就难以承受这沉重压力,气喘吁吁,心跳急促。

最终,阿格尔·塔垂下了武器。仅仅两个小时的训练便让他肌肉酸痛。在踏上旅程闯入巨眼之前,如此糟糕的表现必定会让他自行展开长达九十九个夜晚的悔罪仪式。

"阿奎隆。"他向朋友招呼道。

"你简直像是个忘记躺倒的死人。"

怀言者轻哼一声,说道:"我感觉也是。"

"真可惜。我们上一次共同走进训练笼的时候,你在我手下成功坚持了足足四分钟呢。"

"看来你今天脾气不顺啊,"他说,平日里,这种玩笑斗嘴是阿格尔·塔信手拈来的,"你是来找我谈老文的事吗?"

阿奎隆打开笼子,拾起一把与阿格尔·塔手中武器相同的练习剑。力场训练笼的两个半球在他们周围闭合。两位战士都身穿布袍：一人是泰拉宫殿仆从的白色，一人是第十七军团的灰色。

"我想听你讲一讲。"他双手举起长剑，俨然握着自己心爱的那把武器。他麾下的战士们运用传统的长戟，而阿奎隆那把造型古典的双手阔剑则独树一帜。他挥舞这柄练习武器的姿态与平日战斗时无异：充满自信，气定神闲。

阿格尔·塔抬起武器，交叉双剑采取守势，同时体味着肌肉中的乳酸灼烧。两位战士交战向来充分仰仗各自的优势：阿奎隆用凶猛招式连续进攻，阿格尔·塔则用严密作风维持防守。

"你能告诉我究竟发生了什么吗？"

阿奎隆的脾气确实不顺。怀言者还没来得及开口作答，阿格尔·塔的双剑就已经脱手，连长自己则躺倒在地，面对禁军的剑尖喘着粗气。利刃摩擦着他喉咙的脏污皮肤，阿奎隆摇了摇头。

"可悲。"他说，他伸出手去搀扶阿格尔·塔起身，"再来。"

怀言者没有接受帮助，自己站了起来，捡回武器。"我不喜欢你语气里的那种怜悯。"

"那就想想办法消除这种怜悯。但至少先回答我的问题。"

下一场交手持续了几秒，但结果是相同的。怀言者反手拍开了指着自己脖颈的武器。

"你读过报告了吗？"他反问禁军，依然没有接受朋友的帮助，而是自行起身。

"读过。写得非常含糊，而且我这样评价都算是客气了。"

阿格尔·塔也读过。卡迪亚星球地表……闯入巨眼的旅程……关于这些事件的报告全都不着边际，闪烁其词，胡编乱造，几乎引他发笑。"确实含糊，"他承认道，随后再次抬起双剑，"但内容准确。我可以尽量为你详细解释。"

这一次，阿格尔·塔发动了攻击。阿奎隆用两招打落他的武器，接着一脚踢中太阳穴，让怀言者回到了地板上。

"从文达萨讲起。当时他告诉我说洛加要参加一场异端仪式，几名军官也随行出席。"

"确实如此。"

"顺便说一句，你还是在招架我的佯攻突刺。"

"我知道。"

"很好。继续说。"

他血液沸腾,仿佛有什么不愿受到支配的事物在做出反应。阿格尔·塔咬紧牙关压下一股冲动,他想要用某种似乎是又似乎不是寇其斯语的声音去咒骂禁军。

"并不是……我们所担忧的那种仪式,"他站起身来继续说道,"无非是对古老典籍的冗长诵读、向先祖灵魂进行祈祷、舞蹈、鼓点、迷魂草药。"

双剑在手的阿格尔·塔再度发动攻击。三声铿锵响动之后,他回到了地板上,后脑距离那嗡鸣不止的力场笼非常近了。

"洛加就是基于这些派遣你们冲进了那团风暴?基于一场……古老谎言的戏剧性表演?"阿奎隆没有伸手搀扶阿格尔·塔,疑云浮现在他脸上。

"别犯傻,"怀言者说,他活动双肩,饱受蹂躏的肌肉和脊椎发出阵阵脆响,让他紧皱眉头,"他从来没有派我们闯进风暴。是我自告奋勇的。我们手头没有常见的机械神教探索舰船,所以就选择了舰队里最小的战舰。"

两位战士展开对峙,武器相隔半米。"是你自告奋勇?"

"那是从整场行动中挽救出些许价值的最后一次尝试。那是在我们掉转方向重新启程之前在帝国疆域外部的最后一次闯荡。阿奎隆……这里什么都没有。你以为我们愿意承认这一点,让自己蒙受更多羞辱吗?不少远征舰队都要花费几个月,甚至是几年时间才能找到一个值得征服的世界。但这是我们原体的舰队,即便只是临时的安排。我们在山穷水尽之际做出了最后的努力。不要因为我们遵守誓言、履行职责而憎恨我们。"

禁军骤然发动攻击,挥剑挡开阿格尔·塔的一把武器,同时踢飞了另外一把。

怀言者大汗淋漓的面孔上露出微笑,他重新捡回兵刃。

"文达萨呢?"阿奎隆问道。

阿格尔·塔的笑容顿时从脸上抹去了。"老文和我的兄弟们一同牺牲了。迪乌莫斯最先倒下,之后是利库斯和沙尔·库瑞,最后是老文。"怀言者说,他满怀诚挚地看着禁军的双眼,"他是我的朋友,阿奎隆。我与你一样缅怀他。"

"这个星球上的……暴动……害死了三名阿斯塔特和一名禁军?"

"当原体严词谴责那些野蛮人,拒绝将他们纳入帝国的时候,他们就发动了暴乱。我们还能怎么办？他们的仪式与帝国真理背道而驰。他们永远无法接受帝皇的统御。"

"入侵？"

"这颗星球人口稀少，虽然毗邻那团可怕的风暴，却在整体上拥有美好的环境。旋风鱼雷会湮灭当地部落，容许星球在未来得到殖民，如果帝皇确有此意的话。"

屏息聆听的阿奎隆长出一口气。这位长生不朽的战士身上有种不可否认的青春气息。"我要赞扬洛加对这个世界野蛮住民的严正弃绝。三年以来，我目睹了一场场无可挑剔的归顺行动，我已经不再认为他的行事作风存在缺陷了。只是老文的死让我难以置信，仅此而已。他完美无缺地履行职责，效忠帝皇，在一个世纪里赢得了二十七个名字。我们两个在剑术方面师出同门。阿蒙一定会为他的命运感到悲伤。"

"面对异端文明的暴乱，他英勇献身效忠帝皇，牺牲自己捍卫基因原体。你或许并不尊重我的父亲，但他毕竟是帝皇的子嗣。倘若我能够决定自己要死在何时何地，那就一定是洛加身旁的战场上。"

阿奎隆将武器举在面前，用一种罕见的庄重语气开口："感谢你的开诚布公，阿格尔·塔。我们的存在让你们军团厌憎，但禁军一向珍视你的友谊。"

怀言者没有作答。他的下一拨攻势在片刻间就被击退。

阿奎隆又伸出手来，而这一次阿格尔·塔接受了对方的帮助。

"锯齿烈阳要做何安排？"禁军问道。

"这里已经没有价值了。一旦完成对卡迪亚的净化，我们就要随1301号舰队重新启程，返回更具潜力的区域。我相信原体准备前去与艾瑞巴斯和科尔·法伦麾下的主力远征舰队会合。他想必已经受够了这种在偏远边疆的孤独征战。我猜他也急于和几位兄弟进行交流。"

阿奎隆点点头，将练习剑放回武器架上。他的白袍洁净如新，阿格尔·塔的灰袍则在脊梁和领口处遍布汗渍。

禁军用双手在胸前行了个鹰徽礼。阿格尔·塔加以效仿，面对这位朋友，他一向采用同样的行礼方式。

"最后一件事。"禁军说道。

"说吧。"怀言者挑起眉毛。

"恭贺升迁，战团长。"

阿格尔·塔忍不住笑道："我没想到这已经是公开信息了。你要出席典礼吗？"

"毫无疑问。"他说，在这个充满了同袍情谊的珍贵时刻，阿奎隆将手掌搭在阿格尔·塔肩头，"我希望你尽快恢复健康。我高兴的是，在他生命的终点，文达萨能够与一位朋友并肩战斗。"

老文的死亡情景在阿格尔·塔脑海里闪现：全身赤裸的禁军微微抽搐，干呕不已，被拖倒在地……

无法继续编织谎言的怀言者仅仅点了点头。

每一位高阶军官都出席了那场仪式，此外还有锯齿烈阳战团的所有幸存成员，包括身披长袍的侍僧斥候——其中很多人都会被擢升到这三支残破连队中，从而补充军团在近几个月里所遭受的折损。

此等规模的人员集会需要使用深远号的主机库甲板。战机停泊入口笼罩着一层微光闪烁的整域力场，外面的幽远太空为这场仪式提供了一块绝美壮阔又令人不安的背景。透过这层纤薄朦胧的能量，那场恶毒风暴的缤纷旋涡清晰可见。众人站在吱嘎哀鸣的战舰里，面向洛加整齐列队。

站在原体身旁的受祝女士手捧一块朴素的白色软垫，上面摆放着一个卷轴。她用失明的双目望着一排排怀言者，偶尔转头仰望高大的原体，仿佛她某种程度上能够看见对方。身穿灰白两色仪式制服的舰队领袖巴洛克·托弗斯傲然挺立在洛加左边，一袭皮毛斗篷披在他身躯侧面。它取材于某种体形庞大的极地猛兽，想必是这位军官从未亲眼见到过，更别提亲手猎杀了。在场的任何人都不记得托弗斯上一次踏足于某个星球地表是什么时候的事了。此人显然非常热衷于坐镇星海。

参加仪式的军团战士中足有三分之一形容枯槁，身上的盔甲尚有损伤。这些曾经闯入巨眼的幸存者们列队伫立在百余名兄弟前方。

机械神教团队也全体出席，不过由他们负责掌管的机器人只有一台在场。绯红不出意料地站在怀言者队列里，那颜色猩红的战争机械身上挂满了荣誉卷轴，显得鹤立鸡群。它虽然披着迦太基战斗群的涂装，却仍旧得到了这支灰甲军团的热情欢迎。

倍显孤独的四个金色身影站在上方的一条走道里远远观望。阿奎隆和禁军战士的华美甲胄光辉灿烂——金色的盔甲表面倒映着外部那场风暴的闪耀异彩。

身穿一件银色细密链甲的原体，抬起手来以示安静。所有低语立刻停息。

"我率领这支远征舰队来到了父亲治下王国的偏远边疆。每一支承载怀言者单位的舰队都是如此，我们远离挚爱的泰拉，远离种族的摇篮，一头冲进冷寂太空。目前我们与诸位兄弟相距甚远，有朝一日必将聆听他们讲述各自的旅途经历和征战成果，但我要充满信心地这样讲：我的军团中没有任何人承受过你们所承受的苦难。没有任何人像你们一样凝视过宇宙边缘的疯狂景象。你们从中幸存。你们全身而退。"

洛加向战士们点头致意，随后继续开口："这支军团自创建以来遭受了最为剧烈的动荡和最为重大的变革。但每个阶段都促使我们提升自己，超越自己，向实现全部潜能前进一步。帝皇用遥远泰拉的兵营孕育了这支军团，在很多年里，泰拉人组成了它的主体。在那个更为单纯的年代中，军团曾经拥有一个不同的名字，而今天我们就着手将过往年代的最后一些残痕抛在身后。帝国先驱成了怀言者，而怀言者则懂得了崇拜帝皇的谬误之处。一次又一次的转变引领我们走到了这一刻。"

原体抬起一只戴着手套的手掌，指向近旁墙壁上的一扇舱门，说了单单一个字："来。"

舱门开启，两个身影向原体走来，都披挂着猩红的陶钢甲胄。前者的乌黑头盔上有两枚晶蓝护目镜。一侧眼睛周围环绕着金色的锯齿烈阳徽记，整套动力盔甲装饰着锃亮的银色镶边。后者拎着一柄熟悉的黑铁牧师权杖，他的盔甲镶边是青铜与骨白两色。环绕在两位战士腰间和手腕上的装饰性链条伴随他们前行而咯咯作响。固定在胫甲与肩甲上的祷文卷轴展现着原体本人的流畅字迹。

"锯齿烈阳的战士们，"洛加微笑道，"屈膝迎接你们的新任指挥官。"

怀言者纷纷下跪。绯红则多花费了几秒时间才服从指示，伴随液压装置的刺耳响声，它放低身躯。

第一位猩红战士摘下头盔。阿格尔·塔望着集结于此的军团，让洪亮嗓音响彻甲板。

"欧菲奥的挽歌号的幸存者，站起身来，上前一步。"

他们奉命照办。阿格尔·塔身后的萨芬也摘下了骷髅造型的头盔，停留在原体一侧。

仍旧瘦削的新任战团长用沉着目光审视这些同样虚弱的战士："我们的父亲命令我们让锯齿烈阳重振雄风，远胜往日。我们遵从使命，一如既往。但他的恩赐不止如此。欧菲奥的挽歌号的诸位幸存者，你们做出的牺牲为你们赢得荣誉。"

阿格尔·塔向萨芬点点头，后者从希琳妮手中的软垫上拿起卷轴，递给了战团长。

"这张卷轴上目前只有两个名字：我自己的，还有萨芬牧师的。如果你们愿意接受这份荣誉，愿意和我们一同成为原体的亲选精锐，那么就在此时此地跪于受祝女士面前，对她说出自己的名字。这张卷轴会记录下一切，随后存放到深远号的档案库里。"

阿格尔·塔逐一凝视每个幸存者的双眼，说道："我们将要成为身披红黑两色甲胄的加尔·沃巴克，锯齿烈阳的精锐战士，洛加·奥瑞利安的亲选子嗣。"

洛加愉快地笑了一声，迈上前来将手掌搭在阿格尔·塔的肩甲上。

在上方的走道里，卡尔辛瞥了阿奎隆一眼。即便佩戴着头盔，用旁人无从偷听的小队内部通信频道进行交流，他仍旧压低了嗓音。

"加尔·沃巴克。我不像你一样熟悉他们的文化。这是寇其斯语吗？"

"意思是'受祝之子'。"阿奎隆点点头。

"我为阿格尔·塔感到高兴。他恢复得很好，经历过这场一败涂地的疯狂行径之后，我们也该返回更让人舒服的空间了。迪乌莫斯一向令人厌憎，他的事业走到尽头完全不值得悲伤。"

这句话让其余禁军低哼一声表示认同。

"在洛加返回47号远征队的时候，我们是否要陪同他？"

阿奎隆已经对此斟酌良久了，说道："我们的任务是监视军团本身。四支禁军队伍，与四支舰队同行。47号已经托付给雅库斯了，我完全信任他，正如我完全信任你们每一个人。暂且让他看守这个软弱的原体吧。我们的职责要继续落在1301号舰队及其未来的归顺行动上。"

卡尔辛缓缓呼出一口气，说道："我愿意倾尽所有来换取一个再次目睹泰拉天际线的机会。"

"你会的。"阿奎隆说。

"四十七年之后才会，"另一位禁军皱着眉头回答，"别忘了我们的誓言。投身星海五十年，远离泰拉、枯燥无味的五十年。"

"总比没完没了的鲜血游戏好些。"涅拉卢斯耸耸肩。

"你这样说，"卡尔辛指出，"完全是因为你的水平太差。"

阿奎隆听到了兄弟们嗓音里的焦躁，说道："怀言者总有一天要摆脱嫌疑，洗刷耻辱。三年以来，你们可曾见过他们仍旧崇拜帝皇的任何迹象？再看看现在的他们：这些仪式已经很贴近其他军团的传统作风了。今天的典礼简直就像是西吉斯蒙德在帝国之拳的集会上册封圣殿骑士一样。"

卡尔辛耸耸肩。"或许他们已经今非昔比，远不是我们刚刚抵达时遭遇的那批狂信之徒了，但他们的战吼仍旧散发着挥之不去的绝望意味。我还是不信任他们。"

帝皇之眼始终凝视着那个披挂红甲的身影，对方与部下们逐一交谈，见证他们跪在那个来自灭亡世界的失明女孩面前。

"不，"他说，"我也不信任他们。"

"包括阿格尔·塔吗？"

"整整一支军团里的区区一名战士。"阿奎隆说，他从护栏旁退开，面向麾下的战士们，"他是让我信任的唯一一个。这正是问题所在。"

V

障眼法

　　那当然是一番谎言。

　　蒙受祝福的洛加并没有立刻返回帝国空间。舰队中的一艘侦察飞船被原体选中，负责搭载他与主力远征舰队会合，我们在深远号的各层甲板上举行了一场盛大仪式为尤里曾送行。

　　这就是谎言。

　　我亲耳听到原体向他的两名爱子萨芬与阿格尔·塔道别，之后我跟随受祝之子的新任领袖启程返回相对安全的空间。

　　与此同时，洛加则踏上了恶魔因格赛尔为他麾下子嗣所选取的那同一条道路。

　　洛加闯入巨眼，禁军对他的真实目的毫不知情。

　　我永远忘不掉他对阿格尔·塔最后说的那番话："并不是因为它们将要引发的一连串事件，而是因为它们对我朋友的影响和改变。"

　　"把这个真理带给艾瑞巴斯和科尔·法伦。我不在的时候，他们就是军团的领袖，他们会负责筹划一切，尽力在我父亲帝国的阴影里传播真理信仰。我很快就会归来。"

　　萨芬立下誓言永不辜负原体。

　　阿格尔·塔没有。他用足以令人心碎的轻柔嗓音开口："我们是异端，父亲。"

　　洛加发出了动听的笑声。"不，我们是救星。一切都准备好了吗？"

　　"是的。"

　　"与我分别之后，你们要闯荡出一番天地，但务必确保禁军远离帝国耳目。一旦返回相对稳定的空间，他们就会恢复与泰拉的星语通信。我的父亲倘若得知我们走到了银河的边际，一定会心生怀疑，而单单怀疑就足以为我们招致祸端。我不能一直留在这里阻拦他们豢养的那个星语者发出声音。你们要找到一个解决方案。萨芬，仔细检索我们从卡迪亚取回的典籍，其中记载的仪式能够为你们提供答案。"

"如您所言，阁下。"

"留着那些忠犬的性命，阿格尔·塔。或许尚有机会可以和平解决这场战争。但要让他们保持沉默。"

原体用最后这几句话为成百上千项背叛行径拉开了序幕，接着就登上飞船与我们分别行动。

他在巨眼里究竟目睹了什么，这个问题能够引发无穷无尽的揣测。在之后的几周时间里，很多怀言者都来向我倾诉那些在他们苏醒之后仍旧萦绕不散的可怕梦境。奥瑞利安与麾下子嗣之间血脉相通，存在着一条分外深厚的纽带，洛加亲眼所见的景象在诸位战士心中投下了恐怖的倒影。

萨芬常常为我讲述他的梦境，阿格尔·塔则近乎沉默不语。牧师的言谈倍显狂热，仿佛单凭凌厉嗓音就能穿透我这间斗室的墙壁，将话语径直传达到远在半个银河之外的原体耳中。

他对我谈及洛加所涉足的世界，那里的海洋由沸腾鲜血组成，幽暗天空上则悬浮着铿锵轰鸣的黑钢城市。他对我谈及一整支军团披挂着与受祝之子相同的猩红盔甲，在一座金碧辉煌的宫殿门前奋勇拼杀。

他最为生动地描述了一个接一个的世界灭亡于污秽可憎的异形魔爪下。他坚称这就是帝国的末日——缺乏神性的帝国被如潮水般的异形吃干抹净。若要逃脱命中注定的厄运，人类只能依靠信仰，只能崇拜那些盘踞在亚空间里的诸神。

或许这就是洛加亲眼所见的宝贵教训，与此同时，他的子嗣们向其余舰队传播真理。

卡迪亚陷入火海，我们都知道这是必然的。阿格尔·塔亲自下令摧毁了当地部落。那个世界随后归于寂静，等待接受未来的殖民者。他从来没有为此寻求过我的宽恕，正如他从来没有为了文达萨惨遭谋杀而寻求过我的慰藉。

我对他的热爱远超旁人，不仅仅是因为他救过我的性命，更是因为他让自己的灵魂遭到了如此黑暗的玷污，却又如此不露痕迹地遮掩着他的负罪感和耻辱感。他从未崩溃，即便他心中承担的那些秘密与罪孽，会让我们的整个种族要么万劫不复，要么得到救赎。

我认为他犯下的唯一一个错误就是任由自己与禁军领袖阿奎隆结下愈发

深厚的情谊。

　　但话说回来，这样的自责苦修正是阿格尔·塔的作风。他与对方成为兄弟，纵然他很清楚自己终有一天必将背叛对方。

　　　　　　　——摘自《朝圣之旅》，作者希琳妮·瓦兰提恩

第三部

猩 红

四十年之后

第二十章

三大天赋
崭新征程
猩红主宰

伊沙克·卡狄恩自视甚高,因为他这辈子把三件事做到了炉火纯青的层次。这三大天赋为他赢得了可观的财富,这自不必说,同时还让他摆脱了将父母彻底吞没的困苦深渊——从那些贫民窟里闯出去,那恐怕是让他家乡城市的乞丐和闲汉们望洋兴叹的一项成就。

三大天赋,这就足矣。

而且它们都不是难事。倘若他需要为此勤学苦练的话,或许故事的走向就会有所不同了。伊沙克·卡狄恩属于那种得天独厚、活在当下的幸运儿。他从来不曾考虑自己会老去,从来不曾认真地攒过钱,也从来不曾担心那支从前方街角转过来的巡逻队会如何看待他的行为。

三大天赋贯穿了他的生命,时而为他招惹麻烦,时而帮他甩掉麻烦。

其一是奔跑。生于南亚主要巢都的他,在罪犯横行的底层城区里充分运用了这一技巧。

其二是微笑。那种将魅力、阿谀和暧昧恰到好处地糅合起来的笑容极具杀伤力,曾为他赢得了几个工作职位,也让他逃过了一场完全合法且是他罪有应得的处决,甚至帮助他俘获到某位伯爵夫人年轻表妹的芳心,成功突破了那套精美黑色蕾丝内衣的屏障——就在这女孩成人典礼的舞会当晚。

第三项天赋是他得以走到今天这一步的首要因素。那就是他在投入心思的时候能够拍到出类拔萃的照片。

伊沙克每一天都在回想将他放逐到银河边疆的那场谈话。当时他坐在一间朴素简约的办公室中,心不在焉地挑着指甲盖里的泥土,而面前那位身披长袍的记述者组织高级官员则滔滔不绝地谈论着翔实记录当前事件,从而造福子孙万代的高尚目标和切实需求。

"这是一份至高无上的荣誉。"那位神情严肃的先生强调。

"哦，我明白。"伊沙克说，他开始啃咬恢复洁净的指甲了，"它至高无上。"

那老人面露疑色。伊沙克觉得对方神似一只对潜在食物感到厌恶的秃鹫，而主要原因在于这份食物尚且是活着的。

"数千名纪实作家、雕塑家、画家、摄影家、诗人和剧作家都已经奔赴各方。更有数万人由于缺乏必要的缜密思维和创造天赋而遭到拒绝，没有资格为伟大远征担任记述者。"

伊沙克发出一个不置可否的声音，敦促那位高级官员继续说下去，同时暗自细数那些以字母"P"开头的文艺职业。画家、摄影师、诗人、剧作家……

"所以说，像这样被选中……你要明白自己有多么幸运。"

"有没有木偶师？"伊沙克问道。

"我……什么？"

"没什么。当我没说。"

"嗯，好吧。想必你明白这件事的重要性。"那位高级官员又露出了秃鹫般的冷笑。伊沙克报以微笑——双眼神采奕奕，眉毛微微挑起，仿佛听到了什么荒唐可笑的事情；嘴巴咧得恰到好处，用一口洁白牙齿表现出经过了蓄意谋划的轻狂魅力。然而那位高级官员对男性并不感兴趣，这冷淡态度也就废除了伊沙克最为有效的武器。

"卡狄恩先生？"对方说道，"你是在认真对待这件事吗？你是想被送到火星去，作为机仆了却余生吗？"

他完全不想。以传统方式为自己的罪行付出代价，或者搭乘运输船走过半个银河去担任记述者，如果他必须在二者之间做出选择的话……这实在称不上什么选择。他可不打算在下半辈子里变成一个无脑服刑的苦力。

于是他向那位记述者高级官员保证，自己确实是在非常认真地对待这件事。在随后的两个小时里，他精心编造了一套颇具说服力的故事，讲述自己闯荡星海的雄心壮志和被贫民窟约束扼杀的探索灵魂。如今，他终于有机会自由自在地踏入浩瀚太空，凝望陌生新奇的恒星，记录人类前进的脚步……

编织彻头彻尾的谎言。

三十五岁的伊沙克不是个很有学问的人，他相信自己在这个过程中胡编乱造了几个词语，或是念错了几个他曾经听说过的词语，但无论如何，他达到了目的。三天之后，他就抛弃了当前这种打零工的职业生涯，不再将摄影镜头指向巢都家族和犯罪现场，也抛弃了泰拉本身，以及他出生的那座粪坑巢都。

这当真是一份荣誉吗？那就要取决于你究竟被送到什么地方了。

在简报会议上，伊沙克徒劳地盼望自己能够得到一个多少有些意义的职位。所有主力远征舰队早就已经塞满了随行记述者，但规模较小的舰队里还有很多位置。

他或许永远无法亲眼看到战帅，永远无法用自己拍下的照片来彰显弗格瑞姆的光辉形象，但他依旧不愿放弃那一丝慌乱绝望的希冀，认为自己尚且有机会被指派给帝皇麾下的一支所谓荣耀军团。建立了一片完美国度的极限战士……由无瑕帅才所领导的暗黑天使……善于让帝皇怒火降临在敌方世界头上的怀言者……

指派令终于颁布。这在记述者宿舍区引发了一场骚动，所有人都争先恐后地冲向大厅里的公告板。尊严体面被大家抛诸脑后——画家、诗人和剧作家相互推搡，乱作一团，都急于知道究竟谁要被送到银河里的什么地方。在拥挤不堪的人群里，某位艺术家被捅了一刀——或许是忌妒在作祟，毕竟这名摄影师被派往了帝皇之子麾下的一支舰队，即便舰队规模并不算大，但如此宝贵的机遇仍旧称得上价值连城。

如下：

伊沙克·卡狄恩——摄影师
1301号远征舰队

这又代表着什么呢？那支舰队里有军团单位吗？他将宿舍内部信息终端前方的一个年轻女士狠狠挤开，用颤抖的手指敲入了自己的代码。

好啊……好啊……每一行字都让他心跳加速。

1301号远征舰队，指挥官为舰队领袖巴洛克·托弗斯。

三支连队，隶属阿斯塔特第十七军团：怀言者。指挥官为猩红主宰，受祝之子领袖。

备注：帝皇禁军卫士莅临舰队，指挥官为阿奎隆·奥萨斯·尼禄·凯伊·玛里萨姆斯……那串名字继续延伸下去，但这不重要。

他被指派给了最为积极进取、最为名声显赫、最为规模庞大的军团之一，他们在近半个世纪里斩获的归顺战果无人能及，而且无论这支舰队是大是小，毕竟有幸搭载了帝皇专属的金甲禁军战士。这将让他获取什么样的照片……什么样的名望……什么样的注意力……

好啊……好啊……好啊……

"你被指派给谁了？"他向旁边的女孩问道。

"277号。"

"圣血天使？"

"暗鸦守卫。"

他送给对方一个饱含怜悯的微笑，接着朝房间走去，一路上不忘将自己的指派结果告诉给每个人。这仅仅让他吃了一次亏，某个趾高气扬的混蛋雕塑家带着轻蔑冷笑回答："怀言者？嗯，没错，他们近年来确实用优良战果弥补了之前的缺陷……但他们毕竟不是荷鲁斯之子啊，对不对？"

奔赴1301号远征舰队的旅程持续了无比漫长的十九个月。在这段时间里，伊沙克记得自己睡了二十八位运输船船员，被其中的三个扇过嘴巴，拍摄了一万一千多张关于日常生活的枯燥照片，但他已经记不清楚船上自酿的烈酒究竟有多少次把他灌得不省人事了。

他被某个愤怒的丈夫饱以老拳而丢掉了一颗牙齿，但他仍旧认定自己在那场争斗中夺得了道德层面上的胜利。考虑到这一切，也考虑到他此前一贯的生活作风，就可以相对公正地——但并不完全准确地——认为伊沙克·卡狄恩对自己的工作完全不上心。

他并不认为自己是懒惰的。他只是很难找到什么足以激发灵感的事物。

真正让他投入心思的那第一张照片就在整个1301号舰队中受到了广为传颂，而根据他自己极具分量的观点来看，这也确实是一份炉火纯青的美妙成果。那张照片已经被奉为大师之作，收录在舰队的档案库里，他则从信使手中接到了一封来自猩红主宰本人的感谢信。

当他们在亚空间的枯燥旋涡里熬过一年半的时光，最终抵达舰队面前的时候，伊沙克已经情不自禁地沉醉在了那一刻的昂扬气氛中。

他将棍棒般的摄影杆握在手中,用镜头瞄准了舷窗外面的景象,记录那一艘艘从近旁飘过的宏伟战舰。

就是它了。阿格尔·塔大人麾下那艘船体暗灰的堡垒旗舰,它配备了众多毁灭性的武器,但这并不妨碍它以宁静平和的姿态悬浮在太空里。

深远号,成了伊沙克的新家。

受到震慑的他瞠目结舌地按动快门拍下一张又一张照片。其中一张——就在他最初拍摄的几张里——从垂直于龙骨的角度清晰鲜明地呈现了整艘战舰:一座彰显帝国力量的岩石与钢铁要塞。它的厚重装甲映着炫目星光,脊梁上矗立着一尊原体的雕像——洛加高举臂膀面向太空,全身笼罩着遥远恒星投下的灿烂光晕。

那张照片咔嚓一声被拍摄下来,顿时让伊沙克·卡狄恩爱上了自己的作品。

那是三个星期以前的事了。他在三个星期里苦苦等待灵感再度袭来。他在三个星期里苦苦等待今天。

右舷机库甲板是一座由停泊炮艇、货运车辆和仓储集装箱堆砌而成的杂乱迷宫,其中挤满了成群结队繁忙往来的机仆、技师和凡人船员。几艘雷鹰炮艇正在接受弹药补给,一排排导弹压低了它们的后掠式机翼,成箱成箱的爆矢弹被装进防御炮台里。重型机械的铿锵轰鸣充斥四周,这对伊沙克的宿醉起不到丝毫的缓解作用。

在这片井井有条的混乱场景中心,那块预定降落区域如暴风风眼般平静。伊沙克站在边缘,他只是今天早上这场活动的众多围观者之一。他向左侧扫了一眼,注意到其他几位记述者:画家玛辛在素描本上匆忙涂鸦;旁边是路易安娜,这个娇小苍白的女孩能够用各种笛类乐器营造出一场音乐会;还有赫利克,那家伙上次跟伊沙克玩牌的时候肯定是欠了些钱吧。

赫利克是干什么的来着?他也是作曲家吗?伊沙克不确定。无论那位记述者同僚究竟采取什么方式来表达自己,他反正是个糟糕透顶的赌徒。

受祝女士也在场,这是自然。站在众多女仆和同伴之间的她分外醒目,那件猩红如血的长袍似乎更适合泰拉宫殿的舞会大厅,而非乌黑油腻的战舰甲板。她看起来只有二十余岁,但考虑到她已经与这支舰队同行了很久,想必她近来刚刚接受过回春手术。

伊沙克花了几分钟时间呆呆地凝视对方。她的皮肤颜色没有伊沙克这样深，但无疑来自一支沙漠居民的血脉，而人们笃信她蒙受祝福的原因也是显而易见。他从来没有见过任何人在举手投足间表现出这样柔缓平和、自然而然的优雅姿态，或是在微笑中蕴含这样微妙内敛的动人光华。每当她与身旁的随行人员交谈时，似乎都会露出一道惹人喜爱的羞涩笑容，仿佛是在分享什么外人所不知的玩笑。

伊沙克当场决定自己想要得到她。

在片刻间，他很确定对方转过头来直视了自己。她不是失明了吗？莫非这是假象？是为了给她增添神秘感的谣言？

一支由帝国军队士兵组成的荣誉卫队也屈尊出场了。身穿白衣的尤卡第54团军官们排列成一丝不苟的整齐队伍，他们的正式着装造型华丽，令人赞叹。每位军官都保持立正，一只手搭在腰间的军刀剑柄上，另一只手扣在背后。伊沙克注意到，那位须发灰白、肢体改造过半的阿瑞克·杰斯梅汀将军就站在前排最中央。

这位将军在战舰上有着令人畏惧的名声。记述者之间相互流传的小道消息将阿瑞克那老家伙描绘成了凶恶暴君和严酷监工。他仅仅遭遇过对方一次，当时这位新近登船的记述者正在一条上层甲板走廊里四处打探寻求灵感。

杰斯梅汀已经为这支舰队效力了六十年，那段漫长岁月留下了十分明显的痕迹。他行走时依赖一把银色手杖，绝大部分的右侧身躯都经过了机械替换，在制服下面发出阵阵低沉嗡鸣。短短的胡子附着在形容枯槁的面孔下方，在这丛细密白毛的包围中，那张神色阴沉的嘴巴仿佛是老旧皮革上的一条裂缝。

"你，"将军当时说道，"你迷路了吗？"

伊沙克其实没有迷路，但他也确实不该到上层的军事甲板来。

"是的。是的，我迷路了。"

"你可真不会撒谎，小子。"

这让伊沙克大受冒犯，但他并没有表现出来。"显然如此。"

"你坏笑得太夸张了。如果我有女儿的话，只要你敢凑近她一步，我就得弄死你。"

"恕我直言，先生。我现在恐怕没心情应付别人的诋毁，而且我确实有那么一点迷路。"

"你看？又那样坏笑了，你可没法让我意乱情迷。你是什么人？"

"伊沙克·卡狄恩，官方记述者。"他喜欢这个头衔从口中说出来的感觉，所以他一有机会就要说。

"哦。"老人清了清嗓子说，那声音像是在用砾石漱口，"你不会碰巧是个诗人吧？"

"不是，先生。我是摄影师。"

"可惜了。受祝女士很欣赏诗歌。不过，哼，要我说，你最好还是永远别去玷污她的门槛。"

当时他还不知道何为受祝女士，然而单单这一句咕哝就足以让他暗自发誓，无论她究竟是什么人，自己一定要尽早去玷污她的门槛。

"那你是在找机会拍照吗？"

"正是如此。"伊沙克将蹿到嘴边的笑容吞了回去。

那老人搔了搔整洁的胡子，指尖与胡茬儿发出阵阵摩擦声。"你要知道，这是一艘战舰。你这样到处乱跑是会惹出很多麻烦的。回到低层甲板去，像其他人一样等着牧师抵达。到时候你就有照片可拍了。"

伊沙克觉得这样不错，但他在转身准备离开的时候，却又决定再碰一碰运气。

"先生？"

"什么事？"老人已经继续前行了，他的手杖嗒嗒敲着甲板。

"你看起来并不像是记述者们听说的那个无情暴君。"

阿瑞克将军面露微笑，而这仅仅让他脸上的那条裂缝显得更加凶恶。"这只是因为你不是我的部下，记述者卡狄恩。现在快离开军事甲板，回到那个临时搭建的小酒馆去，我知道你们这些奸猾鼠辈在这艘圣洁战舰的阴暗角落里搞出了什么勾当。"他说。

"我们管它叫酒窖。"

"真贴切。"老人气鼓鼓地走了。

于是他安心等待了十一天，而且他遵照自己的本性与将军的判断，确实将这十一天都消磨在了小酒馆里。

如今他拖着宿醉的身躯穿过战舰，来到了右舷主机库，与这群良莠不齐的同僚们一起等待牧师抵达。

"我以为猩红主宰也该来了。"他对玛辛悄声说道。对方耸耸肩，始终涂涂写写，描绘出一些模糊轮廓。

最终阿斯塔特也出场了，不过他们的存在完全没有像伊沙克想象中那样令人激动，共有二十位：如同十尊一组排成两行的灰色雕像，全身上下没有一丝一毫的动静。怀言者们将巨大的爆矢手枪端在胸前，并未激活的链锯剑则挂在腰间。他们身上的各式卷轴与徽记表明这些是隶属第三十七突击连的战士。

伊沙克紧跟时事：第三十七连的主要兵力都部署在下方星球地表，与阿瑞克将军麾下的尤卡兵团共同投身于归顺战役。

他为那些雄伟而静默的阿斯塔特拍摄了几张照片，但他找到的角度远远称不上完美，而且位于场景边缘的那些笨拙机仆也毁掉了整体图像。他本以为这些战士身上应该散发某种光辉灿烂、鼓舞人心的气息，然而他却发现自己倘若注视他们太久便会有种哽咽感。他们并不鼓舞人心。他们只是显得……气势逼人、遥不可及、冰冷无情。

"立正！"将军吼道。

伊沙克稍稍挺直身躯以示从命。尤卡军官们都站得笔挺。阿斯塔特仍旧没有动作。

一艘炮艇懒洋洋地滑入机库，踩着导向推进器的高压气流悬停降落。这艘雷鹰炮艇身上覆盖着鳞片般的猩红装甲，重型爆矢炮台左右摆动搜寻目标，与武器系统相连的机仆永远保持警惕。

起落爪轻抚甲板。尖锐嘶鸣的液压装置终于放下了登机跳板。伊沙克为那深幽巨口般的炮艇机舱拍摄了一张照片。

更多阿斯塔特从机库边缘走来。这五名战士披着线条更为流畅的新式盔甲，其猩红和亮银两色的涂装在诸位灰甲兄弟之间分外醒目，他们的乌黑头盔直面前方。记述者们齐刷刷地转过身去，窃窃私语，用照片、笔记或线稿来捕捉眼前的场景。

"那是受祝之子。"大家纷纷轻声说道。

一位披着黑色斗篷的战士走在前面，他盔甲上的军团徽记已经被众多描述他过往功绩的泛黄卷轴彻底遮盖住了。他从聚集在此的记述者面前缓步走过，那套第四型盔甲的低吟仿佛是一首曲调平缓的赞歌。几枚属于异形将领的颅骨用铁链挂在他身上，不时与深红陶钢相互碰撞。

他来了，人群再次交头接耳。"是猩红主宰。"

那位战士走到受祝女士身旁，向她微微点头致意，并用粗重嗓音叫了一声"希琳妮"。

"你好，阿格尔·塔。"她微微一笑，没有仰视对方。其余几名受祝之子也来到领袖两旁就位，簇拥着受祝女士的那群女仆和助手则纷纷以颇具尊严的徐缓步伐退开了。

伊沙克又拍了一张：那位戴着凶神恶煞的黑色头盔的高大战士，以及他身旁那个娇小玲珑的柔弱形体，周围环绕着披挂猩红甲胄的阿斯塔特。

走出雷鹰炮艇踏上机库甲板的那个身影穿着与诸位受祝之子兄弟相同的装备，只不过他的战甲镶边是骨白和青铜色的，头盔上还用金叶镶嵌着寇其斯符文。

萨芬牧师迈下跳板，与阿格尔·塔短暂拥抱。

"希琳妮。"牧师随后说道。

"你好，萨芬。"

"你看起来更年轻了。"

她双颊飞红，没有答话。

阿格尔·塔指了指雷鹰炮艇。"我们的第四军团兄弟怎么样？"

通信器让萨芬的嗓音变得与阿格尔·塔一样粗重。"钢铁战士很好，但回到这里更好。"

"想必有很多事情要讨论。"

"当然。"牧师回答。

"那就来吧。我们可以在准备登陆的时候谈一谈。"

两位战士转身离开，整齐集合的人群也就此散去，分头返回各自的工作岗位。事情就这么结束了。

"你来不来？"玛辛对伊沙克问道。

伊沙克正盯着自己的相机，将图像在狭窄的屏幕上放大检视。照片里是并肩而立的两位受祝之子指挥官，近旁的受祝女士抬起头来用失明的双眼望着他们——她的美丽面庞上洋溢着敬爱与仁善。其中一位阿斯塔特握着他的黑钢牧师权杖：他将那造型华丽的武器扛在肩头。另一位阿斯塔特，那身披斗篷的猩红主宰，则配备了并未激活能量的红铁利爪，他的两只庞大动力拳末端各有四根镰刃巨爪。

　　镶嵌在两套盔甲上的细碎黄玉映着橙色灯光晶莹闪烁。两顶头盔都具有倾斜的宝石蓝护目镜，仿佛在直勾勾地盯着伊沙克的镜头。

　　这张，他心中想到，或许又是一份经典作品。

　　"你来不来？"玛辛又问了一遍。

　　"什么？哦，好，当然。"

第二十一章

阴谋诡计

奇特的欺骗

纵容

"这些记述者,"萨芬略带不快地说,"到处都是。"

"我们的这批是本月刚刚抵达的。已经不可能再阻拦他们加入舰队了。"

"这些鼠辈已经在荷鲁斯的旗舰里横行了两年之久。你能想象吗?"

阿格尔·塔满不在乎地耸耸肩。"其中三个诗人为受祝女士念了诗,希琳妮对此非常感激。另外一个人在抵达当天为深远号拍摄了一张绝妙的照片。战舰的宏伟身姿简直要让我心脏停跳。"

萨芬轻笑一声说道:"你的心肠真是越来越软了,兄弟。"

两位战士回到了萨芬的祈祷室里,以阿格尔·塔的标准来判断,这个房间显得相当奢华。战团长倾向于简朴至极的陈设与最低限度的纷扰,而萨芬的私人冥想室里则到处挂着旗帜,桌面与地板上堆满了老旧的祷文卷轴。很多旗帜都纪念着与其他军团联手夺取的胜利——就在两人交谈时,萨芬让另一面旌旗加入了这些神圣展品的行列。旗面正中描绘着代表钢铁战士的金属骷髅徽记,周围印着一圈符文。

有些图案与寇其斯的星座颇为相近,阿格尔·塔逐一检视。"这些是什么?"

"钢铁战士内部圈子的标志。他们不像荷鲁斯之子那样称其为结社。"

阿格尔·塔伴随微弱的气压嘶鸣摘下了头盔。牧师的杂乱房间里一如既往地萦绕着干燥香料和老旧熏香的气息。

"你比预期中回来得晚了很多,"他说道,"出麻烦了?"

"值得做的事情从来都不容易。"

阿格尔·塔活动双手,松握拳头。他的手很疼,已经疼了好几天。

"这没有回答我的问题。"

"没有出麻烦,"萨芬说,"我只是出于谨慎多待了一阵。他们的圈子规模可观，囊括了绝大多数的军团成员，但还处在一个非常微妙的关键阶段。我并不是那里的唯一一个牧师。"

阿格尔·塔挑起眉毛，无意识地模仿着希琳妮惯有的困惑微笑。"哦？"

"马洛克·卡索也在那里负责接洽另一个圈子，我出席过几场他的布道活动。在他讲话时，空气里简直弥漫着硫黄的臭味。瓦尔·瓦拉斯也在。他们两个都与吞世者同行了很长一段时间，之后转调到钢铁战士那里。"萨芬说，他叹了口气——这心满意足的声音与他眼睛里的明亮神采相得益彰，"我们撒下了一张大网，兄弟。洛加的密谋囊括星海。根据最新情况，已经有超过两百名牧师被派往了其他舰队。艾瑞巴斯如今站在战帅身旁。你能想象吗？荷鲁斯本人在听取艾瑞巴斯的进言。"

萨芬笑着放轻了嗓音。"已经开始了，兄弟。"

阿格尔·塔难以分享兄弟的快意。一片阴云笼罩了那张在半个世纪以来愈发伤疤纵横的面孔。

"我不喜欢那个词。"他低沉而缓慢地说。

"什么词？"

"你刚才用的那个词，密谋。这贬低了原体的大计。这贬低了我们所有人。"

萨芬伸手抚平墙上的黑色旗帜，退后一步仔细欣赏。"你太敏感了。"他咕哝道。

"不，我没有。这个词用得不对，它意味着阴谋诡计和肮脏秘密。"

"你愿意怎么粉饰它都可以，"牧师说，"我们是人类迈向升腾的设计师，已经撒下了一张必要的欺瞒大网。"

"我宁愿用更高尚的方式来看待这一切。赶快把话说完吧。我要让受祝之子出动了，还有最后的准备工作要做。"

牧师察觉到了阿格尔·塔的抗拒心理。他很难察觉不到。"你在生我的气。"

"我当然在生你的气。我麾下有五百名战士在近一年来都没有见到过自己军团的牧师。你与钢铁战士一同作战，逾期不归数月之久。欧洛斯、达玛尼和玛拉凯也还留在佩特拉波的次级舰队里继续推动这项密谋。"他龇牙咧嘴地说出那个词。

"萨尔·法瑞斯呢？"

"死了。"

"什么？"

"十个月前就死了，在你离开之后不久，而且是葬送在一个凡人手里。被一柄木制长矛夺去性命。"阿格尔·塔说，他用两根手指敲了敲自己的脖子，"他的致命伤在喉咙，伤口深可见骨。我从来没见过这等事。诸神之血在上，真是又可悲又可笑。在药剂师赶到之前他就失血过多死掉了。死前，他一直都还试着大喊大叫。"

"凶手怎样了？"

那是阿格尔·塔亲眼所见。萨尔·法瑞斯当时一把抓起那个凡人的肩膀和大腿，之后猛力拉扯。在牧师步入坟墓之前，对方已身首异处。

"凶手被正法了。"

萨芬轻呼一声，并不完全是叹息。萨尔·法瑞斯出自他门下，经过他的亲手训练之后才以洛加之名拿起了牧师权杖。

阿格尔·塔双臂抱胸。"钢铁战士会不会加入我们？"

牧师脸上重现微笑。"会不会？佩特拉波的军团已经抛弃了伟大远征。我随他们一同造访了奥林匹亚。"

这不可能。"奥林匹亚？"阿格尔·塔勉强开口问道，"这么快？"

"原体的所有计划都在开花结果。事实上，这正是我返回的原因。奥林匹亚公然反叛帝国，钢铁战士为了平定母星别无选择，只能向自己的人民开战。兄弟，你无法想象那种场景。佩特拉波的炮艇和登陆船遮天蔽日，五十万辆坦克的怒火从黎明到黄昏震动着大地。"

阿格尔·塔深吸一口气，强迫自己的思维在脑海中描绘出萨芬所说的景象。"一位原体竟然丧失了对自己家园世界的掌控。"

"你这话说得，就好像你从不相信这一天会真正到来一样。"

阿格尔·塔没有回应，只是示意牧师继续说下去。

"这一切都被精心筹划得天衣无缝。钢铁战士的怒火令人惊叹。他们灭绝了自己的人民。他们如今还有什么选择？起义呼声即将响起。荷鲁斯已经开始集结部队，清理门户。帝皇之子、死亡守卫和吞世者与他同进同退。那几支军团的主力在伊斯特凡星系会合，与此同时，佩特拉波为求复仇而背弃了帝国。他必将追随洛加一起甩掉伪帝的枷锁。"

对方嗓音里的狂热意味阿格尔·塔并不感到陌生，然而与牧师阔别近一年之后，他已经逐渐淡忘了萨芬的急迫激情。现如今，兄弟的热切态度更让他感到不安了。

"我们要何时奔赴原体身边？"

"很快。"牧师看着兄弟的眼睛说，"我告诉你了，我回来就是因为时机已到。我们很快会接到来自泰拉的战争呼唤。"

萨芬激活了墙壁上的屏幕，在一幅幅星图之间切换。他将众多战舰标记层层叠叠地显示在一起。阿格尔·塔看着颇具繁复美感的图像逐渐成形。

"告诉我你看到了什么。"萨芬微笑道。

阿格尔·塔瞥了对方一眼，说道："我看到我的耐心迅速凋亡。我看到我的怒火涌上心头，因为你仅仅凭借自己身为牧师而掌握了所有这些答案。我看到我从这个房间里闷头走出去，因为我没有立刻得到一个明确的答复。"

"真是火暴脾气。"牧师轻笑一声道，"好吧。这里是伊斯特凡星系。这里，在银河西部旋臂远端，是泰拉。仔细观察伊斯特凡周围次级星区里的归顺战役情况。现在，容我问问。你看到了什么？"

阿格尔·塔辨认出了代表四支军团的符文，而且再没有其余军团的标志。一个有趣的局面就此浮现，这里缺少帝国军队或机械神教的作战舰队，也完全不存在众多忠诚军团的力量。

"我看到了战帅的手笔，"阿格尔·塔说，"他将若干舰队刻意安排在了伊斯特凡邻近区域。这些舰队能够在区区几天时间里赶到那个星系。处于外围区域的舰队则要花费更久的时间，但……这是规模庞大的兵力集结。"阿格尔·塔说，他不情愿地将目光从那闪耀星图上移开，抬头看着萨芬，"现在告诉我为什么。"

"原谅我，兄弟。我没有真正意识到你在这支被禁军所拖累的舰队中遭受了多么令人沮丧的信息隔绝。你的职责是维持那个谎言，而你履行得完美无缺。但我理应让你受到启迪。"

萨芬消除了星图，继续说道："荷鲁斯与洛加已经开始针对帝皇采取行动了。战帅弃暗投明，立誓效忠于隐秘诸神。亚空间目前动荡不安，让帝国的大部分区域通信受阻。很多早已确立的亚空间路径都被以太风暴隔断了。这混乱局面只会愈演愈烈，为我们提供足够的时间来实现原体的大计，同时不必防备帝国的反击。这便是真神的力量。亚空间本身就是它们的画布，如今它们在为我们作画。"

锯齿烈阳之主用阴沉神色加以回应。仅仅因为他们图谋弑君，萨芬就在言语之间暗示他们不再属于帝国，这让阿格尔·塔颇为恼怒——我们谋求的是推翻一个裹足不前、浑噩无知的朝代，我们谋求的是启迪人类，而非终结帝国。

"继续。"他说道。

"我们很快就会接到战争呼唤——舰队里的每一个星语者都会同时接到那惊慌失措的求援信息，那是来自泰拉的呼唤。帝皇很快就会得知荷鲁斯的反叛，届时他还有什么选择呢？他必须命令最近的几支军团立刻出动，前去合力摧毁战帅的叛军力量。"

阿格尔·塔回想起了在伊斯特凡星系附近闪烁的那些军团标志。

"荷鲁斯必将灭亡。"

牧师放声一笑，显然十分享受这一刻。"他将要盘踞在一个坚不可摧的世界上，手握四支军团的庞大兵力。他如何能够灭亡？"

"奉命剿灭他的七支军团能够实现这一点。即便有钢铁战士的支持，其余五支军团仍旧依附在帝皇旗下。六对五。我们会承受灾难性的惨痛损失。倘若经此一役，追随洛加与荷鲁斯的几支军团都支离破碎、一蹶不振的话，我们又如何能够启迪泰拉？"

萨芬没有立刻作答。阿格尔·塔在兄弟脸上看到了什么——某种令人毛骨悚然的忧虑神色，近乎锐利刀锋般的怀疑猜忌。

"你就对自己军团的牧师如此缺乏信心，认为我们无法凭借努力让暗夜领主或阿尔法军团倒戈吗？洛加辛勤劳做了半个世纪，向值得启迪的那些人传播真理。每一支我们所需要的军团届时都会与我们同在。忠诚派在伊斯特凡V只有死路一条。他们永远不会活着离开登陆场，阿格尔·塔。这我向你保证。"

"这样的密谋，"阿格尔·塔说道，"让我恶心。"

"这是原体的计划，由荷鲁斯本人来执行。"

阿格尔·塔摇摇头，说道："不，这不是奥瑞利安的成果。这是艾瑞巴斯和科尔·法伦的手笔。这样的局面散发着一股来自他们身上的奸诈臭味。洛加是一个金色的灵魂、一个光辉的存在。此等阴狠手段必定来自某些低贱卑劣之人的恶毒梦想。只可惜蒙受祝福的原体始终怜爱那肮脏小人，他将一条毒蛇拥入怀中，还称之为父亲。"

"你不该用这种话来说信仰之主。"

"信仰之……"阿格尔·塔笑道，"科尔·法伦？信仰之主？他给自己堆砌头衔，就像一个杀手为刀刃涂抹毒药。倘若科尔·法伦如今已经受到众人拥护爱戴的话，那么我当真是与军团隔绝太久了，尤其是你，萨芬——你厌憎他——一个不纯的灵魂、一个虚假的阿斯塔特。这是你亲口说过的。"

萨芬终于移开视线，已经不能或是不愿再面对兄弟。没有什么比耻辱更容易让人目光游移了。"时过境迁了。"牧师说。

"显然是的。"阿格尔·塔说，他双手握拳来缓解透骨痛楚，没有效果，他的指节继续阵阵刺痛，"有话快说吧。我还要去让一个世界归顺呢。"

"如果你愿意回答的话，我也有些问题要问。"

"有问必答。"阿格尔·塔说。

"希琳妮，"萨芬开口道，"她又接受回春手术了？"

"别看我，也别指责她虚荣浮华。前段时间原体本人发来了一条星语指令。他仍旧看重希琳妮，希望她能再接受一轮手术。"

"阿奎隆？"萨芬点点头。

"一如既往。他没有丝毫察觉，也没有丝毫怀疑。他向帝皇传递的信息从来没能送出舰队。"阿格尔·塔的表情难以解读。

"我的保险措施？"

"还在正常运作。"

"你亲自检查过吗？"牧师说，他知道兄弟对某些手段深感厌恶，"你一定要亲自检查。"

"我检查过，"阿格尔·塔说，"情况没有变化，别多想。"

"那我就安心了。无论如何，我今晚会去重新布设那些结界。"他走到写字台旁，解下一本用铁链锁在腰间的厚重典籍。他动作缓慢、态度恭敬地翻阅皮面书本——翻过一页页的精细文字、数学公式、占星图表、吟诵咒文和仪式方案。

阿格尔·塔很想走过去仔细阅读那些来自原体思想的深奥学识。洛加确实与军团的牧师兄弟们分享了很多秘密。

"这本书里添加了很多内容。"他指出。

"是的。每个月我们都会收到这份神圣作品的新篇章与新段落。原体的脑海里充斥着思想和理念，能够率先学到这一切是我们的荣幸。这本书已经由上千封信函组成了。"

他们坚决不会允许1301号远征队的数据库以电子文件形式存放原体的手稿，以防这些信息落入错误的人手中。锯齿烈阳的每一位牧师都把属于自己的抄本锁在盔甲上贴身携带，凭此在秘密集会中进行布道，并且伴随圣言的扩充和发展而不断增添内容。阿格尔·塔昔日从萨尔·法瑞斯的尸体上取走了那位牧师的《洛加之书》并当场焚灭。他用这必要的亵渎之举来确保秘典的安全。

牧师缓缓深吸一口气，说道："我离开太久了，阿格尔·塔。你说得对。我痴迷于摆布第四军团的那些愚钝劳工，但事实上我唯愿回到兄弟们之间，尽情传播日新月异的洛加圣言。"

"我接受你的道歉，"猩红主宰说道，"在我们发动登陆之前你还有三十八分钟。我在朝阳的停泊甲板等你。"

萨芬已经将注意力转向了在护目镜屏幕上滚动显示的数据。"有一份关于这场行动的指令，允许记述者出现在战斗阶段中。这肯定是搞错了，我知道你永远不会同意这种事情的。"

阿格尔·塔并没有正面回应对方，只是咕哝了一句什么，接着就走向房门。

"等等。"

"怎么了？"已经站在了门口的阿格尔·塔停下脚步。

"想想我们所经历的一切。仔细想想那场注定发生的内乱冲突正在加快脚步向我们走来。你有没有感觉到什么？有没有任何……转变？"

战团长的双手突然爆发剧痛，仿佛他的指节和手腕里塞满了玻璃碴儿。

阿格尔·塔不假思索也毫无缘由地撒了谎。

"没有，兄弟，完全没有。你呢？"

萨芬面露微笑。

向人类文明开战总有一种格外糟糕的感觉，阿格尔·塔分外厌憎这一次次不可避免的自相残杀。

这些战争是污秽的，每一个拿起武器对抗帝国的灵魂都带着满腔苦涩走向注定的灭亡。让猩红主宰感到心烦意乱的不是对方胆敢顽抗到底的现实，不是弹药补给的显著损耗，也不是他对于当地居民坚忍不拔的反抗意志所抱有的钦佩，这些确实都让他心生悲哀。然而真正留下疤痕的是在这场冲突中不幸磨灭的美好生命与宝贵潜力。

他曾经试图与萨芬探讨这一点，然而牧师用一贯的直白方式加以回应：长篇大论地展开说教，强调自身道路的正义性，以及镇压那些文明的必要性。阿格尔·塔在这样的讨论中学不到任何新东西。与达格塔和马尔诺的讨论得到了相同的结果，和托尔高也是一样。除阿格尔·塔之外，其余受祝之子都抛弃了军阶高低之分，让战团长麾下的所有战士一概平等，那位前任突击士官尤其难以理解阿格尔·塔努力表达的意思。

"但他们是错的。"托尔高说。

"我知道他们是错的。这正是悲剧所在。我们带来了启迪，推动他们与人类种族的古老起源重归统一。我们用无可匹敌的力量带来了希望、进步、团结与和平，然而他们执意抗拒。让我感到悲哀的是，灭绝往往成为问题的答案。我怜悯他们的无知，但我也钦佩他们用生命捍卫自己存世之道的决心。"

"那可不值得钦佩。那愚蠢透顶。他们宁愿一错到底也不愿接受改变。"

"我从来没有说那是明智的。我只是说一个世界因为冥顽无知而生灵涂炭让我感到悲哀。"

托尔高对此略加思索。"但他们是错的。"他说道。

"曾经我们也是错的，"战团长说，他抬起一只戴着手甲的拳头来强调自己的观点——那盔甲是红色的，而非昔日的灰色，"我们过去崇拜帝皇时就是错的。"

托尔高摇摇头，说道："我们过去是错的，但我们改过自新了，没有自寻毁灭。我不理解你的悲哀由何而来，兄弟。"

"我们会不会能够说服他们？问题会不会出在我们身上，是不是我们的苍白言语无法让他们信服并归顺？我们毕竟在屠戮自己的同胞。"

"我们在清除羸弱的个体。"

"就当我没说过吧，"战团长说，他妥协了，"你说得对，当然了。"

"不要哀悼他们的愚昧，兄弟。他们拒绝了送到面前的真理。倘若我们昔日也抗拒真理直至灭亡的话，就会像这些蠢货一样咎由自取。"托尔高始终不为所动。

阿格尔·塔没有再作尝试。在这种最为阴郁消沉的时刻，一个卑劣不忠的念头往往会萦绕在他的脑海里——兄弟们这种无条件的笃定信念究竟在多大程度上源于他们的内心，又在多大程度上写在了他们的基因种子里？近乎巫异的遗传科技已经暗中推动他洒下了多少鲜血，摧毁了多少生命？

有些问题是得不到答案的。

阿格尔·塔不愿再用自己的烦恼去拖累希琳妮，因为她已经在为数百名阿斯塔特与尤卡士兵担任告解者了，于是他将心中的不安说给了一个他明知自己必须严加防备的灵魂。

阿奎隆能够理解。

他能够理解是因为他深有同感，因为他与阿格尔·塔怀有同样的细腻哀伤，不愿看到整个国度仅仅因为其盲目领袖无法看清银河的现实而被推向灭亡。

最近遭受毁灭的那个世界被当地居民称为卡利斯，而被1301号远征舰队称为1301-20。在那些无比简陋的轨道防御系统化作燃烧残骸坠入大气层时，覆盖卡利斯全球的入侵攻势已经拉开了序幕。

当地人与异形媾和，因此罪不可赦。被刻意引入的异形种族遗传因子已经不可逆转地玷污了卡利斯居民的纯种人类基因编码。下方这个世界的居民不愿向帝国交出相关的详细信息，然而根据血液样本来判断，卡利斯人无疑曾经将源自异形的脱氧核糖核酸注入自己的细胞。

"很有可能是为了治愈某种遗传性或退行性疾病。"托弗斯猜测。但具体原因并不重要。这种离经叛道的行径不可容忍。

杰斯梅汀将军的尤卡兵团负责向卡利斯星球上那寥寥无几的陆地区域发动攻击，意在夺取十二座主要城市，每支兵团都将得到若干阿斯塔特作战小队的支援。

这个世界的首府——那座工业污染甚为严重的绵延城市名叫克拉奇亚——也是星球统治者的所在，此人显然承袭了"灵魂导师"这个至高头衔。

正是这个女人，灵魂导师莎尔·维斯·纳里亚九世，断然回绝了怀言者使节们的提议。也正是这个女人亲手签署了自身文明的死亡判决书。

"别碰星球首府，"阿格尔·塔在之前的战争会议上告知巴洛克·托弗斯，"我会派受祝之子去攻陷克拉奇亚，我要亲手摘下这个女王的首级。"

舰队领袖点点头，说道："记述者呢？他们刚刚加入舰队不到两周时间，但他们的代表已经让我烦不胜烦，不停地请求我准许他们前去观看突击作战。"

猩红主宰摇摇头，说道："不要理会他们。我们是来征服世界的，巴洛克，不是来担任导游的。"

年事已高的巴洛克·托弗斯培养出了一份极为深厚的耐心，这是舰队领袖身上饱受众多部下爱戴与诸位同僚仰仗的优秀品质之一。此时此刻，阿格尔·塔在那副坚如钢铁的面具上看见了逐渐显现的裂痕，他注意到这老迈军官双眼周围的皱纹加深了，而且对方在开口回应之前首先调整了一下自己的白色披风来恢复镇定。

"恕我直言，大人——"

阿格尔·塔抬起手来以示警告。"不要单纯因为你不同意我的看法就对我客套起来。"

"恕我直言，阿格尔·塔，自从他们抵达以来，自从一年多前以来，我始终顺从你的意见，没有理会他们。我一直用些陈词滥调和冗长书信来拒绝他们加入舰队，我举出了上百个理由来说明我们不应该、不可能、不适合接待他们。如今他们已经抵达了，而且手里拿着那份由掌印者本人所签署的帝国印信，要求获准记录伟大远征。除非拉到一起枪毙了——别以为我看不到你在笑——我还能怎样拖延他们？"

阿格尔·塔轻笑一声，这是舰队领袖今天首次看到他打破了阴沉情绪。无论牧师带着什么消息返回了舰队，那都让战团长心神不宁。"我明白你的意思。有多少人加入了舰队？"

托弗斯看了看数据板，说道："一百一十二人。"

"好吧。告诉他们选出来十个人。我们会在第一拨攻势里带上他们，让尤卡兵团给他们安排一支最低限度的护卫兵力。等到登陆区域确认安全之后，其他人就可以跟上。"

"如果他们遭遇显著抵抗呢？"

"那就是送死了，"猩红主宰说，他作势离开，"无论如何我都不在乎。"

托弗斯花了几秒钟时间来确认阿格尔·塔不是在开玩笑。

"如您所言。"

第二十二章

一个点子
兄弟
命定时刻

　　伊沙克稍微有些担心自己会死在那里，但这并不妨碍他充分享受整个过程。

　　其余记述者都纠缠在他们的尤卡护卫身边，絮絮叨叨地询问在哪个远离战场的位置能够最清楚地观察到战斗。显然他们刚刚踏上坚实土地不久便忘记了能够造访这里是何等荣幸。其中大多数人似乎都打定主意要彻底忽视前来地表的真正意义，但伊沙克对此毫不介意。他不负责照顾其余人的事业发展。

　　他们在午后阳光中缓缓驶向地表，整趟航程波澜不惊——经过了气氛紧张的遴选过程，这几乎显得有些虎头蛇尾，已经让伊沙克开始怀疑下方究竟是不是在爆发战争了。脏兮兮的舷窗视野有限，只能让他勉强看到一座明显出自人类之手的遥远城市。

　　在这倍感熟悉的场景里发动战争，着实怪异。

　　他们搭乘的登陆载具是一架帝国军队运兵船，这隆隆作响、颤抖不已的灰翼运输机堪称年代久远，想必早就退役了，已经被体形较小、线条更流畅的女武神全面替代。伊沙克在登机前看了看显然可以容纳三十名乘客的方形机舱。他又看了看倾斜式机翼，用戴着手套的手掌抚摸伤痕累累的机身装甲，在两个世纪以前的统一战争中为帝皇效力的这架运输机还保留着暗淡的闪电徽记。

　　他立刻就爱上了对方。

　　他为这架德高望重的飞机拍摄了几张照片，每一张都令他十分满意。

　　"她如何称呼？"伊沙克向驾驶员问道，对方与二十余名帝国军队士兵一起站在机库甲板上，显得同样烦躁。

　　"当年他们不给战机起名字。产量太大，出厂太快，而且只有那么几个建造单位。"

　　"明白了。那你们怎么称呼她？"伊沙克指着印在机身上的那行褪色编号：

E1L-IXII-8E22。

卡狄恩的浓厚兴趣让对方的冰冷态度有所缓解。"伊丽莎白。我们管她叫伊丽莎白。"

"先生,"伊沙克咧嘴一笑道,"请允许我进入这位美丽女士。"

最开始一切顺利,然而等到他们降落之后,情况就变糟了。这场探险活动名义上的带队官员其实根本不是官员,他只是个抽签时手气不佳的尤卡军士,被迫照看一群自命不凡又焦躁不安的荒唐人,也就是这十位因为身在战区而神经紧绷的艺术家。

伊沙克漫不经心地听着那位军士与其他几名记述者针对合适的入城路线展开激烈争论。百无聊赖的他站在一片距离城区三公里之外的山坡边缘。这地方与泰拉上任何一座杂乱蔓延的工业化城市没有什么分别,他甚至看不到任何战斗的迹象。

阿斯塔特的突击方式让这些想要记录整场事件的人明显遇到了困难。部队采用空降舱突袭直取宫殿,这就意味着记述者们要么独自穿过整座敌对城市,要么止步于城区外部从而放弃见证任何事情。前者是永远不可能的,后者的可能性非常大。

伊沙克·卡狄恩是个天生具有怀疑精神的人,他在当前局面中品味到了一种凄凉的幽默感。某些人,或许就是猩红主宰本人,在拿各位记述者开玩笑。先是邀请他们前来地表,接着又让他们无所事事,不惹麻烦。

他拖着步子走向自己的护卫们——两名穿着整洁褐色制服的尤卡第81连士兵。每个记述者都拥有同样的安保规格。伊沙克的两个护卫显得既无聊又烦躁,这绝不是人类能够运用面部神情轻易表达出来的。

"我们能不能就从宫殿上面飞过去?"他提议道。

"然后被一炮打下来?"尤卡士兵几乎是啐出一句驳斥,"那架破烂只要飞进防空炮的射程就会立刻起火坠毁的。"

伊沙克费了些力气让自己的微笑保持亲切。"那就先飞得特别特别高,然后在宫殿上空一头俯冲下来,再找个地方降落。"他用双手比画着自己设想中的高难度飞行动作。对方似乎不大信服。

"没戏。"其中一人说道。

伊沙克一言不发地转身离开,钻进了狭窄昏暗的灰翼机舱里。当他走出来的时候，胳膊下面就夹着一个具有塑料外壳的单兵降落背包，显然是在座位上方的储物柜里翻到的。

"这样如何？我们先飞得特别高，然后有谁愿意工作的话就跳出来工作去。"

两名士兵相互看了看，之后把军士叫来了。

"什么事？"军士问道。他脸上的表情足以说明他心里的想法：听这些艺术家发牢骚就像被枪毙一样难受。

"这家伙，"士兵指着伊沙克说，"他有个主意。"

这个主意在二十分钟之后成了现实，而就在伊沙克跳出炮艇开始飞落的那一刻，他后悔了。

一座由白色石料搭建而成的宫殿在他下方铺展，恍若泰拉久远历史中的古希腊城邦。地面以惊人的速度朝他扑来，狂风则打定主意要让他失去意识。

这或许是个错误，他心想。

他扳动胸前束带上的开关，打算激活降落背包。先扳动一个，再扳动另一个。如此往复，直至最后。

"先等二十秒再启动，"军士先前嘱咐过这几位打算空降的记述者，"二十秒。明白吗？"

先等二十秒……

狂风呼啸震耳，大地扑面而来。他会不会要吐了？他希望不会。他肚子里翻江倒海，呕。

先等二十秒……

至少没有防空火力的迹象。他在宫殿内院里看到了一个位置——被某个红色空降舱砸出的乌黑斑点。不如就从那里开始吧。

先等二十秒……

他已经……已经坠落了多久？

哦，见鬼……

伊沙克抬起脑袋，透过模糊的防风镜看到了自己的两名护卫。他们都在上方，离得很远很远，而且显得越来越小。其余那些认同了他这个疯狂计划的人则离得更远，也显得更小。

他扳动开关，先是蓝色的，之后是红色的。过了半天，什么都没发生。

伊沙克还是在急速坠落，他惊愕莫名以至都没想起来开口咒骂。他惊慌失措地胡乱扳动开关，并未意识到自己没有给设备足够的时间来启动运行。

降落背包终于启动，反重力悬浮器嗡鸣着开始运作，那骤然减速的凶狠力道险些扭伤了他的脖子。这在最后关头拯救了伊沙克的性命，让他没有变成宫殿高塔墙壁上的一摊猩红痕迹，然而他还是为自己的走神付出了代价。他惊恐大叫着从白石护墙上弹开，不受控制地在半空翻滚，努力避免尿湿自己的裤子。

四十八秒后，他的一名护卫也降落在这片庭院里。那个士兵找到了伤痕累累、鲜血淋漓的伊沙克·卡狄恩，摄影师正坐在草地上摇晃着身体，用遍布淤青的双手紧紧抱住相机。

"你瞧见了吗？"他向士兵咧嘴笑道。

三位记述者，六名尤卡士兵——这支九人规模的突击小队在宫殿的走廊里前进。周围环境显得平平无奇，鲜有艺术品与装饰。这座建筑大量采用了廊柱和拱顶，未铺地毯的石板地面引着众人不断深入，这里整体的清冷气氛让他们仿佛置身于一座山巅修道院。

当他们最初踏入宫殿，将那个被火焰熏黑的阿斯塔特空降舱抛在身后的时候，伊沙克曾经担心队伍会找不到正确的路线。这显然是多虑了。他们只要跟着尸体走就行。

阿斯塔特进军时留下的踪迹到处都是。宫殿中鸡犬不留，横陈四处的残破尸首代替了传统的装潢。那个名叫卡莉哈的摄影师每过几分钟就要停下脚步，围绕遍地遗骸拍摄一张照片。从相机的取景角度来判断，她刻意避免让死者真正成为镜头的焦点，或许只是将其留作模糊不清的图像背景。

伊沙克没有兴趣记录这屠杀景象——无论是从艺术风格、个人品位，还是其他角度出发。他头脑中更具勃勃野心、更加唯利是图的那一部分知道这是没有意义的：此类作品永远不会名垂青史。真正残酷血腥的作品很少能够登上大雅之堂。远在泰拉的那些人想要看到的是人类种族的辉煌成就，而不是毁灭。他们想要见证的是精兵强将迎来荣耀凯旋或开展英勇斗争，而不是肆意屠杀一群与阿斯塔特相比更加接近泰拉平凡众生的无助平民。

关键在于描述手法，在于为观众描述那些他们想要看到的事物，无论他们能否意识到自己的倾向性。所以他没有对尸体进行记录。

他也尽量避免让自己的目光落在沿途的遗骸上。他们所遭受的破坏极为凶残彻底，已经让他难以置信这些东西曾经组成过人体了。他们并不仅仅被杀死了，他们被毁灭了。

一个名叫扎米寇夫的士兵对上了伊沙克的视线。"链锯剑。"他说道。

"什么？"

"你脸上那副表情。你在想这些尸体究竟是什么武器干的。告诉你吧，是链锯剑。"

"我没有想这个。"伊沙克谎称。

"真心的惊恐并不可耻？"扎米寇夫耸耸肩说，"我如今已经跟了锯齿烈阳十二年，那最初的两年我是一路吐着熬过来的。猩红主宰手下这帮人的工作方式很血腥。"

他们左拐穿过又一道未能见效的破损路障。从远方传来的枪声加快了队伍的脚步。

"我听说怀言者一向会焚灭敌人的尸体。"

"确实。"扎米寇夫说，他挑起大拇指示意身后，由家具所组成的那道临时路障周围散落着大小不一的尸块，"那是回头要办的。他们首先杀戮，之后再净化。"

"他们在战后还要回来焚烧尸体？他们当真亲手来干这事？"

扎米寇夫点点头，他的目光已经从摄影师身上移开了。伊沙克注意到士兵的行进姿态有所改变——听到枪声之后，每个尤卡士兵都立刻放低身躯，加快脚步，握紧激光枪，就像是一群专心致志追猎老鼠的巢都野猫。

"他们亲手做。怀言者不依靠丧葬仆从或者收尸机仆。他们行事周密，你回头就看到了。"

"我已经看到了。"

"真的吗？"扎米寇夫说，他扫了伊沙克一眼，"你能看到什么？"

"尸体啊。"伊沙克挑起眉毛。这算是什么问题？

"没这么简单。"士兵说，他重新直视前方，"宫殿的这一块已经被整个扫清，我们跟着地上的尸体走了好几次回头路。怀言者根本没有急着冲到王座厅去。这就是他们的方式。他们首先要杀掉宫殿里的所有人，一个房间一个房间地清理。这就叫严惩敌人。这就叫行事周密。你现在明白了吗?"

伊沙克点点头,他不知道还能说些什么。

枪声中突然混入了链锯武器的粗重嘶吼。他顿时感觉心跳加速。时候到了,有机会目睹阿斯塔特战斗。他希望自己不要中弹。

"注意了,"军士粗声粗气地说,"端起枪。"

伊沙克手里没有枪,但他效仿着扎米寇夫的坚毅神色,端起了自己的相机。

当队伍终于赶上怀言者的时候,他们面前的场景完全出乎意料。首先,这不是一支怀言者小队,只是一个怀言者。其次,他并非孤身一人。

相机咔嚓咔嚓照个不停。

协同作战的他们像是一对孪生兄弟,像是专注杀敌的单单一柄武器。没有谁占据主导,没有谁的步伐抢先或者落后。这不是竞争。这是至臻完美的协调一致。

他们共同停下脚步,审视四周。这座城市正在大举疏散,即便于事无补,外面那纷乱刺耳的凄厉警报声在宫殿内部也能听到。一队队士兵把守着每条走廊和每个路口,他们所配备步枪的实弹叮叮当当地打在阿斯塔特盔甲上,不留痕迹。

通信网络分外平静,没有请求援助的呼声,没有请求指示的喊叫。受祝之子也没有像大多数怀言者小队那样发出单调的吟诵。四十名战士借助空降舱突入了这座皇家要塞的四个位置,随即分散开来各自行动,伴随沉闷的呼吼大肆杀戮。

又一道路障拦在并肩推进的两位战士面前,驻守于此的士兵们紧握步枪,穿着那白金两色华美荒唐的制服。枪口喷出一蓬蓬烟尘,随后就响起了子弹纷飞却毫无作用的清脆声音。

两位战士一同猛冲出去,战靴重重碾过脚下石板。他们一同飞身跃过那道由破损家具垒成的路障,一同低声嘶吼施以全力。他们一同落地,一同无所顾忌地挥动武器,让敌人血溅四方。他们身边的守军顿时四分五裂,以肉眼难及的速度被消灭。

两人极具默契的无情杀意让这一切成为可能。当一人放低身躯刺向下路的时候,另一人就会抬高武器劈向上路。他们化作两个迅捷共舞的模糊身影,在专注于杀戮敌人的同时，永远留意并预判对方的动作。

在两位战士周围，十九名守军变成了微微抽搐的残破尸首。最后死去的那个士兵在同一瞬间被两人分别开膛破肚和斩落首级。

一柄巨剑和八根利爪淌着鲜血。他们背靠背扫视面前的狼藉景象，目光在大厅远端那些受到尤卡士兵护送的记述者身上停留了半秒，随后就同时继续前进。

阿奎隆迈步奔跑。

阿格尔·塔踉跄不稳。

惊愕顿时让禁军的动作冻结了。他转过身来，眼看着怀言者又蹒跚地迈出一步，接着就轰然跪倒在了他们方才携手造成的一地尸首之间。

阿奎隆旋动剑刃，意在抵挡任何潜伏刺客的致命枪弹。他没有连入军团通信网络的数据流，无法轻而易举地在视网膜显示屏上读取阿格尔·塔的生命体征。但对方没有流血，除瘫倒抽搐之外也没有受伤的迹象。

"你中弹了吗？"

阿格尔·塔用无言的嘶吼加以回应。某种湿滑乌黑的东西从他头盔的口部隔栅里不断滴落，比油料更稀，比鲜血更稠，接触到地板时像酸液般嗞嗞作响。

阿奎隆站在匍匐不起的怀言者身旁，用覆盖金甲的双手舞动剑刃。无论他如何仔细搜寻，也始终未能锁定任何目标。这里没有刺客，至少没有他能够察觉到的刺客。他又匆匆低头瞥了战友一眼。

"兄弟？兄弟，你怎么了？"

阿格尔·塔将利爪钉进墙壁，拖动自己站起身来。一团团掺着白色唾液的乌黑泡沫继续在他的口部隔栅涌现和破裂。

"Rakarssshhhk……"他的通信器传出一阵短促的含混声音。怀言者已经停止了抽搐，但显然还并不急于前进。

"你怎么倒下了？"

"没事。没事。"阿格尔·塔说，他气喘吁吁，嗓音沙哑，"我……你肯定也听到了。"

"听到什么？"

阿格尔·塔没有作答。他脑海里的高亢尖叫毫无停歇，那充满悲伤与愤怒的声音里似乎又蕴藏着浓厚的笑意——不可兼容的矛盾情感毫无意义地相互混杂，发酵成了一声刺耳尖叫。这声音每持续一秒，就让他的全身鲜血变得愈发滚热沸腾。

"我们继续前进。"他一边牙齿打战，一边对阿奎隆低吼道。

"兄弟？"

"继续前进。"

托尔高与那遥远的尖叫声一同呼吼，让面前的凡人防御者惊恐退却。他身边其余那些受祝之子也都抛下了各自的武器，用双手紧紧抱住头盔，透过通信器发出一阵阵饱受折磨的无言咆哮，响彻了整个王座厅。

灵魂导师莎尔·维斯·纳里亚九世用泪光闪烁的双眼目睹了这突然出现的荒唐景象。仅仅片刻之前，卡利斯星球的统治者——这堆由昂贵布料包裹起来的厚重脂肪——还蜷缩在尺寸过大的王座里，在众人面前放开嗓子纵情号哭。幸存的皇家护卫尚有一些没有抛下她任凭入侵者宰割，当那些身披红甲的屠夫突然停止了凶残杀戮开始厉声呼吼的时候，这些士兵同样惊愕莫名。

皇家护卫的仪式兵器和实弹枪械面对阿斯塔特的盔甲毫无用处。于是他们并没有趁敌人无力招架时发动攻势，而是利用这喘息之机后撤到了灵魂导师的王座周围。

"陛下，该走了。"一名卫队长说道。他已经如此规劝了数天之久，倘若事到如今还不能奏效的话，他就永远不必再试了。

她咕哝一声作为回应，她的几层下巴抖了抖。

"别管她了，"另一人说道，那些入侵者的震耳尖叫让所有人都绷紧了面孔，"这是我们保命的机会，里弗斯。"

"保卫我！"女王哀号道，"履行你们的职责！杀光他们！"

里弗斯已经五十二岁了，他忠心耿耿地为现任灵魂导师的父亲担任过多年卫队长，那是一位极具魅力、效率超群、广受人民爱戴的统治者，与这肥头大耳的混账女儿简直有云泥之别。

但他不能走。或者说，他不愿走。

里弗斯转过身面对那些失去了行动能力的入侵者，看着对方跪在尸山血海之间厉声呼吼，随即做出了他此生的最后一项决定——他不会逃跑。这违背他的天性。他要用自己的生命来保卫英明先帝的懒惰女儿，要让自己的刀剑在敌人的盔甲上震碎，要确保自己在临死前将满腔轻蔑啐到他们脸上。

"想逃就逃吧，狗东西。"他对部下们咆哮道，"我要誓死履行职责。"

半数卫兵似乎将这句话当作一份命令去执行，立刻仓皇逃窜。里弗斯看着那些身披黑色护甲的身影钻进宫殿仆从所用的走廊，却完全无法为这懦弱举动而憎恨他们。

卫队长与八名部下留在了这尖叫旋涡中。他们全都在自尊心或责任感的推动下没有逃跑，全都有四十余岁了。

"我们与你同在。"其中一人抬高嗓门说道。

"保护我！"那丑恶的女孩又哀号起来，"你们必须保护我。"

里弗斯低声念诵了一句短短的崇敬祷文，祝愿先帝阴魂一切安好，并承诺很快就在来世与他相会。

入侵者们站了起来，尖叫逐渐消退成呻吟与闷哼。他们伸手捡起那些落在血泊里的武器。

里弗斯大喊一声"冲锋！"便扑了上去。

他不求杀死一个入侵者，因为他明白自己办不到。他只求将自己的剑刃敲碎在他们的红色盔甲上。他只求击中敌人，一次就好，不要像大多数皇家卫兵那样一无所获地死去。

前一刻他还在呼喊冲锋，下一刻他就躺在了地上。他失足摔倒的时候甚至没有感觉到任何痛苦，只有一阵天旋地转，随后他就仰视着那个高大魁梧的猩红战士。他的武器完好无损。他的遗愿未能实现。

入侵者一脚踩在这濒死之人的胸膛上，轻易踏杀了他。里弗斯卫队长在命丧黄泉的时候都没有意识到自己早已被那红甲战士用剑斩杀，尸身不在一处。

托尔高终结了最后这几名斗志昂扬的卫兵，率先走到王座前方。强酸胆汁仍旧刺痛着他的喉咙，但自控与力量一齐回到了他的肢体里。通信频道一片混乱，各支小队都狂热而急切地汇报着同样的剧烈痛楚，还有震耳笑声。

"离开我的世界！"王座里的灵魂导师尖叫道。

托尔高攥着那肥胖脖子将对方拎了起来。即使对披挂作战盔甲的阿斯塔特而言，此人的体重也甚为可观。他察觉到自己肩膀和手肘位置的陀螺装置纷纷锁死来对抗明显的压力。

在他身旁的塞萨利斯将一口乌黑胆汁吐在某具尸体上，接着重新戴好头盔。"赶紧了结这个脑满肠肥的东西。我们要立刻返回星球轨道。出麻烦了。"

"没有出什么麻烦，"托尔高摇摇头说，他尽量忽视那女孩的号哭哀求，"但我们必须立刻与牧师取得联络。如果这就是命定时刻的话，我们必须——"

"必须什么？"塞萨利斯几乎笑着问道，"我们必须做什么？我能听到一个鬼魂在我脑袋里放声大笑。我全身上下热血沸腾足以把骨头烤焦。我们对此没有制订任何计划。谁也不曾相信这真的会发生。"

"离开我的世界！"女王坚持道，"不要烦扰我们！"

托尔高在面甲背后露出轻蔑的冷笑，他对自己手中的这个人深感厌恶，尤其是那汗涔涔的皮肤所散发出的异形腥臭。这个世界过去经历过怎样的可憎事件，以至引发这等离经叛道的结果？究竟有什么灾难能够让如此秽恶的行径——用异形遗传因子来玷污人类基因——成为必要的现实手段？这些人与其他任何人类文明相比都并没有显得更加强壮、更具智慧或更为勤劳。事实上，相比之下他们十分落后。

"你们为什么要对自己动这种手脚？"阿斯塔特问道。

"离开我的世界！离开！"

他将灵魂导师猛力抛开。那肥硕躯体轰然坠地，用折断的脖颈为这个王朝宣告落幕。

"全都烧掉，"托尔高命令道，"烧尽这一切，之后召唤一架雷鹰炮艇。我们已经来到了命定时刻。我要向猩红主宰汇报。"

猩红主宰扫视庭院。除降落在这里的炮艇之外，空空如也。

他垂下了利爪。

托尔高在将近一个小时之前汇报了君王的陨落，但阿格尔·塔的战斗激情早已消退。他站在雷鹰炮艇——朝阳的阴影里，没有参与宫殿中的收尾屠杀，那无声尖叫仍旧在他脑海里回荡不止。受祝之子用火焰喷射器和燃烧手雷抹去了当地皇室的一切痕迹，由内而外地将这座廊柱林立的宫殿彻底掏空。

此刻大多数人都在急切地相互询问，用焦躁而好奇的声音填满了通信频道。"命定时刻"这几个字以令人厌恶的频率不停出现。他们热血沸腾，因为诸神似乎终于发出了呼唤。

阿奎隆跟在他身边，这完全符合阿格尔·塔的预期，也完全违背他的愿望。四名禁军分散在突击宫殿的怀言者部队里。他们无疑目睹了一切，这必将成为一个迫在眉睫的麻烦。

阿格尔·塔看着这个他很快就要奉命杀死的人，心中猜想自己究竟是否办得到，无论是从战技层面还是道德层面来看。

"我没办法回答你，"阿格尔·塔告诉对方，"我不知道刚才发生了什么。我承受了片刻的虚弱。我扛过来了。我只能说这些。"

"你现在好了吗？"禁军透过头盔的通信器叹息一声。

"是的。我的力量很快就恢复了。我从来没有经历过类似的虚弱感。"

"我的部下汇报了类似的情况，"禁军说道，"就在你失去战斗力的同一时刻，很多受祝之子都突然倒地，就好像是被隐形的敌人击中了。"阿奎隆说，他摘下头盔以示亲切，但对方没那样做，"我们没有检测到任何能够造成这一效果的敌方武器。"

怀言者只能在头盔护目镜的遮挡下直视阿奎隆的眼睛。

"如果我知道究竟出了什么问题，"阿格尔·塔说，"我就会告诉你的，兄弟。"

"我们要考虑到这可能是你们军团基因种子里的隐藏缺陷。"

阿格尔·塔不置可否地低哼一声。

"你也明白，"禁军继续说道，"我必须立刻向众所爱戴的帝皇呈报此事。"

在面甲背后，阿格尔·塔口中再度涌出鲜血。

"明白，"他说，他舔干净嘴唇，"这是自然。"

起初他以为是尖叫声卷土重来。他聆听了那高亢哀号一阵之后才转过身去面对宫墙。

"你听到了吗？"他问道。

"是的，我听到了。"这一次，阿奎隆点了点头。

当警报响起的时候，几乎所有怀言者都首先试图求证其源头。在数百副视网膜显示屏上闪烁的寇其斯符文讲述了一件冰冷严酷的事实、一件毫无道理的事实。

即便在受祝之子的队伍中,也有很多身披红甲的战士犹豫不决,停下了用火焰净化一切的脚步,向停泊在轨道上的舰队发送信息,寻求得到立刻证实与解释。

在庭院里,阿格尔·塔和阿奎隆登上朝阳,并命令麾下战士们立刻返回各自炮艇,不可迟疑。灵魂导师的宫殿已经不重要了。这场归顺行动本身已经不重要了。

"全体怀言者,全体禁军,1301号远征舰队的全体帝国军队单位——听清楚。我是阿格尔·塔,锯齿烈阳之主。深远号接到了从泰拉传来的消息,带有帝皇本人的印信。四支军团在伊斯特凡星系公然爆发叛乱。当前谣言四起,真相难求。据说战帅背弃了效忠于王座世界的血誓。无论这是真是假,我们都坚决不会盲目冲向战争。但我们要响应原体的呼唤,因为洛加本人要求我们立即做出应对。"

"退出地面攻势,围绕登陆载具重整部队。即刻返回星球轨道。我们要遵守天职,服从命令,尽快赶往伊斯特凡。怀言者必将直刺这场背叛逆行的核心所在,亲手揪出真相。全体军官各就各位。全体战士履行职责。"

"目前这就是我要说的一切。"

阿奎隆与猩红主宰一同站在炮艇的机舱里。"我简直一秒钟都不能相信。荷鲁斯?叛徒?"禁军说,他用手指抚摸着兵器的平坦剑身,"这不可能是真的。"

"你我都听到那个消息了。"阿格尔·塔眨眨眼激活护目镜屏幕甲的一个符文标志,开启了全体受祝之子专属的通信频道。

"确认频道保密。"

另一枚符文应声出现,闪烁着表示确认。

"我是阿格尔·塔,"现在他向最为亲近的兄弟们发话,"奥瑞利安在召唤我们。"

一个声音无须借助通信器的帮助就飘入了他的脑海,散发着令人发狂的莫名熟悉感。

"他们已经知道了。他们都能感觉到。"

我认得这个声音,他心想。

"我们当然认得这个声音。这是我们自己的声音。我们是阿格尔·塔。"

第二十三章

叛徒

附体

抉择

星语者点点头。

阿奎隆的震惊让他忘记了怒火。"叛变,"他说,"怎么会?"

这个星语者名叫卡提克,他就算挺直脊梁也只是个不起眼的小个子,而不断增长的年龄和总像受惊动物那样弓身驼背的习惯更加剧了这一情况。年近七十的灵能者有一张布满岁月刻痕的面孔,而就算在年轻时他也称不上活力充沛。现在他已经很老了,这明确体现在他的举止和迟缓动作中。

一双亮丽惊人的眼睛在半睁半闭的眼皮下左顾右盼,深深凹陷的蜡黄眼窝嵌在一张由残酷基因与肥胖脸颊所造就的丑陋面孔上。见过他一次之后,某个记述者就指出卡提克的父亲或母亲——抑或双亲——必定是啮齿类动物。

他从来都不擅长反驳,言语交锋并非他天赋所在。那就是他最后一次尝试在新近登船的非战斗人员中寻找朋友了。他知道寂寞终究会推动自己再次做出尝试,但他也不介意多等上一阵。

帝皇之眼的私人星语者这一职位让他为远在泰拉的家人们赢得了一份相对可观的财富,然而为他自己仅仅赢得了一段孤独而枯燥的流放劳役生涯。这就是当今年代的人们所做出的牺牲。他满足于履行职责效忠帝皇,同时知道自己的家人过着富足的生活。

有那么一两次,某些记述者前来找他,妄图利用他的职位来满足一己私欲,寻求自己想要记录的传说或想要讲述的故事。卡提克能够在对方眼睛里看到那赤裸裸的野心,也明白那些人对他毫不关心,于是一概不见。说实话,他已经逐渐习惯了孤独。他可不想为了逃离孤独而任凭摆布。

"我确认。"卡提克说,他的嗓音与眼睛一样具有令人始料不及的优美,他的歌声也十分动听,当然,除卡提克自己之外没有人会知道这一点,"尊贵的阁下，近日来，以太浪潮大为平缓，从泰拉传来的消息准确无疑。叛变已经爆发。"

阿奎隆看着挤在卡提克这间斗室里的其余几人。资历最浅的卡尔辛在效忠帝皇的过程中刚刚赢得了九个名字。涅拉卢斯的胸甲上铭刻着二十个名字，他对守护者长戟的运用最为纯熟。塞斯兰仍旧遵守着他的沉默誓言，昔日他站在喜马拉雅山仅存的几座峰峦顶端，仰望帝国宫殿的高墙立下此誓。他将这项任务视为一场苦修，始终保持沉默，直到他们完成长达五十载的外派任务，在即日起七年之后返回泰拉才愿意重新开口。

"四支军团，"卡尔辛说，"整整四支军团背叛了帝皇。"

"而且为首的是战帅，"卡提克用格格不入的柔和语调补充道，"帝皇最宠爱的子嗣。"

涅拉卢斯从嘴里挤出一个介于恼怒和轻蔑之间的笑声，说道："我们才是帝皇最宠爱的子嗣，你这亚空间的小喇叭。"

阿奎隆没有理会这种由来已久的争论，说道："阿格尔·塔通知我说舰队将要花费三十九天时间奔赴伊斯特凡。一旦抵达，锯齿烈阳就会重新并入军团，与其他怀言者一同展开部署。任何帝国军队、机械神教及其他非军团单位都不会加入这场行动，包括我们在内。显然这是阿斯塔特的内部事务。他们希望我们可以接手指挥四艘小型战舰，协助抵抗登舰突击。我已经同意了。"

其余禁军转过来看着他。大多数人点点头接受了怀言者馈赠的这份荣誉，但他们仍旧心有不安。

"三十九天？"涅拉卢斯问道。

"是的。"

"这可真是快得出奇。"卡尔辛说，"多年以来，我们在一潭死水般的浪潮中挣扎前进，始终投身于偏远边疆开展归顺行动，如今导航者却突然报告说找到了畅通无阻的亚空间航路，可以极为顺利地抵达目标？可以就这样轻易跨越四分之一个银河？这趟旅途本该花费十年时间。"

"亚空间已经云开雾散。"卡提克重复说明。

"即便顺风顺水，这仍旧是需要花费数月的旅程，甚至数年。"

阿奎隆俯视着卡提克。其余禁军也逐一低下头来。

"有何吩咐，帝皇之眼？"那人问道。

"告知掌印者，我们等待他的指示。阿斯塔特极为抗拒外部力量介入这场即将爆发的战斗，但我们会分散在怀言者舰队里，负责指挥他们的四艘战舰。"

"如你所言。"卡提克条件反射式地回答，为了将这份紧急信息传回泰拉，并且与远方家园世界上的某位星语者同僚维持连线从而收到回复，这必将是个漫长的无眠之夜，"如你所愿。"

禁军们一言不发地走出了房间。

即便燥热难耐，全副武装的阿格尔·塔仍旧不停地打着寒战，那浸透了皮肤的一层又一层冷汗被盔甲吸收循环之后重新供给他的躯体。

他全身随着心跳的节拍一次次颤抖，在厚重陶钢与钢铁甲板之间发出有规律的尖锐摩擦声。他已经不知多少次尝试过站起身来了。每一次都以失败告终，让他重重扑倒在冥想室里，将地板砸出凹坑，磨损了盔甲上的涂装。

全体受祝之子的开放通信频道为他传来了兄弟们的低沉咒骂与含混祈祷，然而他既想不起来自己何时开启了这个频道，也想不起来该如何将它关闭。诸位同僚所受的苦难就是他所受的苦难。大多数人也都说不出话来，他们的声音淹没在了野蛮而粗重的咆哮声中。

门铃响了一次。

阿格尔·塔低声嘶吼，挣扎许久才吐出一个字来。

"谁？"

"是阿奎隆。"房门边的喇叭传来回应。

泪眼蒙眬的怀言者将目光投向视野里的计时器，看着数字符文不断跳转。他忘记了什么事情，什么……安排。他无法清晰思考。他的胀痛牙齿之间挂着丝丝唾液。

"怎么了？"

"你没有参加我们的对练。"

对了，就是这个，他们的日常对练。

"抱歉。我在冥想。"

"阿格尔·塔？"

"我在冥想。"

对方停顿了一阵说道："好吧。我晚些再来。"

阿格尔·塔躺在甲板上剧烈颤抖，用一种摆脱了泰拉文化和哥特语影响的寇其斯核心语言轻声念诵神圣祷文。

不知何时，迷失在痛苦云雾里的他抽出了自己的战斗短剑。他用颤抖不稳的臂膀挥剑切开手甲掌心，想要借此释放血管里的灼人高温。从伤口中涌出来的东西仿佛是滚沸冒泡的热油，在地板上嘶鸣着啃噬出一条条沟壑。

剑痕像一道缓缓消逝的微笑般闭合了，就连他盔甲上的损伤都覆盖了一层恶心的疤痕组织。

又过了一个小时，他终于成功将自己拽了起来，能够不再颤抖地站稳脚步。在通信频道里，他听到战士们高声大笑或放声号哭，肆意表露着很少从阿斯塔特喉咙里传出的强烈情感。

"萨芬。"

"兄弟。"牧师显然需要花费几秒钟时间才能够开口回应。

"我们必须……瞒住禁军。吩咐下去，全体受祝之子要闭关冥想，潜心苦修，在前往伊斯特凡的路上深入反思。"

"我们大可杀了他们，"萨芬在通信频道里厉声咆哮，"现在就杀了他们。时候到了。"

"他们要死，"阿格尔·塔咽下一团酸液说，"也是在原体下令的时候才能死。通报战舰全员，受祝之子要苦修思过，断绝一切外部联系。"

"如你所言。"

在背景里，诸位兄弟继续尖叫呼号。拳头与额头撞击墙壁的闷响不时传来。他无法呼吸。他必须摘掉这憋闷的头盔，即便是战舰里那温热的循环空气也比这浓重刺鼻的灰烬味道好得多。

他的手指抓住颈甲密封，然而每次拉扯都会牵动他的整个脑袋。头盔摘不掉，竟然被冷汗粘在了他的面孔上。

阿格尔·塔走向出口，按动控制板。房门打开后，猩红主宰就东倒西歪地冲了出去，沿着走廊趔趄奔跑，寻找那个他在头晕目眩中能够想到的唯一一处避难所。

"请进。"她大声说。

她首先听到了盔甲关节伺服装置的嘶吼，随后是阿斯塔特战靴的沉重脚步。她刚要开口，就被那气味堵住了嘴。金属熔化的刺鼻味道与煤块燃烧的尘埃气息扑面而来，浓烈无比。

走进她房间的脚步声断断续续缺乏规律，最后以陶钢盔甲撞上金属地板的一声轰鸣而告终，让她的整张床铺都颤抖起来。房门在巨响之后关闭了。她坐在床垫边缘，望着阿斯塔特跌倒的位置。

"希琳妮。"那战士说道。虽然对方开口时嗓音里饱含痛苦，但她还是立刻就认出来了。

她一言不发地从床上滑了下去，匆忙摸索对方的位置。她的双手扫过了坚硬平滑的胫甲及挂在上面的残破卷轴。她以此作为参照一路上行，最终坐在战士肩旁，将对方的沉重头盔捧在自己腿上。

"你的头盔摘不掉。"她说。

这就是他如今的面孔：倾斜的护目镜与凶神恶煞的陶钢面甲。他没有作答。

"我……我叫药剂师来。"

"要躲着。锁上门。"

她遵照吩咐，发出语音指令。

"这是怎么了？"她说，她无法掩饰自己愈发深重的担忧和愈发强烈的惊慌，"这就是萨芬所说的吗？那种……命定的转变？"

如此说来，牧师把一切都告诉她了。阿格尔·塔明白自己若是对此感到惊讶就太愚蠢了。萨芬自始至终对受祝女士知无不言，言无不尽，将她当作又一个传播崭新信仰的工具，无论其受众是军团战士还是凡人仆从。阿格尔·塔开口作答之前先眨眨眼挤出了刺痛双目的汗水。一个寻敌准星勾勒出希琳妮面庞的轮廓，他咬紧牙关将其消除。

"是的，转变，命定时刻。"

"会发生什么？"希琳妮话语里的不安在他听来如同一股沁人心脾的琼浆玉液。阿格尔·塔通过一种他自己不甚理解的方式品味着她呼吸愈发纷乱、她的心跳愈发急促、她的嗓音愈发惊惶，同时他自己却感觉愈发强健。泪水滴落在他的面甲上，这就足以为他的全身肌肉灌注崭新的力量。

她的悲伤是我们的给养，一个念头油然而生。

"你要死了吗？"她哭着问道。

"是的。"他说，他对自己的答复感到震惊，因为这超乎他的预料，然而他在脱口而出的那一刻就明白这是真的，"我觉得是的。"

"我该怎么办？求求你告诉我。"他能感觉到对方用指尖轻抚面甲的棱角，那凉凉的触感带走了一点痛苦，仿佛她的冰冷手指就直接贴在他的滚烫皮肤上。

"希琳妮，"他用几乎不属于自己的声音低吼道，"这是原体的计划。"

"我知道。你不会死的，洛加不会让你死的。"

"洛加……会做一切……他必须……做的事……"

阿格尔·塔感觉到自己的声音越来越微弱，他的意识缓缓游移飘散，仿佛陷入了药物强制的沉眠。一阵尖锐声音在他脑海里回荡，他的思维失去控制一分为二。

他能看到希琳妮，能看到那双紧闭的眼睛涌出热泪，能看到那栗棕色的满头卷发围拢在面庞两侧。但他能看到的不只如此，还有前额的血管在那层纤薄软弱的凡人皮肤下面颤抖搏动，她的心脏在湿滑沉闷的轰鸣中将血液不断泵入脆弱的身躯。他能闻到她的灵魂在整个生命的分分秒秒中点滴流逝，伴随一呼一吸而逃逸出去，直到她再也无法呼吸的那一刻。她散发着生命活力的味道，她散发着脆弱易伤的味道。

不知怎的，这顿时点燃了他的嗜血贪欲。

她是猎物，是人类，是凡人。她时时刻刻都在走向死亡，注定要投入灵魂之海挣扎游动，直到成为未诞者的美餐。

她同样是希琳妮，是受祝女士，是他在身心俱毁、信仰崩塌的生命低谷中遭遇的那个灵魂。

将她毁灭必定是一桩乐事。她的悲伤会滋养他，甚至提升他。

但他坚决不会伤害她。他能够伤害她，但坚决不会这样做。意识到这一点之后，那不知从何而来的无名怒火就消退了。无论方才的狂野冲动多么强烈，他都不会任由其奴役。

他永远不会背弃兄弟，也永远不会在实现洛加的愿景时怯懦退缩。一切都是他自己选择的，他也心甘情愿地遵照原体的安排来承受这份痛苦，经历这场转变，从而为其他人免除劫难。被诸神选中的少数人将要确保整个人类种族延续不灭。

"阿格尔·塔？"她一如既往地用那奇特的轻柔语调叫着他的名字。

"我们是阿格尔·塔。"

"究竟怎么了？"

他勉强露出笑容以示安慰。他的陶钢头盔裂开一道缝隙，让面甲与他一同张口微笑。希琳妮并不能看到这张龇牙咧嘴、相貌狰狞的恶魔面孔。

"没什么，只是转变。看护我，希琳妮。别让阿奎隆发现我，我能控制住。我不会伤害你。"

他抬起一只手，透过朦胧视野看到一切事物的边缘都变得模糊不清。他的目光落在了一只生有刀锋的利爪上，那人类手掌表面覆盖着色泽猩红的龟裂陶钢，正在以一种诡异非人的温柔姿态用修长黑爪抚摸她的头发。他一时间心无旁骛地在这永远黑暗的房间中观察自己的崭新利爪映射星星点点的微弱光亮。他的盔甲变成了一层金属皮肤，动力爪融入了双手的指尖。

"你的声音变了。"她说。

他的视野重新聚焦，所有模糊的轮廓恢复清晰。那魔爪只是他自己包裹盔甲的手掌，属于人类，一如往日。

"别担心，"阿格尔·塔告诉她，"无论如何，很快就会结束了。"

诸位受祝之子并没有闭关太久。大多数人在几天之后就走出了房门紧闭的舱室。萨芬是第一个从房间里现身的，他似乎并没有经历什么改变，只是在穿行于战舰各层甲板的时候永远戴着头盔。他的动力背包顶端安装了一个长燃不熄的铁笼火盆，时刻在身后留下一股煤灰和余烬的气息。他按部就班地逐一造访了把自己关在冥想室里的其余受祝之子，但没有允许任何人一同探望。

阿格尔·塔在三天之后离开了希琳妮的房间。不出怀言者所料，他在训练大厅找到了阿奎隆。

"我就觉得你在这里。"他说。

两位禁军各自退后：阿奎隆正在与塞斯兰展开对决，他们拿着激活能量的实战兵器，披挂着全副装甲，包括带有顶饰的头盔。

塞斯兰关闭了守护者长戟的力场，武器锋刃伴随能量消散的爆鸣沉寂下来。阿奎隆低垂巨剑，但并未解除武器的致命威力。

"冥想了很久啊。"他透过红色护目镜审视对方。

"你话里是有疑心吗，兄弟？"阿格尔·塔在面甲背后露出笑容说，"我有很多事情要思考。塞斯兰，我能借用你的长戟吗？我想打一场。"

塞斯兰没有说话，转过头去看着阿奎隆。帝皇之眼替他作答："我们的武器都配有各自的基因密锁，在你手里是无法激活的。另外，让旁人触碰这把由帝皇钦赐的武器对于我们而言是莫大的侮辱。"

"好吧。我无意冒犯。"阿格尔·塔说，他走向武器架，将一对饱受磨损的古旧动力爪安装在自己的手甲上，"来一局？"

阿奎隆微微歪过金盔，说道："实战兵器？"

"极限对决。"阿格尔·塔表示确认，他紧握双拳激活了修长铁爪的电能力场。

塞斯兰迈出训练笼，将他的指挥官与猩红主宰锁在里面。他已经观看过阿格尔·塔和阿奎隆的数百场交手了，根据过往经验和对双方实力的准确评估来判断，他推测怀言者会在六十到八十秒之内落败。

开场钟声响起。五秒之内的十一招交锋之后，对决结束了。

"再来？"阿斯塔特开口询问。他听到塞斯兰无言地轻叹一声。阿奎隆也没有说什么。

"有什么不对劲吗？"阿格尔·塔问道。双手都装有利爪的他无法帮助阿奎隆起身。

"没有。没什么不对劲的。我只是没有预料到你会发动抢攻。"

禁军站稳脚步，盔甲关节中由机械神经和缆线筋腱组成的仿生肌肉发出低沉嗡鸣。

"再来？"

阿奎隆抬起长剑说："再来。"

两位战士飞身扑向对方，他们的凶猛攻势带着能量力场碰撞出闪烁光芒。每一秒都见证着三次交锋，每一次交锋都在转瞬间告终，双方兵刃的金属结构刚刚接触就被相互排斥的电能力场狠狠推开。不消片刻，空气中就飘散开了浓重的臭氧气味。

这一次，两位战士更加势均力敌。阿格尔·塔的长处在于他的清晰意识，他不仅深知自己的战技水准，还能捕捉到对手一举一动中所暴露的潜在能力。他向来凭借此项优势与阿奎隆这样实力更为强悍的武器大师分庭抗礼，能够在对方手下坚持许久，最终才难以抵挡那制胜一击。如今这与生俱来的洞察力又搭配了堪比禁军的迅捷速度，阿奎隆被迫无可奈何地采取防守，这还是他与阿格尔·塔交手对练中的头一次。

他慢慢捕捉到了怀言者凶猛攻势中的破绽——那种粗野莽撞的细微缺憾，那种难以察觉的平衡失调——于是抓住下一次机会猛然还击。他的剑面轰然拍在阿格尔·塔的胸甲上，让阿斯塔特趔趄后退。当那位身披猩红盔甲的战士跌倒在地板上时，阿奎隆早已挑起了嘴角。

"就是这样。平衡恢复了。你回到了属于你的位置——地板上。"

阿格尔·塔的嗓音流露着被面甲遮掩的笑意。"我差点就能得手。"

"你没戏，"禁军回答道，心中却不知道对方这句话怎么就突然变成了事实，"但你今非昔比，兄弟。你饱含力量，活力充沛。"

"我也感觉自己不一样了。见谅——我还有些职责需要履行。"

"如你所言。"禁军说。

阿奎隆和塞斯兰一同目送阿斯塔特离去。在随后的寂静里，阿奎隆开口道："有什么事情变了。"

始终遵守沉默誓言的塞斯兰只是点了点头。

第二十四章

伊斯特凡 V
叛徒
衣甲如夜

伊斯特凡，这颗平平无奇的恒星与人类帝国的王座世界泰拉相距甚远。

这个星系的第三颗星球与恒星保持着最为舒适的距离，能够良好地支持人类生存，如今狼神荷鲁斯的滔天怒火将它变成了一个被致命病毒浸透的无边坟墓，整个星球的全部人口化作污秽尘埃散落在一片片了无生机的大陆上，昔日城市烟熏火燎的碎石骸骨则成了点缀在地表的焦黑斑块。这个文明在一天之内就变为虚无的记忆。战帅麾下舰队的轨道轰炸成效显著，威力强大的燃烧弹药与装满病毒的生物武器似乎没有放过这个世界上的任何事物。

如今伊斯特凡 III 围绕恒星默默公转，用满目疮痍的身躯扮演着一个灭亡国度的墓碑，这副被夷为平地的惨烈面貌似乎散发着些许庄严意味。

星系的第五颗星球要寒冷得多，只有体质最为坚韧、基因最为强健的生命才能存活于此。风暴乌云密布天空，贫瘠苔原点缀大地，任何移居此处的人都休想在星球表面找到安逸舒适的生活。

伊斯特凡 V 周围环绕着一支在人类种族历史上规模空前的舰队。毫无疑问，这是最令人赞叹的阿斯塔特战舰集群，来自七支军团的侦察舰、巡洋舰、驱逐舰和指挥舰齐聚一堂。暗鸦守卫战舰的乌黑船体融入了幽暗太空，围绕在那艘线条流畅、体形庞大、火力凶狠的军团旗舰帝皇之影号身边。披挂绿色装甲的火蜥蜴战舰组成了更为紧密的阵形，簇拥着原体的宏伟座驾烈火锻炉号，它的舰身边缘和城垛顶端布满了青铜打造的龙兽形象。

一支规模远小于前两者的舰队悬浮在高层大气里，几乎完全由小型护卫舰组成，而坐镇中央的主力战舰钢铁号则用自己的雄浑形体宣告着钢铁之手的存在。这些战舰的结构更为致密，护甲更为厚重，黑色舰身搭配了暗灰与亮银两色的镶边。钢铁之手派遣了他们的精锐连队先行赶到，军团主力尚未抵达。

敌方舰队则不知去向。死亡守卫、帝皇之子、吞世者及叛乱首逆荷鲁斯之子的战舰踪影全无。他们躲避了帝国的耳目和帝皇的复仇。

另外数百艘战舰以匪夷所思的协同步调从星系最边缘缓缓驶来。先锋部队披挂着深幽夜色般的蓝黑护甲，展露着代表暗夜领主军团的骷髅徽记和青铜雕像。钢铁战士与兄弟军团同行，那些由刚硬合金与暗淡陶钢打造的太空堡垒几乎完全不反射星光。阿尔法军团分布在这支浩浩荡荡的舰队外围，描绘着鳞片纹理的海绿色舰身营造出了军团徽记里那传说中冷血怪兽的形象——张牙舞爪的九头蛇浮雕怒视着茫茫太空。

怀言者带着多于其他任何兄弟军团的灰色战舰稳步逼近，担任这支无敌舰队的核心力量。庞大引擎隆隆颤抖着输送出中等水平的功率，推动第十七军团旗舰信仰之律号杀向前方的世界。

如此之多的战舰同时冲破亚空间本该引发一场舰身相撞残骸四散的纷乱风暴，然而稳步驶向伊斯特凡Ⅴ的这支无敌舰队却表现出了令人难以置信的镇定，诸多战舰之间始终维持着安全距离，各自的虚空盾不曾发生摩擦。

七支阿斯塔特军团的无数战舰高悬于伊斯特凡Ⅴ头顶，其严整精密的阵形体现出了这项工作背后那体量惊人的庞杂计算。穿梭机和炮艇在重型巡洋舰之间繁忙往来，每艘战舰的各层甲板都在紧锣密鼓地准备将战士们投放到一场规模空前的联合登陆作战中去。

帝皇的反叛子嗣荷鲁斯在星球地表严阵以待。人类帝国派遣七支军团前来夺取大逆不道者的性命，却丝毫不知其中四支军团已经唾弃了效忠王座世界的誓言。

无所事事的记述者和因为轮休而不得前往作战甲板的军队人员，填满了酒窖。伊沙克用力挤向吧台，一路上收获了二十几次恼怒低吼与嘶声威胁，但他知道谁也不会真正为此动手。

他点了一份盛在塑料杯里的饮料——酒窖的风格就是如此奢华——这大概是某种不会立刻置人于死地的机油勾兑品。他将几枚铜币胡乱扔在了污渍斑斑的木制吧台上作为报酬。付完这笔账之后，他的口袋就空空如也了。

周遭的交谈内容全都围绕着同一个话题——登陆突击、背叛、荷鲁斯。

最让他感兴趣的是议论中的整体氛围。"帝皇抛弃了伟大远征""荷鲁斯被他的父亲背叛了""这场反抗是合情合理的"诸如此类不一而足,在舰队穿行于亚空间的一个多月以来始终如此。

伊沙克拍了拍邻近酒客的肩膀。那人转过身来,露出一张被纵横伤疤塑造成奇特相貌的脸。他穿着尤卡兵团的作训服,腰间的枪套里揣着一把手枪。

"嗯?"

"给我讲讲你为什么觉得这是合情合理的,"伊沙克说,"因为我觉得这就是叛国啊。"

尤卡士兵轻蔑地冷冷一笑,继续与他的朋友们交谈。伊沙克又拍了拍他的肩膀。

"不是,说真的,我想听听你的看法。"

"滚蛋,小子。"

"你可以回答我的问题。"伊沙克微笑着说。

尤卡士兵面露狞笑,倘若他牙缝间没有塞着几块食物残渣的话,那表情想必会显得更加凶恶。"是战帅征服了半个银河,对不对?帝皇缩在泰拉已经有半个多世纪了。"

典型的士兵思维,伊沙克心想。肩负着无可比拟的重大责任来管辖星海帝国的那个人饱受质疑,而向来凭借战术、兵力和物资等各方面显著优势来开展粗暴战争的那个人则大受尊重。

"我来捋一捋这件事。"伊沙克佯装出一副沉吟神色说道,"你敬仰那个手握无敌大军、永远难以落败的人,但你厌憎那个负责设定目标并付出努力来维持帝国运作的人?"

伊沙克的描述方式让尤卡士兵嗤笑一声,不再理会记述者。摄影师一时间不确定自己是否搞错了什么关键的情况。怀言者是遵从帝国的召唤,奉命前来镇压荷鲁斯麾下叛军的。然而远征舰队的凡人成员们却几乎一致认同荷鲁斯的所作所为。

他抿了一口杯中的饮料,顿时追悔莫及。

"真是好酒。"他对吧台背后的那个女酒保说道。

周围的人们始终在纷纷议论。就像大多数夜晚一样,伊沙克不加区分地默默聆听,态度低调地偷听旁人的交谈。他习惯于被动获取舆论观点,这样更容易避免争端。自从士兵们也开始频频造访酒窖以来，这里就明显充满了武夫之勇。

"怀言者是不会攻击荷鲁斯的。"某个人用庄重口吻深信不疑地说道。

"这不是战争，他们是来谈判的。"

"如果谈判失败就会变成战争了。"

"帝皇是统一战争的遗老。如今的帝国需要一位更加英明的领袖。"

"荷鲁斯还没有犯下任何罪过。帝皇的过激反应完全是出于恐惧。"

"不会兵戎相见的。洛加不会让局面走到那一步。"

"出了这种事帝皇都不愿意走出泰拉亲手处置？"

"他还在乎帝国吗？"

"我听说荷鲁斯会率领其他原体到泰拉去。"

伊沙克没有把酒喝完，早早返回了位于平民聚居甲板的个人舱室里。他想要说服自己，他只是受不了那些糟糕的饮品和叛乱的论调罢了，但实际情况要乏味得多——他只是没钱了。

走到一半，他决定改变方向。他可不想又百无聊赖地坐在房间里虚度时光，虽然已经没钱把自己灌得酩酊大醉了，但他总是可以重温昔日刚刚加入军团舰队那段时间的经历。出于种种原因，近来几周他在履行职责上有所懈怠。他发出了不计其数的请求，想要与某位受祝之子安排会面，但无一例外地遭到了拒绝。那些猩红战士闭门内省的铁律牢不可破，据说就连禁军都不准进入他们的冥想室。接连不断的冰冷回绝与缺乏战斗的沉闷状况，让这位记述者的热切兴致有所折损，但既然无所事事，那就不如重新投入工作吧。

伊沙克检查了相机电池的电量，随后动身去寻找一些能让自己声名鹊起的东西。

原体在等待他们。

他们走出朝阳踏上信仰之律号的主机库甲板，洛加全副武装地在此迎接，灰色手甲里握着那柄巨大的牧杖战锤启明。在他身边是披挂着花岗岩般暗灰战甲的艾瑞巴斯与科尔·法伦，他们的装备表面都铭刻着摘自圣言的祈祷咒文。第一连的全体战士穿戴着气势逼人的终结者盔甲，手握双管爆矢枪与粗重兵刃伫立在后面，组成了一支表象凶恶的欢迎队伍。

当这三十七名猩红战士踏入机库甲板时，洛加的慈爱面容上顿时露出了温暖微笑。他们齐刷刷地屈膝跪倒在领袖面前。

洛加示意众人平身："你们这就忘记了吗？我的受祝之子永远不必在我面前下跪。"

阿格尔·塔率先起身，立刻捕捉到科尔·法伦那张苍老面孔上的厌恶。他低声嘶吼，朝第一连连长龇牙咧嘴，探出了手甲的利爪。

看到这番情景的洛加轻声一笑。"我的祈祷已经实现，"原体继续说道，"你们来了。"

"奉您命令。"阿格尔·塔与萨芬齐声回应。

受祝之子的队伍缺乏凝聚力，他们丝毫没有立正站好或整齐列队的意思。他们看似集体，但实为个体，虽然身处兄弟之间，却都在晶蓝护目镜后面眯着眼睛，严格守卫自己的私人空间。

"我们将在一个小时之内展开登陆，"洛加说道，"阿格尔·塔、萨芬，你们两个暂且随我们来。在发动突击之前我会让你们归队的。"

"好的。"阿格尔·塔说。

"禁军呢？"洛加问道，"务必告诉我他们还活着。"

"他们还活着。我们把他们分别安排在了四艘战舰上，负责在接下来的战斗中监督防御工作，以备战舰遭到敌方跳帮。"

"他们知道接下来会爆发战斗？"洛加猛然转过身来质问阿格尔·塔。

"他们不是傻瓜，也并非接触不到在舰队中传播的消息。他们搭乘的战舰都……略受拖延，还在亚空间里。我们已经把局面的微妙之处告知了相应的几位导航者与舰长，阁下。在伊斯特凡之战胜利告终之前，禁军都不会抵达。"

萨芬开口补充："我们遵照你的命令放过了他们。"他能察觉到阿格尔·塔怒目而视，但佯装不知。

"这不是我的命令。至少我近年来没有下达过，"原体指了指艾瑞巴斯，后者微微垂首示意，"确保他们一直存活是首席牧师的要求。他所筹谋的大局有这一环的安排。"

阿格尔·塔一言不发，但他全身辐射出了毫不掩饰的恼怒。萨芬的态度则没有这般克制。"艾瑞巴斯？"他微笑着说，"我认真研读了《洛加之书》里的每一处附录和注解，兄弟。我亲手施展过你录入的很多新仪式。我很希望能对此多加了解。"

"日后或许会的。"

萨芬向牧师同僚表示感谢，随后队伍就动身了。在众人前行的时候，艾瑞巴斯始终跟在原体近旁。那张布满刺青的坚毅面孔一如既往地态度庄严，神情肃穆。科尔·法伦紧随其后，他的每一个步伐都让终结者盔甲的粗重关节发出阵阵嘶鸣。萨芬紧跟着艾瑞巴斯，阿格尔·塔则轻笑着看了看第一连连长。

"何事可笑啊，兄弟？"那个苍老的半阿斯塔特问道。

"是你可笑，老东西。你散发着恐惧的臭味。他们没能把凡人身上的惊惶从你这把老骨头里彻底除掉，我很怜悯你。"

"你觉得我会感到恐惧？"他说，那张疤痕纵横的脸扭曲成了一副更加丑恶的面目，"我的见识远胜于你，阿格尔·塔。当你们徘徊在银河边缘为禁军担任保姆的时候，我们这些真正的军团成员可没有闲着。"

阿格尔·塔没有答话，只是轻轻一笑。

信仰之律号接待了一批格外尊贵的客人。

走进战略室的那一刻，阿格尔·塔就不由自主地发出了一声饱含敬畏的叹息。列席于此的怀言者连长、牧师和战团长在他意料之中，但是来自暗夜领主、阿尔法军团和钢铁战士的诸多指挥官则在他意料之外，更不用提站在中央全息投影桌周围的那三位了。

人群散开一条路来，让洛加走向大厅中央，来到兄弟们身旁。那三人都没有表示欢迎，正如他们相互之间也没有表现出明显的尊敬。

阿格尔·塔站在众多阿斯塔特的前排位置，向近旁的两位连长低哼一声以示致意。他们的专属纹章用流畅的诺斯特拉莫铭文表明了各自的身份。其中一位高大严峻的战士用铁链将几枚包裹青铜的骷髅挂在自己肩甲下面，他的徽记包含着第十连的数字标识及马卡里昂这个名字。

另一人则完全不需要表明自己的身份，因为无论是谁都能一眼认出他来。他的盔甲上装饰着一块块坚韧紧绷的人皮，他的头盔面甲是一副怒目而视的苍白骷髅。他的名字在帝国境内广为人知，几乎堪比荷鲁斯之子的阿巴顿、帝皇之子的艾多伦、圣血天使的劳多伦……甚至是诸位基因原体。阿格尔·塔向暗夜领主军团的第一连连长赛瓦塔点头致敬。那位战士也做出回礼。

"你们迟到了。"他发出一声刺耳嘶吼。

阿格尔·塔没有理会暗夜领主的挑衅。"你的观察力可真敏锐，"他回答，"你居然能看懂计时器。"

赛瓦塔的骷髅面甲背后传出了咽喉的低沉笑意。

在齐聚一堂的诸位军官和领袖中间，洛加抬起双手示意众人安静。阿斯塔特战士们之间的揶揄挑衅、低沉咕哝和零星笑声顿时停止了。

"时间紧迫，"金色的原体说道，"局势多变。站在这个房间里的诸位都很清楚我们即将面对的是什么。包括我们在内的八支军团和不计其数的世界正在揭竿而起反抗帝国。倘若我们要挥师泰拉夺过王座的话，就必须剿灭那些仍旧忠于帝皇的军团，而且我们必须独立完成此事。我们的帝国军队兵团无比忠诚，然而他们一旦投入伊斯特凡地表战事就必定会承受毁灭性的伤亡，所以我们要独自开展这场战争。阿斯塔特对阵阿斯塔特，兄弟对阵兄弟。想必大家都能品味到其中的诗意。"

没有人说话。洛加继续说。

"你们都走过了各自的独特道路，但我们殊途同归，来到了这共有的命运面前。帝皇辜负了我们。帝国辜负了我们。"

洛加向一群盔甲表面覆有闪电纹路的暗夜领主点点头："帝国律法松懈，文化腐朽，对我们这些忠诚公仆施以种种不公待遇，因此辜负了我们。"

他又示意那些披着裸露陶钢的钢铁战士连长："帝国从未正视我们的优秀品质，从未嘉奖我们在推动其蒸蒸日上时的血汗付出，从未在关键时刻为我们提供急需的团结力量，因此辜负了我们。"

包裹在鳞片战甲里的阿尔法军团始终态度冷漠，一言不发。"帝国的核心本质存在缺陷，"洛加说，他朝他们点点头，"它对于完美文明的盲目追求导致了自身的不完美，它对那些妄图奴役人类满足私欲的异形种族缺乏强有力的对抗态度，因此辜负了我们。"

最后，原体面向自己麾下的连长，他们的灰色盔甲装饰着祷文卷轴。"最重要的是，帝国建立在谎言的根基上，因此辜负了我们。帝国由一个后患无穷的弥天大谎所铸就，长久以来它逼迫我们在必要性的祭坛上牺牲真相，磨灭良知。这个滋生罪孽的国度理应灭亡。我们就要在这里，在伊斯特凡V着手展开净化。人类的崭新王国将要从灰烬中崛起。这会是一个扎根于正义、信仰和启蒙的帝国，一个由诸神化身所引领、指挥和保护的帝国，一个未来有能力经受住鲜血冲刷和烈火试炼的帝国。"

房间中的气氛产生了非常微妙的变化，阿斯塔特的敏锐感官已有察觉。每位战士都稍稍挺直了身躯，将手掌搭在入鞘武器的握柄上。

"帝皇以为我们是忠于他的。我们四支军团被盲目的信任调遣到了这里，但我们此时此地的盟约乃是数十年精心筹划的成果。这是天命所定，忠实于古老预言。我们不必再躲躲藏藏屈身阴影了，不必再暗中操纵舰队行动和伪造篡改远征数据了。自即日起，阿尔法军团、怀言者、钢铁战士和暗夜领主共同进退。我们饱经磨难但坚忍不屈地并肩伫立在战帅荷鲁斯的大旗下，他是我们的第二位帝皇，真正的帝皇。"

众多阿斯塔特面面相觑，谁也没有擅动。原体仿佛是在检阅一支由雕像组成的军队。

"即便有头盔的遮挡，"洛加说，他微笑着展望整个房间，"我也能看到你们的眼神。我能看到你们对身边诸位兄弟抱有的犹豫、不安和怀疑。大家都称不上朋友，对吗？我们从来不是相互信赖的盟友。在场的各支军团血脉相通，但不曾铸就过任何牢固深厚且发自内心的兄弟情谊。然而当你们注视身边这些色泽迥异的盔甲时，请牢记一点：你们的正义怒火是相通的，你们的复仇渴望是相通的，这个房间里的每一把武器都有着共同的目标。而这一点，我的诸位子嗣和兄弟……这就是我们所需要的一切力量。今日的经历会让我们成为兄弟。战争的熔炉会铸就我们的情谊。"

洛加的话语迎来了沉默。原体转身面对全息投影桌，开始输入激活仪器所需的代码，此时他背后响起了一阵沉闷的碰撞声。

洛加扭头寻觅声音的来源。几名怀言者连长正在与其他军团的同僚握手，而且时时刻刻有更多人加以效仿。他们交握臂膀，以传统方式缔结战士之间的盟约。

阿格尔·塔向赛瓦塔伸出手。暗夜领主握住了怀言者的臂膀，两副冰冷无情的面甲相互凝视。

"伪帝去死。"赛瓦塔开口道，有史以来他第一个说出了这句即将在千万年间回荡不息的话语。

这句咒骂得到了其他人的认可，很快就被战士们放声呼吼出来。

"伪帝去死，伪帝去死。死！死！死！"

在群情激昂的房间中央，四位原体面露微笑。他们稍稍挑起的嘴唇各自流露着冷漠、丑恶、嘲弄和宽容，但这毕竟是他们到目前为止所展现出的少有的情感。

洛加输入了最后一串指令代码。全息投影桌伴随低沉轰响开始运行，内部发生装置投射出地表苔原的闪烁影像。一幅点缀着众多干扰斑点的模糊画面悬浮在半空。一顶顶乌黑、幽蓝、海绿、猩红和暗灰的头盔纷纷抬起来观看全息图像。由地壳变动撕开的一条峡谷贯穿了画面。

"厄古尔盆地，"洛加的一位兄弟用隆隆震耳的深沉嗓音说道，"我们的猎杀场。"

康拉德·科尔兹或许曾经拥有过光辉形象。他现在的一举一动都昭示着今已粉碎的高贵本质，在他彻底抛却了自己的优雅风度和庄严气势之后，昔日的英武王者就被剥去皮肉，只剩下一个充满了致命力量的枯槁内核。暗夜领主基因原体穿戴着一套带有暗淡青铜镶边的黑色盔甲，他伸出动力爪，用四支弧形锋刃指着那条峡谷。"放大图像。"

不见行踪的机仆立刻遵从指令。三维全息影像模糊了片刻，随即重新聚焦在一张细节更为翔实的地形图上。由塑钢、陶钢和混凝岩建成的坚固城塞盘踞在峡谷一端，负责抵挡轨道轰炸的虚空盾如同朦胧热霾般笼罩在上空。绵延四方的壁垒、路障、壕沟和工事在它周围组成了一片坚不可摧的防线。在场的每个战士都看得出来：这是一份彰显防守技艺的大师之作，用以抵挡数万敌军的凶猛攻势。

峡谷另一端是成群的炮艇和空降舱，但是众人的注意力都集中在了被染成乌黑的峡谷中段。

两支大军在此深陷鏖战，两条相互碾磨的庞大阵线融为一团难以分辨的灰暗蝼蚁。

"放大中央区域。"原体科尔兹命令道。

图像再度陷入模糊并重新聚焦，带着杂乱的干扰斑块展现出了……

"内战，"康拉德·科尔兹神采奕奕地咧嘴笑道，"双方势均力敌。死亡守卫、吞世者、荷鲁斯之子和帝皇之子的兄弟们占据地利，而钢铁之手、火蜥蜴和暗鸦守卫则具备兵力优势。"

　　阿格尔·塔在喘息时低沉嘶吼，感觉到胆汁润湿了自己的嘴唇。周围几人转过头来看了看，但他没有理会那些戒备的目光。

　　"兄弟？"站在原体身旁的艾瑞巴斯发来询问。

　　"我渴了。"阿格尔·塔微笑着在私人频道里回答。

　　"你……渴了？"

　　"我品尝过阿斯塔特的鲜血，艾瑞巴斯。那浓烈味道让人永远不会淡忘，其中神圣的基因成分刺激了我的舌头。在伊斯特凡V，我会再度品尝到。"

　　牧师没有回应，但阿格尔·塔看到了艾瑞巴斯转向科尔·法伦，他很清楚双方正在保密频道里谈论此事。这念头让他露出了轻蔑冷笑。真是些愚蠢而渺小的生灵。他们如此珍视自己的卑微野心，如此热切地渴求转瞬即逝的力量。阿格尔·塔在片刻间对原体感到了同情，四十余年以来引导洛加前行的竟然就是这等枯燥乏味的阴谋头脑。

　　不过想到这里，他胸中的鄙夷怒火顿时有所平息。这么多年以来他们究竟做了什么？科尔·法伦先前说阿格尔·塔远离真正的军团，为禁军担任保姆。虽然他不愿承认，但这句话确实深深刺进了他心中。

　　他喉咙里的嘶吼愈发尖锐，逐渐变成一股野兽哀鸣。

　　"安静。"赛瓦塔低哼一声。

　　阿格尔·塔顿时绷紧身躯，屏住呼吸，努力压下被对方这粗鲁口吻所激发的冲天怒气。被束缚在他体内的那个存在显然极为厌憎被迫顺从。

　　"劳姆。"

　　"什么？"

　　"我是劳姆。"

　　阿格尔·塔感觉到自己的心脏与那些轻柔的音节合拍跳动。他唇边的胆汁骤然沸腾起泡，一阵彻骨剧痛以凶猛无情的势头涌入他的双手。

　　"你就是父亲多年前看到的那第二个灵魂。"

　　"是的。"

　　"你在扭曲我的思维。我永远处在暴怒的边缘，总想对兄弟们出言不逊。"

　　"我只能推动你心里原本就存在的情感。"

　　"我不会容许你占据我。"

"我绝无此意。我们是同一个个体。我沉睡许久，早已渗透了你躯体里的每一个细胞。这是你的血肉，这也是我的血肉。它很快就会转变。我们是阿格尔·塔，我们也是劳姆。"

"你的声音和我的一样。"

"这就是你我灵魂的沟通方式，我们共有的血肉将其转换成了凡人能够理解的意义。我没有自己的声音，只有在我们泼洒鲜血时发出的咆哮。"

阿格尔·塔披覆盔甲的手指仿佛浸泡在灼热液体里。"我感觉到强烈痛苦。我的双手都不能动。"他说。

"共生，融合，平衡。有时候你会来到首位。有时候我会占据主导。"

"这痛苦又是什么？"

"这只是未来转变的前奏。"

"诸神已经发出了它们的呼唤。命定时刻已经到来……我比以往更迅捷、更强壮、更具活力，而且我已经无法除去护甲，无法摘掉头盔了。"

"对。这就是我们的新皮肤。"

"还能有什么样的转变？"

劳姆发出了一阵仿佛远在天边的细微笑声。"你此生会多次听到诸神的呼唤。命定时刻尚未真正来临。你听到的呼唤为长战拉开了序幕，但诸神还没有发出尖叫。这只是前奏而已。"

"但我听到了。我们都听到了。"

"你真正听到那声尖叫的时候就会明白的。这我可以保证。"

"……受祝之子会与钢铁战士并肩组成铁砧。"洛加做出总结。

阿格尔·塔的注意力回到了周遭。他双手的痛苦再度消逝。不知道应该做何回应的他只是朝原体的方向点了点头，茫然地认同洛加方才的话语。原体报以和蔼的微笑，似乎察觉到了爱子的一时失神。

科尔兹大人用布满血丝的双眼看着自己麾下的阿斯塔特，说道："那么我们准备就绪了。我的第一连也会加入钢铁战士的首拨攻势。"

"Dath sethicara tash dasovallian，"他嘶声吐出一串诺斯特拉莫语，"Solruthis veh za jass。"

暗夜领主的诸位连长用蓝黑手甲敲击胸膛。"衣甲如夜。"他们齐声说道。

"心如坚钢，"佩特拉波粗声粗气地说，他拎起庞大的战锤扛在肩头，"身披铁甲。"他的部下纷纷用武器长柄敲打甲板以示响应。

阿尔法军团的战士们及其原体保持着沉默。

轮到洛加为这场会议进行收尾了，正如阿格尔·塔所料。

"位于地表的双方部队已经恶战三个小时，至今胜负难分。此时此刻，忠诚派就在苦苦等待我们展开登陆，期望我们为最终的攻势提供支援。各位都很清楚自己在这场行动中要扮演的角色。我们都知道我们必须在这里泼洒鲜血，从而让整个种族免除厄运，并且将荷鲁斯推上人类之主的宝座。"

"兄弟们，"原体说，他恭敬虔诚地垂首，"我们今日就要迈出建立一个伟大王国的第一步。愿诸神与你们同在。"

当阿格尔·塔准备动身离开的时候，他看到昔日导师在招呼自己。艾瑞巴斯的形象具有一种仅仅属于武器的英俊：他就像一把冰冷剑刃，无论在谁手中都极其危险，虽然映射着外界的亮度，却从不流露自己的光芒。受祝之子领袖缓步逼近对方，嗓子里吐出一串声音起伏的低沉嘶吼，充分享受着胸中的怒意。

艾瑞巴斯想要与他交谈，科尔·法伦显然也打算旁听。这情况本身就足以令人起疑。他们在漫长的四十载岁月里向原体灌输了什么样的野心？他们目睹了什么，掌握了什么？

他的吼声愈发响亮。

"可以憎恨他，但不要攻击他。他被选中了，就像你一样。"

"我永远都会听到你的声音吗？"

"不。我们的末日早已注定。我们会在宏伟双翼的阴影下覆灭。届时你就再也不会听到我的声音了。"

阿格尔·塔感觉全身血液骤然冰冷，他明白这种感觉并不属于即将发生的转变。

"艾瑞巴斯，"他对首席牧师说，"我没心情和你争执。"

"我也没有。"那位资历更老的战士回应道，"自从我们上一次交谈至今已经发生了很多事情。我们都见证了很多重大变革，做出了很多艰难抉择，从而才能走到此时此刻。"艾瑞巴斯用冷峻庄重的眼睛直视阿格尔·塔的护目镜。首席牧师时刻保持的镇定态度和沉稳耐心很难让人不感到钦佩。

他的深切失望也很难让人忘却。

艾瑞巴斯——首席牧师,圣言的虔诚使徒

"我听说了你们所目睹和经历的一切，"艾瑞巴斯继续说道，"萨芬常常向我通报最新进展。"

"你有正事要说吗？"阿格尔·塔咕哝道，即便在他自己听来，这话也显得暴躁而幼稚。

"我为你感到骄傲，"艾瑞巴斯说，他短暂地将一只手搭在阿格尔·塔的肩甲上，"我只是想说这个。"

然后他就一言不发地跟随原体离开了。科尔·法伦喉音含混地哼笑一声，伴随终结者盔甲的刺耳声响，迈着更为缓慢的步伐随之而去。

第二十五章

第二拨攻势
转变
背叛

这是为整场战争拉开序幕的战斗。

厄古尔盆地被不计其数的阿斯塔特战靴和数以千计的军团坦克履带践踏得面目全非。忠诚原体们各自投身于战况最为激烈的位置：暗鸦守卫的科拉克斯乘着喷吐烈焰的飞行背包和色泽乌黑的金属双翼腾空而起；钢铁之手的费鲁斯伫立于战场核心，用他的银色臂膀碾碎一切胆敢靠近的叛徒，抓住一切妄图后撤的敌人；火蜥蜴的沃坎披着交错层叠的精工铠甲，挥动一柄迸发出滚滚雷霆的战锤，任何坚固装甲在他面前都会像瓷器般被轻易粉碎。

叛变原体们仿佛是这三位兄弟的镜像：吞世者的安格隆癫狂无忌地用链锯武器大肆杀戮，几乎认不出自己的刀下亡魂是何身份；严重辜负了自身名号的帝皇之子弗格瑞姆，放声大笑着挡下钢铁之手战士的一记记笨拙攻击，他那优雅轻灵的动作没有丝毫停滞；死亡守卫的莫塔瑞恩则变成了泰拉古老神话的可憎化身，用镰刀横扫战场，收割一条条性命。

至于身为帝国战帅、光明星辰、帝皇宠儿的荷鲁斯，他站在峡谷远端的宏伟堡垒里，高高在上地审视这片毁灭景象，安然观望麾下军团投身战场。仍旧以帝皇之名拼搏厮杀的那些兄弟见不到他的踪影，但荷鲁斯的嘴唇时刻不曾停歇——他向身边的侍从们接连不断地下达着指令，随时传递给陷入恶战的各支部队。他眯起双眼注视着自己精心编排和亲手指导的这场屠杀剧目在下方的那块舞台逐步上演。

终于，在这团由陶钢战甲的刺耳撞击、坦克火炮的隆隆轰鸣和爆矢武器的密集嘶吼汇聚而成的喧嚣旋涡上空——第二拨攻势的炮艇、空降舱与突击登陆船带着推进器的尖锐呼啸刺透了大气层。成千上万个猛禽模样的阴影笼罩四方，遮挡住了暗淡的阳光，让忠诚派的喜悦呼吼震天动地。

而那些伤痕累累的叛徒，那些忠于荷鲁斯的军团则毫不犹豫地展开了井然有序的撤退。

阿格尔·塔在朝阳的驾驶舱里纵览下方景象，雷鹰炮艇伴随引擎的号叫从交战两军头顶低空掠过。大群怀言者登陆载具扑向峡谷边缘，它们机身的灰暗涂装与这个冰冷世界的阴郁气候颇为相符。

"这就够远了。降落吧。"他对负责驾驶的马尔诺下令。

"如你所言。"

这支灰色机群领头位置的两架猩红炮艇开始下降。怀言者所选的登陆区域附近就是暗鸦守卫先前发动第一拨攻势的位置。有着花岗岩色泽的众多暗灰战机，纷纷气势庄严地落在了如煤炭般乌黑的同类身旁。

四支军团的登陆部队各自抵达了指定位置，纷乱的通信网络里响起一声声短促的确认音。局势在最后关头遭到了逆转。荷鲁斯麾下的叛军全面后撤，向堡垒逃去。

阿格尔·塔走下机舱跳板，透过头盔过滤装置深吸了第一口伊斯特凡 V 的空气。冰冷寒意与浓烈血腥之中还夹杂着泥土被翻搅的厚重味道和挥之不去的引擎废气。他的双眼在护目镜背后迅速浏览战场全景，注意到暗夜领主的炮艇像群鸦般降落在一侧，阿尔法军团的战争机械则占据了另一侧。怀言者主力部队在盆地边缘巩固着两支兄弟军团的阵线。那地位显赫的第一连队伍之中短暂地浮现出一抹洁白和金黄，阿格尔·塔心神振奋地捕捉到了洛加的身影。

原体的身影随后就不见了，被遥远距离、浓重烟尘及隔在双方之间的无数炮艇所吞没。

钢铁战士占领了地势最高的位置，他们盘踞在忠诚派的登陆区域上，埋头搭建预先制造的塑钢地堡，仿佛要对这个战略要地加以巩固。重型登陆船将各式战地建筑投放下来：运输船在低空位置松开铁爪抛下货物，让那些结构致密的金属框架轰然坠落，埋进大地。第四军团的工匠战士们立刻展开劳作，将其组装固定成一个个迅速升起的火力平台。数以百计的炮塔被安置在防护外壳里，成群结队的机仆慢慢走出钢铁战士运兵船的深邃机舱，心无旁骛地前去与那些武器系统的操作界面展开对接。

第四军团基因原体佩特拉波带着冷漠自负地注视这一切。他身上那套层层叠叠的陶钢盔甲简直更像是坦克护甲，他的任何一个细微动作都会引发伺服装置的嘎吱轻响。

他偶尔将片刻的注意力投向周围那些来自其余军团的战士，对驻扎在防御工事中的怀言者与暗夜领主连长们点头示意。这平淡的动作与原体的刻薄目光搭配起来显得意味深长。他丝毫没有佯装尊敬对方，仅仅认可了他们的存在，并且警告他们要专心处理自己的事务：他们大可遵照各自原体的命令驻守此处，只要别多管闲事就好，钢铁战士不需要碍手碍脚的盟友。与此同时，战争机械的轰鸣继续响彻四周，火力平台堆砌得越来越高，防御火炮出现在迅速组建的城垛上，瞄准了下方的谷底平原。

阿格尔·塔与萨芬率领受祝之子离开自己的雷鹰炮艇，在静静停泊的大批炮艇之间穿行，抵达了钢铁战士们兴建的防御工事。接受阿格尔·塔调遣的其余怀言者战士收拢阵形紧随其后。整片土地在阿斯塔特战靴的践踏下微微颤抖。数千名战士将各自连队和战团的旌旗高高举在头顶，等待他发出信号。

沿着阵线向远方望去，越过钢铁战士的主战坦克与密密麻麻的阿斯塔特，阿格尔·塔依稀看到了身披斗篷的第一连连长赛瓦塔及其麾下的精锐部队黑甲卫。暗夜领主们用青铜锁链将武器缠绕在手甲上，为即将到来的信号做好了准备。

"我们是铁砧。"萨芬在通信频道里向集结在防御工事背后的怀言者们说道，"我们是铁砧，其余兄弟则是即将砸落的铁锤。敌人会精疲力竭地撤退到我们面前，握着打空子弹的爆矢枪和破损断折的刀剑，误以为我们是前来接应的援军。钢铁之手滞留在战场上自寻死路，但你们都能看到另外两支军团火蜥蜴和暗鸦守卫的残兵败将正在靠近。我们必须固守阵线，坚持到其余兄弟从侧翼和后方发动攻势将其一举歼灭。"

阿格尔·塔早就走神了。他看着远方的战局分崩离析，看着顽强固执的钢铁之手部队簇拥着原体，始终陷在战场核心。满腔义愤让他们不愿退却，也让他们注定率先灭亡。

火蜥蜴的深绿色陶钢战甲组成了一片涌上山坡的丛林，在阵线东侧向钢铁战士的防御工事大举后撤，暗鸦守卫战士们的破损黑甲则埋头赶往暗夜领主与怀言者的联合部队。手握旌旗的士官们在爬向坡顶的时候着手重整阵形，逐渐恢复了忠诚派在先前战斗中遭到粉碎的部队凝聚力。

阿格尔·塔咽下一口什么东西，像是有毒的污血。他不可抑制地口舌生津。

"劳姆。"他默默呼唤，但没有得到回应。他在一个诡异的瞬间里突然感觉头脑清明，能够体会到热风扫过自己的皮肤表面。这并不是空气灌入盔甲裂口那种集于一点的压力，而是包裹全身——微风轻柔地吹拂着他的皮肉，仿佛他的作战装备生长出了一套能够识别外界的迟钝神经。他的双手再度痛苦难耐，而这一次，痛苦带来了崭新的感受：膨胀感和延伸感，他的躯体似乎变得像黏土般柔软可塑，包裹在里面的骨骼发出一阵阵吱嘎脆响。

他并未主动激活的寻敌准星开始胡乱飞旋，在护目镜的蓝色视野里搜索猎物。

在他们下方，数以千计的暗鸦守卫正在沿着山坡上行。没有任何一套盔甲完好无损地闯出了谷底的那场恶战。虽然距离尚且遥远，阿格尔·塔仍旧凭借锐利目光分辨出很多战士将耗尽弹药的爆矢枪挂在肩膀上，盔甲表面固定着一张张焦黑残破随风摆动的临战誓言。

"六十秒。"他在通信频道里低吼一声。

"如你所言。"在他两侧严阵以待的三千名战士齐声回应。

达格塔坐在鞍座里扫视防线。喷气摩托内置的抗重力引擎用低沉嗡鸣呼应着他的一举一动，当骑手向前探身注视那些不断接近的暗鸦守卫时，摩托的呜咽声就变得更加响亮。

他的任务是巡查战场边缘，剿灭试图逃离的零星敌人。虽然他麾下的先驱斥候只有五人熬过了多年前的那场劫难，转化为受祝之子，但他们都追随军士至今，此刻正在引擎轰鸣中跃跃欲试。

达格塔眨眨眼睛挤出灼热的汗水，他艰难而嘶哑地喘息着，尽量忽视那个在自己脑海中号叫的声音。他喉咙里的剧痛在近几个小时以来愈发强烈，以至简单的吞咽动作都极度痛苦。而现在，就连呼吸也变得困难了。他的唾液腺超负荷运作，让滚烫冒泡的强酸不断涌出嘴角。他的下排牙齿之间每过几秒就会滴淌毒液，他已经无法忍受再将其咽进肚子加以中和了。

"三十秒。"阿格尔·塔的命令传入耳中。

达格塔用混浊嗓音咕哝着毫无意义的音节，头盔的口部隔栅里流出嘶嘶作响的酸液。

托尔高用拇指按动链锯斧的控制符文，将设定模式从柔软组织更改为坚硬装甲，较为厚实的第二排利齿顿时滑出，固定在第一排旁边。事实上，面对厚重的陶钢装甲，链锯武器除刮掉表面涂层之外作用不大，但盔甲关节的纤维束或暴露在外的缆线会迎刃而断。

一个小时以来，他始终双眼泣血，即便心中并没有丝毫哀伤，并没有任何感觉。若是能摘下头盔的话，托尔高肯定会看到自己的面孔被一条条泪痕染作猩红，那色泽像文身般永难磨灭。他每每眨动眼睛，都会有更多稀薄鲜血涌出泪腺，滚下脸颊。当他的舌头在口中转动的时候，立刻就被满嘴的参差利齿割伤。他在那些细小切口愈合之前品尝到了浓烈腥味和尖锐痛楚。

浓稠暗红的血液从他的手甲关节中渗透出来，将手指紧紧黏合在了斧柄上。他无法伸展手掌。他也无法松开武器，无论他如何努力尝试。

"二十秒。"阿格尔·塔说。

托尔高闭上眼睛挤出血泪，却再也睁不开了。

马尔诺的粗重喘息喷出头盔隔栅。一阵纷乱喧响扑面而来，他在须臾间以为自己听到了过往所见每一个人的声音。他无法压抑住全身骨骼里的那种微微震颤。

"十秒，"阿格尔·塔的声音传来，"做好准备。"

马尔诺用不住抖动的脑袋面对着越走越近的暗鸦守卫。测距标识浮现在他的视网膜显示屏里，捕捉到了对方战士肩甲上的一枚枚小队徽记。

马尔诺咧嘴狞笑，握紧了手中的爆矢枪。

"兄弟们，"一个声音传来，"我是托瑞希安连长，第二十九连，暗鸦守卫。"

一名披着斗篷走在前列的连长抬手致意。耗尽弹药的爆矢枪吸附在他大腿上，寒光闪动的短剑握在左手中。连长的蓝色披风已经残破不堪，失去了往日风采。阿格尔·塔也抬起手来，并且在通信频道中做出回应。

"我是阿格尔·塔，受祝之子领袖，怀言者军团。战况如何，兄弟？"

暗鸦守卫指挥官笑着迈步走近，说道："那些狗叛徒已经在仓皇逃窜了，但他们每一个都是硬骨头。泰拉在上,见到你们真是让人高兴。我们的原体命令我们暂时后撤,重新补给。但科拉克斯大人心地无私,他可不想让我们在这空前绝后的时机抢走所有荣耀。"

阿格尔·塔能听到对方战士话音里的笑意。"祝你们各位在下面狩猎愉快。光耀怀言者!光耀帝皇!"

受祝之子领袖默不作声。逐步接近的暗鸦守卫已经快要抵达防御工事了。他感觉自己的全身肌肉在病态渴求中绷紧抽搐。

"兄弟?"托瑞希安问道,这位连长穿着较老的钢铁型战甲,与第十七军团身上的极限型战甲相比显得格外笨重,近乎原始,"你们的突击方案是什么?"

阿格尔·塔深吸一口气,准备宣判对方的末日。

他莫名回想起洛加在多年前对自己说过的话:"你生于寇其斯的辛格-鲁克村,双亲是一位木匠和一位裁缝。你的名字在南方草原部落的语言里意思是最后的天使。"

他短暂地回想起自己的双亲——他们已经故去了两百余年。阿格尔·塔从未去他们墓前凭吊过。他甚至不知道他们的坟墓在哪里。

他的父亲是个沉默寡言、目光温和的人,毕生劳作让他拥有了一副宽厚的肩膀;他的母亲则很瘦小,有着在南方部落里颇受推崇的深棕双眸与乌黑卷发。她脸上常带笑容,这就是他对母亲最深的印象。

他从那间坐落在河畔的泥墙草屋来到此时此地,已经跨越了多么长远的空间和时间。现在他几乎能品味到河水的触感,品味到那条波光粼粼的河流在寇其斯的毒辣骄阳下为他注入清凉。

他有四个姐姐,像双亲一样已故去多年。在军团登门造访的时候,她们都哭了,不过他当时还不明白为什么。他眼里只有被那些神圣战士选中所代表的新奇冒险和强烈喜悦。最小的姐姐——仅比他年长一岁的拉齐莎——送给他一条亲手用沙漠豺狗牙齿制作的项链。他此刻就能感觉到那件饰物,他每天清晨起床完成冥想之后都会将它缠在自己手腕上。原本的绳索早已烂光了,但他每过几年就会用一条新的绳索把那些豺狗牙齿重新串起来。

他最大的姐姐杜玛拉曾经日复一日地责骂他,说他除挡路硌脚之外一无是处。但是在临别的那一天,她没有口出恶言,反而拿来一条羊毛毯子给他带上。

"他不需要这个。"那高大魁梧的灰色战士用机械般的生硬嗓音说道。

杜玛拉惊慌退却,把毯子紧紧抱在怀里。她没有再把礼物交给弟弟,而是凑过头来亲吻了他的脸颊。她也哭了。阿格尔·塔还记得姐姐的泪水沾湿了自己的面孔,让他担心那位战士会不会以为哭泣的是他。他一定要表现得勇敢坚强,以免让那战士失望,以致落选。

"这男孩叫什么名字?"战士问道。

他的母亲出乎意料地反问:"你叫什么名字,战士?"

"艾瑞巴斯。我的名字是艾瑞巴斯。"

"谢谢你,艾瑞巴斯大人,这是我的儿子,阿格尔·塔。"

阿格尔·塔,最后的天使。他出生时羸弱瘦小,当年疫病横行、干旱严重,这个名字标志着他将是母亲带给那干渴世界的最后一个孩子。

"原谅我。"他低语道。他本不打算把话说出来,但也并不对此感到后悔。

"兄弟?"托瑞希安追问,"请重复一遍。"

阿格尔·塔的灰色双眼变得坚如铁石。"全体怀言者,"他说道,"开火。"

第二十六章

登陆场大屠杀
舰身破损
在宏伟双翼的阴影下

托瑞希安推开军士的尸体,手脚并用地匆忙前进。他刚刚摸到爆矢枪,头盔视野里就浮现出弹药计数,为他揭示局面的凶险程度。在这场屠杀的震耳轰鸣中,他抽出战斗短剑发起冲锋。

"不胜即死!"他呼喊着自己军团的战吼,"我们遭到了背叛!进攻!"

爆矢弹狠狠轰击他的胸膛和肩甲,让他在奔跑时失衡,他的盔甲四分五裂。他的视网膜显示屏都来不及提示一处处损伤。托瑞希安趔趄着停下了脚步,感觉到喉咙里有一股湿滑暖意。肋骨背后的伤势正在让他变得呼吸困难。

一道比直视太阳更加耀眼的蓝色闪光凭空袭来,将他击倒在地。被激光炮腰斩的他与众多兄弟躺在了一起,还没等到鲜血灌满肺脏就死去了。

暗鸦守卫的前排部队如同被镰刀收割的麦子一样倒下,在爆矢弹的火光中化作粉碎盔甲与四散血雾。

众多身披黑甲的阿斯塔特负伤跪倒,少数那些在直取头颅与胸口的致命突袭中侥幸存活的战士随即被密集弹雨夺去了性命。在爆矢枪开始咆哮的几秒之后,明亮刺眼的光束就从怀言者阵线背后的兰德掠夺者、猎食者和堡垒炮台上喷吐出来,在暗鸦守卫阵形里和他们脚下的土地上挖开一条条沟壑。

阿格尔·塔很难看清整体局面。足有他手臂一般粗的冰蓝光束从头顶掠过,轻而易举地撕裂大地,干净利落地洞穿躯体。手握战斧与刀剑的受祝之子默然立在他身旁。附近的钢铁战士和怀言者则忙着装填子弹,继续开火,投掷手雷,准备后撤。

在战场的风眼里,阿格尔·塔透过半睁半闭的眼睛凝视面前的景象。他与托瑞希安之间的通信频道维持了许久的运作,让他能够听到那位连长倒地死去时的无言呛咳。

科尔·法伦舔了舔泛黄的牙齿。

狂风在他们身边呼号，厄古尔盆地的狭长地形营造出的凄厉号叫足以与战场上的枪炮轰鸣一较高下。这污秽狂风裹着坦克引擎废气的刺鼻味道。

"我看不到，"他承认，"太远了。"

怀言者军团将登陆区域选在了战场西侧，目前正准备大举挥师，横扫暗鸦守卫侧翼。三个身影站在一辆华丽的指挥坦克车顶上，这青铜与暗灰两色的兰德掠夺者插着猎猎飘扬的旌旗，每一寸可见的装甲表面都铭刻了细密经文。

信仰之主科尔·法伦无可奈何地眯着眼睛，努力望向远方的登陆场。他未着头盔，被庞大的终结者盔甲塑造成了一副披甲驼背的巨人形象。

艾瑞巴斯站在他身旁，借助阿斯塔特的敏锐视觉毫不费力地纵览战况。

"我们胜券在握，"他说道，"其余的都不重要。"只有眼神里的细微光芒流露着他的情绪，艾瑞巴斯拥有一个从内到外的乏味灵魂。"但暗鸦守卫已经开始攻击防线了。在另一端，火蜥蜴倒在了其余军团的枪口下。在战场最中央，残存的钢铁之手簇拥着走投无路的原体。"

比两人更为高大的洛加并没有心思去观看第一波背叛火力投射在暗鸦守卫与火蜥蜴军团的战士们头上。他目不转睛地望向战场核心，迎着狂风瞪圆了双眼，微微张开嘴唇，注视着两位兄弟的生死搏杀。

弗格瑞姆与费鲁斯，在他们手中挥动的武器映着愈发暗淡的阳光。狂风偷走了他们兵戎相见时的铿锵轰鸣，但那场超凡对决即便静默无声也足以令人为之迷醉。只有基因原体的感官能够清晰捕捉到每一个迅捷流畅的动作。如此完美的战斗技艺几乎让洛加嘴边扬起一道微笑。

洛加与这两人都打过交道，但从来没能像期望中那般熟识他们。他每每尝试接触弗格瑞姆都会遭到委婉的回绝，但兄弟的愤恨态度明确无疑：在帝皇的诸位子嗣之中，洛加是个不懂得保持安静的失败者。在他于蒙纳齐亚获罪受辱之后的五十年以来，怀言者军团斩获了无出其右的累累战果，直逼荷鲁斯之子和极限战士的卓绝功勋，但即便如此，情况也并未有所改观。弗格瑞姆仍旧不愿与他产生任何瓜葛。帝皇之子的领袖——在众多阿斯塔特军团之中，唯独他的子嗣能够将代表帝皇的鹰徽佩戴在自己的盔甲上，这一殊荣让他何等骄傲——从未公然表示反感，但弗格瑞姆将内心想法体现得清清楚楚。

他眼中只有完美，而洛加早已染上了洗刷不掉的缺陷。

与城府深沉的弗格瑞姆相比，钢铁之手原体费鲁斯要更为坦诚直率。洛加向来毫无保留地挥洒激情，他的军团在战场上也是如此。费鲁斯用庄严稳重的表象来遮盖住自己的熊熊怒火，但从不将其深埋于心，他对麾下的战士有着同样的期许。对费鲁斯而言，在泰拉的美好经历就是埋头于锻炉旁劳作不休，将金属塑造成一柄柄值得赠予半神兄弟们的强大武器，而洛加则钻进宫殿里足不出户，与马格努斯及帝皇左右那些机敏睿智的廷臣、顾问和幕僚们热切探讨哲学、历史与人性。

两人之间最为亲近的一次接触在任何寻常家庭看来都不值一提。洛加在锻炉旁找到了费鲁斯，兄弟正在认真打造一件如熔岩般滚热而危险的物品，想必是即将投入战场的武器。似乎钢铁之手原体能够打造的就只有武器而已。

洛加明白这是个心胸狭隘的刻薄念头，于是努力加以缓和。"不知道你能否铸就一些负责创造的工具，而非展开毁灭的武器。"他局促不安地站在熔炉的滚滚热浪里，试图挤出一些笑容来中和自己言语间流露的责难意味。

费鲁斯的目光越过黝黑肩膀落在这位情绪多变的兄弟身上，他没有报以微笑。"不知道你能否铸就一些具备任何价值的东西。"他说。

洛加绷紧了金色的面孔，那副笑容已经失却任何诚意，僵硬地刻在脸上。"你找我有事？"他说。

"对。"费鲁斯说，他从铁砧旁走了过来，他的赤裸胸膛上点缀着数以百计的细小烧伤，飞溅火花与熔融金属在他的黝黑皮肤表面留下了星星点点的痕迹，"我给你做了件东西。"他的深沉嗓音一如既往。

"什么？为什么？"

"我不会说那是一场营救，"费鲁斯回答，"因为我的战士们肯定不愿接受这种说法。但我要感谢你在加拉顿次星所提供的'支援'。"

"不必言谢，兄弟。我愿意效劳。"

费鲁斯闷哼一声，仿佛对此也要表示怀疑。"无论如何，这是我的一点心意。"

费鲁斯的军团得名于原体。他的金属双臂并非机械部件，而似乎是由某种奇异的活体白银组成。洛加从未询问过兄弟的这种独特体质，他知道费鲁斯是永远不会给自己解释清楚的。

费鲁斯走到邻近的桌子旁，用强健臂膀抓起上面的一把武器。他一言不发地将其抛给洛加。怀言者单手稳稳接住，然而出乎意料的重量还是让他皱起了眉头。

"它叫启明，"费鲁斯说，他已经回到铁砧面前继续工作了，"尽量别弄坏了。"

"我……我不知道该说什么。"

"那就别说，"扮演锻造铁锤的银色臂膀敲打在柔软可塑的金属上铿锵作响，当……当……当……"什么都别说，走吧。如此一来，我们就不必尴尬得没话找话，毕竟我们没有共同语言，没有什么话题可聊。"

"如你所愿。"洛加朝兄弟的背影挤出一点微笑，之后就默默离开了。这便是他与弗格瑞姆和费鲁斯的交往。

此刻，洛加在敬畏中面色苍白地凝视那两人，看着他们的武器相互碰撞，迸发出能量力场的四溅电光。

"我们做了什么？"他低声说，"他们是我的兄弟。"

科尔·法伦闷哼一声表示责备。"孩子，快下令出击。我们要去支援阿格尔·塔和钢铁战士。"

"但我们究竟在干什么？我们为什么要采取这种方式？"

为人庄重沉稳的艾瑞巴斯没有恶狠狠地皱起眉头，但科尔·法伦毫不犹豫地将他的凡人情绪展露在脸上。他几乎是嘶吼着做出回应，剥夺了话语里的任何善意。

"我们在启蒙整个银河，洛加。这就是你的天职。"

艾瑞巴斯转过头来面对原体，说道："这难道不是一种伟大的体验吗，阁下？作为这一切的缔造者？眼见自己的长远安排结出硕果？"

洛加不愿也不能将视线从一决生死的兄弟们身上移开。"这不是我的长远安排，你们也都明白。我们不必假装认为我有能力策划出规模如此惊天动地的杀戮和背叛。"他说。

"您对我过誉了。"科尔·法伦的嘴唇扭曲起来，营造出最接近笑容的表情。

"这是实话实说。"原体说，他的手甲紧紧攥住启明的握柄，像雨点般落在费鲁斯乌黑盔甲上的每一击都让洛加眯起双眼，面孔微微抽搐，"费鲁斯累了。弗格瑞姆会要了他的命。"

伴随伺服装置的尖锐嘶鸣，科尔·法伦走了过来，将一只带有利爪的手掌搭在养子臂膀上说："不要为此悲伤。注定之事就随它去吧。"

洛加没有甩开他的手掌，这在艾瑞巴斯和科尔·法伦看来就算是一场胜利了。洛加的多变情绪早已让他们倍感疲倦，想要让原体诉诸暴力是需要投入极大耐心并运用灵活手腕的。这场战斗是多年筹谋的结果，他们坚决不能允许原体在此时此刻用放错位置的同情心来搅乱局面。科尔·法伦鼓起胆量继续说道："真相的确丑恶，孩子，但我们唯有真相而已。"

"孩子……"洛加说，他的笑容里毫无欢欣，"我已经两百多岁了，我正在努力推翻父亲一手创建的帝国，但你依然管我叫孩子。有时候这让我感到安心，而有时候这也是我肩头的负担。"

"你是我的儿子，洛加，不是帝皇的。你正在为人类带来希望。"

"够了。"原体说道，如今他甩掉了养父的手掌，"来吧。我们尽快了结今日之事。"洛加将牧杖战锤指向天空。

这就是战士们苦苦等待的信号。成千上万名怀言者放声呼吼，追随领袖踏入战场。

地表的战争已经不是他所关心的问题了。

他所关心的是活下来，不过这一向都是他所关心的问题。他永远关注生存，这就是为什么他如此擅长生存。无论如何，现在他必须承认，这已经变成了一项更为紧迫的事务和一个更难达到的目标。

伊沙克从来不曾置身于一场太空战，他也盼望自己永远不要重温这种经历。战舰像是深陷风暴般颤抖不止，那剧烈震动表现出了一种完全超乎预期的凶残气势。他每走出二十余步就会狠狠摔倒在地，一边嘶声发泄痛楚，一边创造崭新的咒骂词句——后者往往是将现有的两三种脏话加以糅合。伊沙克·卡狄恩的咒骂是极具感情的，即便有时候没有逻辑。

问题的一部分在于他迷路了，而另一部分在于他迷路的位置是被大家戏称为修道甲板的地方，这里是怀言者与军团仆从们处理各自事务，扮演伟大英雄及伟大英雄麾下奴隶的场所。溜进这层甲板起初似乎是个明智的决定。他原本希望拍摄到阿斯塔特训练大厅的全景，或是抛在墙角等待维修的盔甲，或是规模惊人的武器架，以此展现帝皇麾下军团开展的战争具有何等宏伟的尺度。这种充满真实感、毫无距离感的优秀照片是伟大远征中所鲜见的，必将为他摄影作品的整体水准带来不可估量的提升。偷取一件带有兜帽的军团长袍并非难事——即便是立誓永保沉默的奴隶也要换洗衣服。

起初一切顺利。之后战斗就爆发了，而他就迷路了。

幸运的是，战舰上没有怀言者，他们已经全体出动前往了下方的星球。他遭遇的军团仆从数量不多，都是行色匆匆。显然在主人投入战场之后，他们仍旧有其余职责需要履行。究竟是什么职责，伊沙克就毫无头绪了。

"护盾丧失，"一个声音在全舰通信喇叭里高喊，伴随而来的是一阵极为猛烈的震动，"护盾丧失，护盾丧失。"

这可不妙。

他在头顶的闪烁灯光下跌跌撞撞地转过一个弯。又一条漫长走廊在他面前延伸出去，两侧的几条岔路各自引向这片无尽迷宫的深处。在走廊末端，他能看到一扇由多层金属结构组成的厚重舱门。他已经遭遇过好几扇这样的舱门了，想必背后都是这层甲板里最有趣的地方。但伊沙克并不打算尝试开启大门——单单一次失败的视网膜扫描认证就能让驻守战舰的帝国军队单位掌握到他的行踪，立刻赶来将他当即处决。哦，没错，对于擅闯禁地的严重后果他记得清清楚楚。

尤卡士兵也是个问题。一支支小队态度勤勉地将激光枪端在胸前，在各处大厅里往复巡逻，虽然兜帽蒙面的伊沙克不必担忧他们的警觉目光，但士兵的存在毕竟让拍摄照片变得甚为困难，就算他真的能遇到什么值得拍摄的场景。

就在伊沙克终于开始认真考虑如何脱身的时候，战舰突然用一阵凶狠无比的震颤让他失去了平衡，一头撞在钢铁墙壁上。剧痛令他头晕目眩，以至完全忘记了开口咒骂。

这片刻间的行为失常在几秒钟之后就得以纠正，一个机械声音则在通信喇叭里汇报着结构受损的甲板。其中一句话让那份清单走向了高潮："第十六层甲板，空气泄漏，正在密封舱门。第十六层甲板，空气泄漏，正在密封舱门。"

在一个颇具诗意的瞬间里，伊沙克满怀厌憎地抬起头来，看着墙壁上那个大大的红色 XVII 徽记，正是与他脑袋相撞的位置。上面甚至还沾着他的几滴鲜血。

"你在搞笑吧。"他大声说道。

"第十六层甲板,空气泄漏,"那单调的声音重复道,"正在密封舱门。"

"你第一次说我就听见了。"

战舰再度晃动,一连串明确无疑的爆炸声从区区几个拐角之外的不远处传来。走廊尽头喷出滚滚浓烟。

伊沙克的整个世界被暗红色的紧急照明笼罩起来。往好处想,他只是拍不到什么优秀照片了;往坏处想,他的性命很有可能会葬送于此。

阿格尔·塔抽回利爪,鲜血渗入扭曲的金属里,就像被大漠黄沙贪婪吞没的雨水。他仰天呼啸,继续前进,将受伤的阿斯塔特狠狠踢开,向蜂拥而来的暗鸦守卫发动攻击。对方的刀剑被他的盔甲震碎,每一记劈砍引发的感受都轻微得出奇——他能体会到利刃切开自己盔甲的表皮,但他从未流血,从未品尝到任何痛苦。

"刀锋左边危险击杀——"

这种警告会化作略有麻痒的轻微压力浮现在他的额头里,介于一个声音、一种预感和一股本能之间。他不确定究竟是劳姆在警告他,还是他在警告劳姆,两个嗓音是相同的。他的身体动作只有一半属于他自己。他横扫利爪,然而臂膀会突然加速,以他自己永远无法企及的凶猛力道击中敌人。他格挡剑刃,却不假思索地探出爪子攥住了对手的喉咙。

阿格尔·塔望向左侧——他闻到了来袭兵器的金属腥气,他不必看就捕捉到了映在刀锋上的一抹闪亮阳光——他立刻转过身去杀掉了那把武器的主人。怀言者的双爪犁过敌方战士的躯干,暗鸦守卫顿时倒地而亡,严重毁坏的盔甲几乎从身上剥落了。阿格尔·塔的手指伴随一阵灼痛将过往兄弟的鲜血全部吸纳。在他的头盔下面,被獠牙割破的舌头染红了狞笑不止的嘴巴。

在他戎马生涯的每一场战斗中,他都能体会到那种潜藏在凶险局面中的紧迫感。他的正义怒火里向来蕴含着一股挣扎求生的急切意识,即便在他面对十倍于己的敌人,率领兄弟们发动近乎自杀式的疯狂突击时也不例外。然而如今,当他用利爪大肆摧残周围暗鸦守卫的盔甲和面孔时,那种求生意识却被彻底抛弃了。

"叛徒!"一个暗鸦守卫向他喊道。阿格尔·塔的陶钢头盔裂开一条大口,露出满嘴参差利齿，发出一声震耳咆哮，他随即扑向对手。那个阿斯塔特很快就倒在了浸透鲜血的泥地里，被阿格尔·塔的分节利爪击杀。

他在恍惚中似乎听到了通信器里传出的凶残狂笑。在这场失去了一切意义和时间概念的混战中，萨芬曾向众人发出呼喊。

"受祝之子终于可以放手一搏了！"

"不，"阿格尔·塔毫不犹豫地低吼着说，他并不知道这种确信感从何而来，"还不到时候。"

他撕下一名暗鸦守卫的头盔，狞笑着注视那个徒劳挣扎的战士。

"野兽……"敌方阿斯塔特费力地吐出几个字来，"腐化……"

阿格尔·塔在对手的眼睛里看到了自己的倒影。他的黑色头盔正在厉声咆哮，左眼周围是一枚金色太阳徽记，裂成两半的口部隔栅暴露出一张由陶钢与骨骼融合而成的邪异嘴巴，晶蓝护目镜里渗出的两行鲜血涌过猩红面甲。

阿格尔·塔的双爪陷进那名战士的躯体，撕扯对方……伴随细微刺痛汲取着敌人的鲜血。"我是真理。"

他猛力拉扯，那暗鸦守卫在他手中瞬间殒命。

"群星之间没有安宁。"阿格尔·塔说道，他不确定是自己的两个声音在共同开口，还是他单纯想象出了其中一个。

"只有饥渴神祇的笑声。"

受祝之子齐声号叫，扫视四周寻觅猎物，埋头追杀那些妄图重整部队来抵抗背叛的暗鸦守卫。阿格尔·塔的呼吼最为响亮，但随即戛然而止。

一片阴影，宏伟双翼的阴影，遮蔽了阳光。

大地在他降落时轻声嗫嚅。修长利爪伴随迸射银光从动力拳的护鞘里伸展出来，微光闪烁的黑色金属双翼在他肩头高高扬起。他缓缓地、缓缓地抬起头来凝视叛徒们。两只漆黑眼眸嵌在一张比帝国大理石还要白皙的面孔上，那副苍白容貌里书写的极致愤恨是阿格尔·塔从未见识过的，甚至比亚空间恶魔脸上的扭曲狂怒还要更加纯粹而深切。

阿格尔·塔随即意识到这并非愤恨，并非狂怒。它超越了二者，这是复仇怒火的具现。

暗鸦守卫原体发出一声非人尖啸，猛然扭转身躯，固定在他喷气背包上的刀锋双翼轻吟着划开一条夺命弧线。众多怀言者随即殒命，滚落一旁。那对利爪接踵而来，将任何不幸站在原体降落位置近旁的灰甲战士轻易击杀。

一旦暴起，科拉克斯就不会放慢步伐。他是一团朦胧难辨的乌黑盔甲与乌黑刀锋，以摧枯拉朽之势摧残敌人，那轻松写意的屠戮姿态与令人胆寒的狂暴气势显得不相匹配。

雨点般的激光炮火力朝原体泼洒过来，钢铁战士将枪口转向了射程范围之内最为严重的威胁。落在这片火力网中的怀言者被汹涌能量绝杀，与那些葬身于科拉克斯爪下的战士殊途同归。然而射向原体的致命光束却全都偏折开来，无法正中目标，仅仅留下了密集的焦痕，从未成功击穿盔甲。

濒死怀言者的声音在通信频道里交织成一首纷乱不清的合唱。

"来帮我们！"一名上尉对阿格尔·塔喊道。

猩红主宰抛开了他刚刚杀掉的暗鸦守卫——那战士被他扼死的时候，脖颈发出了令人心满意足的脆响——命令受祝之子发动冲锋。他的指令从头盔裂口中咆哮而出。这张面孔已经不是他的了。

即便这只是一阵充满恶意的无言呼吼，诸位受祝之子仍旧理解并遵从了他的意图。率先冲到科拉克斯近前的是阿延尼斯，而暗鸦守卫之主头也不回地宰掉了那位战士。飞行背包喷出的一团烈焰席卷阿延尼斯的盔甲，稍稍拖慢了他的脚步，这足以让科拉克斯在转身迎战其余对手时横扫双翼，将阿延尼斯的躯干剪为两段。披挂猩红盔甲的怀言者纷纷纵身跃起扑向那位原体，然而他们的攻势与诸多灰甲兄弟一样毫无用处。

"我们会死在宏伟双翼的阴影之下。"一个源自内心的声音说道。

"我明白。"

阿格尔·塔向前猛冲，准备在一位半神手下迎来末日。

洛加突然迟疑不前，在这一刻他的牧师权杖低垂下来。华丽的锤头上沾满了暗鸦守卫的鲜血。他的那位兄弟与麾下子嗣体内奔涌着相同的血脉。

爆矢弹不停敲打洛加的盔甲，爆炸的高温与破片被他全然忽略。正如怀言者在科拉克斯面前毫无反抗之力一样，暗鸦守卫也难以抵御洛加这冷漠而精准的毁灭性攻势，纷纷四散退却。

洛加的脑袋猛然甩向后面，一枚击中头盔的爆矢弹扰乱了显示屏的电子元件，令陶钢结构扭曲变形。他从脸上扯掉了受损的金属战盔，挥动启明将袭击者一锤打死。这凶狠攻击让那个暗鸦守卫飞上半空，从仓皇后撤的兄弟们头顶掠过，砸落在战友之间。

"怎么了？"科尔·法伦缓缓走到洛加身旁，他的动力爪与原体的牧师权杖同样湿滑，"继续推进！他们的阵线已经崩溃了！"

洛加抬起武器指向战场彼端。科拉克斯正在受祝之子的队伍里横冲直撞，将那些猩红战士毁灭。

"谁在乎那个白化小儿的懦弱行径？"科尔·法伦咒骂道，嘴边喷出白沫，"把注意力放在真正重要的战斗上。"

洛加没有理会父亲话语里的苦涩怨怒，也没有理会偶尔敲击盔甲的零星子弹。暗鸦守卫在怀言者原体的致命攻势面前得到了一丝分外宝贵的喘息之机，顿时像一道黑色潮水般匆匆退去。被他们抛下的无数尸首在原体脚旁铺满了大地。

"你不明白，"洛加盖过战场轰鸣高声回应，"我的兄弟不是在逃跑。他飞到了战斗最激烈的位置。他披荆斩棘杀向自己的炮艇，吸引我方最凶猛的火力，以助他的子嗣逃离。"

近旁的艾瑞巴斯是一道致命灰影，他将一个未戴头盔的暗鸦守卫士官打倒在地，随即反手砸向了那名战士的脑袋。

"阁下……"首席牧师说，他的盔甲已经被火焰喷射器烧成焦黑，关节处尚在飘散青烟，"请集中注意力。"

洛加用一只手攥着自己的破损头盔。通信连线并未中断，他能听到濒死战士们的刺耳呼喊："他杀了我们这么多人。"

他抛下头盔，用覆盖铁甲的双掌握住血迹斑斑的战锤，紧咬牙关。"不。"他带着绝不动摇的坚定信念从牙缝里吐出一个字来。

科尔·法伦的面孔遍布伤痕，即便经过了显著改造，他此刻的喘息声仍然粗重而沙哑。这场战斗让他付出了极大代价。他与艾瑞巴斯对视片刻——两人之间传递着某种近似于厌恶的情绪。

"你在这片杀戮场上的所作所为都是命中注定的，"艾瑞巴斯说，他的语气像是在讲道，"你尚且不能去面对你的兄弟们。这是命运。我们都要遵照诸神的意愿，各自扮演我们命中注定的角色。"

"杀掉……那些……暗鸦……守卫……"科尔·法伦的粗声嘶吼从染血双唇间喷了出来，"这是你此时此地该做的事情，孩子。"

洛加迈步前行，扭头朝睿智导师与老迈养父送去一道轻蔑冷笑："不。"

科尔·法伦在沮丧的暴怒中尖叫一声。艾瑞巴斯则保持着镇定说："你耗费数十年心力打造了一支虔信大军，阁下，一支愿意为你的伟大事业献出生命的军团。你终于达成了梦想中的目标，切莫在这关键时刻偏离正道。"然而洛加已经不再面对两人，他先是看了看仓皇撤退的暗鸦守卫，随后注视着被科拉克斯大肆杀戮的怀言者战士——有些身披灰甲，有些色泽猩红。

"我们找到了值得崇拜的神祇，"他说，他目不转睛地看着前方，"但我们不受那些神祇的奴役。我的生命属于我自己。"

"他会杀了你的！"科尔·法伦说，他的终结者盔甲笨重迟缓，不允许他快步跑动追赶原体，但他的愤怒与慌乱之中蕴藏着一份真切的恐惧和悲伤，"洛加！洛加！不！"

洛加狂奔出去，战靴重重踏过这一片狼藉的大地与兄弟麾下军团战士的尸体。这是他有生以来第一次埋头冲向一场他无望取胜的战斗。

"我的死亡也属于我自己。"他轻声说道。

他看到了自己的兄弟——在两个世纪的岁月里他几乎不曾与之交谈，几乎对其毫无了解——对方正在疯狂屠戮他的子嗣。他没有考虑令这位兄弟倒戈。他无望让科拉克斯弃暗投明，无望用启迪心灵的真相来遏止这不可阻挡的杀意。洛加自己的怒火也涌上心头，顿时烧尽了片刻之前的冷漠态度。怀言者原体在暗鸦守卫之间横冲直撞，径直扑向兄弟，他感受到自己灵魂深处的那股力量开始躁动沸腾，急于得到发泄。

他的灵能天赋一向被他死死压制，并令其深感厌憎。他的那股力量不可靠、不规律、不稳定，而且往往为他招致痛苦。它从来都无法比拟马格努斯的那种超凡天赋，于是他多年来将其咽进腹中，用不可动摇的坚定意志将它禁锢起来。

到此为止。那股力量伴随一阵尖啸撕开了束缚。这声音并非从他口中发出，而是源自他的心灵。它在战场上回荡。它在虚空中回荡。他的盔甲表面光芒四溅，终于挣脱枷锁的第六感从心底喷薄而出，其纯净本质或许染上了些许混沌的色彩。灵魂之海澎湃波涛的轰鸣声席卷峡谷，洛加感觉到自己的滚热怒火具现成形。他感觉到无拘无束的力量辐射开来，不仅强化了自身躯体，更加蔓延到整片战场的诸位子嗣身上。

他立于杀戮场的核心位置，肩头发散出由灵能烈焰形成的虚幻双翼与辉煌光晕。他在这场恶战的风暴轰鸣中叫喊着兄弟的名字。

科拉克斯以一声尖啸作为回应。那是背叛者的呼喊与遭到背叛者的咆哮。暗鸦的利爪和异端的牧师权杖随即展开交锋。

"这就是我们一直在等待的诸神呼喊。"那声音说道。

阿格尔·塔完全无法作答。充斥了他全身上下每个细胞钻心的痛楚让他疯狂抓挠着头盔与喉咙，想要自断生路以求了结，他从皮肉上撕下一块块盔甲，从骨骼上撕下一把把皮肉，指尖沾满了自己的滚热鲜血。

"不要抗拒交融。"

他依然没有理会这个声音。无论他如何凶狠地摧残自己，始终不得解脱。一支弯钩利爪割开喉咙处的皮肤，拽走了半边锁骨。他一直在狠命地伤害自己，但还一直活着。他用力抠开胸膛上的盔甲与骨板，癫狂地试图挖出自己的两颗心脏。

"交融……升腾……"

那生有双翼的阴影从阿格尔·塔的视野里消失了，他头顶的天空被最后一道夕阳余晖点亮。

我还活着，他心中想到。与此同时，他不停地想将自己摧毁……"我刚才没有死在宏伟双翼的阴影下，我现在也无法自取灭亡。"

"这种痛苦会摧毁你的心智。快让我占据主导！"

即便经受着任何生灵都不曾熬过的剧痛折磨，阿格尔·塔仍旧在心灵较量中展开了强烈的抵抗。他想要死去，想要品尝虚无，不想再遭受进一步的腐化。劳姆的意志被这个坚决不屈服的灵魂囚禁在了更深的心底。

"我会拯救我们，不会伤害我们，释放我。"

怀言者的专注意念终于松懈，他并非相信了恶魔的话语，而是已经耗尽了最后一丝力量。

阿格尔·塔闭上眼睛。

劳姆睁开双眼。

一只恶魔蹄子将挣扎喘息的暗鸦守卫战士碾进泥地里，包裹在这白骨邪蹄周围的陶钢护甲显得天衣无缝，仿佛是为此特意铸就的。凛冬枯枝般的修长手指张张合合，末端各有一根乌黑利爪。猩红盔甲的大部分结构都覆盖了一层致密骨棱和突兀脊刺。它比寻常阿斯塔特还要高大，仅逊于在不远处展开对决的两位原体。

两只象牙色尖角为它的头盔赋予了一股邪异的威严气势，在明亮炮火的映衬下，它的剪影仿佛是泰拉古老神话中的弥诺斯牛头人。它的双腿关节向后弯曲，盔甲之下肌肉虬结，两只强健的蹄子在泥土中留下一串燃烧的足迹。属于阿斯塔特的那顶头盔在脸颊和口部位置上下裂开，展露出一张鲨鱼般的巨口，密布其中的一排排刀刃利齿上布满了闪亮的强酸唾液。

恶魔深吸一口气，向仓皇撤退的暗鸦守卫发出震天咆哮。铁壁般的音波狠狠拍在那些阿斯塔特身上，仿佛是一场地震的隆隆笑声。数十人扑倒在地。

在这顶扭曲变形的头盔上，唯独左侧护月镜周围的金色太阳徽记能够彰显怪物曾经的身份。

第二十七章

成名之作
牺牲
真相的重担

伊沙克放手一搏，抢在舱门轰然拍落之前滚了过去。考虑到安全门缓慢的关闭速度，这个动作远没有听起来那般机智果敢，然而在全舰警报的刺耳尖鸣与应急照明的昏暗红光中，他的头脑也远没有平时那般清醒。他不想被舰身破口吸进太空，也不想在战斗结束的时候还被困在这里束手就擒。他必须行动。

他低头检查了一下相机，接着继续快步奔跑，不顾一切地试图离开这层该死的甲板。然而事与愿违，迷宫般的走廊让他进展缓慢，墙壁上那些用寇其斯语而非帝国哥特语书写的标志更是拖延了他的脚步。

"我来过这里吗？"所有走廊看起来都一模一样。战舰承受着愈发严重的损伤，他能听到舱门闭合与走廊坍塌的声音从远方不断传来。他至今经过的若干条主干道里已经有好几处墙体出现了破裂倾覆，将灰黑色的钢铁残骸杂乱地堆积在甲板上。

他再次埋头奔跑。被爆炸掀翻的舱壁将四名尤卡士兵压在了下面，四具尸体在下一个拐角处迎接他。

不对，那是三具尸体。"帮帮我。"第四个人说。

伊沙克僵在原地，战舰继续震动。倘若这个士兵保住性命，日后指证他的话，那么擅闯修道甲板的伊沙克就是死路一条。

"求求你。"那全身颤抖的人哀求道。

伊沙克跪在士兵身旁，将碾压对方双腿的破损墙体奋力抬起了一些。尤卡士兵顿时厉声尖叫，摄影师眯起眼睛，透过昏暗的应急灯光检视原因。有些金属残骸已经刺穿了士兵的大腿和腹部，将他牢牢钉在地面上。他终究是没有活路了。只有技艺娴熟的外科医生才有能力移除这些残骸，而且即便如此，恐怕也难以保住那可怜士兵的性命。

"没办法。我很抱歉。没办法，"他站起身来说，"我没法帮你。"

"快给我一枪，你这白痴混——"

"我没有——"他看到士兵的步枪就半埋在废墟里，于是伸手将武器拽了出来。他正要举枪瞄准对方，却险些被剧烈晃动的战舰甩翻在地。

扳机发出咔嗒一声脆响。咔嗒……咔嗒……咔嗒……

"保险，"士兵呻吟道，一摊鲜血在他身体下面扩散开来，"那个……旋钮。"

伊沙克拨动枪身侧面的保险，再次扣下扳机。他从来没有使用过激光枪械。那伴随爆鸣而来的闪光让他眼冒金星，起初都看不到士兵究竟在哪里，而对方已经死了。这条走廊被残骸彻底堵塞，伊沙克扔下步枪，准备原路返回。

走廊尽头的舱门砰的一声紧紧关闭，将他与四具尸体和大堆残骸困在了这里。那声音在伊沙克听来显得得意扬扬。只有一扇门通往外界，它两侧的受损舱壁像是刻着一些寇其斯经文。

他用拳头猛敲了一阵，但没有得到回应。大门摸上去微微发热，像是通了电一样令手掌麻痒，彼端的房间仿佛是个具有体温的活物。伊沙克在密码键盘上胡乱敲击，依然没有成功。

最终，他捡回激光步枪，紧闭双眼，朝安全控制面板开了一枪。键盘短路爆炸，喷出小小的火苗，这扇位于修道甲板深处的大门随即打开，释放出一股闷热的空气。轻声嘶鸣的气流有种肮脏可憎的味道，来自多日不曾清洗的身体与禁闭长久堆积的秽物。有声音随着气流从房间里飘了出来。那低沉嗫嚅与含混咕哝毫无意义。

伊沙克站在门口凝视房间内部，他难以用任何语言来描述自己此刻目睹的情景。

他的相机闪动不止。他终于找到了自己的成名之作。

他的兄弟是一位战士，是一位将帅，自从双方的武器相互接触的那一刻起，科拉克斯就意在夺命，洛加则挣扎求生。这场战斗的迅捷步调超乎凡人双眼的理解范畴，两位原体都把自己推上了前所未有的极限。

科拉克斯灵活避开牧师权杖的攻势，根本没有费力招架。他左右躲闪，迅速退却，或是启动飞行背包从猛力横扫的战锤上方跃过。相比之下，大汗淋漓的洛加忍受着眼角的刺痛，拼尽全力抵挡兄弟的攻势。启明的庞大锤头伴随教堂钟声般的洪亮鸣响一次次敲开暗鸦之主的利爪。

"你们究竟在干什么？"双方的武器紧锁在一起，科拉克斯面对兄弟高喊道，"你们都发了什么疯？"

洛加打破僵局，奋力推开科拉克斯，让兄弟失去平衡翻身倒地。但暗鸦之主立刻恢复状态，借助喷薄烈焰的飞行背包扑向兄弟。带有锐利刀锋的双翼从两侧闪现，然而洛加早有防备。他没有理会那副铁翼在自己盔甲上切开的伤痕，始终集中精力对抗科拉克斯的利爪。在他为自己争取到的短暂时机里，洛加终于得手。迎面砸在胸甲上的牧师权杖让科拉克斯再度扑倒。锤头的能量力场迸发出一道强大的冲击波，将这对交战兄弟附近的所有阿斯塔特都震倒在地。

不等他喘上一口气，科拉克斯就站了起来，拖曳着推进器的火舌再度冲向洛加。

"回答我，叛徒。"暗鸦之主说，他的低沉嗓音饱含怒意；他眯着眼睛审视洛加身体周围的邪异光晕，"你……这灵能金光……是我们父亲的粗劣倒影。"

面对兄弟不断施加的沉重压力，洛加感觉到自己的战靴碾过土壤，在泥泞地面上缓缓向后滑动。这次他无法挣脱对方武器的压制了。科拉克斯的双爪都紧紧攥住了启明的握柄，不断灼烧着怀言者的武器与双手。

"我在为人类揭示真理。"洛加喘息道。

"你们在摧毁帝国！你们在背叛血亲！"此刻暗鸦之主漆黑双眸里的那股狂野心性是洛加从未想象过的。科拉克斯向来显得沉默寡言，缺乏激情。那副苍白表象之下竟然还潜藏着一位如此凶残的战士，洛加对此大为震惊。

喷溅电光的利爪逼近洛加，那包裹着能量力场的夺命尖端距离他的面孔只有一指之遥了。"我会杀了你，洛加。"

"我知道，"他从牙缝里挤出话来，感觉到自己全身的力量即将耗尽，"但我已经预见到了未来。我们的父亲将是黄金王座上的一具无血干尸，永无休止地向虚空发出尖叫。"

"谎言。"暗鸦之主说，他眯起乌黑眼眸，将苍白皮肤之下的肌肉绷得更紧了，"你们在让一个帝国陷入混乱。你们在颠覆一种完美的秩序。"

虽然躯体不堪重负，洛加的灰色双眼仍旧充满了明亮神采。"混乱的对立面不是秩序，兄弟，是静滞。那是毫无生机、毫无转变的……静滞。"他说。

洛加最后闷哼一声，终于力量尽失。颤抖的双手已经无法再抵御兄弟的武器。

"死期到了。"暗鸦之主嘶声承诺，他的口沫飞溅在洛加的眼睛和脸颊上，"你罪有应得的死期到了。"

科拉克斯的利爪探向兄弟的面孔，炽热金属缓缓切开洛加的脸颊，一寸一寸地烧焦了他的金色皮肤。即便今日能够侥幸存活，这道伤疤也会永久与他相伴。他心里清楚，但并不在乎。

洛加的痛苦让包裹在两人身上的灵能火焰骤然迸发出一团炫目光辉。科拉克斯闭上双眼保护视觉，然而这出于本能的动作凭空抢走了唾手可得的胜利。洛加再次推开暗鸦之主。他高举启明准备发动攻击，但科拉克斯乘着一股黑烟与烈焰从地面上一跃而起，居高临下地扑向洛加。怀言者挥动战锤挡开第一只利爪，用凶狠力道将那手甲彻底敲碎，然而就在镰刀般的修长锋刃断裂四散的同时，第二只利爪命中了目标。

足有一米之长的利爪埋进洛加腹部，洞穿了他的躯干，从脊柱一旁捅出几支闪烁寒光的刀锋尖端。这样的伤势对原体而言不值一提。只有当科拉克斯奋力抬高臂膀的时候，洛加才逐渐站立不稳。利爪在怀言者的身体里切割锯动，噬咬着他的内脏。

启明从原体掌中滑落。他伸手掐住科拉克斯的喉咙，暗鸦之主则一心要将兄弟劈成两半。

"为了帝皇。"科拉克斯低声说道，毫不在意软弱兄弟的双手。洛加用前额猛击科拉克斯的面孔，撞碎了他的鼻梁，但仍旧无法脱身。暗鸦之主寸步不退，即便第二、第三、第四记头锤将他的精致容貌砸得血肉模糊。

"但他骗了我们。"洛加说道，从他双唇之间喷出的鲜血已经比话音更多了，"父亲说谎了。"

利爪狠狠扭动，钩在洛加的强化骨骼上。科拉克斯猛力抽出兵刃，造成了比先前刺穿对手躯体时更加深重的伤害。涂满刀锋表面的鲜血嘶嘶作响着被能量力场迅速烤干。

"父亲说谎了。"洛加重复道。他跪倒在地，双手捂着腹部的可怕伤口。

科拉克斯的漆黑眼眸没有流露任何情绪。他迈步逼近，抬起尚且可用的那只利爪，准备处决这位兄弟。

"动手吧。"洛加嘶吼道。灵能狂风与烈焰全都消失了。这就是他自始至终的模样：洛加，第十七子，容貌如父，二十位兄弟之中唯一一个从来不愿担任士兵的灵魂。如今他将要死在战场上。

这一刻的讽刺意味重重落在他肩头，显得荒诞丑恶却又恰如其分。他的双腿动弹不得。他的身躯所能容纳的只有痛苦。他几乎看不清自己的刽子手，因为方才释放的灵能力量让他虚弱不堪，头痛欲裂，整个视野都一片模糊。他的目光落在一个朦胧轮廓上，看着那高高抬起的镰刃利爪。

"动手吧！"洛加朝兄弟放声喊道。

利爪斩落，撞在了金属兵刃上。

科拉克斯注视着一双同样乌黑的眼眸，一张同样苍白的面孔。他的利爪遭遇了互为镜像的武器，两副锋刃死死咬住，刮出火花。一方奋力下压意在夺命，另一方拦在半空毫不动摇。

暗鸦守卫原体的面孔写满了专注怒火，他的兄弟脸上则挂着一副狰狞神色。那紧绷的笑容里毫无暖意，如同僵死尸体龇牙咧嘴的模样。

"科拉克斯。"对方说道。

"科尔兹。"暗鸦之主吐出这诅咒般的名字。

"直视我的眼睛，"暗夜领主军团的基因之父说，"看清你的末日。"

科拉克斯试图抽回武器，但科尔兹用另一只爪子攥住了兄弟的手腕。"不，"科尔兹说，他的笑声与他的神情同样冰冷，"别着急飞走，小乌鸦。留下吧。你我之间还没有做个了断呢。"

"康拉德，"科拉克斯徒劳恳求，"你为什么要这样做？"

科尔兹不予理会。他垂下幽暗虚空般的深邃目光俯视匍匐在地的洛加，形如死尸的病态面孔上流露着毫不掩饰的厌恶。"站起来，你这该死的懦夫。"

洛加正有此意，他借助兄弟身上那套午夜色泽的蓝黑盔甲支撑自己站了起来。科尔兹恶狠狠地露出满口尖牙，说道："你真是我此生所见最恶心的弱者，洛加。"

与此同时，科拉克斯并未束手待毙。他启动飞行背包，消耗备用燃料推动自己逃离科尔兹。暗鸦之主的利爪成功挣脱束缚，科拉克斯立刻一飞冲天，乘着乌黑烟柱将科尔兹的高声狂笑抛在身后。

在地面上，科尔兹甩开了洛加的手。"赛瓦塔，"他对通信器说，"乌鸦过去了，他要拯救自己的部下。"

战斗的轰鸣……爆矢枪的咆哮……坦克引擎的呼吼……"我们会应付他，大人。"

"别让他跑了。"科尔兹将洛加推向他的怀言者战士们，在两人周围，灰甲军团正在与黑甲战士展开恶斗。"你没事了，金身者。继续用你的漂亮锤子去杀阿斯塔特吧。"

洛加的超凡体质已经开始以惊人速度修复受损组织了，然而当原体弯下腰去捡起陨落的牧师权杖时，他依然颤抖不止，无比虚弱。

"谢谢你，康拉德。"

科尔兹朝洛加脚旁啐了一口说："下次我不会再救你。倘若你……"

暗夜领主没有把话说完，他眯起乌黑双眼审视那些出现在洛加两旁的身影。这些战士的猩红盔甲上覆盖着白骨脊刺，野兽般的臂膀末端延伸出一只只由金属和血肉融合而成的庞大魔爪，每一顶头盔都生有尖角，每一副面甲上都裂开了恶魔的狰狞嘴脸。

"你已经远不只是污秽可憎了，"科尔兹说，他转过身去，"你全身上下都是腐化的酸臭。"

洛加看着兄弟大步前行，旁若无人地穿过暗夜领主与怀言者的阵线，重新扑向暗鸦守卫。不消多时，那双银色利爪就一如既往地起起落落，为它的主人科尔兹撕扯身披盔甲的敌人。

洛加面向诸位受祝之子。"阿格尔·塔。"他立刻就认出了其中一人。

那怪物低哼一声，在嗜血欲望中不断抽搐。"是我，阁下。"

"正是我所需要的战士，"洛加咕哝着昔日的话语，嗓音里染上了一丝敬畏之情，"你们当真获得了诸神的赐福。去吧，去追猎，去杀戮。"

受祝之子纷纷离去，咆哮着冲回战场。阿格尔·塔踟躇了片刻。一只由陶钢与白骨交融而成的魔爪握在洛加的臂膀上。

"父亲，我没能及时赶到。"

"没关系，我还活着。狩猎愉快，吾儿。"

恶魔点点头，遵从了指令。

在起降区域里，披着暗鸦守卫与火蜥蜴涂装的雷鹰炮艇逐一爆炸，钢铁战士已经将枪口从屠戮场转向了忠诚派仅有的逃生手段上。

即便在如此惨烈的战况中，仍有几十架登陆载具成功升空。其中大多数很快就被激光炮摧毁了推进系统，拖着滚滚黑烟栽回地面。钢铁战士在开火时肆无忌惮，毫不关心很多受损炮艇都一头扎进了仍旧如火如荼的战斗中。阿斯塔特战机的燃烧残骸像雨点般洒在杀戮场上，而受害者往往是怀言者与暗夜领主，相比之下，暗鸦守卫和火蜥蜴的幸存者却因为零星分布而逃过一劫。

众多军团指挥官针对这种鲁莽行径表示抗议，而钢铁战士连长们回复时的笑声带着近似于背叛的意味。

"我们今天都在流血，"一名钢铁战士连长对科尔·法伦说，"维持信念吧，怀言者。"通信连线随即伴着一阵哼笑切断了。

阿格尔·塔已经失去了时间概念。他若不是在杀戮，就是在跑动、在追猎、在寻觅可供杀戮的目标。他的利爪摧毁了任何落入掌中的暗鸦守卫。在洛加出手干预之前，科拉克斯已经让受祝之子伤亡惨重。但幸存的神选战士仍旧组成了一支横冲直撞的狂野猎群，率领军团切入愈发薄弱的敌军阵线。

他在战场上经历了转变。他自己的意志不再占据绝对主导。他将一部分控制权让给了劳姆，双方转换的过程就像呼吸般自然而然。那似乎只是他崭新形体的一项自有功能而已。附体恶魔为力道较轻的攻击灌注了强悍势头，在阿格尔·塔仅仅打算抓住敌人的时候让他不慎将其撕碎。他的一举一动都不由自主地变得异常活跃，显得更加急切，其中浸透了滚热鲜血与非人饥渴。他用双手扼住一个暗鸦守卫的喉咙，意图让对手窒息，然而利爪却深深陷进那个战士的脖颈，钩住脊柱。他的每个动作都染上了一股出于本能的凶残杀意，为那些胆敢对抗他的蠢货施加分外强烈的痛苦。

很多暗鸦守卫妄图逃跑。阿格尔·塔放过了他们，心中知道诸位身披灰甲的兄弟必将用爆矢枪剿灭这些敌人。一次次抗拒那种追杀猎物的野蛮冲动已经令他倍感厌倦了——单单看到四散奔逃的敌人就足以让他绷紧身体急欲出击——但他很清楚自己在这场战争中的角色。他是战士，不是猎手。

一条让阿格尔·塔始料不及的心灵纽带突然变得空虚冰冷。他没有亲眼看到达格塔的死，但他感受到了。

"你们同受赐福，心灵相通。"

那转瞬即逝的痛楚恍若往日伤痕的记忆，一股奇异的失落之情涌上心头。这是种欠缺感，仿佛愈发昏暗的天空挡住了阳光的温暖。片刻间的寒意随即消退，但兄弟已死的事实烙印在他脑海里，就像嵌在头颅中的一枚冷硬石块。

"他葬身于烈火。"劳姆的嗓音饱含狂喜，气喘吁吁。一连串纷杂断续的图像在阿格尔·塔的思维中闪现，为他展示着烈焰裹身的达格塔，周围是几名手持火焰喷射器的暗鸦守卫。他们让怀言者沐浴在极具侵蚀性的火舌里，向异变扭曲的盔甲泼洒一层层化学助燃剂，面不改色地忍受着濒死敌人身上那难以置信的扑鼻恶臭。

图像消逝，阿格尔·塔抛下了刚刚被自己勒死的那具尸首。杀戮欲望顿时再度充斥心胸。这就像饥饿，就像口渴，这是逼迫他不停前进扑向猎物的一股真切痛楚。而且他明白这种凶残欲望便是未诞者所能体会到的全部情感。这便是它们心灵的运作方式——只有一股鲁钝而凶蛮的本能。

恶魔动身前去满足新的饥渴。

战舰的颤抖有所减轻，但并未完全停止。无论如何，伊沙克对任何小小的恩惠都心怀感激。非关键位置的舱门正在缓缓开启。染红了一切事物的紧急照明终于恢复成正常灯光。他推测深远号出于某种原因脱离了主战场。为了补充弹药？为了重整阵形？他不知道，也不在乎。听到舱门开始解锁的那一刻，他就埋头冲了出去。

很多舱门仍旧紧紧关闭，严格封锁着暴露在太空中的甲板区域。而他不在乎，他不想再探索了，只想活着出去。

在一些受损较为严重的走廊里，他时常需要小心翼翼地穿行于遍地尸体之间，然而与此相比，被迫放慢脚步态度严肃地绕开尤卡巡逻队却莫名地让他感觉更加难受。那些士兵是来清理现场的。他可不羡慕这项工作。他前后数次不慌不忙地从巡逻队旁边走过，看着他们将死者装进尸袋。他注意确保自己的面孔隐藏在兜帽里，也尽量佯装事不关己。

从修道甲板成功脱身之后，他就一头冲向酒窖，在路上趁机甩掉了军团仆从的长袍。他的相机被紧紧攥在指节泛白的手掌里，这若是一台不够结实的廉价货，恐怕已经被他捏碎了。

大门为他打开，展现出酒窖里那肮脏杂乱的辉煌景象。即便在战斗中，记述者与凡人船员们还是聚集在这里，用赌博、酗酒和其他任何方式来强迫自己忘掉外面的熊熊战火。说实话，他并不责怪这些人。在过去的小规模战斗里他也是这样做的。

他走到一张空桌子前，双手颤抖不止。从旁边经过的某个女孩递来一杯他并没有点的饮料，即便在有心情喝酒的时候他也是不屑于此的。他将兜里仅剩的些许硬币扔了过去，不在乎自己是否付多了钱。他只需要与人相处，与正常人相处。

"伊沙克·卡狄恩，摄影师。我有一张你为深远号拍摄的照片。真是大师水准，小伙子。"

伊沙克抬起头，看着那个黑眼圈浓重的发话者。他立刻就认出了这位老人。

"你是那个星语者，帝皇之眼的星语者。"

"没错。"老人躬身回应，这彬彬有礼的姿态在此处显得格外古怪，他指了指椅子，"阿布索罗姆·卡提克为你效劳。我能坐下吗？"

伊沙克低哼一声表示同意。老人在酒窖里局促不安，伊沙克上一次看到他的时候也是如此。"我有几个星期没碰见过你。都说你已经彻底抛弃这地方了。"

"我不擅长与人相处，但有时候，我也会受不了那种安静。我想和其他人待在一起。"卡提克说，他指了指墙壁，"战斗。"他咽了下口水，继续说，"我总是受不了战斗。"

"我理解那种感觉。抱歉，这会儿我恐怕不是个理想的聊天对象。"伊沙克说。

星语者全神贯注地盯着他说："你的思绪很响亮。"

卡狄恩脸上顿时血色尽失。"你在读我的心？"他猛然站起说道，以至有些头晕目眩，"这合法吗？"

星语者摆摆手以示安抚。"我没法像你想象中那样读心。这么说吧，你正在加大音量把自己的情感广播出来。旁人能够通过你脸上的表情，或是通过你的哭泣和笑容来推断你的思绪，而我可以看到你心里的焦躁不安。并没有细节，只是很……响亮。"他笨嘴笨舌地解释道。

"我现在没这个心情。真的没有。"

"我无意冒犯。"

伊沙克重新坐下。战舰在敌方炮火中颤抖，足以晃洒一些人的饮料。大家都故作不觉，还有几人假笑一声，仿佛这是冒险经历的一部分。

"可否容我问问，你近来有没有再拍到一些优秀作品？"老人问道。伊沙克瞥了自己的相机一眼。

"我说不好，或许有吧。我得走了。"他紧闭双眼说，随后睁开，但一切都还是方才的样子，"我现在还是想自己待着。这杯我也不打算喝，算是送给你了。"

他将酒杯推向桌子对面。卡提克伸手接过，指尖微微触及了摄影师的指节。老人顿时像被踢了一脚那样身躯剧震，瞪圆了双眼盯着他。星语者骤然显得与伊沙克同样全身不适。

"王座世界在上……"他结结巴巴地说，"你看……看到了什么？"

"没什么，什么都没有。再见。"

阿布索罗姆·卡提克的苍老手掌紧紧攥住摄影师的臂膀，就像猛禽利爪般坚硬如铁。"这是……在哪里……看到的……"

"我什么都没看到，你这老疯子。"

他们的目光碰到了一起。"你想要回答我的问题。"卡提克柔声说。

"我在船上看到的。"

"哪里？"

"修道甲板。"

"你也拍摄照片了？你留下证据了吗？"

"是的。"

卡提克松开对方的手腕说："请跟我走一趟。"

"什么？没戏。"

"跟我走。必须把你目睹的一切向帝皇之眼汇报。如果你拒绝的话，我只能向你承诺一件事：你会因为知情不报而被禁军阿奎隆杀掉。所有知情不报的人都会被他杀掉。"

昏暗的紧急照明卷土重来。酒窖里怨声四起，战舰重新点燃了引擎，继续颤抖起来。他们正在返回战场。

"我……我跟你走。"

阿布索罗姆·卡提克面露微笑。他是个丑陋的人——岁月完全没有改变这一点——但他脸上那种慈祥镇定的微笑是能让人铭记多年的。

"好，"老人说，"我就觉得你会愿意的。"

第二十八章

余波
鲜血即生命
不寻常的欢迎

他在战后找到了达格塔。

他首先找到了兄弟的坐骑，那辆失去动力的喷气摩托半埋在厄古尔的土地里。它不是坠毁了，而是被抛弃了。达格塔在发生转变的时候抛弃了它，他更愿意用双腿奔跑，用利爪杀戮。

他继续前行，迈过暗鸦守卫的尸体，那些死者盔甲上的白色军团徽记大多被泥土玷污，或是被武器毁坏。附近的一个战士还活着，正在透过破裂的口部隔栅挣扎喘息。阿格尔·塔伸出一只爪子，握住暗鸦守卫的脖颈，猛掐此处的柔软护甲，伴随颈椎粉碎的一阵脆响终结了那个战士的生命。

得到了短暂满足的饥渴并没有为他灌注快感。随着分分秒秒的流逝，劳姆的意识逐渐从阿格尔·塔的心灵中退却，就像沙粒从指间滑落般无可奈何。恶魔陷入蛰伏，阿格尔·塔自己的情感和本能得以重建。摆脱了嗜血冲动和邪异贪欲之后，他感觉心灵空虚、被人利用、极端疲惫。

他的阴影在面前延伸出去，落在遍地尸首上起起伏伏。他的头盔顶端探出两只巨角。他的身躯是一副由突兀骨脊和猩红盔甲融合而成的梦魇形象。他的双腿……他简直无法形容，那关节构造就像是野兽的后腿——狮子或豺狼的——末端则是由焦黑骨骼组成的巨型蹄子。他的盔甲将这一切包裹起来，把他的剪影塑造成了神话传说中的怪物模样。

阿格尔·塔将目光从自己的阴影上移开。一阵含混低吼从他嗓子里隆隆传出。那气味，他嗅了嗅空气，味道很熟悉。

他缓步前行，将阴影洒在更多死者身上。那里是达格塔。那具通体焦黑的尸首散发着鲜血被高温炙烤和生命被化作尘埃的气味。周围散布着灰色与红色的破损盔甲，他的遗骸处于这支全体覆灭的怀言者小队中央，如同一尊经过火化的塑像。在最远方，爆矢枪仍旧咆哮不息。为什么？战斗已经结束了。或许是在处决俘虏吧。那不重要。

劳姆的非人感知在他体内还残留着些许余波，帮助他察觉到了旁人的接近。他们全都与阿格尔·塔有些相似。马尔诺是个躁动不安的粗蛮怪物，他的魁梧身躯陷入了频繁的抽搐。托尔高在行走时弓身驼背，面甲变成了一副缺少双眼的狰狞形象。阿格尔·塔不必问也知道托尔高此刻什么都看不见。或许他尚可运用嗅觉与触觉，但真正推动他展开狩猎的是可以敏锐捕捉到凡人踪迹的恶魔意识。与大多数受祝之子的利爪不同，托尔高的双臂末端是一对修长骨刃，如同两把工艺粗陋的弯刀。骨刃表面还点缀着参差利齿，像是在模仿他平日里的链锯剑。

十一名受祝之子得以幸存。二十余人葬身在科拉克斯手下——他们的残骸如今散落在四周——变成了灰色尸体之间的少许猩红。阿格尔·塔先前屈从于劳姆的意志，在激烈战火中随波逐流，轻易无视了兄弟们断送性命时传来的短暂痛楚。如今，在这分外苦涩的黄昏时分，他们的缺席就难以忽略了。他感觉身心冰冷。

伴随时间的流逝，阿格尔·塔愈发清晰地察觉到恶魔那安静渺小的存在被一层无比深重的疲惫感包裹着。劳姆并未消失，并未真正远离他。恶魔只是在沉睡，想要在阿格尔·塔的心灵中温暖自己的冰冷意识。

他身躯和盔甲所经受的恐怖转变终于开始自行消退了。陶钢开裂变形又重新封闭。突兀脊刺逐一陷入皮肤下面，缩回了他的骨骼里。正如因格赛尔多年前承诺的那样，这个过程绝非毫无痛苦，但时至今日受祝之子们已经品尝过了同样的折磨。这只是痛苦而已，他们需要承受的远不止如此。重塑身躯的转变让几名阿斯塔特闷哼一声，但谁也没有在骨骼碎裂和肌肉压缩的时候发出怨言。

即便如此，旁人还是有所察觉。其余军团的成员在战斗前后看到了他们，并表现出不同程度的厌恶与好奇。暗夜领主似乎尤其反感受祝之子，当阿格尔·塔走到赛瓦塔身边时，那位连长摘下头盔朝怀言者脚旁啐了一口强酸唾液。而荷鲁斯之子——战帅麾下的军团——则更愿意前来与他们探讨这种转变。阿格尔·塔无意详谈此事，最不急于恢复阿斯塔特形体的萨芬，则格外积极地向对方揭示神选战士的光明未来。

阿格尔·塔耐心等待了一个小时，直到全身骨骼里的吱嘎脆响和钻心痛楚彻底告终。他解开颈甲密封，一把扯掉头盔，那种轻松感简直堪称神圣。

整片战场充斥着引擎的刺鼻废气和鲜血的浓烈腥味，但他不以为意，用全部心思细细品味着面孔上久违的空气吹拂。

沉重而稳健的脚步声从后方传来，他不必转身就知道那是谁。

"感觉如何？"那个不出所料的嗓音问道。

"强悍、纯粹、正义，但之后是冰冷，是空虚，是遭到践踏。"阿格尔·塔说，他转头看着对方，"我现在能感觉到我心里的那个恶魔，它状态虚弱，正在沉睡。就算已经知道这种转变会像潮水一样时起时落，它仍然是一种无以言喻的感觉。它注定会再度发生，我一方面对此感到不安，另一方面又十分期待。我……我无法做出恰当的描述。"

"我们目睹了你们战斗的样子，"对方说，"果真是'受祝之子'。"

阿格尔·塔叹息一声，他还在享受这个世界上的空气，终于不必呼吸经过盔甲过滤的氧气了。"在战斗之前我对您出言不逊，师傅。请原谅。"

艾瑞巴斯没有扬起嘴角，但他的目光里流露出片刻的真诚暖意。"已经不是师傅了。"

阿格尔·塔移开目光，凝视战场：成千上万具披挂盔甲的尸体，数百辆毁坏的坦克，始终在冲击坑里熊熊燃烧的炮艇残骸，成群结队的吞世者放声呼吼着收集头颅，七支叛乱军团的战士们伴随链锯剑的粗重咆哮从死者身上取下一件件战利品和纪念品。

"我不后悔在多年前放下牧师权杖拿起刀剑。我并不具备传道者的口才，这我已经在日后多次证明过了。"

艾瑞巴斯来到前任学徒身旁，一同望着满目疮痍的大地。他的盔甲表面明显有着战斗留下的种种印迹，全身各处都是裂隙与焦痕。艾瑞巴斯从来不是那种派遣部下出击，自己安居幕后的指挥官。铭刻在他肩甲上的浅浮雕用精细工整的寇其斯文字描述着他的毕生成就，如今已经被战火染上了点点黑斑，涂装颜料也多有剥落，暴露出陶钢的金属光泽。

"我认为，那天晚上大概是第一次有阿斯塔特意图杀死阿斯塔特。"

阿格尔·塔对此记忆犹新。"很久以前，当我最后一次站在灰色花朵之城的时候，原体曾经告诉我说，你已经原谅了我那天晚上的行为。"

"原体说得对。"

阿格尔·塔眯起双眼，说道："我从未请求过你的原谅。在这件事上并没有。"

"无论如何，我原谅了你。你仍旧认为我当时的做法越界了，但我不这样认为。我们永远不会在这件事上达成一致。你觉得你当时的做法合适吗？向兄弟拔刀？意图杀死自身军团的一位牧师？"

"是的，"阿格尔·塔说，他的目光毫不动摇，"我仍旧这样认为。倘若我当时有机会出手的话，就一定会杀了你。"

艾瑞巴斯神色木然。"除开那第一次也是最后一次背叛，你其实是个比自己想象中更优秀的学徒，忠诚、聪慧、心灵强大、意志坚定。"

"忠诚。"

蛰伏中的劳姆传来一个念头，勉强穿透了厚重帷幕般的昏沉疲倦。阿格尔·塔顿时警觉起来，想必这正是恶魔的意图所在。

"有时候我在想，"他说道，"我们的忠诚究竟有多少是写在血脉里的。"

艾瑞巴斯自然明白他所指的是什么。"基因种子改变了每一支军团，但怀言者在追随奥瑞利安走上末路和迈向胜利的时候绝不会抱着同等热忱的态度。我们追随他是因为他行事正义，并不是因为我们别无选择。"

阿格尔·塔不置可否地点点头。

"我需要答案。"受祝之子指挥官说。他的语气冰冷而明确，艾瑞巴斯立刻转过头来。

"现在这个时机当真合适吗？"他问道。

阿格尔·塔皱起眉头，面带讥讽地看着昔日导师，说道："我们身边是两支覆灭在叛徒手中的军团，脚下是一片掀起帝国内战的沙场。再也没有比现在更适合谈论背叛的时机了，艾瑞巴斯。"

"问吧。"牧师嘴边染上一丝细微笑意。

"你知道我要问什么，就替我省些力气吧。"

"原体。"艾瑞巴斯说，他迅速恢复了绝对中立的语气，他向来是个老练政客，"你要让我讲述军团主力舰队在这四十年里都做了什么？没有时间把这些全都说清楚。我们学到的很多知识都记录在了《洛加之书》里。"

阿格尔·塔勾起嘴角，表明他对这种回答的鄙夷。"其中有一半似乎都是你的手笔。"受祝之子领袖说道。

艾瑞巴斯微微颔首承认："我确实为那本书贡献了一些仪式和祷文，科尔·法伦也是如此。这些年来我们所学甚多，在引导原体的同时也受到了他的引导。"

阿格尔·塔不悦地低吼一声："讲清楚些。"

"如你所愿。请稍等一下。"艾瑞巴斯跪下身去，将短剑送进一个濒死挣扎的暗鸦守卫战士的喉咙。随后两人继续前行，他从腰带上的皮包里取出一块油布，擦干了剑上的血迹。

"你不明白当时的情况，阿格尔·塔。在恐惧之眼里闯荡一番过后，洛加的情绪很……低落。他对帝皇的信仰早已崩塌，而他在银河边缘找到的真相则让他饱受折磨，却也大受启发。他犹豫不决了好几个月。科尔·法伦又一次接管舰队，我们漫无目的地将怒火发泄在沿途遭遇的那些世界上。洛加的归来没有让军团感受到与原体相聚的喜悦。事实上，奥瑞利安并不确定人类是否为那种……恐怖的真相做好了准备。"

阿格尔·塔全身发麻。"恐怖？"

"这是原体自己的话，不是我说的。"艾瑞巴斯踢了踢另一具尸体，那头盔的口部隔栅里传出一声嘶哑喘息，于是牧师再度展开处决，事后又细心清洁武器，"军团顺利接受了崭新的信仰。我们对自己身兼战士与哲人这两种角色的事实深感骄傲。崇拜诸神的信仰之种自古以来就被播撒在了我们的文明里，天庭上的各个星座、向来在夜空中寻求答案的诸多教派、旧道信仰本身。抗拒真相的怀言者少之又少，因为绝大多数人早已在一定程度上对此有所感知。"

"少之又少……"他问道，一个令人不安的念头带着麻痒寒意涌上阿格尔·塔的脊梁，"发生过肃清吗？我们清理门户了吗？"

艾瑞巴斯考虑周详之后才开口作答："并不是所有人都情愿与帝国为敌。他们误认为停滞代表力量，静止代表安定。如今军团里已经不存在这种逆反思维了。"

如此说来，已经有怀言者死在了怀言者手下，而其余军团对此毫不知情。阿格尔·塔缓缓呼出一口气，他不愿再问，却也无法忍耐。"死了多少？"他问。

"足够多，"艾瑞巴斯神色凝重地承认，"数目不算庞大——远不及那些缺乏信仰的军团所剔除的人数规模——但也足够多了。"

他们绕过一辆荷鲁斯之子犀牛战车的焦黑外壳。装甲运兵车的履带已经粉碎，如同被重拳打飞的满口牙齿般散落一地，披着斜面装甲的绿色车体覆盖着密密麻麻的爆矢弹坑。艾瑞巴斯朝里面瞥了一眼。驾驶员早就死了，葬送于从正面击穿坦克装甲的那颗炮弹，他瘫软地躺在座位上，海绿色的陶钢盔甲已经被破片切割得面目全非。

"我觉得这不是你要问的唯一一个问题。"他咕哝道。

阿格尔·塔挠了挠脸颊，借此机会不动声色地检查自己的面孔是否恢复如常。他已经重拾自我，至少暂且如此。异变写入了他的基因编码，恶魔在他的心灵深处沉睡。他知道那一切终将卷土重来。单单是对此多加思索就足以让劳姆蠢蠢欲动，那恶魔在蛰伏中缓缓翻腾，就像一只睡不安稳的野兽。

"禁军，"他说，"我们经受了漫长的流放生涯，就为留住他们的性命。萨芬的仪式让他们保持了沉默。告诉我为什么，艾瑞巴斯。我们都渴望回到原体身边。"

"每一支军团舰队里的每一个怀言者也都是如此。"

"我们是受祝之子。"阿格尔·塔一拳敲在犀牛车身装甲上，砸出一个凹坑。

"注意情绪，阿格尔·塔。"

"我们，"指挥官重复道，"是受祝之子。我们付出自身灵魂的代价为原体带回了真相。我不求嘉奖和颂扬，只想知道我们为什么遭到流放。"

艾瑞巴斯继续前进，将那辆坦克及被碾在下面的两个火蜥蜴战士抛在身后。"你现在表现出来的正像是原体昔日的疑惑，但我和科尔·法伦最终重新点燃了他的坚定信念。我们造访了早年间征服的诸多世界。我们曾经出于尊重而秘密地容许旧道信仰在那些星球上存续不灭。洛加正是这样再度铸就了启迪帝国的激情。"

"我们为什么没有被召回？萨芬用来沉默禁军的仪式——"

"我知道那些仪式。"艾瑞巴斯厉声说，"那些仪式都是我在长达数周的沟通求索后亲手写下的。我将其交给了萨芬，他的每次施行都让那道咒语更为精进。"

咒语、魔法、巫术，阿格尔·塔打了个冷战。想到这些词语就让他全身不适。在山坡上，一座宏大的火葬柴堆已经开始搭建，旁边还有一个供荷鲁斯之子夸耀自身地位，睥睨"次等"军团的高台。阿格尔·塔与艾瑞巴斯没有理会那项工程。

"我能听出来你话语里的不情愿，阿格尔·塔。你并不急于杀掉他们。你就算否认我也能看透谎言。"

"我不愿杀掉他们。我们在多年间愈发亲近，在战斗中建立了友情。但我必须知道他们为什么活到现在。"

"我需要他们活命。"牧师终于承认。

"显然如此，"阿格尔·塔轻蔑地哼了一声，"但为什么？"

"因为他们的身份。想象一下某种无法繁衍的生命形式。它对自身进行复制，但这个过程并不完美。它创造出了品质愈发低劣的一批批后代，从而维持着整个物种的不朽存在。我们就是这样的例子。帝皇之下是原体，原体之下是纯正的阿斯塔特。我们这个种族不仅将帝皇看作创造者，还该称他为我们的祖父。"

阿格尔·塔点点头，等待艾瑞巴斯继续说下去。这让他回想起了双方尚为师徒时的授课经历，心中不禁浮现出一股笑意。

"我们是这条遗传脉络上的第三代。但我们的血肉工匠、药剂师及具备灵能天赋的兄弟们能否将我们与帝皇之间的相通血脉转变为针对他的武器？我们不该对这种可能性加以利用吗？"

阿格尔·塔耸耸肩说："我看不出来如何能够加以利用。"

艾瑞巴斯轻笑一声说："回想一下旧道信仰，回想一下你从档案记录中学到的相关知识。回想一下帝皇借助他宝贵的'伟大远征'试图将什么样的迷信与教条从人类文明的知识体系中彻底剔除。在人类种族最透彻最核心的信仰元素中，有多少都围绕着以鲜血驱动的献祭和咒语？鲜血即生命。鲜血是无数种魔法的焦点所在，它将施术者和牺牲者联系起来，或是扮演着与亚空间深处强大力量建立接触的必要祭品。倘若你掌握了某人的鲜血，就能为其量身定做出一剂专属的毒药，用来终结一条性命，但不伤及其余生灵。"

"而我们的鲜血就是帝皇的鲜血。"阿格尔·塔替对方说完。

"是的。但已经在批量生产中被冲淡了，而且含有太多的人造化学成分，不足以为炼化或巫术所用。我们与祖父之间的关联过于单薄。"

炼化、巫术，阿格尔·塔厌恶对方如此轻描淡写地说出这种词语，而极为讽刺的是，他心中真真切切地寄居着一个恶魔。在他这段未言明的四十年流放生涯中，变革的狂风确实大有所成。

艾瑞巴斯展望战场，看着钢铁战士们在收集尸体的过程中表现出了简单粗暴的高效作风，正如那支军团对待战争的态度。配备了巨型推土铲的坦克，朝堆积成山的死者开去，将大批尸体翻滚着送往火葬柴堆。

"你明白了吗？"牧师的目光停留在收尸工作上。

"你认为禁军与帝皇的关联更为紧密。"

"是的。他们也来自同样的基因编码，但相比之下我们经过了批量生产所需的简化处理。他们的本质则更为纯净，即便称不上质量更优异，但毕竟数量更稀少。"

认为帝皇是禁军原体的看法由来已久，但从未得到证实。阿格尔·塔摇摇头。

"你需要禁军活命是为了获取他们的鲜血，"他说，"你寄希望于追逐一个传说。"

"我们必须考虑运用所有武器，"艾瑞巴斯说，他维持镇定，"除了帝皇，世上从来不曾有人得到机会对禁军展开研究，而知识就是力量，必须严加守护。我们已经在仪式中尝试使用过十一支军团的鲜血，无一例外地引发了灾难性后果。倘若我们能够参透禁军一脉的基因奥秘呢？我们不仅可以伤害敌人，也可以运用那些学识来强化自身。主力舰队里那些由雅库斯所率领的禁军早已在战斗中身亡。阿奎隆和他的部下是仅剩的机会了。他们的鲜血必须从尚在跳动的心脏里涌出，如此仪式才有望成功。"

另一个念头在阿格尔·塔心中浮现，他不假思索地说了出来："原体与帝皇的关联不是更紧密吗？你可以用他们的鲜血来开展这些……仪式。"

艾瑞巴斯笑了。这是阿格尔·塔有生以来头一次听到首席牧师发出真心实意的笑声。"好一句童言无忌的实话，"艾瑞巴斯微笑着说，"你能找到哪个心甘情愿的原体吗？我们今天未能俘虏任何一位帝皇子嗣，而无论荷鲁斯还是奥瑞利安，都没兴趣让自己的鲜血受到这般利用。"

阿格尔·塔无言以对。捧在他手里的头盔发出一阵通信器的杂音。

"大人？"舰队领袖托弗斯的声音传来。怀言者不情愿地长叹一口气，重新戴上头盔。他的清晰视野顿时变得昏暗，浮现出闪烁的寻敌准星。

"我是阿格尔·塔。"

"长官，我们的最后四艘战舰已经脱离了亚空间。帝皇之眼要求立刻登上深远号。"

"准许。已经无所谓了,他们必定有所怀疑,但只有拿到真凭实据之后才会爆发怒火。我们一个小时之内就会返回轨道,届时再对付他们。战舰遭受损伤了吗?"

"相当严重,但我们咬紧牙关扛下来了。唯一一处堪称伤及要害的战损位于军团圣所甲板。若干区域暴露在了太空里,但所有舰身破口都被隔离封锁了。"

阿格尔·塔咽了下口水说:"受祝女士呢?"

"安然无恙。一支尤卡巡逻队不到三十分钟之前刚刚去检查过。敌方舰队已经变成了轨道上的尘埃和残骸。地表战况如何?"

阿格尔·塔扫视面前的毁灭景象,过了许久才开口作答:"我们赢了,巴洛克。这就足矣。"

阿奎隆走出有着雄鹰般双翼的穿梭机,踏入空荡荡的机库甲板。他从未在此处见过这般安静的景象:默然待命的吊臂和无所事事的机仆站在墙边。军团已经全体出击,怀言者手中的一切兵力都被投放到了下方的世界。

几个身影在跳板底端等待他。塞斯兰默默点头致意。卡尔辛和涅拉卢斯也没有行军礼——他们向来只对众所爱戴的帝皇表现出恭敬礼节。那三名战士都轻松地握着守护者长戟,但他们的肢体语言和站立姿态表明这只是沉稳自制,而非安然自得。即便有着金色盔甲的遮挡,他也能看到麾下战士们肌肉的紧绷感。

另外两人吸引了阿奎隆的注意力。前者是躬身行礼的卡提克,那老人在寒冷的机库里满头大汗,他的心脏跳动得急促而慌乱。后者是阿奎隆并不认识的,此人皮肤黝黑,目光锐利,显然对于自己见证的一切都无所畏惧,一个勇敢的灵魂,或是一个鲁莽的灵魂。

"真是不寻常的欢迎队伍。"帝皇之眼柔声说道。他并不生气——至少尚且没有——但他的耐心早在几个小时之前就被耗尽了。与怀言者舰队失去联络让他烦躁不安,而面前的欢迎队伍实在不同寻常。看到兄弟们在下方机库里等待自己的那一刻,他就意识到事有蹊跷。

"你们搭乘的战舰也被'延误'了,"阿奎隆推断,"你们全都没能加入战斗。"

三位战士点点头。

"我是最先抵达的，"涅拉卢斯说，"不到十分钟之前。接近舰队的那段航程简直是噩梦，探测装置在高层大气里发现了数百艘损毁战舰。这足以向伊斯特凡V倾洒数十年的铁雨。"

"我也看到了，"阿奎隆说，"没有任何迹象表明其中存在属于叛徒的战舰，但各支忠诚军团都遭受了极为惨痛的损失。残骸的分布模式并不能提供准确的数字，但似乎有两支军团被彻底歼灭。另外一些应当在场的部队却从未现身。"

"我联系不到阿格尔·塔，"卡尔辛说，"联系不到地表的任何人。"

阿奎隆俯视着那两个凡人说："解释一下他们的来意。"

塞斯兰走上前来，将一台覆有塑料外壳的笨重相机递给阿奎隆，这仪器看起来做工精良。阿奎隆接了过去，但没有检视相机屏幕。

"你是个摄影师？"他问道。

"伊沙克·卡狄恩，"对方回答，"对，我是个摄影师。你可以按——"

"我知道相机怎么用，伊沙克·卡狄恩。"阿奎隆按动开关，点亮了那块窄小的屏幕。

阿奎隆仔细解读他看到的景象。在帝皇左右所受的教育和训练让他对人类整体的创造力具备广泛了解，也知道机械技术和生物手段在融合之后有着多么广阔的潜力。他从来没有见识过这种景象，但他立刻就明白了其用意所在。

帝皇之眼把相机交还给伊沙克，对方嗫嚅着道谢一声。"你想必是在圣所甲板发现这些的？"阿奎隆询问。

"修道甲板吗？是的。"

"当然了。"阿奎隆以无比庄严的姿态拔剑出鞘，"兄弟们，"他说道，"我们遭到了背叛。"

"即便军团战士都离舰了，我们恐怕也难以凭一己之力对抗全体船员。你有何提议？"卡尔辛问道。

"首先，我们要查清这场背叛的根源所在。我必须亲自检视这疯狂局面，从那些知情不报的人嘴里挖出真相。在考虑如何切除这场叛乱行径的癌变核心之前，我们务必要想方设法返回泰拉，将所有细节情况呈报帝皇。"

"众所爱戴。"卡尔辛和涅拉卢斯齐声说道。塞斯兰则用指节敲击心口。伊沙克自己的"众所爱戴"过了几秒才无比尴尬地说了出来，不过其他人都已经不再理会他了。

"这可是一件棘手的事情。"卡尔辛阴沉地说。

"我们要审问谁？"涅拉卢斯问道，他的话语里没有犹疑，他之所以发问并不是因为他自己想不到答案，而是因为有太多可选的名字了，最终的决定权要落在阿奎隆手中，"舰队领袖？将军？"

"怀言者在半个世纪以来一直将他们的秘密吐露给这艘船上的某人。这个宝贵的灵魂距离你发现背叛迹象的位置并不远。跟我来。"

"你们怎——怎么能去修道甲板呢？"卡提克已经迈步跟了上去。禁军几乎对他毫不留意。

"我们会杀掉所有挡路的人，"涅拉卢斯回答，仿佛这是天经地义的，"回到你的房间去，老家伙。跟我们走可不安全。"

禁军们拎着兵器大步前进。阿奎隆让心中的情绪挑起了嘴角，露出一副狰狞神色。"希琳妮，"他嘶声说道，"他们的'受祝女士'。"

第二十九章

希琳妮
从来不是人类
完满履行的誓言

刀剑与房门相碰的声音让她抬起头来，但她当然什么都看不到。不断遭受撞击的钢铁房门散发出阵阵热浪，像一股粗重喘息般朝她的方向飘去。如此说来是动力武器了。他们在用动力武器切割房门。

希琳妮尽可能快地打着字，指尖在熟悉的键盘上飞舞，但她的最后一句话被打断了。房门轰然砸落在地板上，动力盔甲的低沉嗡鸣充斥房间，装甲关节发出轻吟，仿生肌肉纤维束吱嘎作响。

"阿奎隆，我知道你会来——"

"安静，你这叛乱作逆的贱人。怀言者不在这里，你要服从帝皇的权威。命令你的仆人立刻逃走，否则她们就与你一同获罪。"

希琳妮微微颔首。那两名年长的女仆匆匆离去，几乎是跑出了房间。

"兄弟……"卡尔辛开口道，他转向一间房门大开的附属舱室。某个身影从中出现，显然是早已埋伏在此了。

"还有怀言者在这里。"那人说道。

"这不是你该来的地方，机械技师。"阿奎隆举剑指着对方。

"正确，"赛-努73答道，他对左手掌中的遥控器按钮施加了精确的压力，一个由齿轮和装甲组成的魁梧身影随即出现在他背后，那填满了整个门廊的庞大轮廓发出一股粗重生硬的警告，赛-努73下定决心把话说完，"这不是我该来的地方。这是他该来的地方。"

机器人双臂上的重型爆矢武器早已填充了弹药。它们在几个小时以来始终保持预热，为这种最坏的情况做好了准备。坐在床上的希琳妮急忙匍匐在地，尽量与阿奎隆拉开距离。

"为了军团。"那嗓音就像是铁棒滚过乱石。

当绯红向他们泼洒出一片来势汹汹的枪林弹雨时，诸位禁军已经挥舞着战戟行动了起来。

阿格尔·塔埋头冲上炮艇跳板，沉重的脚步声在机舱里回荡。他是最后一个登机的。通信器里一片嘈杂，受祝之子兄弟们都在厉声催促他。披着军团灰色涂装的其余雷鹰炮艇已经升空了。

"起飞，"他向驾驶员下令，对于自己嗓音里的慌乱意味毫不羞愧，"带我们返回战舰。"

朝阳颤抖着从干燥的土地里拔出起落爪。

阿格尔·塔切换了通信频道。"杰斯梅汀将军，你在吗？"他说。

一阵杂音。

"回答我，阿瑞克。"

"大人。"将军听起来上气不接下气，"大人，他们动手了。"

"我们刚刚收到警告。给我讲讲究竟怎么回事。"

"他们登舰了。禁军登舰了。他们很快就开始冲击修道甲板。显然有什么事情激怒了他们。他们肯定是发觉了真相，但我不知道是怎么回事。所有前去阻击的尤卡单位都已经失去联络或者确认丧生。他们之中的一个人，就一个人，守住了希琳妮房门外的走廊。诸神之血在上，阿格尔·塔……他用我部下的尸体垒出了一条路障。每次冲锋都伤亡惨重。我们连一个也没法解决，更不用说四个了。"

怀言者感觉到脚下的炮艇剧烈晃动了一阵。"我们已经启动了主推进器，正在返航。赛－努73如何？"在通信频道里，他能听到激光枪开火时的爆鸣。尤卡士兵还在继续发动徒劳的攻势。

"没消息，"那老迈将军回答，"一句话都没有。你们到底在哪儿？"

"返航途中。""劳姆？"他在心中询问。

"虚弱……"双方意识之间的连接显得迟钝而模糊，"沉睡……"

炮艇迅速爬升，引擎喷出滚滚浓烟与明亮火舌，将杀戮场远远抛在身后。

塞斯兰的战斗方式一如既往：完美无缺、默不作声、以一敌众。他的每个动作都完成得极其精确——无论是战戟上挑抵挡枪弹，还是刀锋下劈切割血肉。他在闪转腾挪时动用了必要的力量，从而确保自己毫发无伤，但绝不会为此丧失平衡或被迫退却。他保持着稳健刚硬的步法来击杀最近的敌人，在得手之后就立刻恢复流畅躲闪的"舞步"。

他们再度撤退。不，他们再度溃逃。

塞斯兰在面甲背后露出微笑。长戟上的爆矢枪颤抖着喷吐火舌，将一枚枚子弹敲进那些懦夫的脊梁。富有节奏感的爆炸轰鸣将整条走廊变成了屠宰场。塞斯兰在尸堆背后放低身躯，掉转武器，握住装有利刃的那一端。咔嗒几声，枪械就完成了装填。塞斯兰重新起身，大开大合地挥舞兵器，抵挡着迎面洒来的激光火力。

"塞斯兰，"阿奎隆的声音传来，"我们走。"

塞斯兰朝护目镜显示屏里的符文眨眨眼，送去一个短促的确认音。身穿暗橙色显眼制服的尤卡士兵沿着走廊前仆后继地冲来。塞斯兰从尸堆路障背后一跃而出，迎面扑向敌人。他们很快就化作了遍地散落的碎块，而除了肩甲位置的一处激光焦痕之外，就只有长戟锋刃上的斑斑血迹能够表明他刚刚投入过战斗。暂时恢复清静的走廊里堆满了在战友一败涂地之后妄图用刺刀冲锋来淹没禁军的蠢货尸体。塞斯兰转过头去，正好看到兄弟们走出那妖女的房间。但只有两人，涅拉卢斯和阿奎隆，他们的盔甲伤痕累累，遍布凹坑。

或许不用看也能察觉到塞斯兰目光中的疑问，阿奎隆说道："卡尔辛死了。我们必须快走。"

阿奎隆剑锋上的闪亮血迹自然没有逃过塞斯兰的眼睛。

赛－努73叹了口气。那声音如同昆虫嗡鸣般从他的呼吸面罩里传出，像电缆绝缘层一样包裹在他神经外部的感觉抑制器已经尽其所能了，但还是无法彻底抹消关机的痛苦。关机？死去。在生命的最后时刻里，他忍不住采取了生物学的描述方式。多么强烈的共鸣。濒死……死亡……多么强烈的戏剧性。

他笑了笑，又发出一阵充满静电杂音的嗡鸣。他最终咳嗽起来，嘴里满是变质油料的味道。

技师用那只尚且完好的手掌展开了一项艰难的任务，拖动自己爬向房间对面。这项任务中的一个支线选项随即浮现：他能否在中途暂停，检查一下那具人类女性尸体？

他的思维核心在片刻间对此做出了损益分析。是的，他可以。但他不会这样做。支线选项被抛弃了。他的手掌抓挠着光滑的地板，伴随一声声刺耳嘶鸣将自己的金属身躯每次向前拖动半米。与此同时，机体功能统计数据在他的脑海里组成了几份图表。他意识到，存在着一个小概率事件导致自己在达到目标之前就丧失生命。这为他提供了更强的前进动力，附着在几个残存活体器官上的机械组件也向迅速衰竭的血肉注入了猛烈电流与应急药物来加以刺激。

机械技师在成功抵达的时候已经双目失明了。他的视觉感受器彻底停机，像一块缺乏供电的屏幕般一片空白。他感觉到手掌撞在了目标上，于是借助那纹丝不动的庞大形体把自己再拉近一点。损毁的机器人如同一尊倒塌在地的雕像，是不幸陨落的机械神化身，赛－努73就像把爱子拢入怀中般紧紧拥抱着它。

"好啦，"他咕哝道，即将失灵的听觉感受器几乎没有捕捉到他自己的话语，"职责圆满履行。可敬的……名号已经……录入到了……超凡……品质……档案库……"话音未落，他喉咙位置的发声仪器就关停了，让他在所剩无几的余生里陷入沉默。

赛－努73在二十三秒之后死去，他的全部机械器官中断了运行，无望进行重启。丝毫不会让他感到可笑的一个情况是，他体内那些早已萎缩的血肉器官又额外坚持了半分钟时间，仍旧试图将生命力泵入一具无法继续运作的身躯。

这个舱室只沉寂了很短时间。穿着战靴的沉重脚步声很快就从走廊远方传来，昭示着更多非人战士的抵达。

那个披挂猩红盔甲的身影站在门口，背后是血迹斑斑的墙壁。他一动不动，显然无法接受眼前的现实。

"让我进去。"萨芬说。

阿格尔·塔用恶狠狠的目光止住对方的脚步，自己走了进去。

赛－努73以胎儿般的姿态蜷缩在绯红的破损外壳旁。机器人已经被彻底毁坏，装甲表面被刀剑劈砍出了上百条裂痕。那台战争机械的旌旗披风与誓言卷轴同样面目全非。墙壁和地板的状况也好不到哪里去。这个经过加固的房间被不计其数的破洞与两旁舱室连通起来，尚且完好的墙面则点缀着爆矢枪留下的深深弹坑。

阿格尔·塔在眨眼间捕捉到了这一切细节，之后就不再多加留意。他跪在希琳妮的瘫软躯体旁，鲜血让她衣物的色泽变得更深——与他的盔甲有着同样的猩红——也涂满了她身下的地板。她的脖颈和头发上溅着血滴。致命的伤痕显而易见：捅进她胸膛的剑锋劈开了一道巨大裂口。直取心脏的一击足以夺取她本就脆弱的凡人性命。

"鲜血。"恶魔的意识仍旧显得浓稠而迟缓，但阿格尔·塔的消沉与愤怒还是唤醒了它，"鲜血。狩猎。"

他再度陷入转变。恶魔察觉到了即将来临的战斗，他们共用的这个身躯随即开始扭曲变形。阿格尔·塔呼出一阵充满兽性的粗野低吼，然而希琳妮的微微颤抖立刻让这声音卡在了嗓子里。

她还活着。他怎么会没看出来？她胸膛的起伏难以察觉，但毕竟代表着尚未消逝的生命。

"希琳妮。"他咆哮道，此时此刻他已经一半是劳姆，一半是阿格尔·塔了。

"这……"她的回应就像是孩童的耳语，几乎没有吐出任何气息与声响，"这就是我的梦魇。"失明的双眼毫不犹豫地迎上了他的目光，"躺在黑暗里。听着一个怪物的喘息。"

他的两只利爪带着极具独占欲和保护欲的力量抱住那副羸弱身躯，但那致命伤势早已不可挽回。她的鲜血滴在他手上，刺痛了他的指尖。

"他们把你怎么了？"希琳妮微笑着问道。

在他开口作答之前，她就死在了他的怀里。

他能听到那些声音，但他丝毫没有理由去加以留意，另一方则向来都要理会。凡人的喋喋不休：肥大的舌头在湿润的口腔里上下晃动，空气涌出肺脏流经皮肉，在喉头发出声音。是的，另一方向来都要聆听这种声音，并且用类似的声音做出回应。

劳姆就不会。他吼出一个源自古老语言的仇恨之声，希望这能阻止人继续发出那些口鼻噪声。它并没有发生。哼，那就忽略吧。

他方才察觉到一股展开血腥狩猎的冲动，立刻便以强劲势头占据了主导。

另一方的躯体——不，他们共用的躯体——如今已经可以甚为轻松地披上这副适合狩猎的皮囊了。

他带着强烈渴求埋头奔跑，猎物的遥不可及让他深感痛苦。挡路的凡人被他随手推开。劳姆没有回头，他能闻到那些人的死亡，能闻到他们的鲜血和大脑泼洒在墙壁与地板上。

脆弱不堪的东西。

"你在妄杀船员。"

另一方回来了？这很好。他们协同作战时更加强大。另一方的沉默已经开始引发担忧了。在他归来之后，劳姆感觉到自己的本能产生了细微的转变和进化，被理性思维及时间概念打磨得更加锐利。这是智能，不仅仅是狡诈。这是知觉。这更好。他大步冲过走廊，咆哮着让凡人四散奔逃。他不再沿途展开杀戮了。

他们是盟友。

"他们拖延了狩猎，"他感觉到一股令人心痒的冲动，想要承认理智和远虑是自己的弱项，"我们不再杀戮了。我们完整了。"

"我……我回来了。"

阿格尔·塔深吸一口气，品尝到战舰循环系统的陈腐酸味。他也能嗅到：某种钩挂在他意识边缘的微弱气息，如同一根松脱的线头；他的朋友，阿奎隆；动力武器的臭氧味道；还有用来保养那套金色盔甲的机油。

他在一条条宽阔走廊中穿行，遭遇到更多的尸体，但这些都葬送于刀剑而非利爪。深远号里尸首横陈，过道两旁都是死去的尤卡士兵。

"你离开太久了。那些凡人一直向我们发出嘶叫。"

通信器发出声响。阿格尔·塔向闪烁不止的符文眨眨眼。"我在这儿。"他说。

"在哪儿？"萨芬说，他听起来与阿格尔·塔一样怒气冲天，"帝皇的走狗已经剿灭了战舰上的半数尤卡部队。你在哪儿？"

"我……我失去控制了。我现在捕捉到阿奎隆的气味了。我……十三号大厅，右舷机库甲板。"阿格尔·塔推开大门冲进炮艇停泊区域。

朝阳的尾部推进器在他面前喷出火光，咆哮着推动那艘炮艇冲出整域力场，一头扎进外面的太空。

阿格尔·塔的厉声呼吼在机库里回荡。

"兄弟？"萨芬喊道，"兄弟？"

"他们想要躲藏。猎物逃往地表了。"

"他们跑了。"阿格尔·塔在通用频道里语无伦次地说，"他们逃往地表了。巴洛克！追踪朝阳。所有火炮，追踪那艘炮艇，自主开火。"

"不！"萨芬高声说，"艾瑞巴斯想要他们活命！"

"我不在乎艾瑞巴斯想要什么。把他们打下去。"

深远号笨拙迟缓地掉转船头，与各支阿斯塔特军团舰队的大部分成员一样，它在太空战中遭受了严重损伤，如今很不情愿服从命令。通信信号与火力方案在附近的所有怀言者战舰之间穿梭，七艘庞大星船一同发动侧舷齐射，将极具毁灭性的火力洒向太空，希望能够击中渺小的炮艇。

冲出深远号机库不到一分钟之后，朝阳就切入了伊斯特凡V的大气层，在未受引导的状态下急速降落，整个机身熊熊燃烧，隔热护盾泛着橙色光辉，几近融化。

主力战舰永恒挽歌号达成了击杀。

在通信频道里那些纷乱嘈杂的声音之中，阿格尔·塔听到舰队领袖说，一艘雷鹰炮艇失控坠落，但并未被当场击毁。永恒挽歌号争夺荣誉的事情日后会作分晓，但现在不是合适的时机。

"受祝之子呼叫突击甲板，"他命令道，"准备一枚空降舱。"

炮艇侧躺在地面上，已经变成了一块扭曲凄惨的金属残骸。

红色的机身碎片散落在四周，一台引擎仍旧英勇不屈地咳嗽着，喷出一股股过于乌黑油腻的浓烟。方才剧烈颤抖着滑行减速的雷鹰炮艇在地面犁出了一条近百米长的壕沟，最终一头撞在城墙废墟上停了下来。这堵饱经风霜的石墙仍旧捍卫着早已被遗忘的城市与早已灭亡的文明。骤然止步于此的炮艇，震落了大块墙体，让雨点般的古旧石料洒在伤痕累累的机身装甲上，用最后这一点羞辱为雷鹰的悲惨遭遇画上了句号。

朝阳落在伊斯特凡V上，用晨光点亮了这片废墟头顶的天空。那颗不值一提的恒星在天边闪烁，送来缺乏暖意的苍白光辉。在大陆的另一端，规模宏伟的火葬柴堆依然在熊熊燃烧。

他张开大口呼吸冷冽晨风，品尝到了火焰与油烟的气味。他的诸位兄弟、猩红同类，全都在炮艇附近展开猎杀，寻觅任何蛛丝马迹。在他们身后，空降舱的金属结构在高速冲破大气层直落九天之后尚且散发着炽热嘶鸣与吱嘎声响。

"他们已经降落一段时间，足够找到藏身之处了。"萨芬嗓音里充满了自信的威胁意味。在他身边，披着破烂盔甲的马尔诺抽搐不止，口中一直滴淌毒液。托尔高借助两把镰形骨刃钩住机身装甲爬上炮艇，恍若一只丑恶怪诞的猿猴。他左右晃动着失明的面孔，像犬科动物般嗅着空气。阿格尔·塔气势汹汹地在炮艇周围绕行，双手紧握成盘根错节的拳头，又舒展成狩猎猛禽的利爪。残存的十一名受祝之子将坠毁雷鹰团团包围起来，仔细搜寻猎物的踪迹，仿佛是一群沙漠豺狼。但他们并不需要追猎太久。

"猩红主宰终于大驾光临，"阿奎隆的嗓音里带着尖刻的讽刺，"向遭到他背叛的人展现出了真正面目。"

禁军们从破损机翼的阴影里现身，收放自如地握着武器。他们每一个都散发着刚强的自信气息。他们姿态傲然，双肩挺拔，盔甲虽然伤痕累累，但似乎完整无缺。

受祝之子围拢过来。三位金甲战士背靠背挺立在这猩红圆环中央。怀言者面对的只有装饰着帝国鹰徽的胸甲及唯独效忠于帝皇的利刃。在诸多阿斯塔特军团中，仅仅一支获得了在盔甲上铭刻鹰徽的殊荣——昔日高贵的帝皇之子，如今已经是战帅叛乱阵营的核心成员。但这些是帝皇禁军，是人类之主的精锐近卫，他们远不受制于此类条款。禁军频繁佩戴帝国鹰徽，比基因原体更甚。每人胸前都是一枚由纯银打造的雄鹰徽记，爪子里握着闪电。这两个代表帝皇至高权威的标志仅在他们身上融为一体，熔铸在了这些亲选卫士的盔甲表面。

猎手们步步逼近。一马当先的阿格尔·塔意识到禁军并没有向他们开火，心中顿时掠过片刻的疑云，或许他们经过战舰上的缠斗已经耗尽弹药，或许他们想要干净利落地用剑刃而非枪弹了结这一切。

"你们杀了希琳妮。"他说道，充斥心胸的恨意与口中涌现的酸液让话语显得低沉含混。

"我处决了一个亲身见证军团罪行的叛徒。"阿奎隆说,他抬起兵刃指着阿格尔·塔的扭曲面孔,"以帝皇之名,你究竟是个什么东西?与其说是人,你已经更像个梦魇了。"

"我们是真理,"萨芬朝走投无路的禁军吠道,"我们是受祝之子、诸神选民。"与此同时,怀言者们继续逼近。禁军周围的绞索越收越紧。

"你们看看自己。"阿奎隆难以置信地说,"你们抛开了帝皇的完美愿景。你们背弃了身为人类所代表的一切。"

"我们从来不是人类!"阿格尔·塔咆哮出这句话来,口中喷溅着嘶嘶作响的唾液,"我们……从来……不是……人类。我们被迫与家人失散,秉承着无数谎言投身于永恒的战争。你以为这个真理是容易让人接受的吗?看看我们的样子!看看我们的样子!人类要么接纳诸神,要么接纳凋亡。我们目睹了古老帝国焚为灰烬。我们目睹了整个种族走向灭绝。我们所目睹的一切只是历史的重演。银河尽在饥渴狂笑的诸神掌中,而这就是它的生命循环。"

阿奎隆的嗓音里只有善意,却因此显得更加残酷:"我的朋友、我的兄弟,你遭到了欺骗。帝皇——"

"帝皇知道的远比他透露的要多,"萨芬打断对方说,"帝皇对原初真理早有知晓。他挑战诸神,用自己的狂妄将人类推入万劫不复的境地。只有借助盟约……"

"……借助崇拜……"马尔诺说。

"……借助信仰……"托尔高说。

"……人类才能熬过无尽战火,必将在淹没银河的滔滔血潮中屹立不倒。"

阿奎隆转头直视着每个依次开口参与讲道的怀言者。最终他的目光回到阿格尔·塔身上。

"兄弟,"他再次说道,"你遭到了最黑暗的欺骗。"

"你们……杀了……希琳妮。"

"而在你看来这是什么不可想象的背叛吗?"阿奎隆说,他的浑厚笑声意味深长,让阿格尔·塔咬牙切齿,"你背离帝皇光辉,沦为扭曲怪物。你运用禁忌邪术将饱受折磨的灵魂绑缚在战舰舱壁里,让他们吸纳了四十年间的一切灵能声讯。你……竟然要控诉我的背叛?"

即便被恶魔散发的狂暴怒意蒙蔽了思维,即便被希琳妮遇害的悲愤之情填塞了头脑,兄弟阿奎隆这番颇为深刻的话语仍旧足以直刺内心。阿格尔·塔亲自造访过那个房间很多次。无论他如何强烈憎恨其必要性,他终究容许了那一切的存在。

一幅幅图像在他脑海里涌现,一份份记忆用刀刃般的罪恶感捅向他心底,让他招架不住。萨芬捧着《洛加之书》高声吟诵,一名星语者在牧师面前凄厉惨叫。她被开膛剖肚,整个过程无比缓慢,铁链缚身的她被固定在房间墙壁上动弹不得,她时刻承受的痛苦是整场仪式的关键。她皮肤表面一个小时之前刺下的寇其斯符文仍旧血流不止。由一位军团药剂师负责运作的维生装置将会在未来的几个月里确保她继续存活。萨芬在她体内召唤的那个恶魔会奴役星语者的思维,让她专心致志地投入一项最为单纯的工作里:吸纳并消化附近心灵发出的所有灵能通信。

除怀言者自己伪造的报告之外,绝不会有只言片语抵达泰拉。屡屡达成的归顺、战绩完美的军团、第十七子洛加忠诚尽职,一切完全符合父亲的预期。

"我要控诉的,"萨芬笑道,"是你的愚蠢。你们的宝贝星语者在四十年间一直向恶魔的喉舌哀声倾诉着你们的种种怀疑。你们每次挤在他周围聆听帝皇的话语,实际上听到的都是我向恶魔耳中低声灌输的谎言。"

阿格尔·塔并没有像萨芬那样尽情享受这一刻。他并不对那个房间感到某种恶毒的自豪。被他宣判死刑在那里遭受剧痛煎熬的并非单单一人,而是总共六十一人。恶魔附体的压力让那些星语者以令人厌憎的速度逐一殒命。他们的凋亡过程十分迅猛但绝不平和。不消几个月时间,他们的身躯就被散发恶臭的乌黑肿瘤吞噬。大多数人都难以坚持长久,他们的心灵如同无尽风暴面前的峭壁般被亚空间磨蚀殆尽。少有人能够撑过一年时间——过不了多久,他们就要将下一个徒劳挣扎、厉声尖叫的星语者扔进维生装置里,并用仪式匕首和滚热烙铁对他们的皮肉施加恐怖的摧残。

他坚持目睹了每一场绑缚仪式,将这视为自己悔罪苦修的一部分。每次他都要等到囚徒的双眼失去光泽的那一刻——不是死亡,而是屈服。每次他都要见证那个最为特殊的瞬间,看着恶魔的意识一步步吞噬受害者的心灵,最终占据主导。尖叫会戛然而止,在刺耳惨叫过后显得格外美好的沉默会随之降临。

十九人自告奋勇。舰队星语者唱班的十九名成员在萨芬狂热布道的多年浸淫下接受了这份荣誉，自愿牺牲性命来替军团保守最为深重的秘密。有趣的是，这些人是损耗得最快的，与被迫遭到绑缚的人相比，他们的生命活力早早被损耗殆尽。似乎苦难折磨是那场仪式的力量源泉——萨芬注意到了这一点，立刻告知艾瑞巴斯。对方为此致以感谢，并对《洛加之书》中的相应篇幅做出修改。这让萨芬得意扬扬了几周之久。

禁军显然发现了修道甲板核心位置的那间舱室，但匪夷所思的是揭露秘密的想必另有其人。阿奎隆是被引过去的。阿格尔·塔对此毫不怀疑。他暗自发誓，无论那个叛逆贼人究竟是谁，他一定要将其严惩。

"我们从来不是人类。"阿格尔·塔轻声说，他甚至没有意识到自己开口了。劳姆在这个充满哀伤与愤怒的瞬间里占据主导，让他们共用的身躯猛扑向前。

"为了帝皇！"阿奎隆高喊。

受祝之子用恶魔的狂笑来回应。

在日后的多年岁月里，阿格尔·塔很难清晰回想起那场战斗。有时候他将其归结于劳姆的意识占据主导，而有时候他认为是自己的负罪感想要将昔日经历从心中抹消。无论事实如何，哪怕一星半点的记忆都让他感觉心灵空虚，疲乏倦怠，任由脑海里那些残破影像与模糊声响的摆布。

就好像他要努力回想童年经历，但他并未被基因技术改造得过目不忘，所以只好凭借感官记忆去勉强填补一段早已忘却的时光，妄图令其重现昔日的鲜活。

"我们从来不是人类。"他不曾忘记这句话，也不曾忘记它的真伪交织。

那是马尔诺。

马尔诺有时候会从那一团乱麻中浮现，凝聚出清晰的形象。马尔诺是什么时候死的？他们当时已经战斗了多久？他不确定。涅拉卢斯的利刃干净利落地斩下了这个受祝之子的脑袋，但马尔诺并未瘫倒。他的头盔留下了一道幽魂幻影，继续默然无声地呼喊咆哮。在阿格尔·塔看来，涅拉卢斯的高超剑术无人能及，但他为了击杀马尔诺仍损耗巨大。

那场战斗的纷乱与癫狂没有为清明神志保留丝毫余地。沉着思维和严谨步法都踪影全无，被训练与本能彻底取代，刀光剑影，尖牙锐爪。到处是陶钢碎裂的声响、沉闷的痛苦呼吼。四周弥漫着种种气味：唾液、强酸、汗水、纸张、骨骼、慌乱、自信、飘散青烟的爆矢枪枪口、能量流转的武器锋刃、泪水、喘息、鲜血……除了鲜血，还是鲜血。

之后就是那第一次击杀。

涅拉卢斯是个剑术高手。他杀掉了马尔诺，但也因此将自身置于危险之中。托尔高与西卡尔扑上禁军的后背。利刃起起落落，咬进涅拉卢斯脖颈后面与脊椎底部的盔甲接缝。这真是一命换一命。

涅拉卢斯倒下了。托尔高跃向一旁拉开安全距离。西卡尔则留在原处大快朵颐，从而自取灭亡。帝皇之眼，阿奎隆，在片刻之后就挥动兵器将西卡尔一剑斩杀，为兄弟报仇雪恨。

阿格尔·塔同时扑了上去。他记得自己飞身跃起，沙哑痛楚的喉咙放声咆哮，击杀了阿奎隆。

还剩下六名受祝之子。六个附魔战士带着沙漠豺狼的干笑呼吼与恶魔赋予的炽热活力冲向那最后一个禁军。

这就是阿格尔·塔能够回想起的最后一刻了。他剩余的记忆便是一切终了之后的扑面寒风。塞斯兰扯下头盔直面敌人。他没有端起长戟严阵以待，而是将其当作标枪奋力投掷出去。

受祝之子匆忙躲闪，但那柄武器仍旧成功得手。利刃正中一人胸口，那爆响如同巨树断折的声音。长戟劈开了陶钢、骨骼与肌肉，从怀言者背后洞穿而出。力道凶狠的冲击让那个阿斯塔特仰面摔倒，变成了铺在地上的模糊血肉。

看着迎面扑来的其余五人，塞斯兰露出了微笑。考虑到当前情况，他认定那份沉默誓言已经履行圆满，于是对着刚死在自己手下的敌方战士笑了。

"我一直都恨你，萨芬。"

VI

告别信

  你脚下的整个世界陷入火海，而你却放不下单单一个灵魂的安危，这确实是你的作风。我之前向你保证过，你根本不必担忧。一切都会好的，一如既往。

  如今警铃开始呼啸，走廊里回荡着枪声。你事前为求稳妥而下令安排的预防措施已经变成了最后一线希望，但我并不傻——我知道那是无法保护我逃过这一劫的。

  我尽可能快地写下了这些，外面刀剑碰撞的声音已经越来越近。我可以试着躲起来，但我不会。原因显而易见：无论我在哪里，他们都能找到我，而我也逃不过他们的追杀。无论我小心翼翼地躲在货物仓库里，还是大大方方地坐在自己房间里，他们都会找到我。那些被我藏在心里的秘密，让他们别无选择，必须来将我就地正法。即便你留下了雕像般的卫士，我也不会抱任何虚假的希望。他们会追杀我，他们会找到我。我在死去的时候坚决不会愧对我的军团。这我向你保证。

  我活了很久，而我毫无悔恨。能说出这句话的人很少，能真心诚意说出这句话的人更少。就连你也说不出这句话，阿格尔·塔。

  在你读到这些的时候，请记得我祝福你万事如意。我听你谈论过考斯的事情，还有未来的战争，我信任你对军团即将开展的正义圣战所抱有的远见与激情。你们会为银河带来启迪。我对此充满信念，不曾有过一丝一毫的怀疑。

  你要大力支持萨芬，正如他坚定地忠于你。你们是半神的子嗣，是真神的亲选化身。这是谁也夺不走的。

  我听到刀剑劈门的声音——请你谨记……

尾　声

猩红主宰

考斯，一个富饶而美好的世界，一个受第十三军团庇护的世界，正如昔日受第十七军团庇护的库尔星球。

考斯，这名字挂在每个怀言者嘴边。考斯，这是基里曼麾下军团集结备战的地方。

洛加的军团几乎全员出动。数量众多的战舰足以将受人爱戴的奥特拉玛王国团团围困，将每个星球的地表化作焦土。规模庞大的兵力足以让极限战士屈膝授首。伊斯特凡已经被叛徒的剑锋刻在了历史上。很快，另一场值得铭记的屠杀就会随之纳入帝国史册。

那是在考斯。

阿格尔·塔离群索居。他没有耐心去忍受同僚们不停投来的赞颂呼声。他没有兴趣去获得他们的尊敬或崇拜。

于是他闭门不出，远离自己军团的其余成员，仅与自己在半个世纪的背叛行径中积攒的种种悔恨相伴。

他膝头横着一柄做工无比精良的金色巨剑。这把遍布铭文与雕饰的绝佳兵刃是为一名大师级剑客量身打造的，它在基因密锁的保护下仅能被唯一的主人激活。这把武器属于他昔日的兄弟，是在那刻骨铭心的日出时分从阿奎隆的尸首上取下的。

他捧着一块适合凡人手掌尺寸的数据板，光标在屏幕中间闪烁，始终等待着永远不会再被录入的文字。那段落末尾处是戛然而止的半句话。阿格尔·塔已经不记得自己看过多少遍了，他每次都盼望能够解读出那未能写下的语意。

战舰颤抖着航行于人类神话中的地狱。他们即将抵达奥特拉玛。

阿奎隆、萨芬，他的兄弟们都不在了。

阿格尔·塔将巨剑放在一旁，把数据板摆在房间里那张窄小的桌子上。他站起身来，心中知道自己很快就要结束独处了。军团已经发出召唤。军团需要他。

他会听从召唤,即便他孑然一身。

我的兄弟们都死了。

"不,"那声音从他心底浮现,"我是你的兄弟。"

作者简介

艾伦·邓布斯基-鲍登是荷鲁斯之乱系列长篇小说《背叛者》和《异端之首》，以及中篇小说《奥瑞利安》和广播剧《屠夫之钉》的作者。他还撰写了《荷鲁斯之爪》、广受喜爱的暗夜领主系列、星际战士战斗系列长篇小说《海尔斯瑞奇》、灰骑士长篇小说《帝皇的赐礼》，以及许多短篇小说。他在北爱尔兰工作和生活。

译者简介

赵笛，毕业于清华大学生物系，常用网络 ID 为 Haldir。埋首阅读英美奇幻文学作品多年，熟悉并热爱马哲里两兄弟、秘银厅六英雄、费诺七子、护戒九人、终焉八位化身、帝国十九原体等传奇人物，现旅居瑞典小城北雪坪。

版权所有　侵权必究

图书在版编目（CIP）数据

异端之首 /（英）艾伦·邓布斯基-鲍登著；赵笛译. --杭州：浙江科学技术出版社，2024.6
　　ISBN 978-7-5739-1064-6
　　Ⅰ.①异… Ⅱ.①艾… ②赵… Ⅲ.①幻想小说-英国-现代 Ⅳ.①I561.45
中国国家版本馆CIP数据核字(2024)第050694号
著作权合同登记号　　图字：11-2020-222号

书　　名	异端之首
著　　者	［英］艾伦·邓布斯基-鲍登
译　　者	赵　笛

出版发行　浙江科学技术出版社
　　　　　杭州市环城北路177号　邮政编码：310006
　　　　　办公室电话：0571-85176593
　　　　　销售部电话：0571-85176040
　　　　　E-mail：zkpress@zkpress.com
排　　版　浙江新华广告有限公司
印　　刷　浙江海虹彩色印务有限公司

开　本	710 mm×1000 mm　1/16	印　张	22.75
字　数	340千字		
版　次	2024年6月第1版	印　次	2024年6月第1次印刷
书　号	ISBN 978-7-5739-1064-6	定　价	65.00元

责任编辑　吕路明　　　　　　　责任校对　张　宁
责任美编　金　晖　　　　　　　责任印务　叶文炀